古典文獻研究輯刊

五 編

曾 永 義 主編

第 19 冊

擬人傳體寓言析論
——以《廣諧史》爲研究對象

孫 敏 惠 著

國家圖書館出版品預行編目資料

擬人傳體寓言析論——以《廣諧史》為研究對象／孫敏惠 著
— 初版 — 新北市：花木蘭文化出版社，2012〔民 101〕
目 4+250 面；19×26 公分
（古典文學研究輯刊 五編：第 19 冊）
ISBN：978-986-254-940-7（精裝）
1. 寓言 2. 諷刺文學 3. 文學評論
820.8 101014724

ISBN-978-986-254-940-7

9 789862 549407

古典文學研究輯刊
五 編 第十九冊 ISBN：978-986-254-940-7

擬人傳體寓言析論——以《廣諧史》為研究對象

作　　者　孫敏惠
主　　編　曾永義
總 編 輯　杜潔祥
出　　版　花木蘭文化出版社
發 行 所　花木蘭文化出版社
發 行 人　高小娟
聯絡地址　新北市永和區中正路五九五號七樓
　　　　　電話：02-2923-1455／傳真：02-2923-1452
網　　址　http://www.huamulan.tw 信箱 sut81518@gmail.com
印　　刷　普羅文化出版廣告事業
初　　版　2012 年 9 月
定　　價　五編 20 冊（精裝）新台幣 33,000 元

擬人傳體寓言析論
——以《廣諧史》爲研究對象

孫敏惠　著

作者簡介

孫敏惠，任教國中逾廿年，教育熱忱不減，堅信教育是「生命影響生命」的事業，用愛與榜樣來陶塑學生人品學識，期許學生擁有健全的人格，開闊的胸懷以及深刻獨立的思考。民國97-99學年度，曾於靜宜大學教授「國中教材教法」一門課，以傳承啟發式的教學理念。

因感於教學心力「出超」過甚，遂於民國92年報考中興中文研究所。就學期間，受業於林淑貞老師門下，深入鑽研寓言領域：民國94年9月於台大中文所《中國文學研究》第十四屆論文發表會，發表單篇論文〈試論《百喻經》的兩個問題〉；同年12月於中區中文所研究生論文發表會中，發表〈恐怖過癮之外──析論莫言《酒國》的敘事結構與創作企圖〉，分別探究佛教寓言及寓言小說，引起熱烈迴響。

本書為作者碩士論文，對於擬人傳體寓言有相當完整的說明，而爬梳《廣諧史》，推原本根，作者也力求盡善盡美。

提　要

當前台灣地區寓言的研究仍是待開發的領域，就研究時代而言，大量研究者集中探討先秦諸子寓言，尤其是莊子寓言，其次是明清時期的寓言。就文體而言，散文寓言研究較普及，詩體寓言較少。其實中國寓言數量龐大、內容豐富，至今的研究只能算是窺豹一斑，還有許多亟待深入探索的領域，筆者擬以明末成書的擬人傳體寓言：《廣諧史》為研究對象，冀能投入寓言研究，繼續作挖深掘微的工作。

《廣諧史》一書編成於明代，為匯編性的寓言著作──將各類物種擬人化，為之作傳的「擬人傳體寓言」，共242篇，數量龐大，內容豐富；作者上自唐代的韓愈（768～824年），下至明代陳詩教（1615年），綿延近八百年，作品形式相當一致，形成一種仿擬風潮，為何如此？引發研究動機，冀能探究這一系列寓言的價值與意義，追探各代擬人傳體寓言所欲表現的內容為何？是否為中國寓言史上另成系統的支派？其次，寓言往往透過迂曲的方式反映生活、批判時代、頌揚生命，我們是否能夠透過《廣諧史》的研究，體察文人對當代政治、社會的關懷為何？理解傳統中國文人的人生觀和用世襟懷？以上為本論文希望解決的問題。復次，解讀《廣諧史》的字面表層意義，並非最困難、最重要的部分，如何深入時代背景，透過對各寫作時代的文化剖析，追探《廣諧史》中作者寄寓的言外之意，深究其創作初心與社會意義，並藉此管窺中國文人創作擬人傳體寓言的意圖，此才是本論文最欲呈現的部分。

本論文的研究範疇包括寓言理論、作者人物傳記、文化史、政治史、制度史等；主要方法為傳記研究法、資料分析法。

論文內容分為七章：第一章說明研究動機、範圍和方法。第二章解釋擬人傳體寓言的定義，並簡要介紹擬人傳體寓言代表作《廣諧史》。第三章就形式結構追溯擬人傳體寓言的前有所承以及組構方式。第四、五章則分論唐、宋、元代與明代之擬人傳體寓言內涵寓意，這部分的寫作，並非筆者強作解人，穿鑿附會，乃根據《廣諧史》作者陳邦俊編意推敲尋思，有所本而得的結論。第六章討論《廣諧史》的藝術特色。第七章為結論。

　　研究結果顯示：陳邦俊編輯《廣諧史》的動機，至少包含諷刺明神宗萬曆皇帝荒政以及褒貶歷代政治得失兩方面；且《廣諧史》充分反映明人關心政治發展、明代文人思想深受儒學教育之影響、明代文學盛行擬古風氣以及明代文化繁榮等四方面現象。該書收錄的擬人傳體寓言形式，在世界寓言中是極為特殊的一支，文學價值應該超越高麗假傳寓言。其次，擬人傳體寓言多半在政治黑暗的時刻勃興，因此擬人傳體寓言富有反映社會的意義。至於《廣諧史》缺點則是各篇情節轉折雷同、典故重出少變化、主題嚴肅而侷限等落入窠臼的形式，造成紀曉嵐、林雲銘等文學家的誤解，以致歷來不受重視，甚且被人忽略。本論文的意義即在發潛德之幽光，冀能透顯廣諧史擬人仿作的創作意圖與編意所在。

誌　謝

能在一年內完成碩士論文寫作，實在是個令自己無法置信的神蹟！

去年八月底決定研究《廣諧史》，幾乎也在同時感到懊悔——《天一版·廣諧史》沒有句讀、字串嚴重脫漏，加上文本中的冷僻典故，都屢屢讓我懷疑自己的研究能力；但是出乎所求所想的，我彷彿得到來自四面八方的天使的助力，終於克服這個極度缺乏參考資料的不可能任務，成為第一位試圖分析、探究《廣諧史》的研究生。

感謝林淑貞老師從研一下開始，作我每篇小論文的首位讀者，並且給予最真實、細緻的回饋。老師對碩論的高標準要求，包括方向的引導和字句的斟酌，更大大地提昇我的治學能力；此外，在待人接物方面，老師也給我不少的提醒。能成為老師所指導的第一位畢業生，實在備感榮幸。

系上陳器文主任、張火慶老師對我的殷殷期許，以及班上同學們的鼓勵與肯定，都成為支持我向前衝刺的動力，感謝您們！

還要感謝婆婆及娘家二老對我不能定時問安與年節缺席的包涵，為了跟時間賽跑，實在虧欠您們不少！

至於向上國中許多同事在生活、教學方面的支援，同樣銘刻我心：麗蘋、光弘在寫作論文細節上與我的討論，素美每日陪伴我散步紓壓，夙志經常代購美食，以及登喬挺身代為教授國三課程等；尤其圖書館林俊賢先生古文造詣不凡，每當我在解讀文本陷入困境的時刻，您就成為我必然請益的對象，而您總是熱心、真誠的即時給我幫助，讓原本與您不熟的我更加佩服與感謝。

還要感謝旌旗教會合郎、紹德小組所有的弟兄姐妹，是您們不間斷的禱告、打氣，給了我堅持到底的勇氣。

　今年一月底在我毫無寫作方向時，舍弟雲平分享他寫作博士論文的經驗，開啓了這本論文的序幕；六月底學妹瑞旻主動校閱文句，將錯誤降到最低，爲這本論文畫上較好的句點，在此一併致謝。

　謝謝外子家桂三年來承擔大部分的家事，兩個小六、小四女兒欣、貞的貼心支持，還有向上國中三年十六班學生的日漸懂事，都讓我能夠無後顧之憂地一償夙願。

　最後，感謝上帝賜下無數靈感與安慰，而且在身邊安排如雲彩般圍繞著我的天使。是所有人的愛心，讓過去艱難的時光昇華爲動人的詩篇，永遠在我生命中及記憶深處閃耀。祈願上帝的恩典與您們同在、祝福您們的生命，一如您們對我生命的祝福。

孫敏惠謹誌　7 月 11 日

目

次

第一章　緒　論

第一節　研究動機與目的

在浩瀚的中國文學典籍中，寓言研究並非顯學；然而這個方興未艾的領域，卻自有其魅力：一方面，寓言包羅的範圍極為廣大，〔註1〕正如余德慧所說：「詮釋學家呂格爾最喜歡談『象徵的寓意』。透過他的哲學說明，全世界的知識突然都含有某種寓言的成份。他讓我們知道，沒有『住在意義裡面』（寓：居住的意思）的『居住感』，我們看不到原來我們的生活就是『住在故事』裡。」余德慧的說法屬於寓言的廣義用法，但筆者十分贊同：許多看似跟我們無關的事，卻都好像有我們自己的身影在其中。因此余德慧在該文中又說：「我們很嚴肅地活在生活裡，卻無緣認識自己的笑話。寓言就是把生活點亮了，讓我們看到了自己」。〔註2〕

另一方面，寓意的層次複雜，從形式透露的淺層寓意，到內容隱含的深層寓意，甚至因時因地附會或誤讀所產生的寓意，都可視為寓意的開發或再創造。〔註3〕這樣植根於生活的文學天地，使人從容優游其間，樂而忘返。

目前中文學界對於寓言的研究極少，就時代而言，大量研究者集中探討

〔註1〕余德慧：〈悟性的理解〉，參見黃漢耀編著：《中國人的寓言性格》序（台北：張老師，1992），頁6。

〔註2〕余德慧：〈悟性的理解〉，參見黃漢耀編著：《中國人的寓言性格》序（台北：張老師，1992），頁7。

〔註3〕林淑貞：〈從讀者視域論寓言「寓意」之探求與誤讀〉，《第六屆「兒童文學與兒童語言」學術研討會論文集》（台北：富春，2002），頁272～289。

先秦諸子寓言（尤其是莊子寓言），其次是明清時期的寓言。就文體而言，散文寓言及寓言笑話是熱門選項，也有極少數研究者以「詩體寓言」爲研究對象。其實中國寓言數量龐大、內容豐富，至今的研究只能算是窺豹一斑，還有許多亟待深入探索的領域。

筆者在閱讀寓言相關著作時，發現陳蒲清先生在 1992 年出版的《寓言文學理論・歷史與應用》中，似乎認爲中國寓言傳統中，缺乏擬人化手法這個支流；〔註4〕然而台灣知名的寓言學者顏瑞芳，在 1997 年發表的單篇論文──〈唐宋擬人傳體寓言探究〉〔註5〕一文，析評唐宋兩代三十六篇「擬人傳體寓言」，證明中國傳統寓言範疇中，不乏擬人化手法創作的寓言。可惜在後續的寓言研究領域中，乏人問津！於是激發筆者矢志跟進，希望能在前人篳路藍縷、披荊斬棘，開拓出來的既有基礎上，對「擬人傳體寓言」作更深入的處理。

《廣諧史》〔註6〕一書編成於明代，爲匯編性的寓言著作──將各類物種擬人化，爲之作傳的「擬人傳體寓言」，共 242 篇，數量龐大，內容豐富；作

〔註4〕 陳蒲清雖然同意中國的《莊子》寓言，大量運用擬人化手法，卻似乎將莊子寓言視爲中國寓言的特例；陳氏主張中國寓言多以歷史人物爲主角，而歐洲寓言與《印度寓言》中擬人寓言的比重極大。因此陳蒲清認爲晚清著名的小說家吳沃堯（1866～1910）所著《俏皮話》，開拓了中西合璧的寓言之路，它繼承了明代詼諧寓言的傳統，又融入歐洲寓言擬人化的手法。請參見陳蒲清：《寓言文學理論・歷史與應用》（台北：駱駝，1992），頁 201、71～73、227～228。

〔註5〕 顏瑞芳：〈唐宋擬人傳體寓言探究〉，《古典文學》第十四集（台北市：學生書局，1997），頁 127～148。

〔註6〕 目前筆者所發現台灣現存的《廣諧史》版本有二：

（一）陳邦俊輯：《廣諧史》十卷（台南縣：莊嚴文化，1995）；歸屬於《四庫全書存目叢書・子部・小說家類》第二五二冊，頁 200～535。此版印刷清晰，字跡歷歷可辨，且已編頁碼，翻閱引用，較爲便利，故本書之研究，基本上依據本版。惟本版曾經清華大學收藏，篇首及篇末常有該校圖書館藏書印，導致字體無法辨識，有賴（二）《天一版・廣諧史》對照。

後文引用時，簡化爲《四庫存目・廣諧史》：頁碼部分，也將原爲「子 252～200」，逕作「頁 200」，以節省篇幅。

（二）陳邦俊輯：《廣諧史》，收於《明清善本小說叢刊初編・第六輯・諧謔篇》第十六（台北：天一，1985）。本版多頁風漬，未編頁碼，不便於檢閱，本書僅將之作爲補充性資料，其中謬誤，將在論文及圖表中補述。後文引用時，簡化爲《天一版・廣諧史》。

者上自唐代的韓愈（768～824），下至明代陳詩教（？1573～1615？），綿延近八百年，作品形式相當一致，形成一種仿擬風潮，為何如此？引發研究動機，冀能探究這一系列寓言的價值與意義，追探各代擬人傳體寓言所欲表現的內容為何？是否為中國寓言史上另成系統的支派？其次，寓言往往透過迂曲的方式反映生活、批判時代、頌揚生命，我們是否能夠透過《廣諧史》的研究，體察文人對當代政治、社會的關懷為何？理解傳統中國文人的人生觀和用世襟懷？以上為本書希望解決的問題。

第二節 研究範圍與進路

中國寓言的傳統從未中斷，其傳播方式是直線傳承的，〔註7〕寓言具有反映現實的特色，故陳蒲清在《寓言文學理論‧歷史與應用》一書中，曾指出：

> 寓言的繁榮時代，往往是社會發生或即將發生劇烈變革的時代。〔註8〕

也許因為寓言的性質在於迂曲傳達作者內心深意，因此寓言興盛時期，每每也是社會最腐拜、黑暗的時刻。筆者詳閱《廣諧史》之後發現，這些歷代文人〔註9〕所創作的擬人傳體寓言的內容，應該正如陳蒲清所說的都是對於現實的反映與干預，尤其是對政治的反映與干預。〔註10〕囿於時代背景的限制，《廣諧史》作者往往採取「虛實相間」的寫作手法，刻意造就閱讀的藩籬，使焦點模糊，形成作者生命安全的保護膜。

職是，解讀《廣諧史》的字面表層意義，並非最困難、最重要的部分，如何深入時代背景，透過對當代文化的剖析，認識《廣諧史》中作者寄寓的言外意，探討其中呈現的創作心態與社會意義，藉此管窺中國文人創作擬人

〔註7〕陳蒲清：《寓言文學理論‧歷史與應用》（台北：駱駝，1992），頁198。
〔註8〕陳先生總述中國寓言的創作，認為其高潮首次出現在「王道既衰，諸侯力政」的春秋戰國時代；第二次出現在「藩鎮割據、內憂外患」的中唐時期；第三次高潮的第一個波峰興起於「反對民族壓迫的火種正在地下醞釀並很快爆發」的元末明初；第二個波峰，出現在「各種社會矛盾激化、資本主義因素成長」的明朝中葉。換言之，《廣諧史》的擬人傳體寓言出現於中國寓言創作的第二、三次高潮時期。參見陳蒲清：《寓言文學理論‧歷史與應用》（台北：駱駝，1992），頁361。
〔註9〕陳良卿：「作者自薦紳先生，以至布衣逸士，各擅才情，游戲翰墨，窮工極變，另成一體」，語出〈廣諧史‧凡例二〉，參見《四庫存目‧廣諧史》（台南縣：莊嚴文化，1995），頁207。
〔註10〕陳蒲清：《寓言文學理論‧歷史與應用》（台北：駱駝，1992），頁360。

傳體寓言的意圖，才是本書最為重要的部分。

　　本書的研究範疇包括寓言理論、作者人物傳記、文化史、政治史、制度史等；方法主要為傳記研究法、資料分析法。

　　第二章，首先介紹論述擬人傳體寓言的定義，再述擬人傳體寓言與其他文類的關涉。第二節則說明擬人傳體寓言之代表作《廣諧史》的前後因承、內容概述。本部分的寫作，主要採取歸納法，將前人涉及寓言的理論、主張，整理分析，勾勒擬人傳體寓言的完整面貌，最後簡介《廣諧史》與其前身《諧史》。

　　第三章中，第一節分析擬人傳體寓言的形式結構，並參酌史傳文學相關內容，以闡述擬人傳體寓言與史傳之間的聯繫；其次，分析擬人傳體寓言寓體與寓意的組構方式。第二節則根據擬人傳體寓言的寓意類型，分為表述寓意與開發寓意兩部分說明：表述寓意部分主要是介紹作者寫作擬人傳體寓言時表述寓意的方式，著重論述作者如何表達；開發寓意部分則探究作品經歷時代變遷後的寓意層次鬆動問題，著重於讀者立場。

　　第四、五章是本書最為重要的部分。第四章按《廣諧史》作品的唐、宋、元三個時代，分為三小節來論述其時代精神與意義；第五章則專章討論明代作品。為了更準確掌握作者創作本意，筆者參考各代人物傳記資料，期能「知人論世」，從作者個人遭逢以明其「抒懷」之本末；同時深入文化史，冀望認識作者「藉古諷今」的原因。本章的探索，本於《廣諧史》編者陳邦俊編輯時預留的蛛絲馬跡推敲，雖是筆者苦心孤詣的結晶，但這些推論的正確性，尚待方家斧正。

　　第六章則根據《廣諧史》取材範圍、寫作手法，多角度的文本分析，開掘擬人傳體寓言的特色。

　　第七章結論，從四個面向歸納《廣諧史》研究之結論：說明《廣諧史》的編意；析論《廣諧史》的時代意義與價值；分析《廣諧史》的缺點；討論未來研究方向。

第二章　擬人傳體寓言與《廣諧史》述要

　　因「擬人傳體寓言」為寓言的一體，故本章首先定義寓言；其次，探討擬人傳體寓言的內涵；進而說明與其他文體的關涉。第二節則介紹擬人傳體寓言的代表作《廣諧史》。

第一節　擬人傳體寓言的定義

一、寓言定義商榷

　　莊周是首先提出「寓言」一詞的人，《莊子‧寓言》：

　　　　寓言十九，藉外論之。〔註1〕

　　陳蒲清認為「藉外論之」，即假託外事來說理，言在此而意在彼。〔註2〕不過根據郭象〈注〉「寓言十九」：「寄之他人，則十言而九見信」〔註3〕成玄英〈疏〉：「寓，寄也。世人愚迷，妄為猜忌，聞道己說，則起嫌疑，寄之他人，則十言而九信矣。」〔註4〕筆者認為莊子所謂的「寓言」乃指寓寄他人之口所言，以客觀的立場來加強自己言論的說服性，這是一種辯論、說明技巧，與後世所指「言在此而意在彼」的寓言不同，故陳蒲清的說法似乎並非莊子原意。雖然莊子所處時代並無「寓言」之名的文體，但確實已有發展成熟的寓言，附著在諸子散文中，諸子運用寓言說理明志、闡發哲理、宣揚政治主

〔註1〕參見郭慶藩撰、王孝魚點校：《莊子集釋》（北京：中華，1989），頁947。
〔註2〕陳蒲清：《寓言文學理論‧歷史與應用》（台北：駱駝，1992），頁11。
〔註3〕參見郭慶藩撰、王孝魚點校：《莊子集釋》（北京：中華，1989），頁947。
〔註4〕參見郭慶藩撰、王孝魚點校：《莊子集釋》（北京：中華，1989），頁947。

張、甚至是勸諫君王、遊說諸侯，由此可知，當時的寓言，並不具有獨立性。

莊子所指的「寓言」較傾向於一種修辭的手段，一種假借外人之口說明事理的方式，經歷時間的變遷，「寓言」演變爲假託外事說理的文體。

長期鑽研中國民間文學的譚達先在其《中國民間寓言研究》書中主張：

> 把人類的知識和智慧給予藝術的概括，而且具有諷喻意味的民間口頭故事，就是寓言。……它是用譬喻的方法通過鳥獸草木和種種物體的姿態，來著重摹擬、揭露、批評或嘲笑人們的缺點的口頭故事。
>
> 〔註5〕

譚氏所言之「藝術概括」，直指寓言將抽象概念具體化、理性思考感性化的文學特質，但他所強調的「譬喻方法」僅是寓言寓意的一種表達方式，忽略了寓言寓意尚可採取「象徵法」來表現。另外，按寓意類型來分析，寓言可分爲解釋型、說理型、批評型三類，而譚氏所指「摹擬、揭露、批評、嘲笑」的內容，似乎完全偏向「批評型」。最後，就譚氏的定義看來，他認爲寓言的主角通常是鳥獸草木和種種物體，這又和中國古代寓言多傾向於以歷史人物作爲描寫對象〔註6〕不同，因此譚氏的說法應該比較符合流行民間的寓言的特質，並不見得與中國寓言研究現況相符。

李富軒在《中國古代寓言史》中，則根據《中國大百科全書·中國文學》卷對「寓言」下了不同的定義：

> 文學體裁的一種。是含有諷喻和明顯教育意義的故事。它的結構大多簡短，具有故事情節。主人公可以是人，可以是動物，也可以是無生物。多用借喻手法，通過故事借彼喻此，借小喻大，使富有教育意義的主題或深刻的道理，在簡單的故事中體現出來。寓言的主旨在於通過虛構的故事，表現作家或人民關於某種生活現象、心理和行爲的批評或教訓。〔註7〕

李富軒提到寓言的形式爲故事，並特別強調寓言的「借彼喻此，借小喻大」的功效。然而寓言卻未必皆如其所強調的「含有諷喻和明顯的教育意義」，故李說也有不完備之處。

《冷眼笑看人間事——古代寓言笑話》一書作者顧青、劉東葵說：「寓言指

〔註5〕譚達先：《中國民間寓言研究》（台北：木鐸，1984），頁1。
〔註6〕陳蒲清：《寓言文學理論·歷史與應用》（台北：駱駝，1992），頁70。
〔註7〕李富軒：《中國古代寓言史》（台北：志一，1998），頁4。

的是虛構的、具有寄託意義的故事。」〔註 8〕陳蒲清認爲「寓言是作者另有寄託的故事」，〔註 9〕並指陳寓言的充分必要條件，爲「故事性」和「寓意」。筆者贊同這二位學者說法，因爲涉及定義問題，愈清晰簡要，愈容易讓讀者掌握特質，更何況寓言的發展面貌多變，複雜的說明，反而造成不必要的困擾。

綜上所述，發展成熟的寓言包含了故事及寓意兩個部分。至於主角是人物或非人物並不重要，只要能透過藝術加工手法，或誇張、或變形、或集中描寫，使故事與現實產生距離，不致令讀者以假爲眞，並且賦予與故事相合的言外之意，就是寓言。

所以拉封丹〔註 10〕將故事比做寓言的軀體，將寓意比做寓言的靈魂，兩者缺一不可。再者，虛構性是所有文學作品不可或缺的要素，寓言自不例外，所以將寓言視爲文學作品，討論其定義時，筆者認爲最清晰明確、歸屬於寓言的要素，其實只有兩項——故事和寓意。

正因寓言的充要條件僅有「故事」和「寓意」兩項，使得寓言的滲透性強——幾乎所有的文學作品都有寓言的身影；寓言也富有邊緣性——很難將其截然劃分爲哪一類文體。〔註 11〕所以筆者格外欣賞余德慧對「寓言」的敘述文字：

> 有什麼東西可以把很複雜的世界，突然變成一張圖片一樣得到領悟？有什麼樣的語言，它在敘說動物、仙子，卻把我們拉進某一個心理的世界？有什麼樣的故事，它講的是一大堆與我們無關的事，卻突然讓我們發現，自己身處其中？……寓言的意思是「言外所指」。就像我們說話一樣，也許說話的內容沒有談到愛或關懷，但口氣、態度等「言外之意」卻透露著另外一件事。任何圓滿的意義都有「言外所指」。字面的意義是第一層理解，「言外之意」是第二層意思，當兩層意義相應合的時候，某種滿溢的意義就跑出來了。」
> 〔註 12〕

〔註 8〕顧青、劉東蔡：《冷眼笑看人間事——古代寓言笑話》（台北：萬卷樓，1999），頁 1。

〔註 9〕陳蒲清：《寓言文學理論・歷史與應用》（台北：駱駝，1992），頁 11。

〔註 10〕轉引自陳蒲清：《寓言文學理論・歷史與應用》（台北：駱駝，1992），頁 11。

〔註 11〕陳蒲清：《寓言文學理論・歷史與應用》（台北：駱駝，1992），頁 42～45。

〔註 12〕余德慧：〈悟性的理解〉，參見黃漢耀編著：《中國人的寓言性格》序（台北：張老師，1992），頁 6。

余德慧所言描述了寓言無所不在的特質，讓我們發現通過對寓言的研究，不但可以了解寓言作者的關懷面，也因為了解別人的思想情感，更能看清自己的生活！

在中國文學領域中，有將寓言與傳記相合為一者，安秉咼稱之為「寓言傳記」，同時指出其文章結構形式與史傳相近，其題材與內容屬於寓言，作意則兼具寓言之諷諭與傳記之褒貶，「藉外論之」的「論之」形式與史傳之「論贊」相通，實為文史融合之特殊文藝形式也。〔註 13〕筆者深然其說，不過安秉咼之說顯然較偏重作品形式部分。一般而言，將寓言與傳記結合之作，其傳主不必為實人實事，故傳記之褒貶與史傳之論贊，目的皆為強化寓言之諷諭效果，所以筆者主張將這類作品，稱之為「傳體寓言」，或許更符合作者作意。如〈五柳先生傳〉為言作者胸懷，假託別人而立傳，以為自況，以免有自褒之嫌；〈蝜蝂傳〉、〈圬者王承福傳〉以傳其有益於世之寓意者，皆不較於傳主身分，乃因寓意重於故事也。顧炎武《日知錄》也說：

> 梁任昉《文章緣起》言：「傳始於東方朔作〈非有先生傳〉，是以寓言而謂之傳。」〔註 14〕

而寓言依描述對象區分，可簡單說明如表 2-1-1：

表 2-1-1：寓言對象分析表

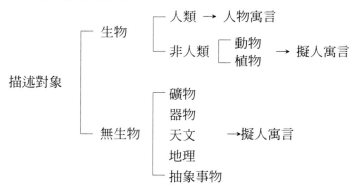

亦即，擬人寓言所描述的對象，包括：動物、植物、礦物、天文、地理、器物及抽象事物等形形色色物類，幾乎無所不包。

〔註 13〕安秉咼：「中國寓言傳記研究」（台北：政治大學中國文學研究所博士論文，1986），頁 195。

〔註 14〕顧炎武：〈古人不為人立傳〉《原抄本日知錄》（台北：文史哲，1979），頁 561。

綜上所論，本書所研究的對象——「擬人傳體寓言」，其形式爲傳記體裁，描寫對象並非人類，採用擬人化虛構的手法，性質則爲富含言外意的寓言。

二、疑義釐清

寓言的範疇遼闊無邊，但「擬人傳體寓言」的研究者不多，而本書所根據的文本——《廣諧史》中包含 242 篇擬人傳體寓言，因此本節將以學者們對擬人傳體寓言與《廣諧史》的誤解作爲起點，多方比對說明，以釐清擬人傳體寓言與其他文類之間的關係。

（一）「擬人傳體寓言」與「傳體寓言」的關係

顏瑞芳爲首位提出「擬人傳體寓言」〔註15〕一詞的研究者，然而其〈唐宋擬人傳體寓言探究〉論文中卻未清楚定義擬人傳體寓言，以至於通篇文字中「傳體寓言」、「擬人傳體」混用。

顏瑞芳於前言中，首先提到劉勰《文心雕龍・史傳》，指出「傳以傳人」的性質，最初的主人翁多爲公卿將相、英雄豪傑，到中唐韓柳以圬者、梓人……等社會小人物來傳事寓意，託諷寄興，最後韓愈進一步託物作史，以筆擬人，爲毛筆毛穎作傳，以譏諷統治者刻薄寡恩。〔註16〕該文同時闢有專節介紹「史傳體」，指出〈毛穎傳〉這類「變體之變」的傳體，〔註17〕歷來多以「寓言」視之。

筆者認爲顏瑞芳的研究確實掌握〈毛穎傳〉這類寓言的精神，對「擬人傳體寓言」的研究，有不可磨滅的貢獻。

然而顏文在提及宋人王柏作品時，題目誤作「大庾公世家傳」，〔註18〕與《廣諧史》作「大庾公傳」〔註19〕不同，也與王柏在《魯齋公集》卷九〔註20〕

〔註15〕顏瑞芳：〈唐宋擬人傳體寓言探究〉，《古典文學》第 14 集（台北：學生書局，1997），頁 127～148。

〔註16〕本段論述請參閱顏瑞芳：〈唐宋擬人傳體寓言探究〉，《古典文學》第 14 集（台北：學生書局，1997），頁 127～148。

〔註17〕請參閱顏瑞芳：〈唐宋擬人傳體寓言探究〉，《古典文學》第 14 集（台北：學生書局，1997），頁 127～148。

〔註18〕顏瑞芳：「……王柏〈大庾公世家傳〉等，無論題材與寓意都有所開拓，足以讓人一新耳目」，參見氏著：〈唐宋擬人傳體寓言探究〉，《古典文學》第 14 集（台北：學生書局，1997），頁 127～148。

〔註19〕王柏：〈大庾公傳〉，收於《四庫存目・廣諧史》，（台南縣：莊嚴文化，1995），頁 250～252。後文引用《四庫存目・廣諧史》時，採隨文附註頁碼形式，以

「〈大庾公世家〉後記」所作不同。根據陳必祥的說法：「一般文人學士所寫的傳記均不稱『列傳』，而只稱『傳』。」，〔註21〕那麼《廣諧史》作「大庾公傳」是可以成立的；若依《文心雕龍‧史傳》所稱：「世家以總侯伯，列傳以錄卿士」，〔註22〕王柏將作品定名爲「大庾公世家」也無可厚非。然顏氏重複「世家」與「傳」兩詞，將題目誤爲「大庾公世家傳」，則似乎未了解史傳體例之用心了。

其次，該文中所舉第一篇作品爲柳宗元的〈蝜蝂傳〉，傳主「蝜蝂」，乃一「善負小蟲」，通篇未採用擬人化手法，故顏文將之稱爲「傳體寓言」，指出其爲具諷諫意味的寓言，這是恰當的；但將〈蝜蝂傳〉收納於「擬人傳體寓言」一文的研究中，就不見得合適了！〔註23〕這一點在清人的文章中早有評論，錢基博《韓愈志‧韓集籀讀錄》曾說：

> 其中圬者王承福，與柳宗元宋清、橐駝、梓人、李赤、蝜蝂諸傳，
> 能近取譬，即小見大，諸子之遺，而非史傳之體；所以與五原獲麟
> 解諸篇同入雜著，言文章辨體當致謹於此。〔註24〕

錢基博認爲〈蝜蝂傳〉等皆爲諸子之遺，有寄託之意，卻非「史傳之體」，故稱爲「傳體寓言」是恰當的。但「擬人傳體寓言」以非人物爲主角，且以擬人手法敘寫，因此，筆者以爲顏瑞芳將擬人傳體寓言省稱爲「擬人傳體」，並不會造成混淆，因爲擬人傳體通常具有寄託之意，應當就是寓言。但如果將擬人傳體寓言逕稱爲「傳體寓言」，則不但未能抓住「擬人化手法」這個重點，且易與其他虛構人物的傳記寓言混淆，如：韓愈〈圬者王承福傳〉、柳宗元〈種樹郭橐駝傳〉等；也會和物類傳體寓言混同，如：柳宗元〈蝜蝂傳〉等。因「傳體寓言」範圍大於「擬人傳體寓言」，所以不宜以「傳體寓言」代稱「擬人傳體寓言」。關於傳體寓言與擬人傳體寓言的關係，謹以圖2-1-1「傳體寓言與擬人傳體寓言關係圖」說明：

避免註腳過多、眉目不清之弊。

〔註20〕王柏：《魯齋集》（台北：藝文印書館，？），頁13～14。

〔註21〕陳必祥：《古代散文文體概論》（台北：文史哲，1987），頁66。

〔註22〕劉勰著、王更生譯：《文心雕龍讀本》上篇（台北：文史哲，1983），頁278。

〔註23〕參見表2-1-2：顏瑞芳：〈唐宋擬人傳體寓言探究〉之篇目《廣諧史》未選之篇章」第11篇，根據篇名「素琴傳」與傳主「琴」對照，再參酌氏著：〈唐宋擬人傳體寓言研究〉一文頁136內容大要「琴之爲器，德在其中；琴之爲聲，感在其中」，筆者認爲〈素琴傳〉也非擬人傳體寓言。

〔註24〕錢基博：《韓愈志‧韓集籀讀錄》（台北：河洛圖書，1975），頁140。

圖 2-1-1：傳體寓言與擬人傳體寓言關係

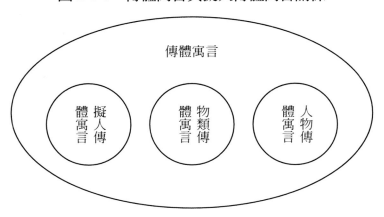

由圖 2-1-1「傳體寓言與擬人傳體寓言關係圖」中，可以清楚看出傳體寓言包含人物傳體寓言、物類傳體寓言與擬人傳體寓言等以不同對象作為傳主的傳體寓言。是故，傳體寓言不等於擬人傳體寓言，而應是傳體寓言包含擬人傳體寓言。

顏瑞芳在該文中羅列三十六篇唐宋作品，〔註25〕其中十六篇作品出現在《廣諧史》裡，關於兩者之間的異同，請見表 2-1-2「顏瑞芳：〈唐宋擬人傳體寓言研究〉篇目與《廣諧史》篇目對照表」。

表 2-1-2：顏瑞芳：〈唐宋擬人傳體寓言探究〉篇目與《廣諧史》篇目對照表

〈唐宋擬人傳體寓言探究〉與《廣諧史》兩者皆選錄之篇章				〈唐宋擬人傳體寓言探究〉選錄而《廣諧史》未選之篇章		
序號	作者、篇名	顏文所指傳主	《廣諧史》傳主	序號	作者、篇名	傳主
1	韓愈〈毛穎傳〉	毛筆	兔毫筆	1	柳宗元〈蝜蝂傳〉	蝜蝂
2	佚名〈下邳侯革華傳〉	靴	皂靴	2	陳造〈無長叟傳〉	蟹
3	司空圖〈容成侯傳〉	銅鏡	鏡	3	張詠〈木伯傳〉	木材
4	蘇軾〈萬石君羅文傳〉	硯	歙硯	4	曹勛〈荔子傳〉	荔枝
5	蘇軾〈黃甘陸吉傳〉	柑、桔	柑橘	5	王質〈承元居士傳〉	藤

〔註25〕關於顏瑞芳：〈唐宋擬人傳體寓言探究〉一文所根據的文本來源，筆者曾去信請教顏瑞芳教授，顏教授親自回覆——自清·董誥等編：《全唐文》（北京：中華）；曾棗莊等編：《全宋文》（四川：巴蜀書社）；《四庫全書·唐宋作家文集》（台灣商務印書館）中篩選而來。作者殷勤治學，令人感佩；不吝賜教，後學在此謹致謝忱。回函請參見附錄一。

6	蘇軾〈杜處士傳〉	杜仲	杜仲	6	王質〈平舒侯傳〉	竹
7	蘇軾〈溫陶君傳〉	陶製炊具	麵	7	王質〈玉女傳〉	芫蔚
8	蘇軾〈江瑤柱傳〉	干貝	玉珧	8	李石〈羅樊傳〉	蘿蔔
9	蘇軾〈葉嘉傳〉	茶	茶	9	蔡戡〈青奴傳〉	竹
10	劉跂〈玉友傳〉	酒	酒	10	陸龜蒙〈管城侯傳〉	毛筆
11	秦觀〈清和先生傳〉	酒	酒	11	司馬承禎〈素琴傳〉	琴
12	張耒〈竹夫人傳〉	竹	竹夫人	12	文嵩〈即墨侯傳〉	硯
13	李綱〈方城侯傳〉	棋	棋局	13	呂南公〈平涼夫人傳〉	平涼夫人
14	劉子翬〈蒼庭筠傳〉	竹	竹	14	李綱〈文城侯傳〉	符信
15	林景熙〈湯婆傳〉	湯婆	湯婆子	15	李綱〈武剛君傳〉	寶劍
16	王柏〈大庾公世家傳〉	梅	梅	16	曹勛〈棊局傳〉	棋
				17	程俱〈龍亢侯傳〉	寶劍
				18	周必大〈即墨侯傳〉	墨
				19	王質〈麴生傳〉	酒
				20	李洪〈石碣傳〉	石碣文
此部份之排序，主要按照《廣諧史》的次序，亦即作者生卒年。				此部份之排序，主要參酌顏瑞芳原文，亦即按傳主爲動物、植物、器物、其他等類別。		

來源：顏瑞芳：〈唐宋擬人傳體寓言探究〉，《古典文學》第 14 集（台北市：學生書局，1997），頁 127～148 以及《四庫存目·廣諧史》（台南縣：莊嚴文化，1995），頁 220～254。

　　根據表 2-1-2「顏瑞芳：〈唐宋擬人傳體寓言探究〉篇目與《廣諧史》篇目對照表」觀察，可以發現顏文與《廣諧史》篇章重疊部分，《廣諧史》的說明較顏氏更爲詳盡，如：第 1 篇〈毛穎傳〉傳主，顏氏指「毛筆」，《廣諧史》則爲「兔毫筆」；第 2 篇〈下邳侯革華傳〉傳主，顏氏爲「靴」，《廣諧史》則爲「皂靴」……。

　　第 7 篇蘇軾〈溫陶君傳〉顏文認爲傳主是「陶製炊具」，《廣諧史》則作「麵」（頁 229）。筆者依據〈溫陶君傳〉「口以內之，腹以藏之，美在其中，而暢於四支」（頁 229）的描述，認爲本文傳主應爲「麵」，《廣諧史》所判斷的較爲正確。

　　第 12 篇張耒〈竹夫人傳〉的傳主爲「竹夫人」，那是古人夏日取涼的寢器，顏文誤作「竹」，導致該文統計時，植物類多一篇、器物類少一篇。

　　此外，筆者根據顏文所提供的「內容大要」部分分析，認爲《廣諧史》未

選之篇章部分的第 6 篇王質〈平舒侯傳〉，傳主應爲「竹簟」而非「竹」；〔註26〕第 9 篇蔡戡〈青奴傳〉傳主應爲「青奴」，〔註27〕青奴爲竹夫人的別名，故這兩篇傳主皆不屬植物類，而屬於器物類。

　　從以上的分析看來，顏瑞芳〈唐宋擬人傳體寓言探究〉一文，開創了擬人傳體寓言之研究，但對於「擬人傳體寓言」一詞的概念，則還待再求明確，以避免發生取材、物種等方面的錯誤。不過該文觸及擬人傳體寓言的形式來自「史傳」，傳主爲物類擬人，目的則是託諷、寓懷遣興，這些核心看法都很深刻、具有草創性的價值。相對而言，同樣的篇章，《廣諧史》的註解，則較顏文完整而正確。

（二）擬人傳體寓言與「小說」的關係

　　《廣諧史》在《四庫全書存目叢書》中，被歸類於子部小說家類。根據紀昀《四庫全書總目》，將小說分爲三類：

> 其一敘述雜事，其一記錄異聞，其一綴緝瑣語也。唐宋而後，作者彌繁，中間誣謾失眞，妖妄熒聽者，固爲不少。然寓勸戒，廣見聞，資考證者，亦錯出其中。班固稱『小說家流蓋出於稗官』，如淳注謂『王者欲知閭巷風俗，故立稗官，使稱說之』。然則博采旁搜，是亦古制，固不必以冗雜廢矣。今甄錄其近雅馴者，以廣見聞，惟猥鄙荒誕，徒亂耳目者，則黜不載焉。〔註28〕

　　可見紀昀等編撰者認爲小說包含敘述雜事、記錄異聞以及綴緝瑣語三類，然皆應具有史料性，可以讓王者知閭巷風俗；認爲小說應以眞爲先，唯眞是求，不能誣謾失眞。據此，紀昀刪除了大量「猥鄙荒誕、徒亂耳目」的作品，僅蒐錄了一百二十三種小說及三百二十七種存目，數量上遠遜於明代小說書目的著錄，內容上也不及明代小說的豐富，對於明清時繁榮的通俗小

〔註26〕王質：〈平舒侯傳〉內容大要：「竹簟平舒韜潤，體柔而性堅，清制爽規、解慍蠲煩，夙夜陪上。後被讒以棄直毀節，昵近帝所。以見寒暑推移，愛憎變遷。」請參見顏瑞芳：〈唐宋擬人傳體寓言探究〉，《古典文學》第 14 集（台北：學生書局，1997），頁 127～148。

〔註27〕蔡戡：〈青奴傳〉內容大要：「青奴竹氏肌理玉雪，爽氣逼人，寵傾後宮，封涼國夫人，後因戚夫人等相與譖於上，且有寒疾，以憂毀卒。」請參見顏瑞芳：〈唐宋擬人傳體寓言探究〉，《古典文學》第 14 集（台北：學生書局，1997），頁 127～148。

〔註28〕永瑢等撰：《四庫全書總目》下冊，卷一百四十（北京：中華，1965），頁 1182。

說更是不屑一顧。〔註29〕筆者認爲由此可以確知:《廣諧史》雖歸於子部小說家類(當時尚無以「寓言」爲名的一類文體),卻不同於明清時的通俗小說。

　　承上所述,《廣諧史》屬於寓言中的擬人傳體寓言。據林淑貞的說法,寓言是一種「類於」敘事文學,因爲具有故事的敘述性質,組構方式爲「故事＋寓意」,注重寓意的彰顯,因此可以是簡型的故事,人物可以扁平化、模糊化,情節可以簡單化、平面化,不必注重場景的構設,可放置於任一時空之中,爲幻設式的構寫方式;而小說則重在故事情節的構作,對人、事、時、地、物的掌握,以及情節的推展、鋪陳都須面面俱到。因此寓言和小說重疊部分爲「故事性質」,小說全力構作故事情節,寓言則傾力於寓意彰顯,兩者創作的形式要求各有不同。〔註30〕《廣諧史》採用擬人手法,爲物類立傳,是故事形式,其中含有作者託諷的言外意,亦即符合寓言「故事＋寓意」的條件。準此,古人將寓言視爲小說,今人分析較細,才將寓言從小說範疇中獨立出來。故就現代文學的標準看來,《廣諧史》屬於寓言類。

　　然而近年來,許多中國大陸的學者在探討明末小說時,往往都將《廣諧史》視爲小說,如:于興漢、吉曉明在〈試論中國古代小說批評中的「史家意識」〉主張:「《廣諧史》是一部詼諧小說」,〔註31〕該文同時根據李日華《廣諧史·敘》,認定《廣諧史》「失史職記載」與「所留者僅僅史氏數行墨耳」,可證明《廣諧史》內容純屬虛構;而李日華仍將此小說納入史家的批評視野,因此李日華評品的不是藝術而是史籍。筆者認爲該文發生幾項謬誤,首先是將「夫史職記載」的「夫」字誤爲「失」字,其次則不了解《廣諧史》的寓言性質!

　　「夫史職記載」與「所留者僅僅史氏數行墨耳」這兩句原本是《廣諧史》編者陳邦俊對李日華所傾訴的感慨——「歷史雖紀錄眞人實事,但所存留的不過是史書上的幾行文字罷了!」而且陳邦俊認爲《廣諧史》雖是虛構作品,卻和史書一樣可以讓人領悟哲理——這又證明了《廣諧史》具有言外之意。

　　該文還將《諧史》編撰者徐儆絃(字常吉)誤爲「徐敬修」、誤解《廣諧史》「作者」爲陳邦俊等,筆者認爲于、吉兩位學者對《廣諧史》的寓言性質

〔註29〕據徐利英:〈歷代小說著錄中的史傳意識〉,《江西教育學院學報》第二五卷第五期(2004年10月),頁86～89。

〔註30〕林淑貞:〈從讀者視域論寓言「寓意」之探求與誤讀〉,《第六屆「兒童文學與兒童語言」學術研討會論文集》(台北:富春,2002),頁272～289。

〔註31〕于興漢、吉曉明:〈試論中國古代小說批評中的「史家意識」〉,《山西師大學報》第二二卷第二期(1995年4月),頁62～81。

不清楚，卻又引作證據，故該文有關《廣諧史》的論點，實在難以令人信服！

再者，王立鵬於〈試論中國小說觀念的趨於成熟〉文中，根據李日華在《廣諧史・敘》的說法：

> 且也因記載而可思者，實也；而未必一一可按者，不能不屬之虛。借
> 形以託者，虛也；而反若一一可按者，不能不屬之實。古至人之治心，
> 虛者實之，實者虛之。……而向所讐校研摩之，未嘗有者耶？〔註32〕

證明明代人的小說創作觀念已經接近現代的小說理論。〔註33〕然而《廣諧史・敘》這段頗富盛名的文字，其實並非討論寫作小說的技法，而是並論史書記載與《廣諧史》的作品，討論其間的差異；其次史書記載與《廣諧史》的作品兩者創作時代可遠溯至上古及唐代，與明代小說的關係並不緊密，因此如果要以這段文字來證明「明代小說創作觀念已經接近現代的小說理論」，亦不精確。這也是將《廣諧史》誤為小說作品，所導致的誤判。

苗懷明曾於〈文臣之法　學者之眼　才子之心〉篇章中，這樣論述：

> 其（紀昀）對明人陳邦俊《廣諧史》的評價：「無益文章，徒煩楮墨，
> 搜羅雖富，亦難免於疊床架屋之譏矣。」對小說教化功能的過分強
> 調，自然也就弱化和消解了其娛樂消閑的另一功能。〔註34〕

《廣諧史》包括242篇寓言，其中241篇作品都是第一篇韓愈〈毛穎傳〉的仿作。筆者判斷紀昀觀覽全書後認為，那些仿作價值不高，故譏評其「疊床架屋」！至於批評紀昀的苗懷明則認為《廣諧史》是用來「娛樂消閑」的小說，可見其對《廣諧史》託諷寓寄的作用毫無所知。因此當苗先生不遺餘力抨擊紀昀對通俗小說的偏見時，所引用的例證《廣諧史》，竟然不是他所認定的「通俗小說」，還收編於紀昀主導的《四庫全書存目叢書》的子部小說家類，這種看法實在有自相矛盾之嫌。

職是，《廣諧史》歸於《四庫全書存目叢書》子部小說家類，採用小說慣用的虛構手法、鋪陳故事，表示《廣諧史》有類於小說的敘寫手法，因此學者普遍將《廣諧史》視為通俗小說。但其虛構的目的為「藉物說理」，與小說

〔註32〕李日華：《廣諧史・敘》，參見《四庫存目・廣諧史》（台南縣：莊嚴文化，1995），頁202。

〔註33〕王立鵬：〈試論中國小說觀念的趨於成熟〉，《臨沂師專學報》（1995年第一期），頁25～28。

〔註34〕苗懷明：〈文臣之法　學者之眼　才子之心〉，《江西行政學院學報》總第十三期（2004年第一期），頁121～125。

希望讓讀者彷彿參與、觀看另一個人的人生故事，性質極爲不同，這是現代小說與擬人傳體寓言的相異之處。

（三）擬人傳體寓言與笑話的關係

歷來諸多寓言研究者對《廣諧史》這類擬人傳體寓言的作品都不甚了解，屢屢將其和「笑話」混淆，如：陳蒲清：「徐常吉《諧史》（案：《廣諧史》前身）……笑話專集中都有不少詼諧寓言」〔註35〕及賴旬美：「《廣諧史》爲陳良卿本《諧史》再增補之笑話總集。」〔註36〕或許如馬亞中、吳小平所言：

> 歷代笑話專集可謂絡繹不絕，且題名也大多離不開一個「笑」字……
> 即使題名不用「笑」字，但也多有「笑」的含意，諸如《啓顏錄》、
> 《諧噱錄》、《絕倒錄》〔註37〕

因《諧史》、《廣諧史》書名中有一「諧」字，且兩書出現的時間點都在明朝萬曆年間，正逢笑話盛行時刻，故陳蒲清、賴旬美便都誤以爲其中內容爲笑話了！段寶林在《笑話──人間的喜劇藝術》書中，曾用「幽默與詼諧」的概念來判別笑話：

> 詼諧與幽默不是一個概念。……廣義的幽默與喜劇性大致相當，包
> 括一切可笑的事物在內。……詼諧主要指語言的滑稽。詼諧笑話是
> 通過巧妙機智的語言來致笑的滑稽故事。這類笑話大多只是開開玩
> 笑，不一定有多少諷喻性內容，沒有多少思想意義。〔註38〕

換句話說，段寶林認爲詼諧笑話不見得有多少思想意義，而《廣諧史》作品，通常是別有寓意的，試舉《諧史・方溫傳》（《廣諧史》前身）爲例說明：

> 方溫，字德周，綿州人。外貌若柔順，中則剛果不可亂，頗有山野
> 氣。每爲人所排擠，始軟熟可任使，尤好音樂，聞絲木之音即起舞，
> 忽自悟曰：「君子之學，以咸重爲質，豈可飛揚浮躁之若是乎？」聞
> 有車大經者，善變化人氣質，遂往從焉。大經教之不倦，引而伸之，
> 觸類而長之，無復向時之態矣！卒業於要離伯機，因得以成章，進
> 儕於縫掖之列。天性寬大，最能容物，喜聞人之善，惡聞人之過，

〔註35〕參見陳蒲清：《寓言文學理論・歷史與應用》（台北：駱駝，1992），頁222。
〔註36〕參見賴旬美：「古代寓言型笑話研究」（台北：台灣大學中國文學研究所碩士論文，1998），頁126註25。
〔註37〕馬亞中、吳小平：《中國寓言大辭典》前言（江蘇：江蘇文藝，1997），頁2。
〔註38〕段寶林：《笑話──人間的喜劇藝術》（北京：北京大學，1996），頁140。

見人有過，則廣爲之揜覆，必使人不見而後已。人勸之仕，曰：「吾何仕爲？吾遠祖亦常顯於前代：爲公孫弘所薦者，人則少之；爲司馬光所薦者，人則多之。出處得失，爲千載之毀譽，不可不謹也。吾何仕爲？」是以未嘗苟且以事人，卒老於隱。十竹軒主人曰：「聞人之過，能不議之者，已不可得，況見其過而能爲之揜覆者乎？欲揜覆其過，必用善言以蓋之，而後可以解之也。有過者於此，宜一聞之即變矣！」（頁 290）

　　這是支立所著的〈方縕傳〉，本傳將器物「布衾」擬人化，作爲傳主，首先敘寫其姓氏、個性；「每爲人所排擠……卒老於隱」寫其遭逢；「十竹軒主人……宜一聞之即變矣！」則爲作者對方縕的評論。這篇文章雖然運用「模擬、誇張、顛倒、諷刺、雙關語及綽號」〔註 39〕等幽默技巧的書寫手法，其目的卻不在「爲布衾作傳」，也非「製造笑料」。然而若將之視爲「後置型說理」式寓言，〔註 40〕根據作者於篇末的傳贊「聞人之過，能不議之者，已不可得，況見其過而能爲之揜覆者乎？欲揜覆其過，必用善言以蓋之，而後可以解之也。有過者於此，宜一聞之即變矣！」所言，即可輕易得知：作者藉描摹布衾的作用，期勉自己能「用善言以揜覆他人之過」。準此，我們應該可以了解作者眞正的用心。

　　段寶林曾於《笑話——人間的喜劇藝術》中，爲笑話下定義：

笑話是引人發笑的故事。笑是笑話的生命。如果笑話不引人發笑，那就不是笑話了。〔註 41〕

　　支立〈方縕傳〉實在難以引人發笑，將之視爲「笑話」，顯然與支立嚴肅的作意扞挌不入。《廣諧史》中 242 篇作品，皆如〈方縕傳〉一般，爲「故事＋寓意」的擬人傳體寓言，故雖以「諧」名之，性質卻並不盡然是詼諧的。

　　筆者再從明代李贄所編輯的《山中一夕話》摘取一段「笑話」作爲對比：

則天朝，宰相楊再思晨入朝，值一重車將牽出西門，道滑，牛不前，馭者罵曰：「一群癡宰相，不能和得陰陽，而令我難行，如此辛苦。」再思徐謂之：「爾牛亦自弱，不得嗔他宰相。」〈馭者罵相〉〔註 42〕

〔註 39〕 瑪哈德 L・阿伯特著，金鑫榮譯：《幽默與笑——一種人類學的探討》（You Mo Yu Xiao——Yizhong Renlei Xue De Tantao），（南京：南京大學，1992），頁 190。
〔註 40〕 請參見本書第三章第二節「後置型寓言的分析」。
〔註 41〕 段寶林：《笑話——人間的喜劇藝術》（北京：北京大學，1996），頁 1。
〔註 42〕 李贄：《山中一夕話》，收於楊家駱：《中國笑話書》（台北：世界書局，1973），

　　文中將宰相楊再思「對號入座」的癡傻和御者所謂的「癡宰相」並列，造成特別的喜劇效果。陳蒲清認為寓言與笑話最大的區別在於「是否別有寄託」，〔註43〕因此《山中一夕話‧馭者罵相》確為「無寓意、無寄託」的笑話。

　　綜上所述，可知擬人傳體寓言與笑話不同，所以《廣諧史》顯然非笑話專集。陳蒲清在其1996年出版的《中國古代寓言史》中，修訂了對於《廣諧史》前身《諧史》的看法：

> 《諧史》是徐常吉編。徐常吉，萬曆進士，官至戶科給事中。全書
> 4卷，採集唐宋至明代的給物品作的傳記文共73篇。此書編於萬曆
> 七年。萬曆四十三年，陳邦俊又增補169篇，達242篇。稱《廣諧
> 史》。兩書所收作品包括韓愈〈毛穎傳〉問世以後的詼諧寓言與遊戲
> 文字。〔註44〕

　　可見陳蒲清先生已經不再將《諧史》視為「笑話專集」，惟仍認為《諧史》與《廣諧史》為詼諧寓言與遊戲文字。

第二節　《廣諧史》述要

　　若按故事類型，可將寓言分為人物寓言和擬人寓言兩大類。陳蒲清認為歐洲寓言（尤其是《伊索寓言》）與《印度寓言》中擬人寓言的比重極大，〔註45〕中國古代寓言則多以歷史人物為主角。言下之意，《莊子》寓言大量運用擬人化手法，〔註46〕獨具風格，屬於中國寓言中的特例。陳蒲清認為晚清著名的小說家吳沃堯（1866～1910）所著《俏皮話》一書，開拓了中西合璧的寓言之路，既繼承了明代詼諧寓言的傳統，又融入歐洲寓言擬人化的手法。〔註47〕換言之，陳蒲清似乎認為中國寓言傳統中缺乏擬人化手法這個支流；然而《廣諧史》全書卻包含了242篇擬人寓言，這表示中國寓言領域中也曾出現過大量的擬人寓言作品，而這是陳先生不曾了解的部分。

　　其次，陳蒲清在《寓言文學理論‧歷史與應用》書中，曾特別強調：

　　　頁106。
〔註43〕參見陳蒲清：《寓言文學理論‧歷史與應用》（台北：駱駝，1992），頁51～54。
〔註44〕陳蒲清：《中國古代寓言史》（湖南：湖南教育，1996），頁478。
〔註45〕陳蒲清：《寓言文學理論‧歷史與應用》（台北：駱駝，1992），頁71～73。
〔註46〕陳蒲清：《寓言文學理論‧歷史與應用》（台北：駱駝，1992），頁201。
〔註47〕陳蒲清：《寓言文學理論‧歷史與應用》（台北：駱駝，1992），頁227～228。

明清還出現匯編性寓言著作。如明代徐元太《喻林》120 卷包括比
喻和寓言；清代，董德鏞、孔昭甫編《可如之》三卷（案：編於 1816），
收編包括三十四種動物的一百三十多則動物寓言。〔註48〕

表示陳蒲清未發現早在明萬曆四十三年（1615）編輯的《廣諧史》就已
收編共 120 種以上物類的擬人寓言，其中包括 20 種以上動物、25 種以上植物、
60 種以上器物，以及飲料、食物、藥材、天象 16 種等其他類〔註49〕的寓言！

《廣諧史》一書的前身爲《諧史》：明朝萬曆七年（1579）8 月，〔註50〕
徐常吉搜羅 73 篇作品所成。〔註51〕根據徐常吉《諧史‧序》：

> 齊諧者，志怪者也。又諧者，謔也。何言乎怪與謔也？天地之間，
> 無知者爲木石，無情者爲禽獸，以至服食器用皆塊然物也、蠢然物
> 也。今一旦飾之以言動舉止、靈覺應變，又舉所謂鬚眉面目、衣冠
> 革帶者，而與之相酬酢焉，豈不可怪而近於謔哉？嗟夫！天地之間，
> 神奇爲臭腐，臭腐復爲神奇，何所不化？何所不育？故萇虹之化碧、
> 青寧之生程，亦理之不能無。今吾安知鬚眉面目者之不幻而爲物乎？
> 吾安知塊然蠢然者之不幻而爲人乎？吾又安知眞者之非幻，而幻者
> 之非眞乎？是其怪也不足怪，而即其謔也，爲善謔矣！於是刻所謂
> 《諧史》者而書之。（頁 203）

由《諧史‧序》所言，《諧史》編者徐常吉收錄作品時，因慮及作品內容
旨趣，故其編書有一貫的主旨——注意文中「怪而近於謔」的成分，如非「善
謔」，便不輯入本書中；換言之，純粹怪奇的作品，倘其中無「謔」之成分，
即不收錄。這顯示徐常吉選錄作品時，十分注重作品的諷諭價值，亦即作品
「寓意」成分，若非深刻有味的善謔，徐常吉不會收於《諧史》之中。

《諧史‧序》中，「今吾安知鬚眉面目者之不幻而爲物乎？」這個疑問句，
暗示徐常吉閱讀、挑揀作品的感想——許多有頭有臉、有血有肉，出仕爲官
的縉紳之士，在君主心目中只有工具性價值，毫無人類的尊嚴可言。這段文

〔註48〕陳蒲清：《寓言文學理論‧歷史與應用》（台北：駱駝，1992），頁 223～224。
〔註49〕請參見本書附錄二：《廣諧史》篇目與物種對照表。
〔註50〕徐常吉：〈諧史序〉，收於《四庫存目‧廣諧史》（台南縣：莊嚴文化，1995），
頁 203。
〔註51〕語見陳邦俊：〈廣諧史‧凡例〉，參見《四庫存目‧廣諧史》（台南縣：莊嚴文
化，1995），頁 207。關於《諧史》篇目部分，請參看附錄三：《諧史》篇目與
物種對照表。

字表達他對這些官員的人生充滿感慨！

　　而「吾安知塊然蠢然者之不幻而爲人乎？」，則暗示《諧史》所蒐錄作品的表現手法——擬人法——將物類虛構爲人類的藝術手法。在「眞者非幻、幻者非眞」的虛實交錯之間，這篇序言強烈透露「人生如戲、戲如人生」的虛幻感。

　　綜上所述，徐常吉將「擬人傳體寓言」收編成書，定名爲《諧史》，其意或取自劉勰在《文心雕龍》裡所指出的司馬遷《史記・滑稽列傳》的精神：

　　　　是以子長編史，列傳滑稽，以其辭雖傾回，意歸義正也。〔註52〕

　　劉勰所說的「辭雖傾回，意歸義正」與司馬遷在《史記・滑稽列傳》中的「談言微中，亦可以解紛」主張相同，亦即徐常吉承繼中國「諧」的傳統，對搜集入《諧史》中作品性質的體認，著重於「諷諫」效果，〔註53〕這一點非常近乎朱光潛在《詩論》一書中，對於「諧」字的討論。朱光潛指出「諧」的特色是模稜兩可：第一，就諧笑者對於所嘲對象說，諧是惡意的而又不盡是惡意的，含有幾分警告規勸的意味，也有打趣的成分。第二，就諧趣情感本身說，諧是美感的而又不盡是美感的，因爲諧的動機都是道德的或實用的。第三，就諧笑者自己說，他所感覺的是快感而又不盡是快感，打趣造成快感，解放沉悶世界的束縛，不過可笑的事物畢竟是醜拙鄙陋乖訛，是人生中的缺陷，不免引起不快的感覺。〔註54〕筆者認爲，徐常吉收編《諧史》一書，除了作品內在旨意外，還注意到作品外在形式的一貫，因而成爲收編擬人傳體寓言的第一人，據此，徐常吉在中國寓言史上，應該佔有一席之地。

　　萬曆四十三年，陳邦俊（字良卿）花費近20年的時間蒐集編錄《廣諧史》，將內容增至242篇作品，擴充了《諧史》原有的規模；他的貢獻是多方面的，也使《廣諧史》一書具有以下特色：

一、廣泛蒐羅，篇章繁多

　　《廣諧史》的編者陳邦俊名不見經傳，筆者查考相關資料，可惜仍未能有更多了解。但其囑託李日華所作之《廣諧史・敘》，很清楚說明陳邦俊收集作品的執著：

〔註52〕劉勰著、王更生譯：《文心雕龍讀本》上篇（台北：文史哲，1983），頁257。

〔註53〕《史記・滑稽列傳》所舉淳于髡、優孟、優旃、東方朔等人，皆藉滑稽言辭向國君進言以諷諫國君施政。參見世界書局編輯部主編：《新校本史記三家注》第五冊（台北：世界，1983），頁3197～3214。

〔註54〕朱光潛：《詩論》（桂林：廣西師範大學，2004），頁18～19。

余昔與良卿同學，日購隱文奇牒，對案讐校，研摩爲樂，即與時趣
近，弗之恤……良卿陰購善本，褾函楚楚別貯之，若手弗經觸者，
至家以是拓落，亦弗之恤，蓋其篤嗜之如此；嗜之篤，故不能折而
之今！遊學宮，連不售，因自謝免。日浮湛里閈間，光塵渾同，而
以密意爲鉗取，江南多書之家，無不經其漁畋者。（頁 200～201）

　　陳良卿因爲搜集這些隱文奇牒，與時趣迕；因爲珍愛這些善本，一一裱褙
裝箱，導致家道中落，無法覓得合適的職業，只好隱居鄉里，但他仍堅持這個
嗜好，甚至搜索江南多書之家，〔註55〕務求不遺漏任何篇章，這樣的堅持，使
《廣諧史》內容豐富充實，從《諧史》舊刻 73 篇擴充至 242 篇。〔註56〕〈廣諧
史・凡例〉也說：

今廣尋博訪，或散見文集、或雜見類書、或得之友氏私抄、或得之
坊間別本，搜錄濡遲廿易寒暑。（頁 207～208）

　　足見陳邦俊千辛萬苦百般搜羅、堅持不懈，傾 20 年私家收藏之力。這樣
的用心，使《廣諧史》在性質類似的匯編作品集中，份量空前，〔註57〕並且
自唐迄明，各朝作品都有；尤其是陳良卿所處的明朝，更有高達 153 篇作品。

　　《廣諧史》一書內容相當完整，除了 242 篇擬人傳體寓言之外，首卷尚
包括序文、姓氏、書目、凡例、正訛、目錄等內容。茲整理成表 2-2-1《廣諧
史》首卷內容說明表，以利考索：

表 2-2-1：《廣諧史》首卷內容說明表

一、序文	1、李日華所著〈廣諧史敘〉	2、徐常吉所撰〈諧史序〉		
二、姓氏	1、授梓姓氏	2、校刻姓氏	3、采集書目撰著姓氏	4、采集書目編纂姓氏
三、凡例共十三條				
四、正訛共十六條				
五、《廣諧史》目	1、朝代	2、撰著姓氏	3、平生簡歷	4、篇名	5、物種

〔註55〕「（明代）江南藏書爲全國之首……」，參見李學勤、徐吉軍：《長江文化史》
　　　　（江西教育，1995），頁 1024。

〔註56〕李日華：〈廣諧史・敘〉，參見《四庫存目・廣諧史》（台南縣：莊嚴文化，1995），
　　　　頁 201～202。

〔註57〕陳蒲清：「萬曆二十三年，朱維藩將《諧史》與賈三近編的《滑耀集》，合爲
　　　　一集，或刪或補，稱爲《諧史集》，共四卷。……《滑耀集》性質與《諧史》
　　　　相近。」參見氏著：《中國古代寓言史》（湖南：湖南教育，1996），頁 478。

六、工作人員	彙編者：秀水白石陳邦俊良卿父	校訂者：綠天陳詩教四可父	繕寫者：適我張暉寰羽父	鏤板者：光宇沈應魁茂芳父

來源：陳邦俊：〈廣諧史‧首卷〉《四庫存目‧廣諧史》（台南縣：莊嚴文化，1995），頁 204～
219。

二、編輯次序，獨具匠心

其次，《廣諧史》的編輯，乃根據作者年代次序安排編纂，十分有特色，
請見表 2-2-2《廣諧史》卷次內容表說明：

表 2-2-2：《廣諧史》卷次內容表

一卷	唐宋十七人	第 1 篇至第 25 篇	計二十五篇
二卷	元十人	第 26 篇至第 44 篇	計十九篇
三卷	明洪武至成化十七人	第 45 篇至第 73 篇	計二十九篇
四卷	弘治正德十人	第 74 篇至第 103 篇	計三十篇
五卷	嘉靖初九人	第 104 篇至第 127 篇	計二十四篇
六卷	嘉靖中十人	第 128 篇至第 144 篇	計十七篇
七卷	嘉靖末隆慶十人	第 145 篇至第 160 篇	計十六篇
八卷	萬曆十九人	第 161 篇至第 197 篇	計三十七篇
九卷	世次無考十二人	第 198 篇至第 218 篇	計二十一篇
十卷	姓氏無考	第 219 篇至第 242 篇	計二十四篇

來源：陳邦俊：〈廣諧史總目〉《四庫存目‧廣諧史》（台南縣：莊嚴文化，1995），頁 204。

不過，各朝代的作者次序安排，並非按其生卒年代決定，主要依據爲作
者科考上榜年代。由於《廣諧史》所輯錄唐代作品不多，明朝作者群過多，
故以宋朝作者年代爲例說明，請見表 2-2-3《廣諧史》宋代作者年代表：

表 2-2-3：《廣諧史》宋代作者年代表

《廣諧史》中次序	生卒年代	科　考　紀　年
1、蘇軾	1036～1101	嘉祐丁酉（1057）進士
2、陳元規	不詳	嘉祐（1056～1063）
3、劉跂	不詳	元豐（1078～1085）中，進士
4、秦觀	1049～1100	元祐（1086～1092）官秘書省
5、唐庚	1070～1120	元祐（1086～1092）中，進士
6、張耒	1054～1114	紹聖（1094～1096）中，進士

7、李綱	1083～1140	政和（1111～1117）中，進士
8、劉子翬	1101～1147	不詳
9、王義山	1214～1287	景定壬戌（1262）進士
10、邢良弼	不詳	淳祐（1241～1251）
11、馬揖	不詳	淳祐（1241～1251）
12、林景熙	1242～1310	咸淳（1265～1274）中，進士
13、王柏	1197～1274	德祐（1275～1276）
14、吳應紫	不詳	不詳

來源：陳邦俊：〈廣諧史目〉《四庫存目・廣諧史》（台南縣：莊嚴文化，1995），頁209～210。

　　由表2-2-3《廣諧史》「宋代作者年代表」可知，《廣諧史》對作品篇章次序的安排，主要以作者科考上榜爲據，故研究者萬不可以作品在該朝前後順序，來判斷作品年代，如：表中第9位作者王義山生卒年代爲1214～1287年，其生存時代跨越到元朝；而表中第13位作者王柏，生卒年代爲1197～1274年，其生存年代較早，作品卻被置於宋代作品後期。這是在研究作品的時代意義時，特別需要注意的。

三、考證詳實，修正誤謬

　　《廣諧史》作品、題目與物類解說等各方面，考訂詳實；《廣諧史・凡例》對於作品的來源、作者的身分、作品的性質、題評者的附書、作者的姓氏爵里世次，以及不同版本之間的差異，都有說明。其中，筆者認爲最須注意的部分有二：

　　　　文嵩〈文房四友傳〉，見諸類書，不載全文，止錄數語，似不可棄，
　　　　姑存其略，以俟博考。（頁208）

　　這只保存「傳略」的做法，表現出編者陳邦俊的謹慎，不過也影響了《廣諧史》的總篇數。其實如果只就完整篇章的作品來論的話，《廣諧史》必須刪除第198到201篇等4篇作品。附帶一提，第189篇許鍾岳〈素君傳〉在目錄部分資料十分完整：題目、物類解說、作者字號、爵里、世次，無一不全（頁217），但在本文部分卻毫無蹤影！〔註58〕最爲可怪的是《廣諧史》「校刻姓氏」部分，竟有「許鍾岳」之名號、鄉里，足見許氏和陳邦俊爲同時代之

〔註58〕按篇章次序而言，該文應出現於《四庫存目・廣諧史》（台南縣：莊嚴文化，1995），頁467～468。

人。筆者認爲該文極可能是成書之後散佚。所以，筆者認爲《廣諧史》總篇數，並非爲陳邦俊所標榜的 242 篇，精確點說，應該是 237 篇。

其次，《廣諧史‧凡例》還提到部分篇章，「諸本互有異同，今擇全文較勝者刻入，不敢妄竄一二」（頁 208），再次證明編者的敬愼。其中有一篇作品格外有價值，《廣諧史‧凡例》這樣說明：

> 楊時偉〈魚蠡傳〉，先從欽青城處錄歸，已授梓矣！後得郁師古出示
> 石刻二作，小同大異，故並存之。（頁 208）

根據筆者研究，該文原篇幅共 860 字左右，後增至 2000 多字，前後二文寓意相似，但後文多採「賦」的做法，導致篇幅大增；同時保留二作，可供後人研究楊時偉的寫作歷程，亦有相當的意義。

此外，《廣諧史‧正訛》對於各家版本也有仔細的比對，無論篇章中的闕漏字、篇章內容混同、體例說明、物類解說、作者字號以及作者考訂等，都曾下過功夫。茲舉一例說明：

> 蘇軾〈江瑤柱傳〉乃玉珧也，而《諧史》以爲蟶腸；支立〈息夫定
> 傳〉乃竹床也，而《諧史》以爲竹夫人；嚴時泰〈溫湛傳〉，乃湯泉
> 也，而《諧史》以爲湯；羅玘〈胡液楮傳〉乃扇也，而《諧史粹編》
> 以爲汗。謬誤殊甚，今悉正之。（頁 209）

足見《廣諧史》編者陳邦俊在編訂此書時，曾將前人註解錯誤的部分加以釐清，對於這些物類的考訂，基本上筆者認爲是沒有謬誤的。不過，要特別說明的是第 193 篇陳詩教的作品〈消息子傳〉，是《廣諧史》中唯一一篇未說明傳主物種者，不知是何原因？但根據文中所描述：「孤竹君之後」、「嘗爲人效剪頭胡奴，作迴旋舞」，筆者認爲「消息子」爲竹製品，一端有毛髮狀之物，並且常被人旋轉。文中又如此敘述：

> 上召見大悅曰：『子聲名聒耳久矣！乃復堅處匣中，羽毛誠可惜，奈
> 關斯民痛癢何？』遂受封即墨刺史。後復引見（卻老）先生，其術
> 頗同，因命爲之副。及菑政，先生既主猛，而子則濟之以和。由是
> 墨吏屛跡，人心帖服。（頁 470～471）

這段文字則提供另外的線索——「消息子」可以解決人類的痛癢問題，人類用畢則會將其置於匣中；平日與卻老先生同進退，卻老先生主猛而「消息子」濟之以和，因此筆者推測卻老先生爲「耳掏」，而「消息子」則是搭配耳掏的、一端毛茸茸之物，不知是否可以「耳如意」稱之？文中還提到：「時

左右方蒙蔽上聰，勸上從之，未幾，墨胎氏叛，群盜縱橫，道路梗塞，詔錄
其子爲通使，持節往諭之，賊始解散。」其中「墨胎氏梗塞道路」，筆者認爲
這是說「耳垢堵塞耳道」；而「詔錄其子爲通使，持節往諭之，賊始解散」，
則指「消息子」疏通耳道，將耳垢清除乾淨。「其人蓬首垢面，無復人理；及
叩其所長，則動靜闔闢，無不可人。」更說明「消息子」發揮功能時，可使
人感到舒適。以上所述，與題目「消息子」配合，都暗示了此物有助於消息
的接收，據此，筆者認爲〈消息子傳〉所指物類，應是耳掏類之物。筆者在
網路上發現一圖，似乎可以證明以上推論，茲附錄於此，以供參考，請見圖
2-2-1「消息子」：

圖 2-2-1：消息子

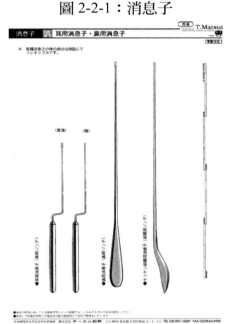

資料來源：http://home.att.ne.jp/surf/km/3zn101.htm；2006/5/7 列印

　　〈消息子傳〉作者陳詩教，也是《廣諧史》校訂者，〔註59〕當然可以「夫
子自道」地解說本傳傳主的物類，但《廣諧史》中卻未標示，可能「消息子」
在當時極爲尋常，時人盡知，一如筆者現今在網路上所發現的資料——日本
人對於「消息子」的認識——於是不必另行解說。

─────────────

〔註59〕參見陳邦俊：〈廣諧史·首卷〉，收於《四庫存目·廣諧史》（台南縣：莊嚴文
　　　　化，1995），頁 219。

如此一來，《廣諧史》的物類解說部分，幾乎可說是 242 篇作品全數無誤，足證陳邦俊在解讀原物傳時煞費苦心。

但第 24 篇王柏〈大庾公傳〉的篇名，似乎與王柏本人所訂不同。王柏在《魯齋公集》卷九曾有〈大庾公世家後記〉〔註 60〕一文；根據《廣諧史·大庾公傳》內容，所述包括梅氏歷代祖先功業之外，全力刻畫梅氏長子梅木伯華和次子梅仁仲實的影響，故按史傳體例，該文篇名應以王柏自訂的〈大庾公世家〉較為恰當。

四、保留原著，尊重作者

陳邦俊在選文方面有其原則，《廣諧史·凡例》說：

> 作者自薦紳先生以至布衣逸士，各擴才情，游戲翰墨，窮工極變，另成一體，且辭旨似若詼諧，議論實關風雅，雖與正史並傳可也。（頁 207～208）

「自薦紳先生以至布衣逸士」說明《廣諧史》作者的身分，包括在朝為官者、平民與隱士。「游戲翰墨，窮工極變，另成一體」，指稱其選文標準根據文體考量。「辭旨似若詼諧，議論實關風雅，雖與正史並傳可也」，顯示陳邦俊對《廣諧史》這些擬人傳體寓言的看重，難怪他將所有搜錄的作品盡量維持原貌，清楚交代來源；若有不同版本，則或擇全文較勝者刻入、或二者並存，不敢妄竄（頁 208），以保留「諸名公精神」（頁 207）。陳邦俊看待本書的認真嚴謹，近乎史家對待史書的嚴苛，是故陳邦俊甚至放棄明代刻書慣例——評點，這也顯出陳氏的識見：

> 時尚批點以便初學觀覽，非大方體；且或稱卓吾，或稱中郎，無論真偽，反惑人真解，況藻鑑不同，似難一律，故不敢沿襲俗套，以為有識者鄙。（頁 208）

而重刻《廣諧史》的目的，則是「是集主補《諧史》之未備……」（頁 207）。陳邦俊非常尊重徐常吉《諧史》原作，故從《廣諧史》所作注記，亦可想見《諧史》原貌：

> 徐徼絃所集《諧史》悉仍舊刻；新增入者，各于目錄上著一圈以別之。（頁 207）

〔註 60〕王柏：《魯齋集》（台北：藝文印書館，？），頁 13～14。

　　重訂《廣諧史》的目的在於補《諧史》的不足，因此在蒐集過程中，並不考慮作者出身，只要是同類型的文章，陳邦俊都將之搜編。比較《廣諧史》和《諧史》，筆者發現《諧史》的作者集中於一般文人，《廣諧史》則擴大範圍，包含武將，如：宋代李綱；包含貴族，如：南唐李從謙、明朝嘉靖年間的魯藩中立王；也包含釋者，如：元朝釋克新、世次無考的釋祖秀。

　　此外，多位寓言研究者提到：先秦寓言數量很多，總數在一千則以上；〔註61〕但當時的寓言並未獨立成篇，而是穿插在政論性的文章中，以哲理性取勝。唐代柳宗元以後，才發展出獨立成篇的寓言作品。〔註62〕直到宋朝蘇軾的《艾子雜說》〔註63〕完成，中國才有寓言專集出現。〔註64〕以「寓言」一詞名書，〔註65〕則要遲至清末。干天全因此在〈中國古代寓言述論〉中，主張：

> 古人未曾為寓言這種文學體裁統一定名，並確定其概念，這就自然
> 影響到文人對寓言的歸類結集。從先秦到清代竟沒有一本斷代的或
> 跨代的寓言專集，更沒有一部寓言專史或一部寓言專論。〔註66〕

　　干天全之說看似合理，然而《廣諧史》一書雖未以「寓言」一詞名書，卻是一本寓言專集，因為編者陳邦俊根據「擬人手法」、「史傳體」兩個條件

〔註61〕　參見陳蒲清：《寓言文學理論·歷史與應用》（台北：駱駝，1992），頁 200；干天全：〈中國古代寓言述論〉，《四川大學學報》（1996 年第四期），頁 54～59；馬亞中、吳小平：《中國寓言大辭典》前言（江蘇文藝出版社，1997），頁 2。

〔註62〕　「寓言作為一種諷諭性的小品……最後成為獨立的文體，則是從唐代柳宗元的《三戒》開始確立的。」參見陳必祥：《古代散文文體概論》（台北：文史哲，1987），頁 11。以及陳蒲清：《寓言文學理論·歷史與應用》（台北：駱駝，1992），頁 213；顧青、劉東葵：《冷眼笑看人間事──古代寓言笑話》（台北：萬卷樓，1999），頁 88；干天全：〈中國古代寓言述論〉，《四川大學學報》（1996 年第四期），頁 54～59；劉卓英：〈柳宗元、蘇軾與唐宋寓言〉，《中國典籍與文化》（1997 年三期），頁 91～95。

〔註63〕　據陳蒲清：「《艾子雜說》……肯定這本寓言專集確為東坡作品」《中外寓言鑑賞辭典·寓言鑑賞導論》（長沙市：湖南，1990），頁 20。

〔註64〕　干天全：〈中國古代寓言述論〉，《四川大學學報》（1996 年第四期），頁 54～59；劉卓英：〈柳宗元、蘇軾與唐宋寓言〉，《中國典籍與文化》（1997 年三期），頁 91～95。

〔註65〕　陳蒲清：「（伊索寓言）的第四個中譯本才叫做《伊索寓言》……出版於 1902 年的」，據《寓言文學理論·歷史與應用》（台北：駱駝，1992），頁 227。

〔註66〕　干天全：〈中國古代寓言述論〉，《四川大學學報》（1996 年第四期），頁 54～59。

爲依據，將這類文體的作品輯錄，產生了「擬人傳體寓言」專集：跨越唐、
宋、元、明四個朝代，多達 114 位作者，242 篇寓言作品！相對於先秦一千多
則寓言、《伊索寓言》總篇數 200 則左右來說，《廣諧史》的內容豐富，確實
是寓言史上極爲突出的貢獻，也足以推翻干天全先生對寓言的結論。王瑤在
《中古文學思想》中說：

> 總集的興起和發展，實在是作者繁多以後的時代風氣的必然產物。
> 〔註 67〕

可見《廣諧史》這種寓言總集的出現，證明了寫作擬人傳體寓言在明朝
已蔚爲風氣。

其次，《廣諧史》對擬人傳體寓言的收集，有非常清楚的觀念：採用擬人
手法、形式皆爲史傳體例、對傳主的解說詳實無誤、搜羅篇章豐富。準此，
筆者認爲《廣諧史》無疑是擬人傳體寓言的代表作。

《廣諧史》爲跨代的寓言專集，其收集寓言的篇章之多、數量之大，形
成中國寓言作品中不容忽視的一個區塊。

〔註 67〕 王瑤：〈文體辨析與總集的成立〉《中古文學思想》，收於楊家駱主編：《中國
中古文學史等七書》（台北：鼎文，1977），頁 137。

第三章　擬人傳體寓言的形式結構與寓意類型

　　每一種文體都有其體要，這不僅關乎作品的表現手法、筆法結構、創作時所運用的種種寫作法則，還反映作家的主觀感情及氣質。簡言之，當作者創作之際，會考慮主觀感情的需要，選擇適合的文體，作最恰當的表現。曹丕《典論論文》說：「奏議宜雅，書論宜理，銘誄尚實，詩賦欲麗」〔註 1〕以及劉勰《文心雕龍》講「定勢」，〔註 2〕都是強調文體不同，表現方式和風格也就不同。所以選擇適合的形式來作為載體，無疑地是文人非常重要的課題！

　　如果說，「寓言故事是寓言的軀體，寓意是寓言的靈魂」，〔註3〕那麼形式則為寓言的「衣服」。俗語說得好：「佛要金裝，人要衣裝。」文學作品有獨特的形式，正如美女身著一襲世上獨一無二的衣服，必定吸引所有具慧眼者的賞識目光。錢鍾書《管錐篇》中，有一段文字討論形式的重要，筆者尤其認為適合說明「寓言形式」之重要：

> 《白虎通·衣裳》：「衣者隱也，裳者障也」。夫隱為顯之反，不顯言
> 直道而曲喻罕譬；《呂覽·重言》：「成公賈曰：『願與君王讔』……
> 《史記·滑稽列傳》：『淳于髡喜隱』，正此之謂也……蓋衣者，所以
> 隱障。然而衣亦可資炫飾……則隱身適成引目之具，自障偏有自彰
> 之效，相反相成，同體歧用。〔註4〕

〔註 1〕蕭統編；李善、呂延濟、劉良、張銑、呂向、周翰：《增補六臣注文選》（台北縣：漢京，1983），頁 965。

〔註 2〕劉勰著、王更生譯：《文心雕龍讀本》下篇（台北：文史哲，1983），頁 62。

〔註 3〕轉引自陳蒲清：《寓言文學理論·歷史與應用》（台北：駱駝，1992），頁 11。

〔註 4〕錢鍾書：《管錐篇》（蘭馨室書齋，無出版年月日），頁 5～6。據葉朗：《胸中

　　原本衣裳是爲了「蔽體」，然而發展至今日，衣裳成了炫飾、引目、自彰之具。同理，當韓愈決定以寓言的手法創作時，代表他希望表達一些不宜宣說的個人感受；但採用當時人認定具有實錄精神的、嚴肅的史傳體，來描寫毫無生命、小小的一支兔毫筆，並且將之虛構成爲一個勤勤懇懇、畢生忠於國事的大臣時，其間「大小」、「生命之有無」所形成的強烈反差、所引發的震撼，正是吸引許多有識之士目光之處，可見韓愈〈毛穎傳〉在形式與文字、內容的結合，達到最理想的境地，因此不但後世文學批評者給予一致的讚賞，而且追隨擬作者無數。擬人傳體寓言代表作《廣諧史》，在形式方面完全模仿韓愈〈毛穎傳〉所採用的史傳體，因此本章第一節將探討擬人傳體寓言中負載寓意的「史傳體」，以及擬人傳體寓言的形式結構；第二節則析論擬人傳體寓言的寓意類型。

第一節　擬人傳體寓言的形式結構

一、採用史傳體例

　　司馬遷的《史記》多數篇章皆先敘寫傳主世系、遭逢，再於篇末附上「太史公曰」的傳贊，記述作者對篇內某人某事的看法或轉引別人的議論，以評述傳主。而韓愈〈毛穎傳〉在敘述毛穎的故事之後，也於篇末加以「太史公曰」的傳贊，作爲評論，可見韓愈刻意仿擬太史公的筆法。因而柳宗元〈讀毛穎傳〉中將韓愈〈毛穎傳〉與太史公〈滑稽列傳〉相類比：

> 時言韓愈爲〈毛穎傳〉……詩曰：「善戲謔兮，不爲虐兮。」太史公
> 有〈滑稽列傳〉，皆取乎有益於世者也。〔註5〕

　　柳宗元對韓愈知之甚詳，故直指〈毛穎傳〉與太史公的〈滑稽列傳〉都有「善戲謔兮，不爲虐兮」的言外之意。林紓《韓柳文研究法》指出韓愈〈毛穎傳〉文字形式近似《史記》，其中感慨近於太史公：

> 〈毛穎傳〉爲千古奇文……文近史記，然終是昌黎眞面，不曾片語依
> 傍史記……傳後論追述毛穎身世，若有餘慨，則眞肖史公矣！〔註6〕

之竹》（安徽教育，1998），頁 178 所言比對，該書頁碼同錢鍾書：《管錐篇》
　　（中華書局，1979）。
〔註5〕《四庫存目・廣諧史》（台南縣：莊嚴文化，1995），頁 221。
〔註6〕林紓：《韓柳文研究法》（台北：廣文，1980），頁 26。

　　爲什麼所有評論者俱將韓愈〈毛穎傳〉與司馬遷〈史記〉並論？實在是韓愈〈毛穎傳〉明顯套用如〈史記〉的史傳傳統寫法！而《廣諧史》所有篇章的形式，都模仿韓愈〈毛穎傳〉的史傳體。以下我們從篇名、敘寫基模以及寫作精神三方面，分別論述：

（一）篇名合於史傳命意

　　我國史書最早是記言體和編年體，而紀傳體的史書，創自西漢司馬遷的《史記》，劉勰說：「及史遷各傳，人始區詳而易覽，述者宗焉。」〔註7〕亦即，至司馬遷《史記》產生以後，我國正式出現了以人物爲描寫中心的史傳文。司馬遷《史記》的體例：「本紀以述皇王，世家以總侯伯，列傳以錄卿士……」，〔註8〕所謂本紀、世家、列傳是以傳主的身分地位來區分，其實內容都是歷史人物的傳記，司馬貞《史記索隱》說：「列傳者，謂敘列人臣事迹，令可傳於後世，故曰列傳。」〔註9〕張守節《正義》也說：「其人行跡可序列，故曰列傳。」〔註10〕根據陳必祥的說法，《史記》中的列傳，有以人物姓名定名的，如〈田單列傳〉；有以性質相同而概括定名的，如〈酷吏列傳〉；有以專業相同而概括定名的，如〈貨殖列傳〉。但一般文人學士所寫的傳記均不稱「列傳」，而只稱「傳」，〔註11〕作家所寫人物傳記正式成爲文章中的一體，是從唐代開始的。〔註12〕

　　我們考察《廣諧史》的篇目，發現絕大多數的篇章逕以「傳」爲篇名，這足以說明作者身分多爲「一般文人學士」，但也有極少數例外，如：第 147 篇〈唐密皇本紀〉、第 205 篇〈姚王本紀〉、第 207 篇〈天君本紀〉，內容俱述皇王，符合史傳體的傳統；第 37 篇〈石君世家〉、第 146 篇〈國老世家〉、第 166 篇〈翟道侯世家〉、第 175 篇〈玉川子世家〉，內容皆總侯伯，亦符合史傳體例；而胡光盛兩篇作品〈白額侯年表〉、〈金光先生紀略〉，形式與其他篇章

〔註 7〕劉勰著、王更生注譯：《文心雕龍讀本》（台北：文史哲，1983），頁 279。

〔註 8〕劉勰著、王更生注譯：《文心雕龍讀本》（台北：文史哲，1983），頁 278。

〔註 9〕司馬遷撰：裴駰集解、司馬貞索隱、張守節正義：《史記三家注二》（台北縣：漢京，1981），頁 851。

〔註 10〕司馬遷撰：裴駰集解、司馬貞索隱、張守節正義：《史記三家注二》（台北縣：漢京，1981），頁 851。

〔註 11〕陳必祥：《古代散文文體概論》（台北：文史哲，1987），頁 66。

〔註 12〕褚斌杰所舉例證，有韓愈〈圬者王承福傳〉，以及柳宗元〈種樹郭橐駝傳〉、〈童區寄傳〉等文章，見氏著：《中國古代文體學》（台北：學生，1991），頁 445。

並無二致，但傳主白額侯、金光先生，一壽千餘歲，另一壽高萬歲奇，生存時間跨越數朝，篇名也就與一般人物傳記的本紀、世家、列傳不同，但仍是繼承史傳傳統。

（二）敘寫基模符合史傳規範

紀傳體形式，是以人爲中心組織事件，便於刻畫人物形象；由司馬遷開創，後繼者不絕。張新科曾指出史傳的敘述模式，開頭先寫傳主的姓字籍貫，然後敘其生平事蹟，繼而選擇幾個典型事例以表現人物的個性、特徵，最後寫到傳主之死及子孫的情況；篇末另有一段作者的話，或補充史料，或對傳主進行評論，或抒發作者感慨。最後這段文字，《史記》稱「太史公曰」，《漢書》用「贊曰」，《三國志》用「評曰」，《後漢書》先有「論曰」，再有「贊曰」等等。這樣的敘述模式在唐前史傳中無多大變化，即使唐以後的史傳，也很少有變化。〔註13〕

《廣諧史》的作品只有少數採取對話形式，如：第 71 篇〈方君談子傳〉、第 105 篇〈戶牖侯傳〉；有作者自敘作意之篇章，如：第 7 篇〈杜處士傳〉、第 32 篇〈界庵先生傳〉，並未於篇末附加傳贊；其餘篇章皆採取：

世系＋遭逢＋傳贊

的敘寫基模。故就形式結構而言，《廣諧史》無論篇章命名或形式結構，都符合史傳的體例。

（三）依循史傳體精神

文學可以依照現實規律而自由想像，無中生有；歷史只能紀錄已發生過的事件，描述其人其事；而「史傳文學」則同時具有歷史與文學的特色，因而格外特殊。張新科曾爲文指出，中國古代史傳文學有幾個特色（該文所謂史傳文學，專指「史書中文學性強、以刻畫人物形象爲主的作品」）：〔註14〕

1、所面對的對象是歷史上眞實發生過的事和出現過的人──任何史家都不可能做到絕對眞實，但史傳文學不允許脫離事實而虛構，其運用想像的目

〔註13〕張新科：《唐前史傳文學研究》（西安：西北大學，2000），頁 14。

〔註14〕本段資料爲筆者參酌張新科論文，擇要紀錄，並非完整引用，如：張先生所指史書和史傳文學都有依附皇權的傾向，本文即省略，因爲本文著重的司馬遷《史記》，非官修史書，而是私人修撰。張新科：《唐前史傳文學研究》（西安：西北大學，2000），頁 1～8。

的在於補充事實鏈條的不足；此外作家還必須突破傳統、克服個人感情因素以及政治因素的影響，才能達到司馬遷「不虛美、不隱惡」實錄精神的目標，這也是史傳文學最爲重要的使命。

2、其政治目的在於展現歷史的變化，揭示社會發展的規律，提供統治者作爲借鑒——史家必須藉事件或人物來表明歷史的來龍去脈，確立歷史人物的立足點；作者的觀察點在於「變」，解釋朝代的興衰存亡原因是史家對於統治者的責任。

3、道德目標是褒善貶惡——史傳文學並非單純地寫歷史人物，而是將歷史人物納入道德範疇中加以描繪，使其具有正面的模範作用或反面的警戒效果，此即〈太史公自序〉所謂「善善惡惡，賢賢賤不肖」；〔註15〕

4、敘述人物事件採用「形象法」，把事件過程具體化、故事化，使「死」的資料變成「活」的藝術形象；並且透過描摹人物的神態舉止、心理獨白，刻畫人物內心世界，使人、事生動。

5、跟歷史著作相比，史傳文學有較濃厚的主觀感情；尤其是私人著作，往往融入個人的人生體驗，把個人的情感寄寓在敘事之中。

由以上史傳文學的特色——實錄精神、提供統治者借鑑、褒善貶惡，運用形象化手法、寄寓作者感情等看來，《廣諧史》擬人傳體寓言所敘傳主雖然並非是歷史上眞實存在過的人類，而只是物種，但作者賦予其人性，將其被人類使用的過程擬人化，可以說是採取一種文學手段，將物種遭遇按照現實人生的規律，無中生有，雖非歷史的眞實，卻屬文學的眞實。這些傳主的遭逢皆具有士大夫集體的代表性，符合史傳文學的實錄精神。筆者認爲《廣諧史》的內容包含批判現實政治社會及說明作者理念兩方面，作者當然希望其作品對於統治者能產生諷諫的效果。擬人傳體寓言在傳贊中評論傳主，利用對話、情節發展，以及從外型到性格仔細摹寫傳主，都是爲了使讀者更深刻體認傳主的形象。《廣諧史》作者利用生活閒暇，主動創造人物，完成創作，自然是個人濃厚的感情所推動，所以不論其個人的愛憎，作者對於傳主的主觀情感是不容忽視的。

因此，《廣諧史》擬人傳體寓言繼承了史傳體精神，是無庸置疑的。

〔註15〕司馬遷撰；裴駰集解、司馬貞索隱、張守節正義：《史記三家注二》（台北縣：漢京，1981），頁 1352。

二、擬人傳體寓言的組構方式

　　林淑貞在〈從讀者視域論寓言「寓意」之探求與誤讀〉文中，對寓言組構方式的揭示爲：

> 寓言具有故事的敘述性質，其組構方式是：「事＋理」，所謂的「事」
> 就是故事；「理」就是寓意。〔註16〕

　　更確切地說，擬人傳體寓言在敘述傳主生平遭逢部分，是故事，屬於寓言「事」的部分；這是寓言的軀殼，亦即寓言的「寓體」部分。至於作者在文中寄託的懷抱或諷刺，屬於寓言「理」的部分；換句話說，是寓言的靈魂，亦即寓言的「本體」部分。因此寓言與擬人傳體寓言的組構方式，分別爲：

寓言：（事＋理），即（故事＋寓意）；

　　擬人傳體寓言：（世系＋遭逢＋傳贊），亦即爲：

$$\left.\begin{array}{l} 世系＋遭逢 \rightarrow 故事 \\ 傳贊 \rightarrow 寓意 \end{array}\right\} \rightarrow 故事＋寓意$$

　　由上可知，擬人傳體寓言的形式仍與寓言相同。而其中傳主生平故事的作用，目的乃是顯發寓意，並不是寓言的重點，因此擬人傳體寓言的人物、敘事，純爲虛構，而不是眞人眞事，是故其雖以史傳形式寫作，卻非史傳。錢基博《韓愈志・韓集籒讀錄》曾說：

> 圬者王承福，與柳宗元宋清、橐駝、梓人、李赤、蝜蝂諸傳，能近
> 取譬，即小見大，諸子之遺，而非史傳之體：所以與五原獲麟解諸
> 篇同入雜著，言文章辨體當致謹於此。〔註17〕

　　錢基博所論甚是！其所引證的諸篇傳體寓言，雖採用史傳形式，卻爲「諸子之遺」，有言外之意；以現代文學角度觀察，都屬寓言範疇。而顏瑞芳也曾爲傳體寓言作結，且論及擬人傳體寓言的性質：

> 寓言爲兼具故事與寓意之文體，而寓言故事重虛構，歷史故事重眞
> 實，這是傳體寓言從史傳來，而又不同於史傳之處。……將動物、
> 植物、器物等物類擬人作傳，則明顯是藉物託諷，寓懷遣興。〔註18〕

〔註16〕林淑貞：〈從讀者視域論寓言「寓意」之探求與誤讀〉，《第六屆「兒童文學與兒童語言」學術研討會論文集》（台北：富春，2002），頁272～289。
〔註17〕錢基博：《韓愈志・韓集籒讀錄》（台北：河洛圖書，1975），頁140。
〔註18〕顏瑞芳：〈唐宋擬人傳體寓言探究〉，《古典文學》第14集（台北：學生書局，1997），頁127～148。

顏瑞芳所言的確中肯，史傳內容多爲眞人實事，強調實錄精神；而傳體寓言則偏重虛構人物與事件，故雖形式近似史傳，內涵則不同於史傳。擬人傳體寓言則爲「虛構中的虛構」：以「擬人化手法」杜撰傳主的世系、遭逢，明顯虛構，藉此烘托文中所寄託的懷抱或諷刺的意義。筆者認爲，擬人傳體寓言兼具虛構與眞實兩種成分：故事，即寓體，爲虛構的；理，即寓意，即本體，才是擬人傳體寓言的重點。正因寓體的全然「虛構」，反襯寓意的「眞實」，是故作者「藉物託諷，寓懷遣興」之用意，格外值得讀者注意。

第二節　擬人傳體寓言的寓意類型

就寓意表述方式來看寓言的話，可將寓言分爲：體悟式寓言及說明式寓言。所謂體悟式寓言其寓意是隱藏的，作者不在寓言中明示，由讀者自行體悟；而說明式寓言，則爲作者自行於寓言中揭露寓意。

好的寓言寓意深刻，可分爲三個層次——表層文字寓意、中層歷史寓意以及讀者開發的深層文化寓意。〔註 19〕筆者認爲寓意層次，尙且會隨著時代改變而產生鬆動、推移現象，值得加以深究。

《廣諧史》中擬人傳體寓言篇章眾多，有藉各種類型表述寓意的寓言，故本節先處理擬人傳體寓言中表述寓意的類型；其次，析論寓言的各種層次寓意。這是以下所討論的兩個重點。

一、表述寓意的類型

寓言的靈魂在於「寓意」。不論作者採用多麼細膩的手法來刻畫其中人物、敘述故事的情節有多麼精采，倘若無法呈現其所欲傳達的寓意，就不能稱爲好的寓言。同樣的，讀者閱讀作品之後，若無法體悟寓言中的寓意，那麼寓言的目標便不算達成。因此若能掌握作者表述寓意的方法，就能夠比較正確地解讀寓言。筆者認爲《廣諧史》寓言寓意表述方式，可分爲說明式寓言以及體悟式寓言兩類，即：

《廣諧史》寓言寓意表述方式 ⎰ 說明式寓言
　　　　　　　　　　　　　　⎱ 體悟式寓言

以下分別予以介紹、說明。

〔註 19〕陳蒲清：《寓言文學理論・歷史與應用》（台北：駱駝，1992），頁 417～418。

（一）說明式寓言

作者自行於寓言中揭示寓意的說明式寓言，其故事與寓意的組構方式可分為：前置型寓意、後置型寓意以及包孕型寓意三種，指的是寓意在故事之前、或出現於故事之後、或故事中尚有故事。筆者認為《廣諧史》的說明式寓言多半為前置型、後置型的寓言：

《廣諧史》說明式寓言 ⎡ 前置型寓言
　　　　　　　　　　　⎣ 後置型寓言

分述之，如次：

1、前置型寓言

有些擬人傳體寓言作品，在故事開始之前先點明寓意，此即為前置型寓言，其寓意表現的形式為：

理＋事

讀者或聽眾之所以注意寓言，通常源於人們愛聽故事的天性，是故前置型寓言在寓言領域中屬於少數。《廣諧史》中，共有 15 篇將寓意置於傳主生平遭逢故事之前的這種前置型寓言，篇目請見表 3-2-1《廣諧史》前置型寓言一覽表：

表 3-2-1：《廣諧史》前置型寓言一覽表

篇序	朝代	作 者	篇 名	物 種	頁 碼	卷 次
88	明	董穀	大庾山人傳	梅	333 頁起	四卷
89	明	董穀	董仙孫傳	杏	334 頁起	四卷
90	明	董穀	奈文林傳	花紅	334 頁起	四卷
91	明	董穀	安中滿傳	石榴	335 頁起	四卷
92	明	董穀	雪水衡傳	梨	335 頁起	四卷
93	明	董穀	巴園翁傳	橘	336 頁起	四卷
94	明	董穀	洞庭君傳	柑	336 頁起	四卷
95	明	董穀	周餘生傳	栗	337 頁起	四卷
96	明	董穀	白敢夫傳	銀杏	337 頁起	四卷
97	明	董穀	曲處仁傳	核桃	338 頁起	四卷
98	明	董穀	朱方傳	柿	338 頁起	四卷
99	明	董穀	束赤心傳	棗	339 頁起	四卷

100	明	董穀	牧正薔傳	桃	339 頁起	四卷
101	明	董穀	玉華子傳	李	340 頁起	四卷
102	明	董穀	夏貢元傳	櫻桃	340 頁起	四卷

來源：董穀：〈十五子傳〉《四庫存目‧廣諧史》（台南縣：莊嚴文化，1995），頁 333～340。

　　表 3-2-1《廣諧史》前置型寓言一覽表，所條列的董穀 15 篇作品，作者自稱爲「十五子傳」，是《廣諧史》中極爲難得的前置型寓言，寓意皆在故事之前。筆者以其中篇幅較短小者——〈安中滿傳〉爲例說明：

> 安中滿者，外國人也。安氏以茂族雄於塗林，當是時博望侯奉命使西域諸國，遂取葡氏、苜氏、戎王氏及安氏等數種，質子以歸。天子命育諸上林苑中，故中國有安始此。中滿多文章，發爲葩藻，穠艷奪目，雖欲華就實，猶珠璣滿腹，笑則齦齦然露其齒，見者窺知其胸中之富矣！（頁 335）

本傳將植物「石榴」擬人化，作爲傳主。首二句敘寫其世系；「安氏以茂族……故中國有安始此」，寫其遭逢；「中滿多子……其胸中之富矣」，則爲作者對安中滿的評論。因爲故事中並未說明寓意所在，因此單就文本來看，讀者會誤以爲本文不過「摹寫石榴的形狀罷了！毫無寓意可言。」不過若參酌本文作者董穀在〈十五子傳〉之前的〈十五子傳小序〉，進入作者所構設的解讀語境中，探勘文中涵義便不困難了：

> 碧里山樵（作者自謂）抱憂處困于潵之北部……億甚！強起行園，見眾植無言，各遂其性，緬懷葴楚，心實羨之，眾植亦對以臆，若有以教我者，胸中之累，爲之一釋……戲各爲立一傳，貽知我者一瑳云。（頁 330）

　　根據〈十五子傳小序〉的說明，就可以了解董穀在生活困頓、無以爲繼的生活中，看到園中各種植物，聯想其特色，彷彿覺得每種植物都在教導、鼓勵他，因而嘗試爲所有植物作傳，以供關心他的好友，了解他的處境，不必爲他擔心。而文中他對安中滿的評價「中滿多文章，發爲葩藻，穠艷奪目，雖欲華就實，猶珠璣滿腹，笑則齦齦然露其齒，見者窺知其胸中之富矣」，顯然是從石榴果實形狀所得到的啓示，也表明對自己的期許——懷抱理想，希望自己努力充實，發爲文章；有此目標，則比較容易捱過眼前困境而不致中途放棄原則。

　　「孤例不爲證」，筆者且再舉董穀的〈朱方傳〉說明：

> 朱方，字方甫，處之松陽。人多能、好事、善幻術。友人數之曰：『昔
> 段成式稱其有七絕』，則其多能可見矣！鄭廣文家貧，無以學書，方
> 甫嘗供紙數屋，則富而好事可見矣。嘗寓居青龍室，韓昌黎同數友游
> 焉；時秋日方烈，赫曦亭午，見頳龍萬頭遺郊滿空，三足金烏自天而
> 下啄之，精光相射，不能正視，大駭焉。須臾，道士以玻瓈椀進靈液，
> 照暎几席，詢之，皆方甫所為也，則其善幻又可見矣。（頁 338）

〈朱方傳〉的傳主為「柿」。中國北方產方形、質硬的「硬柿」，果實大
呈黃赤色，可供食用。因此，讀〈朱方傳〉之前，若對北地硬柿有基本認識
的人，可能會認為：文中所說的「多能」，指柿子可食用、可做柿酒、柿醋、
柿漆……各種功效；而朱方之「方」指的是柿子的形狀；至於柿子的顏色則
給人「金烏、頳龍」的聯想，哪有什麼寓意？不過在參酌〈十五子傳小序〉
後，想法必定會有修正了。董穀在敘寫園中的柿子樹時，刻意強調柿子的多
種用途，這也雙關他個人對自我的期許「多能」；舉鄭廣文家貧，柿供其葉予
廣文習書、畫典故，一方面點出柿的特別用途，另一方面也許是在觀察柿樹
時，提醒自己應做個「富而好事者」；最後刻意以古文八大家第一人韓愈為金
烏、頳龍幻象所駭一事作結，則說明董穀對自己在文章方面的期勉。

根據筆者的研究，《廣諧史》所有的篇章中，只有董穀的〈十五子小傳〉
〔註20〕共 15 篇作品為前置型寓言，若未以〈十五子傳小序〉對照觀察，這些
篇章就彷彿只在刻畫十五種植物的樣貌、或隨意牽合附會傳說，毫無寓意可
求。因此，在解讀前置型寓言時，應先了解寓言之前的說明，再配合本文的
敘述，對於寓意的掌握，也就不困難了。

2、後置型寓言的寓意

擬人傳體寓言大多採用史傳體的形式──先敘述傳主世系、遭逢，作者
再於篇末加以傳贊評論，因此《廣諧史》多數作品的寓言組構為：

事＋理

所謂「事」即故事，在擬人傳體寓言中，敘述傳主生平遭逢等故事性的內
容；所謂「理」即寓意，通常以「傳贊」形式出現於故事之後。這類寓言之寓
意屬於後置型，寓意表述的方式為「揭露式」；原本在敘述故事時採第三人稱角

〔註20〕董穀：〈十五子傳〉，收於《四庫存目・廣諧史》（台南縣：莊嚴文化，1995），
頁 333～340。

度，在篇末點明寓意時，則轉換成第一人稱角度。《廣諧史》中，除了 15 篇董穀的〈十五子傳〉爲前置型寓言，以及後文將提到的 20 篇體悟式寓言之外，皆爲後置型寓言。例如：宋代「正和初年進士，官至尙書右僕射」〔註21〕的李綱，其作〈方城侯傳〉是說明式寓言，其寓意在傳後的「太史氏曰」中呈顯，亦即後置型說理式寓言。本篇以「棋局」作爲傳主，敘述端木子平通曉天道、地理、人事與軍旅戰伐之法，遵堯命成丹朱之學，因而得以封爵，故事結尾說：

> 有業其術，得待詔金馬門者往往善其事，而閭巷廝役輩亦喜稱道之，然習之不精，不善攻戰而資守勢，至有以緩頰遊說而勝者，方城侯之學衰焉。（頁 239～240）

從內容看來，這樣的結局很明顯地肯定棋局以及軍旅戰伐之法的價值，所謂「業其術，得待詔金馬門者」，並且較爲含蓄地表達「以緩頰遊說者，往往皆因習之不精，不善攻戰」的言外涵義。至於作者傳贊則爲：

> 太史氏曰：「世方咎方城侯教二子不以詩書禮樂，而以兵家法，攻伐不休，廢時亂日……殊不知方城侯之學，法象所寓，有聖人之遺意，而軍旅征伐，先王所不廢也……殆孔子所謂：『爲之猶賢乎己者乎！』」（頁 239～240）

除了直接批判一般人「尙文廢武」的想法錯誤之外，還引孔子之言來強調棋局、兵法的價值，這是該寓言的寓意所在。

探求說明式寓言的寓意並不困難，但讀者必須不先預設立場，方能理解作意，筆者在研讀相關資料過程，意外地發現說明式寓言遭誤讀的命運，在此一併提出，以供參酌。

蘇軾〈萬石君羅文傳〉先敘羅文備受漢武帝禮遇，即便小人以貪墨讒之於皇上，上以「雖貪墨吾固知，不如是，亦何以見其才？」回應，仍重用之！後端紫以令色見重於上，羅文見疏，爲胡人金日磾擠之下殿，顚仆而卒。而後再敘其子羅堅器小，難合於世，因乞守陵，拜陵寢郎，死葬平陵。故事結尾：

> 自文生時，宗族分散四方，高才奇特者，王公貴人以金帛取爲從事舍人，其下亦與巫醫書算之人游，皆有益於其業，或因以致富焉。（頁 225～227）

由此看來，蘇軾在故事中隱約透顯的涵義是肯定羅文之才高器大，端紫

〔註21〕陳邦俊：〈廣諧史目〉《四庫存目‧廣諧史》（台南縣：莊嚴文化，1995），頁210。

乃因令色見重於上，非其才也！而羅文之死，乃胡人金日磾之推擠，過在胡
人「不知書」；不論其子羅堅或族人皆有益於其業！如此鋪陳故事，傳贊就順
理成章地寫道：

> 嗚呼！國既破亡，而後世猶以知書見用，至今不絕。人豈可以無學
> 術哉？（頁 225～227）

蘇軾敘述這個父子兩代的故事，言外之意是勉人重視學術，以有益於其
業。筆者認爲蘇軾的寓言作品確實不同凡響，寄託了這位大文豪對於學術的
深刻認識：學術的確可以提昇人的識見，有助於任何行業的發展。這篇寓言
的寓意屬於說理型，很具有說服力。然而顏瑞芳〈唐宋擬人傳體寓言探究〉
論文中提到蘇軾〈萬石君羅文傳〉時，在內容大要一欄說：

> 羅文少獲重用，小人讒以「文性貪墨，無潔白稱」，後老而見疏，爲
> 金日磾推擠殿下顛仆而卒。[註22]

關於羅文之子羅堅部分略而不談，故從其內容大要完全無法得知蘇軾原
故事之梗概，遑論寓意部分的呈顯，非常可惜。

《廣諧史》寓言中亦有極少數不附傳贊的篇章，如：魯藩中立王〈引光
奴傳〉，傳前有文字說明：

> 削松杉或麻稭長二寸許，銳其上，蘸以鉛，上之硫，遇火則焰然，
> 以引燈燭，謂之「引光奴」。今夫世人相質，未有不左其道以告之；
> 二人同行，擠之井而下之石者，多矣！引人以光明之路者，誰歟？
> （頁 346）

這段文字表達了魯藩中立王對當時人心澆薄的感慨，也成爲他寫作本文
的動機。其文一方面刻畫傳主「取燈兒」材質雖微，但爲人引光，不擇巨細
賢愚；另一方面，纂輯古書中有關燈火的典故，如：燧人氏、劉向見青藜丈
人及楚王絕纓等，以多方面讚頌引光奴之德。其文末結論：

> 吁！奴不愛其身，而引人於光明之境，使在上者推之以照天下，則
> 窮荒絕域，安有不得其所者哉？（頁 346）

言外之意隱然透顯：今天下窮荒絕域有不得其所者，乃在上者未能推用
如引光奴般「有高識、甘於爲人引光、隨時輕身以往」者。這篇寓言雖無傳
贊，卻有相當於傳贊作用的結論，仍屬於後置型寓言。

〔註22〕顏瑞芳：〈唐宋擬人傳體寓言探究〉，《古典文學》第 14 集（台北：學生書局，
1997），頁 127～148。

由於史傳體的形式通常都是先敘傳主生平事蹟，再於篇末附加傳贊，因此《廣諧史》寓言中，絕大多數的篇章皆屬於後置型寓言；少數篇章雖無傳贊，卻有相當於傳贊的作者評論於篇末，自然也屬於後置型寓言。對於這類後置型寓言，讀者若能先充分理解全文意旨，再透過篇末傳贊或作者的說明，其寓意即十分明晰。

（二）體悟式寓言

有些擬人傳體寓言只敘述人物生平重要事蹟，作者並不加傳贊評論；因表述寓意的方式缺乏傳贊點明，因此讀者必須從敘述文字中自行體悟。《廣諧史》中共有 20 篇體悟式寓言，茲羅列如表 3-2-2《廣諧史》的體悟式寓言一覽表：

表 3-2-2：《廣諧史》的體悟式寓言一覽表

篇序	朝代	作　者	篇　名	物　　種	頁　碼	卷次
4	南唐	李從謙	夏清侯傳	篾蓆	224 頁起	一卷
8	宋	蘇軾	杜處士傳	杜仲（集藥名）	228 頁起	一卷
14	宋	張耒	竹夫人傳	竹夫人	238 頁起	一卷
41	元	涂幾	孔方傳	錢	274 頁起	二卷
49	明	王景	黃組傳	犬	285 頁起	三卷
66	明	吳寬	湯媼傳	湯婆子	305 頁起	三卷
70	明	沈周	烏生傳	炭	309 頁起	三卷
71	明	盧格	方君談子傳	心口	309 頁起	三卷
73	明	羅玘	胡液楮傳	象牙邊烏木骨扇	312 頁起	三卷
77	明	易宗周	陳玄傳	墨	316 頁起	四卷
82	明	王鑾	三友傳	腳帶氈襪皂靴	324 頁起	四卷
85	明	董穀	白世重傳	銀	329 頁起	四卷
105	明	魯藩中立王	戶牖侯傳	圍屏	344 頁起	五卷
181	明	胡文煥	梔子傳	集諸花名	458 頁起	八卷
182	明	胡文煥	玄明先生傳	集諸藥名	459 頁起	八卷
184	明	胡光盛	金光先生紀略	燈火	461 頁起	八卷
216	明	劉鴻	十二姬傳	筆、紙、墨、硯、水注、裁刀、錐、砆、鎮紙、筆架、界尺、筆船	496 頁起	九卷

226	明	佚名	歐兜公子傳	兜扇	528頁起	十卷
228	明	佚名	盧生傳	鱸魚	530頁起	十卷
234	明	佚名	石膏傳	集諸藥名	506頁起	十卷

來源：《四庫存目‧廣諧史》（台南縣：莊嚴文化，1995）。

其中，宋代張耒〈竹夫人傳〉敘述傳主竹夫人的生平遭逢時，多以「對話」方式表現，在《廣諧史》所收錄的寓言篇章中，手法相當特殊。

> 夫人……入上林中，以高節聞。元狩中，上（武帝）避暑甘泉宮，自衛皇后已下，後宮美人千餘人從。上謂皇后等曰：「吾非不愛若等。顧無以益我！思得疏通而善良，有節而不隱者親焉。」於是皇后等謝曰：「妾得與陛下親沾渥多矣，而不能有以風陛下，罪當死！」於是共薦竹氏。……初夫人家久見滅，上曰：「爾滅亡之餘也。」夫人謝曰：「妾之滅亦大矣！」然夫人未嘗自屈體就帝，帝每左右擁持之。上有所感，時召後宮寵姬，而夫人常在側，若無見焉。諸幸姬等，皆相謂曰：「是所謂善良者，安能間吾寵？」由是莫有妬之者。……諸將軍幸臣等，更爲帝攜抱夫人以從，帝亦不疑也。上幸汾陰，祠后土，濟汾水，飲群臣，作〈秋風辭〉，歸未央，坐溫室，夫人自此寵少衰，上謂夫人曰：「而第歸，善自安。明年夏，吾召君矣！」明年夏，果復召夫人，夫人見上，中不能無小妬，由是罷之。……班婕妤失寵，作〈紈扇詩〉見怨。夫人讀之曰：「吾與若類也，然爾猶得居篋笥乎？」……至王莽敗漢軍，焚未央，夫人猶自力出，然遂焚死。（頁238）

本文紀錄武帝雖擁有後宮美人千餘人，還先發制人，對皇后等說：「吾非不愛若等。顧無以益我！思得疏通而善良，有節而不隱者親焉。」將自己對擁有更多美人的過分需求，說得冠冕堂皇；而皇后等的反應則是向皇帝致歉，並採取「共薦竹氏」的行動——將「疏通而善良、有節而不隱者」的「對手」推薦給皇帝；但直到當皇帝召幸後宮寵姬，夫人在側卻「若無見焉」時，后妃等才放心地說：「是所謂善良者」，眞正不嫉妬皇上對竹氏的寵幸。然而次年夏季，當皇帝復召竹氏時，竹氏卻又「中不能無小妬」，由是皇帝罷之。

本文純說故事，不加傳贊、評論，但從對話及人物的舉止，讀者可以了解人物的心理層次：皇帝對美女的需求總是貪得無饜，覺得多多益善，因此讀者原本和后妃等一樣，以爲皇帝需要一位能隨時諷諫、有助於皇上施政的

寵姬；結果所謂的「疏通善良」、「有節不隱」等節操，都集中在皇帝與眾美女親密互動的時刻！能接納皇帝時時召幸寵姬，就是「疏通而善良」；在諸將軍幸臣等攜抱之中，能忠於皇帝而不及於亂，就是「有節而不隱」，這些諷意雖隱微，力道卻相當強大——皇帝哪裡會真的想找一個高節君子在他身邊，他所要的不過是「不妒」、能放任他一切作為的人罷了。

張耒將皇上定位為眾所熟知的「漢武帝」，更讓這個寓言故事中還有故事，呈現「包孕式」寓言的意味，因為漢武帝對女人的好色、對大臣戰將的嚴苛要求，都讓我們獲得故事情節本身以外的聯想，「藉古諷今」之意自然不言可喻了。

筆者在此要特別強調的是，像這種寓意隱藏的寓言類型，其寓意的探勘未必困難，但需要耐心閱讀全文，萬不可斷章取義，否則就可能誤解作者原先希望表達的寓意。例如：筆者曾經發現學者顏瑞芳在〈唐宋擬人傳體寓言探究〉文中歸納該文所得的內容大要，如：

> 竹夫人以「疏通而善良，有節而不隱」見寵，後上作秋風詞，坐溫
> 室，夫人自此寵衰。[註23]

這樣的敘述，讓人掌握到的寓意似乎是：「上因竹夫人『疏通而善良，有節而不隱』而寵之」以及「上以時用人」，這幾乎是與該文寓意完全相反的結論了！因此筆者認為，體悟式寓意的寓言格外需要讀者細心體悟，尋繹作者意圖，方可正確探求寓意。

再如，魯藩中立王的作品〈戶牖侯傳〉，對傳主「圍屏」平維翰的來歷、功能，多所描繪，又將其與不同材質、款式的同類屏風相比，然後說：

> 然皆不若維翰之儒雅可交也！維翰之德，聞於天子，錫之封制，曰：
> 「咨爾！維翰，平正通達，殊有君子之器，安閒周旋不伐。平翰之
> 功，其以爾為戶牖侯，以永作為藩衛者。」維翰稽首受命，曰：「臣
> 敢不竭器識，以答殊錫？」維翰之友廉處士者聞維翰之封，恚曰：
> 「高揭庭戶，歷夏經冬，子不我久；朦朧堂寢之美，依稀嬋娟之面，
> 子不我媚；子何功？而獨受顯封也！」維翰曰：「子志大而才疏，
> 乃以尤人『子何功？』，願以封讓。」於是廉處士報然而退。（頁
> 334）

〔註23〕顏瑞芳：〈唐宋擬人傳體寓言探究〉，《古典文學》第14集（台北：學生書局，1997），頁127～148。

這段文字出現於〈戶牖侯傳〉篇章之末，於此即結束全文，換言之，〈戶牖侯傳〉也是未點明寓意的體悟式寓言。但這段文字突顯了維翰的儒雅，當天子錫封維翰時，他仍虛懷若谷，願竭力盡忠；而廉處士則「人不知而慍」，且好爭功。由這樣的對話以及人物性格的呈現，不難探尋出文中所隱藏的言外之意──魯藩中立王欲藉平維翰與廉處士的對話，標榜士人功高才大卻不矜不伐之美德。

另外，蘇軾多才多藝，以「儒醫」著稱，其〈杜處士傳〉爲集藥名之作；像這類集藥名的作品，很容易讓人以爲純粹遊戲筆墨，無深刻的意義。但筆者詳讀之後，不得不讚嘆蘇軾之天才橫溢，連這種遊戲之作都能寄寓深刻、揮灑自如！傳主杜仲是一個天資厚朴而有「遠志」的人，蘇軾於此處暗用《世說新語・排調》的典故；該文提到「遠志」這味藥，又名「小草」，郝隆將之解爲「處則爲『遠志』，出則爲『小草』」。〔註24〕故蘇軾〈杜處士傳〉的篇名「處士」，以及篇章一開始引用「遠志」時，皆暗示：杜仲此人有歸隱之志。〔註25〕

杜仲費盡唇舌想說服知名的黃環收他爲弟子，然而黃環分析杜仲懷才不遇的情勢，以及黃環自身不求仕進的心理之後，杜仲了然曰：「雖吾亦續隨子矣！」蘇軾在篇末作結：

> 余愛仲善依人，而嘉環能發其心。（頁 228～229）

由此看來，本文寄託了蘇軾對於隱退生活的渴望，但深受儒家用世思想的影響，終究放棄了釋道傾向的選擇，僅僅留下這篇紀錄內心掙扎矛盾的文字。

〈杜處士傳〉有結論，但其寓意仍須由讀者自行體悟！本寓言與《廣諧史》其他體悟式寓言只說故事、沒有評論的形式不同，因此顏瑞芳〈唐宋擬人傳體寓言探究〉將結論解釋爲：

> 嘉許杜仲善依（醫）人，黃環能發其心。（杜仲、黃環皆藥草名）〔註26〕

顏瑞芳體悟出這樣的結論，似難與全篇故事相合。筆者認爲，蘇軾若需

〔註24〕李自修譯注：《世說新語》下冊（台北：地球，1993），頁 902～903。

〔註25〕同樣的「厚朴有遠志」字樣，出現在第 182 篇胡文煥〈玄明先生傳〉，亦爲「集藥名之作」，傳主終局爲「先生同葳靈仙乘鹿角而去，不知所終。」參見《四庫存目・廣諧史》（台南縣：莊嚴文化，1995），頁 459～460。

〔註26〕顏瑞芳：〈唐宋擬人傳體寓言探究〉，《古典文學》第 14 集（台北：學生書局，1997），頁 127～148。

要表彰杜仲善「醫」人的德行，大可直言讚美，不必採用寓言體制迂曲隱諷；尤其在顯發寓意時，更不需要運用「雙關語」讓讀者自行體悟。所以筆者認為，本文是蘇軾在出處之間，難以抉擇之際所作，正因題材特殊，才需要藉寓言抒發心中鬱積，隱晦傳達其志。

類似這樣隱藏寓意的體悟式寓言，在《廣諧史》中有 20 篇作品，而且多數集中於明代，在探尋寓意時，需要統觀全文，細細尋繹，從故事情節、人物性格、對話語氣……等線索抽絲剝繭，是故，讀者欲確切掌握體悟式寓言之寓意，須比閱讀說明式寓言更為費心。

二、開發寓意的類型

陳蒲清認為一則優秀的寓言，往往具有多層次的寓意：「表層寓意是作者所類比的具體事件，它往往是觸發作者創作某篇寓言的契機；中層寓言是表層寓意的概括升華，反映了某一歷史時期特有的精神現象；深層寓言是進一步的概括升華，表現為深刻的哲學意蘊，往往反映了全民族乃至全人類共同的思維積澱。」〔註27〕在《廣諧史》中，能夠就單篇寓言而尋繹出表層、中層、深層寓意的篇章，其實不多。以下筆者要將本節前部分所討論過的較為優秀的寓言，其所蘊含的多層次寓意一一勾析；其次，筆者嘗試選定同一段時間的相同題材，統合分析其時代意義，以求能更精確掌握該時代的歷史精神；最後則討論寓意層次的鬆動問題。

以前文討論過的蘇軾〈杜處士傳〉為例，其字面意義直指篇末「余愛仲善依人，而嘉環能發其心」，卻在字裡行間說明當時國君用人出於不得不的必要需求，猶如「船破須箬，酒成于麴」，並非君主愛才；且當時許多人得以晉身縉紳之列，原因也非士人本身的才華，而是藉助旁人之力！文中就如此說：

> 得所托者，猶之射干臨於城也；居非地者，猶之困於蒺藜也。（頁
> 228～229）

真正有才華者，往往不得其門而入，無法一展抱負。是故，〈杜處士傳〉反映出中國傳統「隱逸」勝於「出仕」的文人觀，這可謂該寓言的深層寓意。茲將本寓言的深刻寓意，簡述如表 3-2-3 蘇軾〈杜處士傳〉寓意呈現表：

〔註27〕陳蒲清：《寓言文學理論‧歷史與應用》（台北：駱駝，1992），頁 417。

表3-2-3：蘇軾〈杜處士傳〉寓意呈現表

	表層寓意	中層寓意	深層寓意
蘇軾〈杜處士傳〉	余愛仲善依人，而嘉環能發其心。	得所托者，猶之射干臨於城也；居非地者，猶之困於蒺藜也。……船破須筎，酒成于麴，猶君之錄英才也。彼貪祿角進者，可誚之也。	若夫躑躅而還鄉，甘遂意于丁沉，則吾之所謂獨行之民，可使君子懷寶，烏久居此爲哉！

來源：蘇軾：〈杜處士傳〉，收於《四庫存目·廣諧史》（台南縣：莊嚴文化，1995），頁228～229。

李綱〈方城侯傳〉也很具代表性。其寓意直接批判一般人「尚文廢武」的錯誤想法，最後還引孔子之言來強調棋局、兵法的價值。如果我們配合李綱所處的宋代朝政觀之，更可以發現李綱爲宋代外交方面的主戰派，對於當時宋朝主和派佔上風的現象非常痛心，因此感慨：

　　　至有以緩頰遊說而勝者，方城侯之學衰焉。（頁240）

並在刻畫象徵兵法的端木子平時，大力推崇正確的軍事觀念，如：

　　　不戰而屈人之兵者，爲上；以攻則勝，以守則固者，次之；以詐謀
　　　得者，又次之。（頁239）

　　　其用兵之法，臨事制變，不可窺測，然循理而動，制人而不制於人，
　　　非若不顧利害而深入浪戰者，是以常勝而不常敗。（頁239）

又因當代儒學風氣盛行，故李綱在傳贊中特別引儒家宗師孔子之言以自重，期能說服當代人接受主戰派的堅持，而非一意姑息求和：

　　　太史氏曰：「世方咎方城侯教二子不以詩書禮樂，而以兵家法，攻伐
　　　不休，廢時亂日……殊不知方城侯之學，法象所寓，有聖人之遺意，
　　　而軍旅征伐，先王所不廢也……殆孔子所謂：『爲之猶賢乎已者
　　　乎！』」（頁240）

因此筆者認爲，本寓言具備了中層寓意，也反映了李綱在重文輕武的時代風氣中的個人堅持。至於〈方城侯傳〉所提到的軍旅征伐之法，源頭來自《孫子兵法》，眾所皆知；現今西方軍事家不遺餘力地研究《孫子兵法》，可見這樣的軍事觀念超越了時代、民族，放諸四海而皆準，這個部分就是〈方城侯傳〉的深層寓意了。茲將李綱此作的三層寓意表列呈現，以示其優秀深刻的特質。請參見表3-2-4李綱〈方城侯傳〉寓意呈現表：

表 3-2-4：李綱〈方城侯傳〉寓意呈現表

		表層寓意	中層寓意	深層寓意
李綱	〈方城侯傳〉	習之不精，不善攻戰而資守勢，至有以緩頰遊說而勝者，方城侯之學衰焉。	世方咎方城侯教二子不以詩書禮樂，而以兵家法，攻伐不休，廢時亂日……殊不知方城侯之學，法象所寓，有聖人之遺意，而軍旅征伐，先王所不廢也。	不戰而屈人之兵者，為上；以攻則勝，以守則固者，次之；以詐謀得者，又次之。

來源：李綱：〈方城侯傳〉，收於《四庫存目‧廣諧史》（台南縣：莊嚴文化，1995），頁 239～240。

綜上所述可以發現：好的寓言所具有的多層次寓意，不難被讀者開發出來。

（一）表層文字意義的呈現

多數的寓言，讀者並不容易發掘其多層次之寓意，然而，若能統整、找出一個共同的題材，或許了解其時代精神與歷史寓意也不是那麼困難。以下就是筆者嘗試歸納的成果。

在《廣諧史》中，主題跟「錢」相關的篇章共 9 則，如表 3-2-5《廣諧史》與金錢主題有關的篇章一覽表所示：

表 3-2-5：《廣諧史》與金錢主題有關的篇章一覽表

篇序	原書序次	時　代	作　者	篇　名	主傳	頁　碼
1	17	宋	王義山	金少翁傳	金	242 頁起
2	25	宋	吳應紫	孔元方傳	錢	252 頁起
3	26	元	胡長孺	元寶傳	鈔	254 頁起
4	38	元	高明	烏寶傳	鈔	271 頁起
5	41	元	涂幾	孔方傳	錢	274 頁起
6	42	元	牟巘之	元寶傳	鈔	276 頁起
7	43	元	釋克新	孔方傳	錢	276 頁起
8	45	明初	貝瓊	古泉先生傳	錢	279 頁起
9	85	明朝正德年間	董穀	白世重傳	銀	329 頁起

來源：《四庫存目‧廣諧史》（台南縣：莊嚴文化，1995）。

根據表 3-2-5《廣諧史》與金錢主題有關的篇章一覽表所呈現的時間，可以發現元代有高達五位作者以「金錢」為傳主，寫作擬人傳體寓言；若包含宋末王義山（1214～1287）、吳應紫（生卒年不詳）及第 45 篇明初貝瓊的作

品在內，亦即從宋末到明初這一段時間，則有 8 篇作品描寫「金錢」對於民生的影響！而第 85 篇董穀〈白世重傳〉內容則偏向個人遭逢，與前 8 篇不同。

其中王義山〈金少翁傳〉如此說明當時社會風氣：

> 人有罪至死，少翁一言即解……獨於寒士少恩云。（頁 242）

義山卒於元世祖至元二十四年，而〈金少翁傳〉傳主少翁字「元寶」，作者似乎暗示時代定位於元朝，〔註 28〕故本文實是暗批元朝社會法治失序。吳應紫〈孔元方傳〉則如此描述：

> 從富人遊，屢爲權豪所眈，於是廣蓄珍幣，與民市易，家致巨萬計，所欲無不獲，遂窮奢極侈……時安樂公主等，方開府鬻爵，號「斜封官」。元方以資入爵……值軍興國用乏竭……上即召入問計，元方條五利，其一稅間架，算至阡陌，下民疾之。（頁 253）

吳應紫於文中所引典故集中在唐朝：唐中宗時，安樂公主制定斜封授官制度，其實是大開納賄授官之門；唐德宗建中四年，開始徵收稅間架──房屋稅，造成人民怨聲載道的結果。這都在藉古諷今，指出當時富人可以利用金錢而爲所欲爲，所以金錢對社會的負面影響實在很大。胡長孺〈元寶傳〉則說：

> 及（元寶）掌太府，多變通才略，軍國賴之，未嘗乏絕……武士出守郡邑，雖甚暴抗，少忤其意，怒髯碟立，禍且不測，貴者權者莫能解，寶一至，不問事理輕重立釋之，所重於人，大率若此。……齊民事之是非曲直，皆能變亂，以從其意……徧於天下，刑賞定乎其身，榮辱出乎其口。（頁 254～255）

從這段描述，可以清楚地掌握胡長孺所處的元代社會亂象：到處都有武士割據佔領，天下大亂、暴民橫行，權貴也無法立足，所有的事件都得靠錢來解決。

高明〈烏寶傳〉則反映：

> 烏寶者，其先出於會稽褚氏。世尚儒術，務詞藻，然皆不甚顯。至寶厭祖父業，變姓名，從墨氏游，盡得其通神之術，由是知名。……寶之所在，人爭迎取邀致，苟得至其家，則老稚婢隸，無不忻悅，且重扃邃宇敬事保愛，唯恐他適也。然素趨勢利……尤不喜儒……

〔註 28〕 元政府所鑄銀錠，通稱爲「元寶」。參見張國鳳：《中國古代的經濟》（台北：文津，2001），頁 147。

（頁 271）

高明一方面寫出鈔票在當時之受重視——「老稚婢隸，無不忻悅，且重局邃宇敬事保愛，唯恐他適也」，從老到少都喜歡鈔票，甚至鎖在保險箱裡以免被人偷走；另一方面也寫出當時儒術之不被重視——「九儒十丐」，儒生社會地位低微，難以施展抱負，維持生計十分不易的現象。

涂幾〈孔方傳〉中，歷數太公立九府圜法；漢文帝治尚清靜；漢孝武帝內修宮室，外窮征伐，財用數匱；司馬氏有國貪賄並進；魯褒作〈錢神論〉；王衍口稱「阿堵物」……等有關「錢」的典故，篇末才說：

> 蓋嘗聞鄉里之老云：「昔方用時，攜方數輩行入市胥，醉飽而後返；今楮生與偕，譙譙然人甚輕賤之，勺水濡渴，不可望得矣！」（頁274～275）

突顯當年經濟蕭條、通貨膨脹，幣值不斷貶抑，百姓生活無依的現象。车獻之〈元寶傳〉則說：

> （少金）能禍福人：人有大功，非少金不能轉官；或懼重罪，少金至則立解……自通都大邑，以至窮廬僻壤，絕域遐陬，莫不思見少金，祈識其面，以其能濟人也。（頁 276）

這仍然是寫金錢對社會制度的破壞，造成社會公義蕩然無存；人們的生活倚賴金錢，身無分文則無以為生。釋克新〈孔方傳〉這樣紀錄：

> 朝廷凡欲建大功、興大作，非二人（孔方、楮寶）不可，以故上自天子、下逮公卿大夫，靡不愛重二人者。二人俱口吃，不善言語，惟以篤實見信於人，中外百司之事，人所難言者，二人至無不可，雖臺諫風憲，亦常曲徇其意。（頁 276～277）

釋克新運用反諷法形容「二人俱口吃，不善言語，惟以篤實見信於人」，結果「中外百司之事，人所難言者，二人至無不可，雖臺諫風憲，亦常曲徇其意」，實在犀利之至！只要有錢，即使是掌理風憲的御史臺也會買帳；再難以言說的事，只要有錢就可以迎刃而解。擁有社會清議的諫官尚且如此貪愛財利，遑論其他政府機構！

貝瓊〈古泉先生傳〉中呈現的社會現象則是：

> 得之（古泉）則貧可以富，卑可以尊，死可以生，窮可以通；失之則智者愚，勇者怯……其廢天下之義，敗天下之法……（頁 279～280）

有錢則窮者通、禍者福，命運完全扭轉，甚至足以顛倒是非黑白，莫怪貝瓊感慨錢能「廢天下之義，敗天下之法」！

以上篇章的表層寓意，都在反映當時發生的具體事件——元朝因連年征伐，民生凋敝，物用不足；這些作者生活中的社會現象，觸發作者寫作寓言，故其文字敘述所呈現的部分為該寓言的表層寓意。

《廣諧史》第 85 篇董穀〈白世重傳〉的表層寓意則直指個人遭逢！嘉靖年間的董穀，「飢寒拂鬱者五十年」，後食祿於「世重所棄地」安義、漢陽，結果有人訛言「董子交驩白世重、世重固匿其家」，於是眾人紛紛詢問董穀，董穀以實相告卻無人相信；如此遭遇，兩度發生，令董穀不勝其擾，遂為文感嘆：

> 惡哉！白氏之子，夫既不欲親余則已矣，而又使人怨余！夫人烏得
> 而怨余？實之子之侮余耳！（頁 329～330）

董穀明顯將自身困頓寫入〈白世重傳〉中，抒發其內心不滿，表明其創作動機，這是該寓言的表層寓意，僅僅反映個人遭遇，和前 8 篇反映當時社會經濟有所不同。

（二）中層歷史寓意的透顯

除了上述寓言的寓意，還可以發現篇章蘊含反映該時期士人特有的精神現象，分析如下：

1、關心民生

除了董穀〈白世重傳〉抒發個人遭逢之外，其他 8 篇都關心人民日常生活所需，這說明當時士人對於民生疾苦感同身受，也可想見孟子「民貴君輕」的思想在這些士人心中植根甚深，如：

> （元方）得君遇時，謀不以道，剝下佐上而以為功，使盜蹠復生，
> 無以加矣！（吳應紫〈孔元方傳〉贊，頁 254）

這段文字暗示士人顯達時，不能兼善天下，反而剝削百姓，形同盜蹠之惡，罪無可逭，作者的斥罵十分強烈。再如：

> 蓋嘗聞鄉里之老云：「昔方用時，攜方數輩行入市胥，醉飽而後返；
> 今楮生與偕，嘵嘵然人甚輕賤之，勺水濡渴，不可望得矣！夫民也，
> 安得而不困乎？朝廷有事，群叛更理未暇也。……」涂幾〈孔方傳〉
> 篇末（頁 275）

涂幾將銀根斷爛、通貨膨脹的現象，和「朝廷有事，群叛更理未暇也」

的窘境對應起來，更加突顯當代政府的無能，以致造成人民生活困頓的現象。筆者認為，當時的時代背景逼迫士人必須面對現實環境，不能再做不知米價的書蟲。

2、推崇三代

「三代」向來是儒家所推崇的理想時代，每當儒生不滿現實之際，往往就會將理想寄託於三代，如：

> 三代之時，非恃泉以理也，特權之以泉耳，不為之禁，而亦無死者！不為之蓄，而亦無攘者！恃泉以為理，則上下知有利，而不知有義，是泉所以禍人也。噫！泉果利己乎？泉果利己乎？（貝瓊〈古泉先生傳〉傳贊，頁 280）

> 寶……害道傷化尤甚！……然使寶生於唐虞三代時，其術未必若是顯，然則寶之得行其志者，亦其時有以使之。（高明〈烏寶傳〉傳贊，頁 271）

這些篇章推崇三代，認為三代的民風古樸、雖然當時已有貨幣，卻因當時風氣「非恃泉以理也，特權之以泉耳」，所以金錢在三代之時不致危害社會。這樣的看法當然不符合歷史事實——三代時候實無貨幣通行，但因為作者的目的不過是要強調當代風氣勢利，才故意杜撰史實，藉以厚古薄今。如：

> 寶（楮寶）素輕薄，不逮方（孔方）之剛厚也，二人意雖甚合，然方遭難而寶卒無一言援之。吁！真市井之交哉！（釋克新〈孔方傳〉，頁 277）

因為生活不易，人心只求功利，導致交誼難以真誠、恆久，這是「上下知有利，而不知有義」的結果。

3、唾棄富貴

因為文人都傾向儒家思想，關懷人民生活，推崇三代理想政治，因此都鄙棄金錢，認為那對社會只會造成負面影響，所以寧願貧困自守，也不願輕易獲取財富，如：

> 寶貪而輕，且忘其本，乃自作威福，擬於王者，殆矣！夫介士所不取也。（胡長孺〈元寶傳〉傳贊，頁 255）

> 惟廉吏迂儒則惡之（楮少金）不與交，雖坐是貧困，家人交訕，不悔也……天下之物未有盛而不衰者！孔方用事時，可動鬼神，人皆

以兄稱之，及楮氏子出，猶推孔方相與為子母，後遂孤行於世，孔
方漸不振，雖曰：「用係於人」，其亦消長之運歟？（牟巘之〈元寶
傳〉，頁 276）

所謂「雞鳴不已於風雨、松柏後凋於歲寒」，愈是世道傾頹、人心不古的
環境，愈能展現這些士人的信念；雖然當時社會不再重視儒生的地位，但他
們仍堅持傳統儒家思想，以百姓蒼生為念。牟巘之尤其善於自嘲，「惟廉吏迂
儒則惡之（楮少金）不與交，雖坐是貧困，家人交訕，不悔也」，以「迂儒」
自稱，卻無悔其抉擇，可見其堅定的節操。

至於董穀〈白世重傳〉文中敘述白世重凌虐「春秋時顏淵、漢朝王孺仲
以及晉代陶淵明」等清修固窮之士，至老死乃已；世重揚揚自得，而如三子
者，堅不少屈。其言外意則為「董穀雖受世重欺凌，亦將如三子者堅不少屈」，
故該寓言也有中層寓意，而且與前述 8 篇的精神相合──在元、明這樣朝綱
不振的亂世，幸好有儒家思想支持這些士人，他們固窮的風範令人景仰；也
因他們堅持原則，才不至舉世皆濁！

以上這些寓言紀錄了元代前後儒士的精神，自有其歷史價值。這是以上
九篇寓言所透顯的中層歷史意義。

（三）深層文化寓意的開發

陳蒲清認為最優秀的寓言，能夠有深刻的哲學意蘊，可以反映全民族乃
至全人類的思維積澱。[註 29] 筆者認為以上所選 9 篇以金錢為傳主的寓言共
同透顯的深層寓意似乎可以譚家健的觀察說明：

「錢神」和「孔方兄」的稱呼，僅僅流行於中國文化界的上層，而
且始終是被調侃的戲稱，並不是真正的神。在民間，平民所供奉的
是財神，那才是真正的神靈，有名有姓……財神是人們發財致富願
望的寄託，而不是貨幣權力的化身。財神受崇敬而錢神受批判，正
是上層精英文化和下層大眾文化兩種不同價值觀的反映。[註 30]

也就是說，中國讀書人對於貨幣權力主要採取批判的態度，所以這些寓
言幾乎都一面倒的鞭撻「錢能通神」的社會現象。[註 31] 其中釋克新〈孔方

〔註 29〕陳蒲清：《寓言文學理論‧歷史與應用》（台北：駱駝，1992），頁 417。
〔註 30〕譚家健：〈魯褒的「錢神論及其影響」〉（下），《國文天地》（台北：國文天地，
　　　　2001 年 9 月），頁 38～41。
〔註 31〕譚家健論及吳應紫〈孔元方傳〉時，主張「作者似乎無所褒貶，客觀敘述，

傳〉則別有其他深層寓意。〈孔方傳〉在典故運用方面並不特別：太公立九府
圜法；魯國季氏富於周公；范蠡貲埒王者，都不出其他篇章用典的範圍。在
情節安排方面，先寫孔方先人之功，再寫孔方奔走吳王濞、鄧通之門，好聚
無賴子弟賭博，最後則敘述孔方、楮寶對中外百司的影響，也不算別有新意；
但或許釋克新是和尚，身分特殊，有佛教背景，因此該篇寓言的結論極為獨
特，超越時代限制，看透金錢的本質：

> 方雖名通神術，而無他能奇解，不過聚斂而已。然而天下無賢與不
> 肖，皆欣慕而愛重焉。不知其何道？可怪也已！（頁 277）

人類對金錢的看法，往往不是「愛之若命」，便是「棄之如糞土」，但其
實金錢的本質是中性的；而且金錢本無「他能奇解」，是人類賦予其「通神術」，
造成多數人趨之若鶩的心理。如果將金錢還原其「聚斂」的本來面目，當金
錢聚合時，便不會以「錢多」而喜；當金錢消失時，亦不會為「錢少」而悲。
當人類擁有錢，能正確使用金錢，而不是被金錢擁有、控制時，釋克新也就
不至於發出「可怪」的感嘆了！

其次，寓言的文字表層寓意往往是作者真正意圖的保護色，尤其是作者
欲指陳當代弊端，又恐嚴酷政治氣候下的文字獄，更不得不藉古諷今，〔註32〕
例如：前文討論過的吳應紫〈孔元方傳〉所引典故，包括：「時安樂公主等，
方開府鬻爵，號『斜封官』」，指的是唐中宗時安樂公主等所制定的斜封授官
制度，其實大開納賄授官之門；〔註33〕「值軍興國用乏竭……上即召入問計，
元方條五利，其一稅間架，算至阡陌，下民疾之」，則是唐德宗建中四年開始
徵收稅間架〔註34〕——房屋稅，造成民怨四起的結果。吳應紫於文中所引典
故集中在唐朝，其實只是應紫所處時代類似事件的類比。在《廣諧史》的其
他篇章中，也有相似的批判文字：

態度不夠明朗」：筆者持反對意見，因為該文篇末結論為：「（元方）得君遇時，
謀不以道，剝下佐上而以為功，使盜蹠復生，無以加矣！」撻伐之意明晰。
譚說請見譚家健：〈魯褒的「錢神論及其影響」〉（下），《國文天地》（台北：
國文天地，2001 年 9 月），頁 38～41。

〔註32〕 王立：《中國古代文學十大主題》（台北市：文史哲，1994），頁 128。

〔註33〕 「（安樂公主）與太平等七公主皆開府，而主府官屬尤濫，皆出屠販，納貲售
官，降墨敕斜封授之，故號斜封官」，參見歐陽修：《新唐書・武英殿本校刊》
冊五卷八三（台北：中華，1965），頁 7。

〔註34〕 「六月庚戌，稅屋間架，算除陌錢。」參見歐陽修：《新唐書・武英殿本校刊》
冊一卷七（台北：中華，1965），頁 3。

> 嗟乎！當咸遇大漢，使勸其君除苛令，調其眾喊，而無德之者，庶
> 幾鼎鼐之佐哉！（楊維禎〈白咸傳〉，頁 266）

> 夫以鍾之才，可謂實厚而聲洪者矣！顧乃抱遺響以終！而硜硜然隨
> 波逐流如磬者進用。宋之爲宋如此！（程敏政〈石鍾傳〉，頁 303）

身處元、明之際的楊維禎和明代的程敏政，哪裡會是眞的想要批判距其年代久遠又無濟於事的宋朝、漢朝？他們應是對當代政治不滿，卻刻意虛構、鋪陳前朝弊端，然後明白批判，最終目的還是抨擊當代問題啊！同理，陶澤在〈六物傳序〉中曾如此說明作品的時代、人物安排：

> 何以係唐也？變故多也。何以係明皇也？好色也。何以係武后也？
> 用酷吏也。夫談言微中，可以解紛。讀者無以戲而少之哉！（頁 377）

因此，《廣諧史》篇章中所涉及的朝代，無非是作者爲了模糊統治者注意焦點的而故意安排的幌子，其字面所呈現的時間並不符合歷史的眞實，其蘊含的寓意則指向作者所處的時代，以及作者所感知的當代政治、社會問題。

（四）寓意層次的變遷與鬆動

筆者必須特別提出一點：有時作者所賦予的表層寓意和深層寓意，在物換星移、人事變遷之後，其價值會有所改變──當年作者所希望傳達的深層寓意，反倒變成現在讀者所體悟到的淺層寓意；作者所認爲的淺層寓意，反而變成讀者所感受的深層寓意！

若將「明弘治三年試禮部、廷對皆第一」〔註35〕的錢福（1461～1504）所寫的兩篇寓言合觀，會有驚人的發現。筆者認爲，這兩篇寓言在《廣諧史》中有特殊的價值：〈木子靈傳〉、〈曾開地傳〉分別以木偶和土偶爲傳主。〈木子靈傳〉全力刻畫木偶子靈經雕塑聖手楊惠之的雕琢粉飾後，世人莫不奉香頂禮、合掌膜拜，甚至不吝屈膝！但即便子靈沒于兵燹，其後世子孫卻愈益繁衍，窮鄉僻壤也不乏人膜拜。是故，錢福在篇末藉太史公之口引出一段評論：

> 昔人嘗稱：「偶然題作大居士，便有無窮求福人！」豈不信哉？豈不
> 信哉？……有名木假山者，或以假病之，答曰：「余家子靈，子將以
> 爲眞矣？而世咸重之。吾之假，乃吾眞耳！」（頁 313）

由以上的傳贊看來，徐福很清楚地批判當時人「須福孔急，以致不論眞假」的愚昧可憫。〈曾開地傳〉被置於〈木子靈傳〉之後，傳主爲土偶曾開地，

〔註35〕國立中央圖書館編：《明人傳記資料索引》（台北市：編者，1978），頁 880。

人物則包含前則寓言中的人物木子靈；傳中除了描寫土偶曾開地受楊惠之獎飾，以致王公士庶爭進崇重之外，還藉木子靈和曾開地的針鋒相對突顯他們對自身命運的無知：

> 子靈心妬而語侵之開地曰：「子不聞土復爲土乎？」「第不知子之飄流何所耳？」（頁314）

在曾開地身粉骨碎之後，子孫仍有爲王公貴人者，有爲輿臺吏卒者，有百年香火而供養者……由是，徐福批判當時人對木偶、土偶的不切實際的崇拜之後，提出自己的結論：

> 嗚呼！太廟何以必主也？今　上從言官易　宣尼廟以木主，豈非萬世帝王之準哉？（頁314）

原來明朝以前，歷代祭祀孔子時，或以繪像、或以塑像，這種塑像的手法本自佛教，但佛教距離孔子已超過五百餘年，因此唐玄宗時，孔子的衣著服飾往往與其身分不合，有僭越禮制之嫌。李之藻《頖官禮樂疏・木主詁》如此紀錄：

> 朱子曰：「宣聖本不當設像，只合設主以祭。蓋像則褻，主則神，束帛結蕆則又太樸，而不可以常祀，惟設爲木主最爲得禮之中。」〔註36〕

是故，明太祖令人將孔子畫像、塑像改爲木主，明世宗又命盡撤塑像，以革新明朝以前祭孔的謬誤。〔註37〕而徐福大爲推崇明太祖之舉，故爲文諷刺當時人祭祀木偶、土偶的荒謬風氣；並標榜明太祖聽從言官、改易歷代積弊之勇氣，認爲這樣的革新可作爲萬世帝王的典範。正因〈木子靈傳〉對民間膜拜偶像的心理刻畫細微，強化了將孔子作爲偶像崇拜行爲的荒謬，反襯明太祖的英明，值得頌揚，也加強了〈曾開地傳〉傳贊的結論！因此將〈木子靈傳〉、〈曾開地傳〉並列觀察時，可以了解錢福在〈木子靈傳〉的結論——「時人病急亂投醫、不明就裡到處亂拜」爲其所欲表達的淺層寓意，而〈曾開地傳〉的結論——「歌頌明太祖立孔子木主」才是該文的深層寓意。

然而於今觀之，祭孔大典中代表孔子的是木主、抑或孔子圖像，對於現代人來說根本不重要，因爲沒有人將孔子視爲神明。明太祖的廢像立木主的

〔註36〕李之藻：《頖官禮樂疏》上冊，卷三〈木主詁〉（台北：中央圖書館，1970），頁353～355。

〔註37〕李之藻：《頖官禮樂疏》上冊，卷三〈木主詁〉（台北：中央圖書館，1970），頁353～355。

措施，只是那個時代的歷史事件，是故〈曾開地傳〉歌頌「明太祖令人將孔子畫像、塑像改爲木主」的寓意，在現代便只能成爲這兩則寓言的淺層（或中層）寓意。倒是民間崇拜偶像的情況似乎愈演愈烈，錢福〈木子靈傳〉所描寫的狀況已跨越時空，不斷在現代各個角落上演。它似乎說明了人類對於神明有一種出於天性的需要，只是許多人以假爲眞，拜得很認眞、信仰很虔誠，卻不知自己拜的只是無法自保的木偶、土偶！〈木子靈傳〉的寓意「須福孔急，以致不論眞假」，變成現代人看這兩則寓言所體悟到的深層寓意。

綜上所述，本章先根據形式將《廣諧史》分爲前置型說明式寓言、後置型說明式寓言以及體悟式寓言三類，尋繹其中寓意；其次，沿用前述方法，以《廣諧史》中傳主相關於「金錢」的篇章爲例，探勘寓言的表層寓意、中層寓意以及深層寓意，試圖呈現《廣諧史》寓言的深度；最後，以錢福的兩篇作品並論，分析寓意價值的時代變遷。

第四章　唐宋元擬人傳體寓言內涵寓意釐析

　　在筆者研究《廣諧史》的過程裡發現，文人所創作的擬人傳體寓言正如陳蒲清所說的：

> 寓言對現實的反映與干預，在很大程度上都是對政治的反映與干
> 預。〔註1〕

　　寓言的創作高峰期，〔註2〕往往正是政治弊端叢生、人民言論深受桎梏的時代，因此寓言的共通特色便是「迂曲地諷刺時代弊病」；就這點而論，中國大陸的寓言創作不斷而台灣卻難以生發寓言之原因，便不難理解了。〔註3〕本章欲根據《廣諧史》所安排的時代順序，將一、二卷作品分為唐代、宋代、元代等三個階段，來觀察其中寓言所針砭的時弊、反映的當時事件，以期能

〔註1〕陳蒲清：《寓言文學理論・歷史與應用》（台北市：駱駝，1992），頁360。
〔註2〕請參見本書第一章注釋第8，陳蒲清先生對於中國寓言的分期與分析。
〔註3〕考察中國寓言的發展歷程，不難發現「愈是極權統治、政治黑暗的時刻，寓言的創作就愈蓬勃」，如：紛亂的戰國時期、動盪的魏晉南北朝、明朝中葉以後的寓言發展皆如此。（唐宋寓言發展另有其他影響因素，不在此列。）而現代寓言的發展亦然，茲舉兩例說明：
　一、余德慧：「本書（案：《中國人的寓言性格》）是收了近十年中國大陸的寓言……這本書珍貴之處是它保存了近十年來中國人的生活體悟。台灣在近四十年來，幾乎沒有新寓言書出版……」，足見中國大陸的寓言創作不斷，而台灣的政治雖然也有弊端，但人民的言論自由受到法律保障，故時風盛行「直接批判」而非「迂曲指陳」。見余德慧：〈悟性的理解〉，參見黃漢耀編著：《中國人的寓言性格》序（台北：張老師，1992），頁7。
　二、莫言創作《酒國》這部「寓言小說」的動機為，寫出「我對人類墮落的惋惜和我對腐敗官僚的痛恨」以及「一個被餓怕了的孩子對美好世界的嚮往」。參見莫言：〈飢餓和孤獨是我創作的財富〉，收於《小說在寫我》（台北：麥田，2001年4月），頁55～63。

更準確地掌握寓言的創作背景、其中內蘊。

第一節　關注政治的唐代擬人傳體寓言

第一卷中，唐宋作品共有 25 篇，唐代作品計 3 篇：韓愈〈毛穎傳〉、〈下邳侯革華傳〉、司空圖〈容成侯傳〉，加上南唐李從謙〈夏清侯傳〉，則唐代作品總計 4 篇。

一、諷刺政治把持史家紀錄的〈毛穎傳〉

關於韓愈〈毛穎傳〉的寓意及寫作技巧，歷來論者不在少數，其中筆者贊同劉寧的看法：

> 文章對秦始皇刻薄寡恩的待臣之道，深致不滿，而從文意來看，秦皇之「刻薄」，並不在於對毛穎不能用其才，而在於「以老見疏」。對於鞠躬盡瘁，但年老才盡的臣子，爲人君當以何道相待，這是全文托諷的重心，而這個問題有很強的現實針對性，從中也深刻地折射出韓愈獨特的政治理想。〔註4〕

劉寧根據史料推論，認爲韓愈〈毛穎傳〉的創作動機主要是針對杜佑的致仕問題，並與裴度、白居易等人意見不合，故藉此文以洩胸中積鬱；韓愈認爲朝廷當優禮臣下，而不應只是用才使能。〔註5〕

筆者同意劉寧的結論，卻不完全贊成是因杜佑個人問題而影響〈毛穎傳〉的創作！考察史實，唐德宗貞元八年（792）韓愈進士及第後，三應博學宏辭科未成，〔註6〕友人崔立之以書勉之；愈以書答之，書中有「求國家之遺事，考賢人哲士之終始，作唐之一經，垂之於無窮，誅姦諛於既死，發潛德之幽光」〔註7〕等語，可見韓愈確實有「修史」之壯志。然而唐憲宗元和八年（813），年輕進士劉軻寫信給調任比部郎中、史館修撰，亦即擔任史官的韓愈，期勉

〔註4〕 劉寧：〈論韓愈《毛穎傳》的托諷旨意與俳諧藝術〉，《中國清華大學學報》（2004年第二期第十九卷），頁 51～57。

〔註5〕 劉寧：〈論韓愈《毛穎傳》的托諷旨意與俳諧藝術〉，《中國清華大學學報》（2004年第二期第十九卷），頁 51～57。

〔註6〕 羅聯添：《韓愈研究》附錄（三）「韓愈年表」（台北：學生書局，1988），頁446。

〔註7〕 韓愈撰，馬其昶校注、馬茂元編次：〈答崔立之書〉，《韓昌黎文集校注》第三卷（台北縣：漢京，1983），頁 96～98。

他實錄史事，垂褒貶於將來；韓愈於回信中卻表示：

> 愚以爲凡史氏褒貶大法，《春秋》已備之矣，後之作者，在據事跡實
> 錄，則善惡自見。然此尚非淺陋偷惰者所能就，況褒貶邪？孔子聖
> 人，作《春秋》，辱於魯衛陳宋齊楚，卒不遇而死；齊太史氏兄弟幾
> 盡；左丘明紀春秋時事以失明；司馬遷作《史記》，刑誅……夫爲史
> 者，不有人禍，則有天刑，豈可不畏懼而輕爲之哉？……僕雖駑，
> 亦粗知自愛，實不敢率爾爲也。夫聖唐鉅跡，及賢士大夫事，皆磊
> 磊軒天地，決不沉沒。今館中非無人，將必有作者勤而纂之。〔註8〕

　　筆者認爲，韓愈此信強調「作史之難」以及另有高明者能實錄史事以寓
褒貶，並非是意志頹唐，〔註9〕不再以修史爲己任；因爲兩年後，憲宗元和十
年（815）韓愈即完成《順宗實錄》五卷——「說禁中事頗切直，內官惡之，
往往於上前言其不實，累朝有詔修改」，〔註10〕文字耿直，確實能夠不虛美、
不隱惡，不屈不懼，以行使歷史裁判的褒貶職責。

　　但在貞元八年（792）至元和十年（815）之間，韓愈的仕宦生涯並不順利：
貞元十九年（803）冬拜監察御史，12月即貶爲陽山令，起因不過是他上「論
天旱人飢狀」，爲幸臣所讒。〔註11〕筆者認爲，性格直快、不平則鳴的韓愈遭此
打擊，自然對於聽信讒言的國君有所不滿；而君王身邊往往圍繞著群小，是故
元和元年至四年間（806～809）韓愈採用〈毛穎傳〉來寄寓感懷。〔註12〕〈毛
穎傳〉中所列舉的「自結繩之代，以及秦事，無不纂錄……又通於當代之務，
官府簿書、市井貨錢，注記惟上所使……又善隨人意，正直邪曲、巧拙一隨其
人」以及「上見其髮禿，又所摹畫不能稱上意。上嘻笑曰：『中書君老而禿，不
任吾用……』」，筆者認爲這些文字暗示皇帝對臣子（尤其是史臣）的要求在於

〔註8〕 韓愈撰，馬其昶校注、馬茂元編次：〈答劉秀才論史書〉，《韓昌黎文集校注》
　　　　文外集上卷（台北縣：漢京，1983），頁387～389。

〔註9〕 邱添生：〈唐代設館修史制度探微〉，《唐代研究論集》第二輯（台北：新文豐，
　　　　1992），頁227～277。

〔註10〕 楊家駱主編：〈路隨傳〉，《新校本舊唐書附索引》第五冊，（台北：鼎文，1981），
　　　　頁4192。

〔註11〕 羅聯添：《韓愈研究》（台北：學生書局，1988），頁64。

〔註12〕 關於〈毛穎傳〉的創作時間，請參見羅聯添：〈張籍上韓昌黎書的幾個問題〉，
　　　　《臺靜農先生八十壽慶論文集》（台北：學生書局，1988），頁64；以及劉寧：
　　　　〈論韓愈《毛穎傳》的托諷旨意與俳諧藝術〉第54頁注1，《中國清華大學學
　　　　報》（2004年第二期第十九卷），頁51～57。

「注記惟上所使……又善隨人意，正直邪曲、巧拙一隨其人」。

　　根據雷家驥在〈唐前期國史官修體制的演變──兼論館院學派的史學批評及其影響〉一文說明：

　　　　唐起居制度承自北朝，450 年北魏崔浩史禍爆發，高允猶直答太武，謂「史籍者，帝王之實錄，將來之炯戒，……是以言行舉動，莫不備載，故人君慎焉」！而不爲一死。則知北朝儒者，「以史制君」的思想甚盛。〔註13〕

　　　　官修（國史）程序分爲前序性（記注）、中介性（實錄）和終程性（國史）三階段……修注官爲法定供奉官，密近天子，故能對人君作第一手紀錄。〔註14〕

　　韓愈向來有修史壯志，換言之，韓愈向來有「以史制君」的史官理想；然而貞元十九年，他身爲監察御史，享有獨立的「彈劾、審理、糾正」〔註15〕權力，卻不料遭小人讒毀以致貶謫，經此事件，他的理想破滅了。因此元和初年（806～809）〔註16〕〈毛穎傳〉所反映的政治背景爲「對於寓有褒貶大權的史書編纂工作，李唐政權更不能不設法加強控制」，〔註17〕這使得韓愈認爲個人對於官方施政，以至於修史的影響微乎其微。憲宗元和五年時，白居易作〈紫毫筆〉一詩，與〈毛穎傳〉所感慨的時政缺失〔註18〕如出一轍：

〔註13〕雷家驥：〈唐前期國史官修體制的演變──兼論館院學派的史學批評及其影響〉，收於《唐代研究論集》第二輯（台北：新文豐，1992），頁 279～346。

〔註14〕雷家驥：〈唐前期國史官修體制的演變──兼論館院學派的史學批評及其影響〉，收於《唐代研究論集》第二輯（台北：新文豐，1992），頁 279～346。

〔註15〕唐代監察權脫離行政而獨立，糾彈百官的過失，其優點包括：一是對於君權有合法的節制，且審查法令，使國家政策、政府政令得以減少錯誤；二是監察權脫離行政而獨立，監察御史糾彈百僚，權任甚重，故多勇敢激昂，執法不避；三是監察御史可單獨奏事，不受御史大夫束縛；四是皇帝對監察御史的地位有適當的尊重。參見陳炳天：《唐代政治制度研究》（台北：台灣商務，1983），頁 49～50。

〔註16〕關於〈毛穎傳〉的創作時間，請參見劉寧：〈論韓愈《毛穎傳》的托諷旨意與俳諧藝術〉第 54 頁注 1，《中國清華大學學報》（2004 年第二期第十九卷），頁 51～57。

〔註17〕邱添生：〈唐代設館修史制度探微〉，《唐代研究論集》第二輯（台北：新文豐，1992），頁 227～277。

〔註18〕對於〈紫毫筆〉一詩的看法，有兩段文字頗具代表性：

　　一、「樂天在翰林時實有拾遺補闕之功……憲宗謂白居易不遜……此篇之作……殆有感觸於時政之缺失，而憤慨稱職者之不多，似無可疑也。」語

紫毫筆，尖如錐兮利如刀。江南石上有老兔，喫竹飲泉生紫毫。宣
城之人采爲筆，千萬毛中選一毫。毫雖輕，功甚重；管勒工名充歲
貢，君兮臣兮勿輕用。勿輕用，將如何？願賜東西府御史，願頒左
右史起居。搦管趨入黃金闕，抽毫立在白玉除；臣有奸邪正衙奏，
君有動言直筆書。起居郎，侍御史，爾知紫毫不易致；每歲宣城進
筆時，紫毫之價如金貴。慎勿空將彈失儀，慎勿空將錄制詞。〔註19〕

白居易〈紫毫筆〉和韓愈〈毛穎傳〉同樣描寫兔毫筆，且將「起居郎」、
「侍御史」並列，或許是樂天從〈毛穎傳〉得到相當的靈感吧！

二、反映官場文化的〈下邳侯革華傳〉

《廣諧史》中記錄〈下邳侯革華傳〉的作者爲韓愈，但根據韓愈的文學
主張——「怪奇」〔註20〕來看，筆者認爲韓愈創作〈下邳侯革華傳〉的機率
極小，因爲本文的寫作手法、情節安排，與〈毛穎傳〉幾無二致，並不符合
韓愈平日爲文習慣。顏瑞芳曾在「中唐三家寓言研究」〔註21〕中提出唐人趙
璘《因話錄》卷4：「〈革華傳〉稱韓文公，皆後人所誣。」的看法作爲佐證，
因此本書不從《廣諧史》、不將〈革華傳〉視爲韓愈作品。然而根據趙璘的時
代，可證明〈革華傳〉確實出於唐代，因此本文無疑地反映了唐代時風。

從題目〈下邳侯革華傳〉的「下邳侯」官名，即可知本文描寫內容在於
「仕宦生涯」，文中如此記錄：

華爲人善屨道別，威儀進止趨蹌，一隨人意。上將駕出遊，畋獵馳
騁、毬擊射御及交賓接賢、禮神祭祀，未嘗不召華偕往。伏上久之，
因病忽開口論議，洩漏密旨，上由是疏之。……上咨嗟曰：「下邳侯

出陳寅恪：《元白詩箋證稿》（台北：世界書局，1963），頁953。

二、「此篇次於〈官牛〉之後，其小序云：『譏失職也。』蓋有感於時政之缺
　　失，而憤慨諫官稱職者不多而作。」語出白居易著，朱金成箋校：《白居
　　易集箋校》第一冊（上海：上海古籍，1988），頁249。

〔註19〕白居易著，朱金成箋校：〈紫毫筆〉，收於氏著：《白居易集箋校》第一冊（上
　　　　海：上海古籍，1988），頁249。

〔註20〕韓愈：「其次曰文窮，不專一能，怪怪奇奇，不可時施，祇以自嬉。」語出〈送
　　　　窮文〉，收於韓愈撰，馬其昶校注，馬茂元編次：《韓昌黎文集校注》第八卷
　　　　（台北縣：漢京，1983），頁329。

〔註21〕參見顏瑞芳：「中唐三家寓言研究」（台北：台灣師範大學國文研究所博士論
　　　　文，1994），頁38註43。

老而憊，不任吾事，今棄於市，不復召子矣！」遂棄之而終。（頁
222～223）

根據文中所敘，皇帝對於幸臣的寵愛，幾至形影不離的地步，而君臣之
間的互動，似乎集中在閒遊浪蕩，如：「畋獵馳騁、毬擊射御及交賓接賢、禮
神祭祀」方面，而非以才德來貢獻國家。一旦臣子未能謹守份際，開口評議
朝政或洩漏密旨，以往所有付出便完全化爲烏有，甚至死無葬身之所，明顯
反映國君以自身好惡用人的畸形現象；作者對於大唐盛世經歷牛李黨爭之後
的政治腐敗，寄予諷刺之意，也就不言可喻了。

其次，傳主「皂靴」，表現唐人當時習俗。莊申曾指出：

> 初唐時代靴的普及，一半是由於與胡人的血統的關係，而另一半是
> 由於戰爭的需要。此後，直到盛唐時代，當時的男子仍然普遍穿
> 靴。……由於男靴的普及，在唐初，竟連婦女也要穿靴。〔註22〕

與前朝相較，唐代著靴首開風氣，因此靴子反映唐時裝束，呈現當時無
論官庶皆可著靴的現象，故以「靴」爲傳主並不足爲奇。倒是《廣諧史》卷
四王鑾〈三友傳〉，以「腳帶、氈襪、皂靴」爲傳主，創作年代在「禁止庶人
著皂靴」的明朝，則反映作者積極仕進之志。這是《廣諧史》中傳主爲「靴」
的兩篇作品，由於時代風氣的變化，傳主雖然相同，意涵卻截然不同。

三、抒發官職感懷的〈容成侯傳〉

唐太宗曾說：「以銅爲鏡，可以正衣冠；以古爲鏡，可以知興替；以人爲
鏡，可以明得失。」太宗將銅鏡和史書、忠臣相提並論，看重其「鑑照」效
果，難怪成爲一代良君。之後，劉知幾〈史通〉提出「明鏡說」：

> 蓋明鏡之照物也，妍媸必露，不以毛嬙之面或有疵瑕，而寢其鑒也；
> 虛空之傳響也，清濁必聞，不以綿駒之歌時有誤曲，而輟其應也。
> 夫史官執簡，宜類於斯──苟愛而知其醜，憎而知其善，善惡必書，
> 斯爲實錄。〔註23〕

劉知幾進一步將史官寫史比作明鏡照物，強調史官執筆須保持公正客觀

〔註22〕莊申：〈唐代婦女的服飾〉，收於《唐代研究論集》第二輯（台北：新文豐，
　　　　1992），頁67～98。
〔註23〕劉知幾撰，蒲起龍釋，呂思勉評：《史通釋評》卷14（台北：華世，1975），
　　　　頁368。

立場，更是史學上的創見。

〈容成侯傳〉的傳主是「鏡」，作者爲司空圖（837～908）。司空圖進士出身，官至中書舍人，卻堅決隱退。筆者認爲，〈容成侯傳〉很恰切地呈現司空圖擔任中書舍人一職所承受的壓力：

> 上聞而器之，召見，嘉其鑒局，且謂毫髮無隱，屢顧之，歷試臺閣，號爲明達，挾奸邪以事上者，見之膽慄，輒自披露。……然疵陋者終惡忌，積毀於上……迺復以讒廢，歸老於家。（頁 223）

文中容成侯歷試臺閣，官職不可謂不高；事上能「毫髮無隱地鑒局」，不可謂不忠；「挾奸邪以事上者，見之膽慄，輒自披露」，工作績效不可謂不佳，但終究因疵陋者積毀於上，而以讒廢。

司空圖所擔任的中書舍人一職，負責起草一般臣僚的任免以及例行的文告，相較於翰林學士所起草的是任免將相大臣、宣布大赦、號令征伐等有關軍國大事的詔制、掌握大權而言，中書舍人所擁有的權力不大，卻因涉及一般臣僚的任免，往往易招人怨，因此文中「（傳主金炯）雖任用，兢兢惟恐失墜」的心境，大約也就是司空圖任中書舍人的寫照吧！故司空圖作〈容成侯傳〉以言志抒懷，從而退隱山林，遠離官場，以避「果爲邪醜所疾，幾不能免」的結局。

四、呈現王室子弟心聲的〈夏清侯傳〉

〈夏清侯傳〉〔註 24〕的作者李從謙身分特殊，他是南唐中主的第九子，自幼穎悟非常，根據《全唐詩》的記錄，宋建隆至開寶（960～976）年間年幼的李從謙奉命寫了一首詩〈觀棋〉：

> 竹林二君子，盡日竟沉吟。相對終無語，爭先各有心。恃強斯有失，守分固無侵。若算機籌處，滄滄海未深。〔註25〕

從這首詩看來，從謙是個講究守本分、不喜爭強鬥勝的人；參照〈夏清侯傳〉一文來看，一如《廣諧史》其他篇章的敘寫手法，先寫簟席前身竹子的成長背景，次寫竹子被人製成簟席的過程，最後記錄簟席受秦王由寵愛到廢退的歷程。文中特別之處在於竹子製爲簟席之前的一段文字：

〔註24〕依據全文敘述，以及參照成語「冬溫夏清」的說法，本人對於《廣諧史》記錄「夏清侯」的「清」字存疑。

〔註25〕清聖祖編：《全唐詩》卷8（台南：平平，1974），頁 76。

> 王大悅，詔柄臣金開剖，諭秀（夏清侯之名）以革故鼎新之義，然
> 後剖析其材，刮削其籜，編度令合，又教其方直縝密，於是風采德
> 能一變。（頁224）

一般而言，《廣諧史》作品中對於傳主的命運安排，通常都由傳主所遇到
的人類視情況處理安排；偶有傳主本身主動嚮往被修正者。如本文由柄臣金
開剖先施以「革故鼎新」教育者，實在難得，亦可見傳主出身不凡，受王之
禮遇！而文中傳主平瑩受王寵之際，生活情狀爲：

> 暇日沐浴萬珠水，醺酣百穗香，辟穀安居詠撣兮之詩以自娛……不
> 懈於位，前後五年。（頁225）

簟席得以發揮功能的時機在「夏」季天候炎熱之時，而文中夏清侯受重
用的時間卻歷時五年，跨越五個嚴寒的冬日，因此這些文字並非直指簟席生
平，而是暗示作者李從謙在皇宮中優渥的奉職生涯。而前文「革故鼎新」一
詞，除了「除舊更新」之義外，尚有「改朝換代」的涵義。配合文末結局：

> （夏清侯平瑩）終王世不用。子嗣節襲國有罪，除其封，人以凝秋
> 叟呼之。既不契風雲，但以時見於士庶家，亦得人之歡心，後世尚
> 循瑩業，流落遍於四方。（頁225）

身於不安定的國家，其心願反倒是「以時見於士庶家，得人之歡心」，足
見本文是李從謙於南唐覆亡之後的表白。其中「瑩絕不召，蹤跡卷而不舒，
潦到（疑爲「倒」之誤）塵埃中，每火雲排空、日色如焰，則憶昔悲今，淚
數行下」，更說明了他亡國之後的無限感傷。

五、小 結

綜上所述，唐代的作品在題材方面，以兔毫筆、皂靴、鏡、簟席爲書寫
對象，皆爲器物；情節安排，皆以器物前身始，以受國君由愛到憎爲全文發
展重心；內容都關懷政治場中個人的遭逢；而四篇中，有三篇國君是「秦始
皇」，可見唐代作品對於首先創作者的沿襲，唐代的擬人傳體寓言處於萌芽時
期。

根據《中國古代詩人的仕隱情結》書中對於〈士之地位與精神的歷史嬗
變〉的看法：隋唐科舉制度激發了士人的進取精神，積極入仕的精神，建功
立業的精神；然而唐代士子即便是參加考試，也必須有求於所謂的達者，此
即爲唐代的「溫卷」習俗，因此請託之風盛行，甚至有權貴指名某人爲狀元

的事情。唐代的這種社會現實，造成唐代士人品格總體不高的局面，如：李白的急功近利，杜甫的乞食投謁，〔註26〕白居易、韓愈一方面以道統自居，而骨子裡卻非常注重個人物質生活的享受。〔註27〕臺靜農也認爲：唐代文士之不重視操守，初因承六朝遺風，只知以文學事奉主子，無所謂出處之義；後來武則天特重進士科，使文士更加傾向於利祿的追求。〔註28〕在這種社會風氣之下，無怪乎唐代的擬人傳體寓言，所有篇章的主題都環繞於政治，畢竟政治就是唐代士人生活的重心以及人生的目標！而篇章中所呈現的諷刺意味，多半是對政治環境的不滿。茲將以上論述，臚列內容大綱及篇旨於次：

表 4-1-1：唐代擬人傳體寓言內容大要與篇旨一覽表
**　　　　（按《廣諧史》原篇序標示）**

篇序	篇　名	內　容　大　綱	篇　旨
1	毛穎傳	毛穎其先佐禹有功；原爲秦始皇俘虜，加束縛後日見親寵，終身盡心國事，老禿見疏；子孫甚多，居中山者，能繼父祖業。	諷刺君王刻薄寡恩
2	下邳侯革華傳〔註29〕	革華其先佐皇帝有功；爲人善履道、別威儀，伏事上久之，因病開口洩密，老憊見棄；華無息，革氏子孫盛於中國。	諷刺君王刻薄寡恩
3	容成侯傳	上嘉金炯鑒局，且毫髮無隱；炯不善晦匿，爲邪醜所疾，以讒廢，幾不能免。	君子明而不哲，爲邪醜所嫉，難以保身
4	夏清侯傳	干秀得知革故鼎新之義後，王賜姓名平瑩；因秦王病暑受寵，因秦王有寒疾而潦倒；子嗣節襲國有罪，除其封；以時見於士庶家，得人歡心	君王以時用人

〔註26〕 木齋、張愛東、郭淑雲：〈士之地位與精神的歷史嬗變〉《中國古代詩人的仕隱情結》（北京：京華，2001），頁 335～338。
〔註27〕 木齋、張愛東、郭淑雲：〈古代詩人的仕隱歷程〉《中國古代詩人的仕隱情結》（北京：京華，2001），頁 311。
〔註28〕 臺靜農：〈論唐代士風與文學〉，收於國立編譯館主編、中國唐代學會編：《唐代研究論集》第二輯（台北：新文豐，1992），頁 59～66。
〔註29〕 〈下邳侯革華傳〉作者爲韓愈，參見：〈廣諧史目〉《四庫存目・廣諧史》（台南縣：莊嚴文化，1995），頁 209。顏瑞芳則認爲本文作者「佚名」，見氏著：〈唐宋擬人傳體寓言研究〉，《古典文學》第 14 集（台北：學生書局，1997），頁 127～148。

第二節　講究君子之德的宋代擬人傳體寓言

　　《廣諧史》中，宋代作品共計 21 篇，多達 14 位作者，其中蘇軾作品共有五篇、王義山 3 篇作品、林景熙 2 篇作品，屬於獨立論述之外，其餘篇章採取同一主題或同樣物種歸類論述。

一、蘇軾擬人傳體寓言的多樣性

　　蘇軾（1036～1101）的作品在《廣諧史》中共有 5 篇。蘇軾在詞方面是個開拓者、改革家，他擴展了詞的表現疆域；同樣地，根據《廣諧史》的作品看來，東坡也拓展了擬人傳體寓言的思想內容。

　　在東坡以前，唐時作品集中描寫士人在官場上的遭逢，所呈現的都是無怨無悔的用世生涯，彷彿這些士人的一生就是準備貢獻給君主，所以當君主不再需要士人時，士人只能告老還鄉、坐以待斃；這類作品不自覺地突顯作者的人生觀──儒家的「學優則仕」。蘇軾卻是儒士「進取」和隱士「退隱」雙重心理的矛盾化身：觀其一生，忠君愛國，憂心百姓疾苦，行動上儼然是「知其不可而為之」的儒士；精神上卻如李澤厚在《美的歷程》所指出的：

> 他通過詩文所表達出來的那種人生空漠之感，卻比前人任何口頭上或事實上的「退隱」、「歸田」、「遁世」要更深刻更沉重。……已不只是對政治的退避，而是一種對社會的退避……是對整個人生、世上的紛紛擾擾究竟有何目的和意義這個問題的懷疑、厭倦和企求解脫與捨棄。〔註30〕

　　因此，東坡所選擇的是一種精神上的、哲學意義上的退隱，這種精神同樣貫穿於東坡所作的擬人傳體寓言當中。在〈杜處士傳〉中，他藉黃環之口說：

> 雖登文石摩螭頭，不顧也。古人有三聘而起松蘿者，迫實用也。余將杜衡門以居之，為一白頭翁。雖五加皮幣，於我如水萍耳。豈當歸哉？（頁 229）

　　值得注意的是蘇軾本文所採用的寫作方式，全然是遊戲性質的「集藥名」，所以很多名詞為諧音借義的用法；不過此處的「登文石摩螭頭」確有所指，指的是古代將螭龍之頭雕刻於鐘鼎、印章、碑石上端，作為裝飾的一種

〔註30〕李澤厚：《美的歷程》（台北縣：蒲公英，1984），頁 162。

做法，此中寓有「掌握大權」之意，故蘇軾藉著不顧此，說明他歸隱的決心。
〈江瑤柱傳〉中，傳主江瑤柱之祖媚川嘗謂子孫：「匹夫懷寶，吾知其罪矣！」
後浪迹泥塗中，潛德不耀。但江瑤柱本身才德嘉美、名聲動天下，是故中朝
達官名人屬意江生；江生雖然得中乾疾，在親友強起的情況下遂出，置身於
樽俎間，後來慚愧、悔恨告知其友人云：

> 吾棄先祖之戒，不能深藏海上，而薄游樽俎間，又無馨德，發聞惟
> 腥，宜見擯於合氏子而府公貶我固當。從吾子游於水下，苟不得志，
> 雖粉身亦何憾？（頁231）

蘇軾的作品中明顯表現其獨立人格之特質：他一再藉傳中人物之口表達
歸隱之志；而且當傳中人物不見容於當世時，他並非將責任全然歸於國君，
反倒能以「又無馨德，發聞惟腥，宜見擯於合氏子而府公貶我固當」自省。
筆者認為，這證明了蘇軾的自信與對人情的練達。同理，〈溫陶君傳〉的傳主
為麨，名石中美。原先石中美受秦始皇寵愛，得以「充上心腹」、「且夕召對」，
後來發展為：

> 秦王……意有所思，亟召中美，將盧以納之時。中美不熟，計以進，
> 其說頗剛鯁，志不快之者累日。（頁230）

文中暗示暴虐如秦始皇之君，仍會採納臣下的意見，不過臣子應注意分
寸，應徐徐進言，而非剛鯁陳述，造成主子不快，反而再也無法下情上達。
這是蘇軾的思考。

蘇軾在〈黃甘陸吉傳〉中，以「黃柑」、「綠橘」兩種性質相近的水果為
描寫對象，記錄這兩位朝中重臣之間的勢力消長：陸吉雖歷數自己對國家君
主的許多功勞，卻仍屈居下僚；相對而言，黃甘只因皇上喜愛，便位居陸吉
之上！皇上並非唯才是用的現象，真令人不平！然而蘇軾卻說：「群臣皆服」，
反諷之意不言可喻。不過該文結局又是另一個轉折：

> 歲終，吉以疾免。更封甘子為穰侯，吉子為下邳侯。穰侯遂廢不顯，
> 下邳以美湯藥，官至陳州治中。（頁228）

陸吉雖然當朝不顯，但他的子孫有「美湯藥」之本事，因此後來仍舊在
官場上步步高升；而黃甘子孫則在君主易人之後廢侯。這樣的故事結局，相
信是處於宋朝新舊黨爭之際，蘇軾所秉持的信念：「只要有才德，終究有顯達
之日」。篇末太史公的評論中說：

> 女無好惡，入宮見妬；士無賢不肖，入朝見嫉。（頁228）

筆者認為，這又足以說明蘇軾對人性的正面觀感——宋朝新舊黨爭傾軋雖烈，但蘇軾不認為是他們之中有人特別卑劣，而認為是雙方爭寵，導致衝突。君不見文章一開始描述「黃甘陸吉者，楚之二高士也」？這就證明蘇軾對待不同派別人們的人格肯定。蘇軾對待國君、同僚的態度寬容、人性化，也不堅持仕或隱，他的人生顯得那樣自足、適情適性！然而蘇軾也有其執著，〈萬石君羅文傳〉的傳主為「歙硯」羅文，羅文受漢武帝極度寵愛之時，被封為「萬石君」，朝中其他官員相對為「小吏」，享有的俸祿不過「二千石至百石」；可是，元狩中武帝喜新舉之「端紫」，逐漸不用羅文，羅文因而被不知書的胡人金日磾擠之殿下，顛仆而卒。蘇軾所安排的全文結局不在羅文身上，而是指出羅文子孫「皆有益於其業」，贊中更說：

　　國既破亡，而後世猶以知書見用，至今不絕，人豈可以無學術哉？
　　（頁 227）

　　筆者認為，就是基於對學術價值的認識以及擇善固執，才使東坡能「博觀而約取，厚積而薄發」，〔註31〕為文「大略如行雲流水，初無定質，但常行於所當行，常止於所不可不止」。〔註32〕

　　綜觀史料，蘇軾之天才在早年即負盛名，但他當時作品個性鮮明，這點從他奉陳希亮之命所寫的〈凌虛臺記〉，明顯譏刺陳希亮一事，便可略知一二。〔註33〕然而當東坡經歷更多人事變化以後，他對陳希亮的觀感改變，為其寫下〈陳公弼傳〉，使陳希亮名留青史，〔註34〕可見蘇軾作品的風格隨著年紀而改變。從蘇軾在《廣諧史》中擬人傳體寓言作品的內容看來，其思想都相當圓融，與年輕氣盛時作品不類；其次，就文字運用而言，東坡作品的情節一波三折、出人意表的特色，固然也可從中尋繹些許端倪，但這 5 篇寓言文字大體而言是趨向平淡風格的，若考察東坡給姪兒書信中的敘述：

〔註31〕蘇軾撰，茅維編，孔凡禮點校：〈稼說〉《蘇軾文集》第一冊（北京：中華書局，2004），頁 340。

〔註32〕蘇軾撰，茅維編，孔凡禮點校：〈與謝民師推官書〉《蘇軾文集》第二冊（北京：中華書局，2004），頁 1418。

〔註33〕關於蘇軾年輕時的作品風格，請參見劉昭明：〈蘇軾與陳希亮交遊考〉「蘇軾作〈凌虛臺記〉譏刺陳希亮」部分。該文收於《宋元文學學術研討會論文集》（台北市：東吳大學中國文學系，2002），頁 519～558。

〔註34〕劉昭明：「《宋史・陳公弼傳》所載內容，與蘇軾〈陳公弼傳〉完全相同，幾乎一字不刪，全文入傳。」語出氏著：〈蘇軾與陳希亮交遊考〉，《宋元文學學術研討會論文集》（台北市：東吳大學中國文學系，2002），頁 519～558。

凡文字，少小時須令氣象崢嶸，色彩絢爛，漸老漸熟，乃造平淡。
其實不是平淡，絢爛之極也。汝只見爺伯而今平淡，一向只學此樣；
何不取舊日應舉時文字看，高下抑揚，如龍蛇捉不住，當且學此。
〔註35〕

筆者認為，這些擬人傳體寓言作品應該都是東坡年紀稍長時，經歷人事變遷後的深沉思考。或許這些作品不似東坡其他作品辛辣、幽默，而屬韜斂光芒之作，故知名度不大，但蘇軾對於擬人傳體寓言的影響力，實在不遜於韓愈！因為韓愈只寫過一篇〈毛穎傳〉，東坡卻創作了五篇，其寫作對象包括器物類的歙硯、植物類的果實、食物類的麵粉、動物類的玉瓏以及藥材類的杜仲，擴充唐代只侷限於器物的寫作模式。

蘇軾作品每篇章法不同，如：〈黃甘陸吉傳〉、〈杜處士傳〉就大量運用對話形式，其中〈杜處士傳〉收集八十多種中藥名，〔註36〕採用「諧音借義」的方式寫作，更開啟後世模擬之風；《廣諧史》中即搜羅其他五篇「集藥名」的作品：第 19 篇宋朝王義山〈甘國老傳〉、第 145 篇明朝閔文振〈國老世家〉、第 182 篇明朝胡文煥〈玄明先生傳〉、第 227 篇佚名〈黃連傳〉、第 234 篇佚名〈石膏傳〉，另外第 181 篇明朝胡文煥有一篇「集花名」之作〈梔子傳〉，其靈感應該也來自於蘇軾〈杜處士傳〉。

此外，蘇軾在〈萬石君羅文傳〉一文中，對於蕭何頗有微詞：

漢興蕭何輩，又以刀筆吏取將相，天下靡然效之，爭以刀筆進。（頁225）

這種將漢初文風不興的責任歸咎於蕭何的看法，也影響後世文人，例如：明朝楊時偉第 173、174 篇〈魚蠹傳〉也有相同的說法：

高皇帝西入關，丞相何獨先收律令圖籍……然何謹守刀筆耳，上不事詩書。（頁 446、447）

第 192 篇明朝陳詩教〈蕭君傳〉，其篇末諧史氏評論傳主蕭君時說：「蕭氏以刀筆起家……卒以口舌賈禍……終不得稱完節」（頁 470），足見蕭何於漢初雖功高權重，卻因他未能重視儒生，以至於成為文人筆下永遠詬詈的對象。

〔註35〕蘇軾撰：〈與二郎姪一首〉《蘇軾佚文彙編》卷 4。轉引自范軍：《蘇東坡的人生哲學：曠達人生》（台北：揚智文化，1994），頁 337。

〔註36〕閔文振：「東坡為杜仲作〈杜處士傳〉，綴藥名八十餘品。」語出閔文振：〈國老世家〉跋，參見《四庫存目・廣諧史》（台南縣：莊嚴文化，1995），頁 406。

　　綜上所述，根據《廣諧史》的作品來觀察，蘇軾對於擬人傳體寓言的影響，包括：物種範圍的擴大、章法的創新以及思想的啓發等等。茲將以上論述，臚列內容大綱及篇旨於次：

表4-2-1：蘇軾擬人傳體寓言內容大要與篇旨一覽表
　　　　　（按《廣諧史》原篇序標示）

篇序	篇　名	內　容　大　綱	篇　旨
5	萬石君羅文傳	秦及漢初，羅氏未有顯人；羅文自愛，漢武重用，小人以「貪墨」讒之，無損也；端紫以令色後來居上，羅文見疏，爲金日磾推擠殿下顛仆而卒。 子羅堅器小，難合於世，拜陵寢郎，死葬平陵。 宗族分散四方，皆有益於其業。	國既破亡，而後世猶以知書見用，至今不絕，人豈可以無學術哉？
6	黃甘陸吉傳	黃甘陸吉原爲楚之二高士，俱隱；後陸吉黃甘在朝論事爭寵。 黃甘受楚王喜愛，雖無戰功，位在陸吉之上，然終究廢而不顯。 陸吉位黃甘下，其子以美湯藥，官位高陞。	女無好惡，入宮見妒；士無賢不肖，入朝見嫉。君王嗜好不齊，焉能據之以斷美惡？
7	杜處士傳	杜仲天資厚朴而有遠志，聞黃環名，從之游。黃環曰：「夫得所託者，猶之射干臨於層城也；居非地者，猶之困於蒺藜也。」故黃環不願出仕，杜仲亦續隨黃環。	余愛仲善依人，而嘉環能發其心。
8	溫陶君傳	石中美幼輕躁踈散，長得進見秦始皇，充上心腹，乘機進御。後中美不熟，計以進，其說剛鯁，上遂疏之。 子孫生郡郭者，散居四方。	臣下雖曾爲君主分憂解勞，卻往往因小疵而被讒見疏。
9	江瑤柱傳	江瑤柱自養，名動天下，鄉閭尤愛重之，節序婚慶，無江生不樂，生厭苦逃避，後合氏子輒坐生上，江生以不能深藏海上自悔。族人復盛於四明。	士之出處，宜愼時也。

二、王義山擬人傳體寓言的重德傾向

　　王義山（1214～1287）出生於南宋寧宗嘉定七年，卒於元世祖至元二十四年；若由元軍陷厓山宋亡的至元十六年算起，義山有八年左右受元朝統治，因此義山的作品不但諷刺宋元之交的社會風尚，也呈現出宋元之際一部分讀書人的想法。

　　義山〈金少翁傳〉以「金」為傳主，從「（少翁）性不喜入窮乏之家，與富商巨賈最相厚……獨於寒士少恩云」等文字看來，讀者極易將本文視為「窮人感傷之作」。但根據《廣諧史》目錄所指，作者為「景定壬戌進士，官瑞安軍通判」，〔註37〕以宋代優遇文官的狀況看來，義山本文應該並非諷刺宋代經濟。文中的金少翁，作者將其字虛構為「元寶」，令人不得不聯想到元朝政府所鑄銀錠，通稱「元寶」；〔註38〕傳贊中又以「少翁……其少昊金天氏之裔歟？」（頁242）作結，其言雙關「金氏之人」與「金、元」等外族人，因此筆者認為，本文反映的「人有罪至死，少翁一言即解」（頁 242）等法治問題，都在暗批元朝的種種社會現象。

　　義山〈香山居士傳〉傳主為「香山」，文末撇清與「白香山」的關係；根據文中「與姓薰姓丁者，皆其類」以及「有軟媚者喜趨炎，常在人掌握中」（頁243）敘述，香山應當是祭拜所用的香，其狀為山形。貫穿本文以至傳贊的事例，為陳師道與曾鞏的關係。陳師道原本貧困，卻始終保持士人的高尚情操；以往舉薦陳師道為官，可說是其恩師的蘇軾曾經表示欲收師道為弟子，陳師道竟以「向來一瓣香，敬為曾南豐」〔註39〕推辭，保持了自己獨立品格的尊嚴，不過陳師道後來畢竟做了官？這在王義山眼中，成了陳師道「為德不卒」的明證，因此義山在短短四百多字的篇章中，兩次責備「居士無堅守特操」（頁243）。文中的「「無恥之恥，無恥矣」（頁 243），則令人聯想到顧炎武《日知錄》所謂的「士大夫之無恥，是謂國恥！」〔註40〕傳贊結論為「又其甚為富商巨賈所賣，卒至焚其身。惜哉！」（頁243）。若參照義山「難全晚節，不如一丘壑。住茅屋三間，任窮達」〔註41〕的表白，義山對於大宋的忠誠之意，應可尋繹而得。他另一篇作品〈甘國老傳〉中這樣說：

> 其徒百餘輩，皆趨附國老，以媒其身。吾儕有遠志者輒惡之，抑之弗
> 使進。……國老素無直節，唯以甘言媚人，投世所好，仕至三公。……
> 君有過，不能苦諫，人有以利來者，雖賣己不顧。惜哉！（頁244）

〔註37〕陳邦俊：〈廣諧史目〉，收於《四庫存目・廣諧史》（台南縣：莊嚴文化，1995），頁 210。

〔註38〕張國鳳：《中國古代的經濟》（台北：文津，2001），頁 147。

〔註39〕陳師道撰，任淵注，冒廣生補箋，冒懷辛整理：〈觀克國文忠家六一堂圖書〉《后山詩注補箋》上冊（北京：中華書局，1999），頁 96。

〔註40〕顧炎武：〈廉恥〉《原抄本日知錄》（台北：文史哲，1979），頁 387。

〔註41〕王義山：〈千年調〉（游葛嶺歸有感），收於唐圭璋編：《全宋詞》第四冊（台北：明倫，1970），頁 3058。

　　義山藉「甘草」之甘味，指涉佞臣對於國君阿諛美言，且明白表示自己有遠志，厭惡這種投世所好的行徑。總的來看，王義山的三篇擬人傳體寓言，強調爲臣者堅守特操、不爲利誘之德，同時也藉譏諷元代社會現象，唾棄元朝的異族統治。茲將以上論述，臚列內容大綱及篇旨於次：

表 4-2-2：王義山擬人傳體寓言內容大要與篇旨一覽表
　　　　　（按《廣諧史》原篇序標示）

篇序	篇　名	內　容　大　綱	篇　旨
17	金少翁傳	其先嘗入貢禹。 少翁與孔方、錢關子、楮先生友善。 人有罪至死，少翁一言即解。 少翁言利析秋毫，銖兩分釐必辨。性不喜入窮乏之家，與富商巨賈最相厚，獨於寒士少恩。	富商巨賈、穹官貴人因多金，故無往不利，甚至可易人生死；寒士則望之莫及。 少翁，其少昊金天氏之裔歟？
18	香山居士傳	居士好佛老，有清淨道德無爲之名；嘗介陳後山見曾南豐，然無堅守特操，爲人足恭，於几席間曲盡其禮，備諸醜態；有軟媚者喜趨炎，常在人掌握中，雖汗浹不恥。	無堅守特操者，卒至「無恥之恥」，且焚其身，惜哉！
19	甘國老傳	百餘輩人皆趨附國老，以媒其身；吾儕有遠志者輒惡國老。 國老素無直節，以甘言媚人，投世所好，仕至三公。	君有過，不能苦諫；人有以利來者，雖賣己不顧。惜哉！

三、林景熙擬人傳體寓言的遺民心態

　　林景熙（1241～1310），字德陽（暘），號霽山，溫州平陽人。宋度宗咸淳七年進士，官至從政郎，宋亡不仕。楊璉眞伽發宋諸陵，棄其遺骨，時景熙爲採藥者，以草囊拾之。又聞理宗顱骨爲北兵投湖中，復以錢購漁者網獲，盛二函，葬之越山，植多青樹爲識，〔註42〕足見林景熙對宋朝之忠誠不貳。他的詩寫南宋遺臣的悲痛心情，深沉感人。如《聞家則堂大參歸自北寄呈》：

　　　　濱死孤臣雪滿顛，冰氈齧盡偶生全。衣冠萬里風塵老，名節千年日
　　　　月懸。清唳秋荒遼海鶴，古魂春冷蜀山鵑。歸來親舊驚相問，禾黍

〔註42〕昌彼得、王德毅、程元敏、侯俊德編：《宋人傳記資料索引》第二冊（台北：鼎文，1990），頁 1400。

離離夕照邊。〔註43〕

　　從景熙在〈湯婆傳〉中塑造的湯婆形象看來，幾乎呈現了身爲臣子的最高境界：

> 端重淳涵似有德，又工坎離之術，常以虛致滿。狎之者氣和體寧，
> 心兵不起。……守口如瓶……雖老，奉妾事彌謹，有功有德，自鼎
> 鑊至衽席，歷險夷有節。（頁247）

　　筆者認爲，這段文字，乃景熙以「湯婆之德」暗自期許，換言之，林景熙事宋充滿熱情；而贊中所敘「早遇貴妃，固辭封爵，卒免禍以全身，可謂智也。」更彷彿昭告天下：景熙固辭封爵，實在是不忍看到元朝取代宋治！

　　景熙〈春聲君傳〉描寫的是「八角紙鳶」，同樣的完美節操，在春聲君身上一展無遺：

> 士君子之處世，其窮也以道德鳴，其達也以功業鳴……（春聲）君
> 欲勵清聲、禪風化則忠，棄相位養親則孝；忠孝兩全，君之功業鳴
> 世……仕止語默，得孔門用行舍藏之道……此所以能不墜其家聲
> 也。（頁249）

　　文章一開始就指出「春聲君……其先孤竹君之裔」，表面上是寫八角紙鳶的材料來自竹子，其實暗示孤竹國伯夷、叔齊「不食周粟」的高節；文中「（春聲君）思祖伯夷以清節死」，以及傳贊末「此所以能不墜其家聲也」，皆與篇首之意一脈相承。甚至由於紙鳶會發出嗚嗚鳴聲，作者蓄意將之與喜聲樂享受、卻一向忠於大唐的「郭子儀」相提並論，在在都表明一介宋室遺民的決心。茲將以上論述，臚列內容大綱及篇旨於次：

表4-2-3：林景熙擬人傳體寓言內容大要與篇旨一覽表 （按《廣諧史》原篇序標示）

篇序	篇　名	內　容　大　綱	篇　旨
22	湯婆傳	其先居驪山之陽；湯氏支派，無寒屬。婆形矮，腹魁，端重淳涵似有德，又工坎離之術，常以虛致滿。狎之者氣和體寧，心兵不起。 楊太眞與之沐，邑封溫鄉，聲價喧湧。	早遇貴妃，固辭封爵，卒免禍以全身，可謂智也。

〔註43〕陳增杰校注：《林景熙詩集校注》（杭州：浙江古籍，1995），頁63。

		能作蒼蠅聲，相和答然，守口如瓶，不以漏洩取禍；融和透肌，引入華胥之國，厥功茂矣。雖老，奉妾事彌謹，有功有德，自鼎鑊至袵席，歷險夷有節。	
23	春聲君傳	其先孤竹君之裔。 自謂：「大丈夫當昂首青霄，和其聲以鳴國家之盛耳，安能鉗口縮舌，類抱葉之寒蟬乎？」 以經濟天下爲己任，有凌霄之志，性愛武事，尤善音律。 後輔相兩朝，以身係四海之仰望者數十年，人謂能不墜家聲。 後裔綿遠，至今聲名猶不減。	士君子之處世，其窮也以道德鳴，其達也以功業鳴；春聲君欲勵清聲、裨風化則忠，棄相位養親則孝，忠孝兩全，功業鳴世。君仕止語默，得孔門用行舍藏之道，爲有道之士。

四、宋代飲料類擬人傳體寓言高標君子之德

宋代的飲料，除冷飲外，主要是茶和酒。〔註44〕而《廣諧史》中宋代作品以「茶」爲傳主者，只有陳元規〔註45〕《葉嘉傳》一篇，以「酒」爲傳主者則有三篇。這四篇作品都出現在北宋年間，足以反映北宋一朝的政治、社會現象。

（一）茶作爲飲料，自唐中期始興，至宋而嗜茶之風大盛：城市茶肆遍佈，農村、少數民族地區也迅速推廣，宋廷爲了煎茶，每年還向無錫、惠山等地，徵調礦泉水運往東京。〔註46〕陳元規選擇這個當代文人雅士所熟悉、朝廷貴族所喜愛的對象——「茶」作爲描寫對象，其實不令人意外。而文中以「碪斧在前，鼎鑊在後，將以烹子」說明製茶過程；以皇上所言「九味其言，令人愛之，朕之精魄，不覺灑然而醒」，說明茶之效用；而「矯然有龍鳳之姿，後當大貴」，則暗示每年向宋廷進貢的大小龍鳳茶之精緻、專貢；〔註47〕文末「國用不足，上深患之，以問（葉）嘉，嘉爲進三策，其一曰

〔註44〕姚瀛艇等編著：《宋代文化史》（台北：昭明，1999），頁655。

〔註45〕陳元規的資料有限，陳邦俊：「陳元規字表民……嘉祐。」〈廣諧史目〉，收於《四庫存目·廣諧史》（台南縣：莊嚴文化，1995），頁209。而昌彼得、王德毅、程元敏、侯俊德編：《宋人傳記資料索引》（台北：鼎文，1990），則無陳元規資料。

〔註46〕姚瀛艇等編著：《宋代文化史》（台北：昭明，1999），頁656。

〔註47〕參見石韶華：「龍鳳團茶的現世，不僅標示製茶技術的精進，亦爲爾後貢茶品目不斷推陳出新的始作俑者……小龍團茶……每斤造價黃金二兩，且產量極微，一年只出十斤，相當珍貴。」語出氏著：〈略論宋代詩人與茶的結緣〉，收於張高評主編：《宋代文學研究叢刊》創刊號（高雄：麗文文化，1995），

『榷』：天下之利，山海之資，一切籍於縣官……」，則諷刺朝廷成立專職管理茶務之機構，負責督導茶場，監造茶葉，釐定運銷制度、執行與稽核茶稅，點檢私茶公案，犯茶公事〔註48〕……，對於茶事行壟斷之實。

　　陳元規在文中，先寫葉嘉（即「茶」）的心願：「可以利生，雖粉身碎骨，臣不辭也」（頁 232）；次寫葉嘉的行動：「正色苦諫，竭力許國，不為身計」（頁 233）在在都突顯茶在當時文人心目中的崇高地位，標舉士人應有的德行；並藉以反襯大宋朝廷以此大眾熱愛的飲品謀取利益，忽略民生的私心。

　　（二）古代文人幾乎都樂於飲酒。劉朝謙在述及酒的文化意義時這麼說：

　　　　美酒沉醉，在古代中國，是一種獨特的人生方式——是在人的心靈中

　　　　溝通物我，使社會自我返歸自然本我的途徑；是現實的相忘；是精神

　　　　的樂園；是混合著悸懼、幻滅、懷疑與批判的瞬刻永恆的人生極樂，

　　　　是文學藝術神思的飛躍，是一股勃勃不平的非理性精神。〔註49〕

　　「詩酒風流」，似乎是典型文人的標幟！〔註50〕然而根據《宋代文化史》的說法：宋朝酒禁很嚴，酒的製造、買賣，為官府所壟斷；不過當時全國各地名酒的種類很多，張能臣《酒名記》記載北宋名酒近百種，《武林舊事》記載南宋名酒五十餘種，城市、鄉村處處有酒店，〔註51〕可見宋代酒受歡迎的程度，並不亞於茶，這點在劉跂（生卒年不詳〔註52〕）〈玉友傳〉中有相當清楚的介紹：

　　　　無老幼賢否，皆得與之交，倡優下俚，狎溺尤甚，號為「合歡伯」。

　　　　（頁 234）

　　這段文字即說明時人無論老幼賢不肖，都十分樂於與甘氏宗族（酒）結交，「酒」的身影深入社會每一階層的生活，秦觀（1049～1100）〈清和先生傳〉也說：

　　　　人或召之，不問貴賤，至於斗筲之量、絜瓶之智；或虛己來者，從

　　　　之如流。（頁 235）

　　　　頁 251～277。

〔註48〕石韶華：〈略論宋代詩人與茶的結緣〉，收於張高評主編：《宋代文學研究叢刊》創刊號（高雄：麗文文化，1995），頁 251～277。

〔註49〕劉朝謙：《沉醉人生與藝術之美》。轉引自李清筠：《魏晉名士人格研究》（台北：文津，2000），頁 438。

〔註50〕李清筠：《魏晉名士人格研究》（台北：文津，2000），頁 438。

〔註51〕姚瀛艇等編著：《宋代文化史》（台北：昭明，1999），頁 655。

〔註52〕昌彼得、王德毅、程元敏、侯俊德編：《宋人傳記資料索引》第五冊（台北：鼎文，1990），頁 3874。

　　足見酒的品質高下有別，價格不一，但能滿足社會上各種不同的需求。〔註53〕不過劉跂〈玉友傳〉、秦觀〈清和先生傳〉和唐庚（1070～1120）〈陸諝傳〉似乎與宋代「飲酒文化」的關聯性較少，而與作者個人遭遇有較密切的關聯性。如劉跂〈玉友傳〉說到：

> （玉友）為人精白不雜處，少時帶經就舂。（頁233）

　　字面意義是寫酒的原料十分純粹，經歷的第一道製作過程；實際是雙關劉跂十歲而孤，由外祖父母鞠育成人，家境貧困的求學經驗。劉跂於父親受奸邪陷害、死於貶謫之際，也同遭貶謫而家居避禍，傳中文字似乎就描畫他當時的生活處境：

> 獨玉友……瑰意琦行，門無雜賓，私淑諸人，未嘗顯於時，既性所守，亦其勢然也。（頁234）

　　人生最大的痛苦，不見得是物質生活的貧苦，而可能更是精神上感受到被人誤解，卻百口莫辯的無奈，筆者認為劉跂以下這段文字，就在說明他無從辯說的委屈：

> 雖人人自謂良我友，然似是而非者十九，得其緒餘者十五；而得其真者，百無一二。（頁234）

　　曾經擔任儒學教授的劉跂，必定渴望「學優而仕」，因此不得不家居避禍時，自然感傷不已：

> 玉友名氏弗章，獨以德稱……浮沉方外，野人白士，與之忘年，而臣不得獻之君，故余論其行事，未嘗不嘆息於斯焉！（頁243）

　　一言以蔽之，劉跂〈玉友傳〉雖為抒發自身於政治場域中不得志之作，卻仍標舉玉友之德，這正反映了宋代士人高尚的士大夫品格。秦觀〈清和先生傳〉亦然！由題目將傳主稱為「先生」，即可知作者高舉傳主的德行，傳贊更可謂推崇備至：

> 若先生激發壯氣，解釋憂憤，使布衣寒士樂而忘其窮，不亦薰然慈仁之政歟？……慨然想先生之風聲，恨不及見也。（頁236）

　　可惜清和先生遭皇上誤解，以為清和先生與徐邈朋比為奸，不再寵信之，這些都和秦觀在宋朝新舊黨爭中失勢事件不謀而合。秦觀在新黨執政後，被視

〔註53〕宋代城市賣酒的店鋪分正店、腳店兩類。正店造酒、賣酒，且只賣上等好酒；中型酒店，器皿用銀，互爭華侈；腳店則價格便宜。參見姚瀛艇等編著：《宋代文化史》（台北：昭明，1999），頁655～656。

爲元祐舊黨，因而在宋哲宗紹聖初年被貶；〔註54〕筆者認爲，本文應即爲當時作品。

　　唐庚〈陸誩傳〉的敘寫手法，在《廣諧史》中極爲特殊。全文採用「正言若反」的倒反法寫作，環繞「(陸誩)具有全身、保家、治國、安天下效用」的主題開展；重點是唐庚所擧的歷史事例，都是屬下功高震主，以至於主子欲除之而後快時，屬下察覺有異，於是與陸誩（酒）狎暱，藉酒裝瘋，好讓主子卸除心防，不再以屬下爲目標，這竟是本文所謂的酒有「全身、保家、治國、安天下」之效，豈不諷刺？茲擧其中一段爲例：

> 呂太后時，群臣動見覆族。呂嬰讒陳平曰：「平爲相，非治事，專從諧、戲婦女。」太后聞之，私獨喜，而平得以全其宗，此保家之效也。（頁237）

　　宰相之職責在於協助天子擘畫安天下之策，陳平卻每日飲酒作樂、與婦人廝混；呂太后不但不怪罪陳平怠忽職守，反而「私獨喜」，陳平因此保全其族人。這種荒謬的君臣關係反諷統治者的缺乏安全感，以致造成歷史上許多「鳥盡弓藏」、「兔死狗烹」的事件。然而，唐庚〈陸誩傳〉卻出現在「不殺士大夫」〔註55〕的北宋一朝，其中涵義自是耐人尋味。

　　考察劉跂、秦觀和唐庚的生平，可以發現劉跂遭黨事，爲官拓落，家居避禍；〔註56〕秦觀亦因黨事一再被貶；唐庚則因張商英薦其才而被擧用，復因張商英而罷相，坐貶惠州。〔註57〕筆者認爲，這三位作者因被貶官，加以宋朝飲酒風氣盛行，因此三人應該是仕途不順時借酒澆愁，才會突發奇想，以酒爲傳主，創作擬人傳體寓言以抒懷。這種心情和他們飲酒的心態是相通的，正如劉武所言：

> 在專制體制下，賢哲們的理想雖然十分完美，但事實上，中國古代的士人既不能通過自我道德的完善來逃避專制制度的重壓，也不能

〔註54〕秦觀「尋坐黨籍削秩，編管橫州，徙雷州」，語見昌彼得、王德毅、程元敏、侯俊德編：《宋人傳記資料索引》第三冊（台北：鼎文，1990），頁1872。

〔註55〕宋太祖留給子孫的三條戒律，其中之一就是「不殺士大夫」，可見宋代對於文人的重視。參見木齋、張愛東、郭淑雲：《中國古代詩人的仕隱情結》（北京：京華，2001），頁341。

〔註56〕昌彼得、王德毅、程元敏、侯俊德編：《宋人傳記資料索引》第五冊（台北：鼎文，1990），頁3874。

〔註57〕昌彼得、王德毅、程元敏、侯俊德編：《宋人傳記資料索引》第三冊（台北：鼎文，1990），頁1772。

　　順其自然迴避現實來保全自我的眞實。唯一能夠使他們暫時得到解
　　脫的東西正是酒這樣一種令人沉醉的「保全劑」。從內心深處來說，
　　清醒也好，沉醉也好，都是一種難以把握的痛苦。〔註58〕

　　士人宦途受挫、理想難以實現的時候，在飲酒之餘，以隱晦的手法寫作
寓言，不失爲另一種心理治療。所以透過了解作家的生平，似乎才比較能正
確解讀擬人傳體寓言的可能義涵。茲將以上論述，臚列內容大綱及篇旨於次：

表4-2-4：宋代飲料類擬人傳體寓言內容大要與篇旨一覽表
　　　　（按《廣諧史》原篇序標示）

篇序	篇名	內　容　大　綱	篇　旨
10	葉嘉傳	葉嘉其先養高不仕。 漢武帝時，葉嘉志在利生，不辭粉身碎骨；已精熟時，上之精魄爲之灑然而醒，寵愛日加。 上飲踰度，因嘉之苦諫而疏嘉。後用嘉策，行榷法，足國用，以利兵革之事，上稱許葉嘉盡心國事，爵其二子。	葉嘉以布衣得天子之尊寵，可謂榮矣。 正色苦諫，竭力許國，不爲身計，最爲可取。 嘉之策榷山林川澤之利，非先王之舉，君子譏之。
11	玉友傳	其先出自后稷。 爲人精白不雜處，與人接，初若恬和而中甚烈，天質醇白，終始一致；人深味其言，無不心悅誠服。 雖人人自謂良我友，然似是而非者十九，得其餘緒者十五，而得其眞百無一二。	玉友名氏弗章，獨以德稱。 浮沉方外，野人白士，與之忘年，而臣不得獻之君，論其行事，未嘗不嘆息焉。
12	清和先生傳	其先本出於后稷氏。 氣度汪汪，澄之不清，撓之不濁，有醞藉。自謂「不夷不惠，居二者之間，而兼有其德，自號曰『清和先生』」。 上寵遇之時，不以爲疑，亦不受人惑。後上惡其朋比，大怒，疏之。先生之交遊則謝絕、毀棄。	論先生之名也，譽之者美逾其實，毀之者惡溢其眞。 先生激發壯氣，解釋憂憤，使布衣寒士樂而忘其窮，亦薰然慈仁之政；久而多變，亦中賢之疵，先生何誅焉？
13	陸諝傳	凡與陸諝厚善者，皆得以全身、保家、治國、安天下也。 上封諝爲醴泉侯，至曾孫釅以罪廢。 漢初陸賈聲名籍甚；諝位九卿。陸氏之先，豈有天祿哉？	諷統治者對於位高權重的功臣，有芒刺在背的恐懼，故功臣皆須藉助爛醉以全身、保家、治國、安天下。

〔註58〕劉武：《醉裡看乾坤──中國士人飲酒心態》（長沙：嶽麓書社，1995），頁37。

五、宋代植物類擬人傳體寓言的「不仕」精神

〈士之地位與精神的歷史嬗變〉一文指出，宋代的科舉，可以視爲考試的典範：嚴格的防弊措施、杜絕一切請託的做法，使皇室貴族、平民百姓，在考試成績之前，人人平等；其次，宋代君主重視文人，開啓文人政治。〔註59〕這兩種因素，使士人階層永遠處於流動的狀態，造成宋代空前的文化繁榮，職是，宋代的士大夫階層產生錢穆先生所說的「自覺精神」：

> 所謂「自覺精神」者，正是那輩讀書人漸漸自己從內心深處湧現出
> 一種感覺，覺到他們應該起來擔負著天下的重任。〔註60〕

像宋朝這樣重視文化、重視知識的社會，在中國歷史上應該是空前絕後的，是故，宋代士大夫不但氣節高尚，而且先憂後樂，以天下爲己任；因此到了元代統治之後，士大夫還前仆後繼地犧牲生命、維護宋朝皇族，寧願終身忠於宋室，也不仕異族。《廣諧史》裡宋代植物類的作品，多半藉描寫植物之特性而隱含歌詠不仕君子的節操。

劉子翬（1101～1147）生於北宋末的建中靖國元年，逝於南宋初紹興十七年，是南宋時期頗有造詣的理學家和愛國詩人，三十歲時因父死於靖康之難，哀毀致疾，不堪吏事，辭歸武夷山，講學不倦。〔註61〕〈蒼庭筠傳〉字面意義在陳述傳主蒼庭筠的才藝、風操，且於傳贊末頌揚此君：

> 言念君子，溫其如玉，宜其有爲之執鞭而忻慕者矣！（頁241～242）

筆者認爲，這些敘述都是劉子翬對自己的看法和期許，亦可見他是個相當自負的士人。不過本文採用草蛇灰線法，所影射的另一支線的敘述，可能才是本文重心所在！篇章起首，寫蒼君的祖先「封孤竹君」，隱含伯夷、叔齊「不食周粟」的節操；文中說：「獨此君不受爵」，強調蒼君風骨高標；之後則這樣紀錄：

> 有說者曰：「……時方多難，何不捐軀，出力掃氛，褭箠四夷，以成不
> 朽之名，而反韜其貞幹，甘與草木俱腐耶？」此君曰：「鳳鳥不至，吾
> 已矣夫！與其『排雲叫閶闔，披腹成琅玕』，孰若樂行憂違？」（頁241）

其中「排雲叫閶闔，披腹成琅玕」引自韓愈〈齪齪〉，原詩內容：

〔註59〕木齋、張愛東、郭淑雲：〈士之地位與精神的歷史嬗變〉《中國古代詩人的仕隱情結》（北京：京華，2001），頁339。

〔註60〕錢穆：《國史大綱》下冊（台北：國立編譯館，1991），頁415～416。

〔註61〕昌彼得、王德毅、程元敏、侯俊德編：《宋人傳記資料索引》第五冊（台北：鼎文，1990），頁3919～3920。

齪齪當世士，所憂在飢寒。但見賤者悲，不聞貴者歎。大賢事業異，
遠抱非俗觀。報國心皎潔，念時涕汍瀾。妖姬坐左右，柔指發哀彈。
酒肴雖日陳，感激寧爲歡。秋陰欺白日，泥潦不少乾。河堤決東郡，
老弱隨驚湍。天意固有屬，誰能詰其端。願辱太守薦，得充諫諍官。
排雲叫閶闔，披腹呈琅玕，致君豈無術，自進誠獨難。〔註62〕

由韓愈的〈齪齪〉一詩看來，唐代當時天災人禍，民不聊生，韓愈想對
皇上進言，希望藉有力人士推薦，使皇上看重他的進諫，故有此作。而子翬
反用韓愈之意，認爲「鳳鳥不至」，即便諫言也無助於時局改善，可見子翬對
靖康之難後的南宋政局極端不滿，因此選擇悲憤隱居。

而〈黃華傳〉的作者邢良孕名不見經傳，根據《廣諧史》所附作者小傳，
我們只能得知他曾於南宋理宗淳祐（1241～1251）年間出現。〈麴先生傳〉的
作者馬揖也是南宋理宗淳祐年間人，〔註63〕字伯升，以詞名世，詞作多反映
其積極作戰思想，如〈水調歌頭〉云：

和氣應轟鼓，喜色上轅門。貔貅萬騎，爭相慶主將佳晨。遙望九霄上
闕，靄靄慶雲澄處，一點將星明。天瑞不虛應，人傑豈虛生。〔註64〕

雖然我們不了解邢良孕、馬揖的生平事蹟，〔註65〕但根據他們皆爲淳祐
年間人，距忽必烈滅宋的1277年僅有廿多年，故筆者大膽推論，他們極可能
跨越到元朝，而從〈黃華傳〉「讀《易》至『黃中通理』，粲然笑曰：『美在其
中，暢於四肢矣。』」可知作者有意引用《易經》「君子黃中通理，正位居體，
美在其中，而暢於四支」〔註66〕這段文字，卻故意省略「正位居體」一句，
彷彿暗示目前的統治非「正位居體」。〈麴先生傳〉傳贊中則這樣說：

麴自啓國，南陽之後，居湘灘彭澤者二千祀，不易黃姓……居方之
正，得數之中，其後宜莫與京。（頁247）

這段文字更清楚指出，黃色菊花（暗示中原正統爲黃色）應居九方之正，
無他物可與之相比！而傳贊的另一段文字「或言朔庭有墨子，然未聞與中國

〔註62〕 韓愈：〈齪齪〉，參見《韓愈詩選》（台北：仁愛，1982），頁15。
〔註63〕 另有一說，馬伯升爲北宋人，參見孔凡禮輯：《全宋詞補輯》（台北：源流，
1982），頁24。
〔註64〕 孔凡禮輯：《全宋詞補輯》（台北：源流，1982），頁24。
〔註65〕 在《宋人傳記資料索引》中，查無此二人資料，請參見昌彼得、王德毅、程
元敏、侯俊德編：《宋人傳記資料索引》（台北：鼎文，1990）。
〔註66〕 語出《周易·坤·文言》，乃釋坤卦六五爻辭。參見朱維煥：《周易經傳象義
闡釋》（台北：學生，1993），頁37。

盟會，故名不顯」，則應該是暗示來自北方的蒙古人未與中國盟會，至終要滅亡。所以筆者認爲，從〈黃華傳〉的「靜介自立，不能媚俗好」、「德馨襲人……不與草木俱腐」，以及〈蘜先生傳〉的「先生明德惟馨，操履貞介，恥與庶類競逐繁華，雅志清高，務堅晚節」看來，都表明在元朝異族統治的時刻，作者本人不願入仕的決心。

　　〈大庾公傳〉作者王柏（1197～1274）卒於南宋末年，選擇梅作爲傳主，將與梅有關的梅姓人物、傳說、史事，多方搜羅入文，以致全文寓意多重。根據傳贊中的說明，大略可歸納出：本朝（指南宋）無忠諫者；世風「愛華棄實」；執政者「以養民生日用之和，爲不急之腐談」！故本文所關心的是南宋末年的「仕」風，從王柏的敘述中可知他對當時執政者極爲不滿。〔註67〕茲將以上論述，臚列內容大綱及篇旨於次：

表 4-2-5：宋代植物類擬人傳體寓言內容大要與篇旨一覽表
　　　　　（按《廣諧史》原篇序標示）

篇序	篇　名	內　容　大　綱	篇　旨
16	蒼庭筠傳	其先封孤竹君。庭筠性強項，未嘗折節下人；有長材：典樂府、直史館、入武庫、薦宗廟，皆迎刃而解。諸子皆嶄露頭角，萌爲識者賞味，俎豆於諸公之間。	賢人之概有四焉：其心固，固以樹德；其性直，直以立身；其心空，空以體道；其節貞，貞以勵志。 君子宜有爲之執鞭而忻慕者矣！
20	黃華傳	黃華靜介自立，不能媚俗好，然屈原、呂不韋、魏文帝、陶淵明皆歌詠之。子孫枝分，傲睨冰霜，挺有風烈，人到于今稱之。	有燁黃華，淵乎似道；朱紫競時，惟華獨也正；群英牢落，惟華獨也在。 遇與不遇，人物之顯晦繫焉。
21	蘜先生傳	先生明德惟馨，操履貞介，恥與庶類競逐繁華，雅志清高，務堅晚節。 氣類不相合之王公貴人，雖強留納交，先生終不屑意；不舍田園守拙之士、巖谷隱逸之人。 知己有：屈原、陶淵明、韓稚圭、崔公寧。 子孫千億，散而之四方。 范成大爲作家譜，述其族類大略。	蘜自啓國，南陽之後，居湘灘彭澤者，二千祀，不易黃姓，居方之正，得數之中，其後宜莫與京。 或言朔庭有墨子，然未聞與中國盟會，故名不顯。

<hr>

〔註67〕　〈大庾公傳〉相關論述，請見本書第二章第一節二「擬人傳體寓言與傳體寓言的關係」。

| 24 | 大庾公傳 | 其先若木氏。
不失若木氏作酸之正性者，獨梅氏之宗。
梅氏長子梅木伯華，精神玉雪，德馨遠聞，以風節自高。次子梅仁仲實，體胖德老，祚國於燕，與魯咸共治，正天下精淳醲郁之味，養民生日用之和，與聖人同功。後世稱賢相者，皆魯咸、梅仁之緒餘。
梅摽佐文王之化，男女得以及時；梅撩俎豆於祭祀賓客之間。
秦尚才棄德，梅君無以材稱，雖免於難，甚蕭條矣。
大庾之裔，爲醫士染人冶人輩之所敬事。
曹操引兵迷道，以引見梅林之詭言，止三軍之病渴。
陸凱落見伯華嗣梅春玉立隴首，薦之南朝宋文帝，天下始知其名。伯華嗣梅莊尚南朝宋武帝壽陽公主副笄，時人榮之，然其慕富貴，致伯華家聲頓減。
唐宋文貞公、宋蘇黃輩、林和靖、程伊川、紫陽朱夫子、南軒張先生皆與之交，傾心從遊。往往因伯華而思仲實，慨然懷古於鼎味之中，遙遙世胄，人詠其德，久而不忘根深本厚。
東海之外，眞臘之墟，有隱士慕梅君之令聞，願爲假子，風骨絕不相似，世人安而未察。
世傳梅梁能興雲雨，越人祀之，然其言荒誕，君子不取。 | 梅氏之先，其一有梅伯、梅福者，以忠誠名；至宋朝梅堯臣以詩文稱，忠諫不逮。何其寂寞也！
另一爲伯華仲實，其後代盛衰不齊。然世人變以獨愛華棄實，後又變爲不問華實之衰，爭貴重梅君之長老。故後世鼎鼎不調，尚僞忘眞。
（異於前代「久而不忘根深本厚」）
魯咸子孫爲相業，行俗於天下，日夜思所以重其聲價，爲國家大利。竟以回天下精醇醲郁之味，養民生日用之和，爲不急之腐談！
嗚呼！人莫不飲食也，鮮能知味也。 |

六、諷刺當代朝政的其他擬人傳體寓言

宋朝尚有零星傑作，如：「蘇門四學士」之一的張耒（1054～1114）在北宋新舊黨爭時，因參加修撰的〈神宗實錄〉采錄司馬光的《涑水紀聞》，被新黨指斥爲「謗史」而一再被貶。筆者認爲，歷任秘書省正字、著作佐郎、秘書丞、著作郎、史館檢討以及起居舍人的中央職務，〔註68〕卻因新黨的指斥

〔註68〕李逸安、孫通海、傅信：《張耒集》前言，收於張耒撰，李逸安、孫通海、傅

而調爲地方官的張耒，對當時朝政有更深刻的思考，故以「竹夫人」自居，寫作〈竹夫人傳〉（頁 238）一文，自認「疏通而善良，有節而不隱」，卻一再遭貶，這是統治者的做法問題，而非臣子之責。參看張耒的作品〈諱言說〉、〈敢言說〉，〔註69〕便可知張耒認爲「大臣以言爲諱」、「諫諍之路斷絕」非國家之福，故「有節而不隱」的竹夫人被罷，導致的結局是「王莽敗漢軍、焚未央」；即便竹夫人「自力出」，仍然無法擺脫「焚死」的下場。本文強調士大夫和國家命運相連，國君若不能接受諫諍，國政紊亂、國家衰敗則爲必然的結果。

　　李綱（1083～1140）處於南、北宋之間，曾任兵部侍郎。當時兵學研究非常繁榮，可惜主政者的兵學思想落後消極，而具有積極進步的兵學思想者，非兵權的主要掌握者，因此宋代的兵學思想精華多半停留在紙上談兵的階段。〔註70〕其中，李綱就屬於積極進步一派，他認爲應修明政治、信賞必罰，明辨是非忠奸，愛惜民力，順應民心，財用富足，才能取得戰爭的勝利。可惜以高宗爲首的主和派，害怕農民甚於金軍，唯恐農民武裝在抗金戰爭中壯大起來，因此不但不與支持，反而不斷打擊李綱、宗澤、岳飛等人，終於將可用的民心喪失殆盡。〔註71〕李綱〈方城侯傳〉中有兵學思想，如：

> 不戰而屈人之兵者爲上；以攻則勝，以守則固者次之；以詐謀得者，
> 又次之。（頁 239）

也有對當代主和派的批判和引導，如：

> 世方咎方城侯教二子不以詩書禮樂，而以兵家法……殊不知方城侯
> 之學，法象所寓，有聖人遺意，而軍旅征伐，先王所不廢也。（頁
> 240）

　　〈方城侯傳〉主張修明政治、積極應戰的思想，實在是《廣諧史》中極爲獨特的，〔註72〕可惜徒留遺憾！

　　至於吳應紫〈孔元方傳〉的寓意明晰，在宋代作品中與王義山〈金少翁傳〉雷同，都在諷刺元代的政治經濟，於此不再贅述。茲將以上論述，臚列

　　　　信點校：《張耒集》（北京：中華書局，2000），頁 1～11。

〔註69〕張耒撰，李逸安、孫通海、傅信點校：《張耒集》（北京：中華書局，2000），頁 730～731。

〔註70〕《中國文明史》第六卷《宋遼金時期》第一冊（台北：地球，1993），頁 423。

〔註71〕《中國文明史》第六卷《宋遼金時期》第一冊（台北：地球，1993），頁 423。

〔註72〕〈方城侯傳〉相關論述，請參見本書頁 46～47。

內容大綱及篇旨於次：

表4-2-6：宋代未歸類擬人傳體寓言內容大要與篇旨一覽表
（按《廣諧史》原篇序標示）

篇序	篇名	內容大綱	篇旨
14	竹夫人傳	竹夫人疏通而善良，有節而不隱；漢武帝召幸寵姬，夫人在側若無見焉，故莫有妬之者；後中有小妬，上由是罷之。	統治者以「無妬」爲條件要求臣子，而非其所自謂能裨益之「有節而不隱」。
15	方城侯傳	方城侯通天道、地理、人事、軍旅戰伐之法；堯歷試嘉之，列爵封城。有二子太素、太玄相征伐，太素臨事制變，且非深入浪戰者，是以常勝。 有待詔金馬門者不精於方城侯之術，不善攻戰而資守勢，故有以緩頰遊說而勝者，方城侯之學衰焉。	方城侯之學，有聖人遺意，而軍旅征伐，先王所不廢也。 暗示作者爲宋之「主戰派」；宋之「主和派」不精於軍事。
25	孔元方傳	始祖有愛民利物之心。 孔泉爲漢吳王濞興利，吳王謀反，以罪見誅。 元方父孔寶膺國重任，節用愛民，天下富強，上甚器重之。 元方志大不拘，方正有才氣，不以舉業爲慮，累舉孝廉，不就。 後入京，家致巨萬計，所欲無不獲，遂窮奢極侈，以資入爵。 往見韋貫之，韋薦之於上，上召見，素知其負才，歷數其祖之不義，折之曰：「今子事寡人，進不由道，大言無實……詎能致君澤民，蹈高潔之行乎？」元方則以先祖之德行秉之。於是上以名監處之，命光祿大夫、同著作郎二人與之共事，由是貴動一時。 後值軍興，國用乏竭，元方條五利，其一稅間架，下民疾之。坐與穎川守索元禮交通，去職，遂轉側不安。 元方竟終於民，有子數人，率輕薄，無可紀者。	元方之爲人志大才疏，始折節力行，有若可取；及放棄德義，以富取貴，卒無遠謀。 得君遇時，謀不以道，剝下佐上而以爲功，其惡如盜蹠之爲虐下民也。

七、小　結

　　宋朝的科舉制度成熟，力求做到公平競爭，以利於選拔經世致用之材；官

員的磨勘、回避、致仕等制度日趨嚴密，以利於維護趙宋王朝的統治。〔註73〕在思想方面，宋學著重闡發儒家經典義理，融合儒、釋、道的哲理，這種政治比較寬鬆、思想比較自由的時代，〔註74〕使各種學說得到蓬勃的發展。此外，宋廷的右文政策——優禮儒士以及宋初諸帝勤奮讀書、對知識人才的尊重，「以文化成天下」的國策，不但大大促進宋代文化的發展，〔註75〕也造就士大夫對宋王朝的凝聚力。

從《廣諧史》中所輯錄的宋代擬人傳體寓言看來，北宋時期的蘇軾、陳元規、張耒的作品一方面標舉君子之德，另一方面則批判朝政，涉及黨爭、稅賦及君主用人取才的標準；劉跂、秦觀、唐庚則以擬人傳體寓言說明自身志向、才德，以明遭逢不順的心理。南北宋之交的李綱作品，具體而微的表現主戰派和主和派之間的鬥爭，不但是宋代作品中極具特色的篇章，內容主張積極應戰，也是集文人作品之《廣諧史》中少有的。南宋的擬人傳體寓言則包含歌詠不仕異族節操與批判元初政經狀況兩類作品。

職是，宋代擬人傳體寓言對於出仕為官的欲求方面，不再如唐代作品般積極，因而作品呈現「重視君子德行」的傾向；筆者認為這是宋代科舉制度公平之故，當然也與宋朝實行文人政治，優禮文人，以及理學興盛，士大夫注重氣節、注重道德、注重社會責任與歷史使命的文化性格〔註76〕有關。尤其是南宋作品對元朝異族強權統治的排斥，更足以說明宋代文人對於趙宋皇朝的向心力。

第三節　反戰惜民的元代擬人傳體寓言

自安史之亂以來，中國歷史上出現了五百年來未曾有過的大統一——元朝，而統一局面的形成，為經濟、文化的恢復與發展，創造了有利的條件：因為統治者採取了較為現實的政策，基本上保證了當時比較發達的漢族文明不致受到大的破壞，且使之有所發展，對整個中國文明的發展是有利的。由

〔註73〕　宋德金、張希清：《中國文明史》第六卷卷首語，收於《中國文明史》第六卷，《宋遼金時期》第一冊（台北：地球，1993），頁1～8。

〔註74〕　宋德金、張希清：《中國文明史》第六卷卷首語，收於《中國文明史》第六卷，《宋遼金時期》第一冊（台北：地球，1993），頁1～8。

〔註75〕　姚瀛艇：〈宋廷的右文政策〉，收於姚瀛艇等編著：《宋代文化史》（台北：昭明，1999），頁19～32。

〔註76〕　馮天瑜、何曉明、周積明：《中華文化史》中冊（台北：桂冠，1993），頁931。

於元代各民族文化間的相互接觸與交流，呈現出多種文化交相輝映的時代特色，再加上蒙古族統治者本身並無深厚的封建文化背景，所以對思想文化的禁錮，比起前代來反而有所鬆弛。但是蒙古族歷次征伐所造成的經濟破壞卻極爲嚴重，即便是戰爭較少的南方，也有許多佃戶遭到超經濟剝削，遭遇無異於奴隸！此外，統治者將不同的民族，劃分爲蒙古人、色目人、漢人、南人四等，政權都掌握在不諳政治、不識文字、不知刑名的蒙古人手中，得以充任副職的漢人、南人，則多爲豪富；結果造成官員素質低下，地主富人巧取豪奪，濟世之才無法脫穎而出，官場貪污受賄、徇私舞弊盛行，使民族問題、階級問題交織在一起，日趨惡化。〔註77〕

筆者認爲，從《廣諧史》中收錄的 19 篇元朝擬人傳體寓言，足以印證上述的時代現象。元代作品共有 19 篇，其中 8 篇作者爲楊維禎的作品，無論思想深度或作品廣度，都值得深入研究。傳主爲「鈔」的作品有 3 篇，加上 2 篇以「錢」爲傳主的作品，共高達 5 篇作品是討論跟民生經濟密切相關的主題。此外，元朝首度有非儒生的作者——「釋者」加入創作行列，這都是本節希望處理的議題。

一、楊維禎擬人傳體寓言的獨特性

元末楊維禎（楊維楨，1296～1370）泰定四年進士，授天台縣尹，改紹興錢清場司令，坐損鹽久不調，至正初除杭州四務提舉，轉建德路推官，陞江西儒學提舉，避兵未上，遂浪跡浙西山水間。〔註78〕根據劉美華的考證，楊維禎之仕宦歷程極爲坎坷：任天台尹時，因點吏而免官；改錢清場鹽司令，爲鹽賦病民食不下咽，終獲減引額三千，卻得罪省官，不調銓曹者十年……總之，維禎於元時爲官，多遭物議，官職久不遷，且所歷皆難治難理之官。〔註79〕

楊維禎出仕爲元官吏卻一心爲民，其以「鹽」爲傳主的〈白咸傳〉，篇末太史公贊曰：「古之利民，不民之利，而民自利，利莫大焉，咸廼異是。……咸遇大漢，使勸其君除苛令、調齊眾喊而無德之者，庶幾鼎鼐之佐哉！」（頁266）傳中不斷敘述白咸爲國君斂財，實非鼎鼐之佐！這當然是反映楊維禎「改

〔註77〕李憑、全根先：《中國文明史》第七卷卷首語，收於《中國文明史》第七卷《元代》上冊（台北：地球，1994），頁 1～9。

〔註78〕王德毅、李榮村、潘柏澄：《元人傳記資料索引》第三冊（台北：新文豐，1980），頁 1562。

〔註79〕劉美華：《楊維禎詩學研究》（台北：文史哲，1983），頁 2～3。

錢清場鹽司令，爲鹽賦病民食不下咽」的心聲！而〈白咸傳〉以「鹽」爲寫作對象，也成爲《廣諧史》的唯一特例。

楊維禎宦途雖不順利，但其胸中似乎自有定見，認爲士人之德最爲重要，至於能否施行自己的抱負，他處之泰然。第36篇〈冰壺先生傳〉傳主雖「負濟民具」，卻「無食肉相」——有才具卻無法出仕，然「天下名士大夫，至今宗之不衰」，豈以祿食哉？筆者認爲，這篇擬人傳體寓言很能說明維禎歷仕之後的心境。

許多人對於楊維禎的政治立場有不同的看法：《明人傳記資料索引》根據《明史》，將楊維禎定位爲「元朝遺逸之士」。〔註80〕韋慶遠認爲，是朱元璋的殺戮導致楊維禎不願登朝爲官。〔註81〕蕭啓慶認爲，楊維禎肯定明朝政權，惟因高齡75歲及肺疾而未出仕佐明，與政治立場無關。〔註82〕劉美華則根據楊維禎的〈正統辯〉一文，主張楊維禎「以南宋爲天付生靈之正統，而元承之，滅宋之日即大一統之日」；二據錢穆《中國文化史導論》第九章「宗教再澄清民族再融合與社會文化再普及與再深入」的論點，主張楊維禎「不言夷夏之辨」；三據元末張士誠累招之不赴事件，主張楊維禎「重君臣之義」。〔註83〕

以上論點各有立場，不宜一筆抹煞，但除了劉美華所據楊維禎的〈正統辯〉之外，其他論者似乎並未依據「直接證據」，導致論述傾向由「間接資料」歸納而得。然而筆者研究楊維禎的擬人傳體寓言，卻有完全不同於以上的結論。姑以第29篇〈玉帶生傳〉爲例說明，該文所紀錄的對象非常特別：楊維禎將文天祥的端硯取名爲「玉帶生」，爲之立傳；故事主要是說玉帶生曾與文天祥共謀國事，後文天祥殉國，玉帶生遂與謝翱共修《南史帝紀》及獨行傳，其後又與楊維禎同修《鐵史》，傳贊除了痛心文天祥的出師未捷身先死之外，還歌頌玉帶生的義行：

> 石生者以端方廉重，輔孤憤激烈之節；表出師、檄勍虜、錄北征、

〔註80〕「明興，詔徵遺逸之士修纂禮樂，維禎被召，謝曰，豈有老婦將就木而再理嫁者耶，賦老客婦謠以進。」參見國立中央圖書館編：《明人傳記資料索引》（台北：國立中央圖書館，1978），頁715。

〔註81〕韋慶遠：《禍由筆墨生：明清文字獄》（台北：萬卷樓，2000），頁46。

〔註82〕蕭啓慶：〈元明之際士人的多元政治抉擇——以各族進士爲中心〉，《臺大歷史學報》第三十二期（2003年12月），頁77～138。

〔註83〕劉美華：《楊維禎詩學研究》（台北：文史哲，1983），頁3～6。

傳之義客。志東陵，哭西臺，傳獨行，足爲死友矣。於乎！血史之
後有南史，南史之後有銕史。豈斯文之託於生乎？生託於斯文乎？
嘻！（頁 259）

所謂「血史」，乃南宋浴血奮戰之歷史；「南史」爲南宋朝之歷史；「銕史」
則爲元朝歷史。《辭海》對「銕」的注釋有二：古「鐵」字；同「夷」。〔註84〕
兩者涵義都符合對「元史」的解說，似乎也暗示楊維楨內心眞正的想法——
根據本文寓意，楊氏不但歌詠南宋末年奮戰至死、不屈從異族的文天祥，還
以修南宋歷史爲己任，足見楊維楨不見得主張「不言夷夏之辨」。

對於元朝的統治，楊維楨是否心服口服呢？《明人傳記資料索引》紀錄：
「（維楨）善吹鐵笛，自稱鐵笛道人。」〔註85〕其作品〈斛律珠傳〉說：「鐵笛
道人才高尚氣節，所與遊者，皆鴻生奇才。是之內荏外強、誇宦達者，道人視
之猶蟻芥，如斛律、管同，非特以善音律見，抑以清風奇檗得其人焉……龍興
雲至，虎嘯風生，氣類之感，豈直斛律、管同哉！」（頁262）筆者認爲，此作
即相當清楚地暗示「國君亦應以才德，使鴻生奇才之人歸焉」，且表達對於「內
荏外強、誇宦達者」的不屑之意。而〈麴生傳〉「良將一陷反間，則宵遁爲敗軍
之將」（頁 265）的說法，暗諷元朝對武將的統馭不當；〈竹夫人傳〉、〈黃華先
生傳〉稱揚隱士之風操，在在證明楊維楨對元朝政權的失望。因此筆者大膽推
論，《元人傳記資料索引》、《明人傳記資料索引》所指楊維楨「浪跡浙西山水間」
的原因是「避兵亂」，〔註86〕其實可能只是楊氏的託辭，他不再出仕應是對元朝
統治者的失望。這是筆者由楊維楨擬人傳體寓言內容所歸納而得的結論——楊
維楨出仕與否，一以人民福祉爲依歸，並不見得考慮統治者的血統。

〈玉帶生傳〉看重歷史的紀錄、〈璞隱者傳〉強調文學的功用，則更說明
了楊維楨個人對於文學、史學價值的看重，後來才有「維楨詩名擅一時，號
鐵崖體」的影響，而郭紹虞更認爲「前後七子與公安派都是『鐵崖體』的變
相」，〔註87〕極力推崇楊維楨的影響力。楊維楨再次證明文字的影響力遠勝於

〔註84〕 台灣中華書局辭海編輯委員會編、熊鈍生主編：《辭海》下冊（台北：台灣中
華，1980），頁 4506。
〔註85〕 國立中央圖書館編：《明人傳記資料索引》（台北：國立中央圖書館，1978），
頁 715。
〔註86〕 王德毅、李榮村、潘柏澄：《元人傳記資料索引》第三冊（台北：新文豐，1980），
頁 1562。國立中央圖書館編：《明人傳記資料索引》（台北：國立中央圖書館，
1978），頁 715。
〔註87〕 郭紹虞：《中國文學批評史》下卷（台北：明倫，1972），頁 142。

世俗功業，一如北宋之蘇軾。

　　茲將以上論述，臚列內容大綱及篇旨於次：

表 4-3-1：楊維禎擬人傳體寓言內容大要與篇旨一覽表
（按《廣諧史》原篇序標示）

篇序	篇　名	內　容　大　要	篇　旨
29	玉帶生傳（有序）	石端，字正平。文文山呼以「玉帶生」而不名。 文山與生謀機密，生緘默不洩，公益重之。後文山罹國難，倉黃相失。 文山殉國死，文山客謝翱與石生歌招魂，共修南史帝紀及獨行傳。 後會稽楊禎氏得生，偕隱海上，禎資之修銕史。	文山氏未及匡略，而大運已去，其遺千載英雄之痛也。 石生輔孤憤激烈之節，表出師、檄勦虜、錄北征、傳之義，傳獨行，足爲死友。 血史之後有南史，南史之後有銕史。豈斯文之託於生乎？生託於斯文乎？ （案：血史爲南宋浴血奮戰之史，南史爲南宋朝歷史，銕史爲元朝歷史）
30	璞隱者傳（爲海虞繆仲素撰）	隱者蒲玄圭，自號璞隱。上世祖徠人。 始祖燧涅相蒼頡氏制字；坑焚禍作，其子襲封松滋侯，惟用於刑；松滋之後隤靡助揚雄成長楊賦。 宋紹興璞至海虞山遇繆公子，稱知己。 得璞隱之道者鮮矣！	璞隱用不用，係天下取舍。然無論爵顯或賤窮，其功煥然在天下，故繆公子仍可得璞隱之道，以文名天下。
31	斛律珠傳	斛律珠，不知何許人也。 會稽鐵笛道人視洞庭湖大小鐵龍君、象山管同與斛律珠爲三友。有客欲以千金購其人登天府，道人終不許。 今道人挾三友隱於五湖之東。	鐵笛道人才高尚氣節，故鐵龍、斛律、管同與其遊，得聞於世。 龍興雲至，虎嘯風生，氣類之感，國君亦應以才德，使清風奇概之人歸焉。
32	竹夫人傳〔註88〕	其先爲孤竹君之子。 自以家世素清節，終恥屈身於人，雖荊釵棘簪之微，一皆棄斥。 由王后嬪妃，下至公卿百執事，無不器重之。召，亦無不往，然所在抱節，終身未嘗少污其潔。	夫人爲神仙者流。（亦即此自重守節之君子，殆世之所無也。）

〔註88〕《四庫存目・廣諧史》本篇作品脫漏一頁半文字，見頁 262，有賴《天一版・廣諧史》第一冊對照彌補。

33	黃華先生傳	其先日精、菭蕷、黃英有功於農皇氏、姬公旦、屈原。 陶淵明曰:「二三子黜德滅巧,將太上從!太上無名功,故無窮。二三子無懷氏之蠓,孰長短小洪?」明述隱君子之懷抱也。	黃華之先德活萬民,子孫當有興者。訖與晉處士同逸,奇乎時也! 子姓有隱君子之風,世人未睹其之大道,徒方之爲以黃白術,卻老延年者。
34	麴生傳	麴生,酒泉人也。名不一,皆人好惡之辭,非其本名也。 生心實儻盪無較計,不問人賢鄙貴賤老稚,皆獲與接。致高壽之術,爲不死夭和耳! 用生善者,則有善効;用生不善者,則不善効也。	麴生之爲人稱聖矣,而溺之者亡國殺身,則斥曰狂。顧用者何如耳! 良將一陷反間,則宵遁爲敗軍之將!(本朝宜信用良將,勿陷反間計)
35	白咸傳	其先河內人。 管夷吾薦白咸之十世祖成金與齊君,使齊抱利霸天下。 咸爲人魯重,自負爲席珍,與庾嶺梅處士結爲伯仲友。 吳王濞用白咸,吳遂富甲他諸侯,濞驕,咸亦有罪。 漢武帝元封間,桑弘羊、孔僅併口附咸,咸在官若干年,徒糜牢廩而績用弗成。 帝晚年悔用咸,學士群議咸失,咸乃稍引退去。	古之利民,不民之利,而民自利,利莫大焉,咸廼異是。 咸遇大漢,未勸其君除苛令,實非鼎鼐之佐也。
36	冰壺先生傳	冰壺先生蘇葅,字受辛。 性甚清淡,不嗜羶腥,負濟民具,士大夫欲命世者,不可一日不接其旨論。 嘗自薦曰:「吾用,能使歲不饉;不然,民有吾色且能咀得吾本者,曷事不理?」 爲席上珍,且可解吻燥之苦。 以齒終於家門,人相與謚曰「冰壺先生」。	先生邁種德,雖不仕,然歿謚「冰壺」,天下名士大夫至今宗之不衰,豈以祿食哉?(士大夫之德,遠勝其祿位)

二、反映人民生活痛苦的貨幣類作品

　　時代的巨輪是不斷的,因此我們用朝代來劃分作品特色,其實很容易勉強而失眞,如:貨幣類的擬人傳體寓言作品出現密度最高的時間在於元朝

年間共 5 篇，包括：胡長孺（1249～1323）〔註89〕〈元寶傳〉、高明〔註90〕〈烏寶傳〉、涂幾〔註91〕〈孔方傳〉、牟巘之（1227～1311）〔註92〕〈元寶傳〉、釋克新〔註93〕〈孔方傳〉。然而正如前一小節所述，宋朝王義山〈金少翁傳〉與宋末吳應紫〈孔元方傳〉，以及明初貝瓊〈古泉先生傳〉，內容都是相似的，故筆者認爲，《廣諧史》中貨幣類作品，集中反映了元代的民不聊生的現實。

元代統治者以軍事征服了中國，入主漢地，但在文化交融中被潛移默化，步上征服者被征服的軌道。〔註94〕在元代，理學不但爲效忠蒙古新政權的中原人士所歡迎，也深深影響拒絕與元朝合作的隱逸儒士；〔註95〕當時甚至欽定朱學的四書五經成爲開科取士標準的官學，〔註96〕可以想見儒生對於孟子「義利之辨」的認同。無怪乎元代所有以貨幣爲傳主的擬人傳體寓言，皆以不屑的態度作爲最後結論。如胡長孺〈元寶傳〉以「鈔」爲傳主：

> 書契以來，善記載者，惟楮氏甚有功，其克昌厥後，宜哉！寶乃以功利，墜其家世。（頁 255）

這樣的評論，一方面頌揚紙張對於學術的貢獻，另一方面批判鈔票的功利價值。尤其元朝是近代以外，中國歷史上「紙鈔」最通行的朝代；〔註97〕亦即元代紙幣的發行，是中國最早使用紙幣的朝代，〔註98〕因此創作者也就相繼以此大作文章。如高明〈烏寶傳〉亦以「鈔」爲傳主：

> 烏寶者，其先出於會稽楮氏，世尚儒術。……至寶厭祖父業，變姓

〔註89〕「胡長孺……居官廉介……」，參見王德毅、李榮村、潘柏澄：《元人傳記資料索引》第二冊（台北：新文豐，1980），頁 806。

〔註90〕「高明……至正五年進士……至正十九年卒，年五十餘」，參見王德毅、李榮村、潘柏澄：《元人傳記資料索引》第二冊（台北：新文豐，1980），頁 1001。

〔註91〕「涂幾……爲文不涉浮詞，元末避兵臨川，明初卒」，參見王德毅、李榮村、潘柏澄：《元人傳記資料索引》第二冊（台北：新文豐，1980），頁 925。

〔註92〕「牟巘，字獻之……入元不復仕」，參見王德毅、李榮村、潘柏澄：《元人傳記資料索引》第一冊（台北：新文豐，1980），頁 333。

〔註93〕「釋克新……元末住嘉興水西寺，明初召至京師，嘗奉詔往西域招諭吐番」，參見王德毅、李榮村、潘柏澄：《元人傳記資料索引》第四冊（台北：新文豐，1980），頁 2141。

〔註94〕馮天瑜、何曉明、周積明：《中華文化史》中冊（台北：桂冠，1993），頁 1014。

〔註95〕馮天瑜、何曉明、周積明：《中華文化史》中冊（台北：桂冠，1993），頁 1028。

〔註96〕馮天瑜、何曉明、周積明：《中華文化史》中冊（台北：桂冠，1993），頁 1029。

〔註97〕張國鳳：《中國古代的經濟》（台北：文津，2001），頁 147。

〔註98〕「元代紙幣的發行，在世界紙幣發展史上具有重要的意義。」，參見《中國文明史》第七卷《元代》上冊（台北：地球，1994），頁 226。

名，從墨氏游。……寶之學，雖出於墨而其害道傷化尤甚，雖孟軻
氏復生，不能闢也。……然則寶之得行其志者，亦其時有以使之。
嗚呼！豈獨寶之罪哉？（頁271）

高明〈烏寶傳〉比胡長孺〈元寶傳〉後出，其中多處細節相似，評論則更露骨，認為烏寶出於墨家，害道傷化，較前更甚；然後指出烏寶所處唐代時風敗壞，以致烏寶得以倒行逆施。然而，唐代尚未有紙幣通行於市，宋代也只有四川地區發行「交子」無面額、圖象式的紙幣，〔註99〕因此高明這樣的表達雖然迂曲，卻也相當清晰地批判元代時風之功利。

涂幾〈孔方傳〉則更為具體地指陳元代的物價上漲、通貨膨脹的現象，以及造成經濟崩潰的主因即是「戰爭」：

蓋嘗聞鄉里之老云：「昔攜方數輩，行入市胥，醉飽而後返；今楮生
與偕，嗷嗷然，人甚輕賤之，勺水濡渴，不可望得矣！民安得而不
困乎？朝廷有事群叛，更理未暇也！」（頁275）

這與《中國文明史》所述，元代「全國統一後，貨幣貶值日益加劇，因而給國家財政和民眾的社會經濟生活，造成了極為惡劣的影響」〔註100〕不謀而合，也符合史家的評論「貨幣貶值的最根本原因是封建統治者，永無滿足的貪欲。忽必烈好大喜功，多次發動對外侵略戰爭，龐大的軍費開支，加重了國家的財政負擔。但忽必烈時期，對於王公貴族的賞賜，以及皇室本身的開支，還有所節制，國家財政大體上還可以維持。忽必烈之後，統治集團的腐敗日甚一日。」〔註101〕

牟獻之〈元寶傳〉、釋克新〈孔方傳〉都刻畫了官場的貪污舞弊、徇私納賄，如：

人有大功，非少金不能轉官；或罹重罪，少金至即立解。（頁276）

雖臺諫風憲，亦常曲徇其意。（頁277）

《元史·釋老傳》說：「釋、老之教，行乎中國也，而其盛衰，每繫乎時君之好惡。」〔註102〕而蒙古族統治者對於宗教的態度是，只要有利於其統治地位的，都能加以提倡、利用，〔註103〕因此「元興，崇尚釋氏，而帝師之盛，尤不

〔註99〕張國鳳：《中國古代的經濟》（台北：文津，2001），頁146。
〔註100〕《中國文明史》第七卷《元代》上冊（台北：地球，1994），頁228。
〔註101〕《中國文明史》第七卷《元代》上冊（台北：地球，1994），頁228。
〔註102〕楊家駱主編：《新校本元史并附編二種》第五冊（台北：鼎文，1980），頁4517。
〔註103〕董國堯：《北方民族文化論稿》（台北：洪葉，1997），頁169。

可與古昔同語」。〔註104〕元代對於佛教，多所保護與扶植，〔註105〕在此情形下，水西寺住持釋克新仍然不顧政府對佛寺的優禮，逕行批判元代官吏之腐敗，足見吏治黑暗已到了人民無法忍受的地步，因為當時「大多數官吏的實際收入，主要不是來自俸祿，而是來自貪污、受賄，以及對百姓的敲詐勒索」。〔註106〕

而釋克新所提的結論：

> 孔方雖名通神術，而無他能奇解，不過聚斂而已。然而天下無賢與
> 不肖，皆欣慕而愛重焉，不知其何道？可怪也已！（頁277）

由這段文字看來，似乎反映宗教人士較易認清錢幣本質的現象；然而如果參酌當代統治者在經濟上給寺院大量特權，保護其經濟利益〔註107〕的事實，或許其反映的則是僧侶的生活，而不必考慮社會現實。正如《中國經濟思想史》所指出的：

> 那些具有大大小小封建特權的人，都是先有權後有錢，對這些人來
> 說，首先是權能通神的問題。〔註108〕

釋克新身分特殊，在元代獨特的法律保障之下，不需要擔心人權問題，也不需要擔心物質生活，是否因此他的結論較其他篇章內容顯得豁達許多？這是值得繼續考察的！

筆者認為，貨幣類擬人傳體寓言反映的士人心聲應該是：元代「馬上得天下」，焉能「馬上治天下」呢？茲將以上論述，臚列內容大綱及篇旨於次：

**表4-3-2：元代貨幣類擬人傳體寓言內容大要與篇旨一覽表
（按《廣諧史》原篇序標示）**

篇序	篇名	內　容　大　要	篇　旨
26	元寶傳	其先有楮先生者，賴東都蔡侯倫嘉其善，取裁而成就之，天下通尊事之。後世不墜其緒，翩然有聲。 寶生而家不振，因自薄其祖以淡薄持身，不足取資當世，遂絕意詩書，業專治功利之術。	楮氏記載有功，其克昌厥後，宜哉！而寶乃以功利，墜其家世。 孔方逆知寶不終，奚不自知？

〔註104〕楊家駱主編：《新校本元史并附編二種》第五冊（台北：鼎文，1980），頁4517。
〔註105〕《中國文明史》第七卷《元代》上冊（台北：地球，1994），頁486、492。
〔註106〕《中國文明史》第七卷《元代》上冊（台北：地球，1994），頁245。
〔註107〕《中國文明史》第七卷《元代》上冊（台北：地球，1994），頁100。
〔註108〕《中國經濟思想史》中冊，頁109。轉引自譚家健：〈魯褒的「錢神論及其影響」〉（下），《國文天地》（台北：國文天地，2001年9月），頁44。

		拓拔魏有天下，令元寶掌太府，寶多變通才略，軍國賴之，未嘗乏絕，寶自恃曰：「國家有臣等，何慮事不可爲？」 天下之民，一日不得寶至，則趑趄窘縮，故人非寶不親，婦人尤甚。 少忤郡邑武士，輒怒髯磔立，禍且不測，寶一至，不問事理輕重，立釋之。 廉介志士不喜寶，視寶行污濁，遂終身不與見。 寶之大父孔安嘗顧寶笑曰：「今汝赫赫然，一旦見其敝，且燼矣！榮寵勢利，果可倚哉？」 後不知寶之所終。	寶貪而輕，且忘其本，自作威福擬於王者，殆矣！介士所不取也。 （諷元朝似拓拔魏喜征伐，民用不足，不善治，以元寶行天下，足見其不公不義。）
38	烏寶傳	其先出於會稽楮氏，世尚儒。 寶厭祖父業，變姓名，從墨氏游。 輕薄柔默，外若方正，內實垢污，善隨時舒卷。 人爭迎取邀致，然素趨勢利，不肯往窶人貧氓，尤不喜儒氏，蓋儒墨素不相合。 達官勢人，無不願交，而率皆不利敗事；廉介自持者，率不與寶交。	寶裔本楮氏，自謂烏氏，變詐可知。 本文諷墨氏。 烏寶生於唐虞三代，則未必禍世。生於唐代，害道傷化甚深，則唐代時風，亦有罪也。
41	孔方傳	孔方隱居銅山。 禹時，命孔氏、麗水氏、朱提氏及九江文人，雜行民間，相協有無，民用以濟，禹嘉而封之。 太公立九府圜法，孔方主施行之，善稱任使意。 善相家宰，制國用，以殷萬邦，孔方之能也。 貨寶於金，利於刀，流於泉，孔方之功也。 漢孝武帝財用數匱，擯卻孔方不用，方藏民間。 魯褒、王衍譏惡孔方。 孔方偏滯固澀，以專病民，民貧無資，既困且怨。 繇秦漢及今數千年間，方歷寒暑不飲食，閱其貌，豐悴老少無不若者，眞仙道也。	鄉里之老昔攜方數輩，行入市胥，醉飽而後返；今攜方與楮，人甚輕賤之，勺水濡渴，不可望得矣！（物價上漲，幅度甚鉅）民安得而不困乎？ 然朝廷有事群叛，更理未暇也！
42	元寶傳	元寶字少金，本楮氏子，墨面文身。 有氣力，能禍福人：人有大功，非少金不能轉官；或罹重罪，少金至，即立解。且能致人間希有難得奇怪之珍。	天下之物，未有勝而不衰者也。孔方用事時，可動鬼神；及楮氏子出，楮遂孤行於世，孔方則漸不振。

		王公貴人，至於牛豎馬圉兒童婦女，莫不思見少金，惟廉吏迂儒惡之不與交。 子孫遍天下，皆得志於時也。	「用係於人，其亦消長之運耶？」
43	孔方傳	孔方字子貫，首山人也。 孔方先人助太公九府圜法施行有功；佐季氏、范蠡富甲天下。 漢高帝思振元元，用孔方，至文景之世，已儲蓄累百鉅萬，貫朽而不可校。 吳王濞、鄧通寵用孔方，孔方奔走濞通之門，好聚無賴子弟賭博，往往致喧爭鬥毆。 與燕人楮寶共同任使，二人並行，天下人莫敢先後輕重焉。 二人俱口吃，以篤實見信於人；中外百司之事，人所難言者，二人至，無不可；雖臺諫風憲，亦常曲狥其意！ 孔方尤利濟於貧窮小民。 寶以昏自焚死。方告老於朝，賜爵同城子，終於家。	孔方獲親任使，黜而復用，其遭際豈偶然哉？ （並非偶然，而是國家財用不足所致） 孔方雖名通神術，而無他能奇解，不過聚斂而已。然而天下無賢與不肖，皆欣慕而愛重焉，不知其何道？可怪也已！（釋氏中人，看透金錢之本質。）

三、其他未歸納之篇章

《廣諧史》中元代其他篇章，包括第 27 篇吳觀望〈郭索傳〉、第 28 篇任士林（1253～1309）〈眞一先生傳〉、第 37 篇程文（1289～1359）〈石君世家〉、第 39 篇陳基（1314～1370）〈湯婆傳〉、第 40 篇涂幾〈墨者傳〉、第 44 篇釋克新〈玉鸞傳〉。

這些篇章的作者多半曾經出仕爲官，如：任士林「至大元年任湖州安定書院山長」；〔註109〕程文「累官監察御史，以禮部員外郎致仕」；〔註110〕陳基「從學於黃溍，隨至京師，授經筵檢討，後歸寓吳，仕於張士誠，累陞學士。入明，預修元史，賜金而還」。〔註111〕

誠如蕭啓慶的觀察：「元儒不談『夷夏之防』，而著重『用夏變夷』。」

〔註109〕王德毅、李榮村、潘柏澄：《元人傳記資料索引》第一冊（台北：新文豐，1980），頁 283。

〔註110〕王德毅、李榮村、潘柏澄：《元人傳記資料索引》第三冊（台北：新文豐，1980），頁 1413。

〔註111〕王德毅、李榮村、潘柏澄：《元人傳記資料索引》第二冊（台北：新文豐，1980），頁 1282～1283。

〔註 112〕職是，這些未歸納的篇章似乎仍秉持宋代的君子重德行之宗旨；惟對於軍事則更清楚表明反對立場，大約與社會治安不平靜有關，例如：第27 篇吳觀望〈郭索傳〉、第 37 篇程文〈石君世家〉。

根據《廣諧史》目錄（頁 210）的記載，吳觀望為元朝至元人，其字亨壽，修寧人。然筆者在《元人傳記資料索引》中不見其相關資料，卻在《宋人傳記資料索引》中查到一則文字：「吳觀萬，字亨壽，修寧人。篤尚朱熹之學。著《潮說》，《夏小正》。辨閏月，定四時成歲，講義皆擴前人所未發」。〔註 113〕

筆者以為，《宋人傳記資料索引》的吳觀萬即《廣諧史》所指之吳觀望；加以古人名與字之間似有關聯，因此筆者認為《宋人傳記資料索引》所提供的訊息「吳觀萬」，似乎較《廣諧史》的資料正確！其次，《廣諧史》中記載吳觀萬為元朝初年人，但吳觀萬的資料卻在《宋人傳記資料索引》中出現，因此吳觀萬的生存年代，應該在宋元之交。

〈郭索傳〉傳主為「蟹」；所謂「縱橫家」，指螃蟹橫行，而其作為乃：

出沒江湖必擁劍自衛，食息未嘗置，夜見烽火，輒舉族馳赴之。（頁256）

索……負恃海濱。每謂：「縱橫之事，意者復起於斯乎？」時時礪劍戟。上……發兵掩捕，悉就縛。（頁 256）

根據上文，足見作者所欲諷諭的對象為「社會上擁兵自重的組織分子」。參照《宋人傳記資料索引》所言，吳觀萬篤尚朱熹之學，是故〈郭索傳〉的涵義非常明顯，是對宋末元初所出現的幫派分子之譏諷。

再如，程文〈石君世家〉言：

（石）君……席武侯遺烈，遭值聖明，絕口不言兵事。（頁 269）

元代統治者雖然宣布尊崇孔子，也選用了一批儒生士大夫，但是總體而言，元代統治者對於漢族知識分子是輕賤、蔑視、遺棄的。蒙古貴族實行等級統治，民族分四等，漢人、南人被壓在社會底層；職業分十級：一官、二吏、三僧、四道、五醫、六工、七匠、八娼、九儒、十丐。〔註 114〕可見文士儒生社會地位低賤，致其屢有「世無知音」之歎。如：任士林〈眞一先生傳〉寫

〔註112〕蕭啓慶：〈元明之際士人的多元政治抉擇——以各族進士為中心〉，《臺大歷史學報》第三十二期（2003 年 12 月），頁 77～138。

〔註113〕昌彼得、王德毅、程元敏、侯俊德：《宋人傳記資料索引》第二冊（台北：鼎文，1980），頁 1173。

〔註114〕馮天瑜、何曉明、周積明：《中華文化史》中冊（台北：桂冠，1993），頁 1031。

陶淵明原本和眞一先生最爲浹洽，後因感傷山陽下國事，而與眞一先生絕交，眞一先生因而悲歎：

> 知我者，陶先生乎？罪我者，陶先生乎？（頁258）

眞一先生遭唯一知音陶淵明誤解之後的心境，可想而知。相對而言，若一旦遇到知音，甚至可以考慮拒絕出仕。程文〈石君世家〉中描述石君遇到方叔的情狀爲：「君大悅，謂方叔知己……君亦安於方氏，遂老焉。」（頁269）

而釋克新則以極端對比的手法來刻畫〈玉鶯傳〉傳主玉簫：

> 每清風月朗，碧天良夜，輒一鳴焉，而蛟龍爲之起舞，鸞鳳爲之廻翔，聞者莫不軒昂激越而手舞足蹈也。然未嘗自鳴，必待人揄揚吹噓，而後始出聲。脫非知音者，雖王公卿士，卑躬下氣，萬方冀其鳴，亦不肯曲狥其意而一鳴也；遇知音則鳴不已。（頁278）

玉鶯遇知音良夜，則一鳴驚人，但釋克新在篇末卻藉太史公之口說：「以鶯之姿，而所就僅爾。諺曰：『人不可以貌取』，信夫！」（頁278）對有司不能發現人才的反諷，自是相當清晰的。

不論選擇出仕或隱居之人，都自有其道德風標。陳基〈湯婆傳〉寫其抉擇：「婆秉中和之德，潔己事人，能視時進退，世態炎涼不一動其心，殆所謂厚施不食其報者也。」（頁272）而「元末避兵臨川，明初卒」[註115]的涂幾則顯然不屑於亂世出仕的選擇：「僞墨氏不能誠其內，徒澤其外，以求人之售於己，售不可得，卒以詐顯。」（頁273）茲將以上論述，臚列內容大綱及篇旨於次：

表4-3-3：元代未歸類擬人傳體寓言內容大要與篇旨一覽表
（按《廣諧史》原篇序標示）

篇序	篇名	內　容　大　要	篇　旨
27	郭索傳	其先郭離以外剛內柔，顯庖犧氏。 漢武帝時，其祖郭解學縱橫家，喜武事，好鉗刺人，用是醜類，多爲人所遷怒。上命召鑊，解曰：「大丈夫生不五鼎食，死當五鼎烹耳。往年彭越起澤中，王梁，高帝功臣，無出其右者，終以葅醢，吾何愧彭越哉？」郭索初在田野，不願仕，人強羅致之，朝廷議以爲酒泉太守，索固辭不拜。	縱橫之家，禍人甚矣，然亦卒自禍。 前人之愆，祖孫同軌。

〔註115〕昌彼得、王德毅、程元敏、侯俊德：《宋人傳記資料索引》第二冊（台北：鼎文，1980），頁925。

		漢元帝寵用，封內黃侯，然索鞅鞅曰：「江湖予樂也，寧久麋好爵耶？」即日，上印綬歸。 郭索素有祖風，每謂縱橫之事，時時礪劍戟。上察其志異，命烹之。	
28	眞一先生傳	家釀伯醇，其先秫賢，有立志；生子旨，儀狄以旨近禹，禹味其言甘，恐其子孫以是亡國，故心疎之。 春秋戰國時，家酢得幸諸侯，家商以清德聞。 晉時先生雅與阮宣、畢卓、劉伶、阮籍之徒，爲忘形骸交。 義熙間，與陶淵明交歡莫逆。然淵明晚年感山陽下國之事，有瓶罄罍恥之憂，作詩戒止，思與先生絕交。先生仰天耳熱曰：「知我者，陶先生乎？罪我者，陶先生乎？」退而守口如瓶，不求俎豆賢人之列。著書《子壺子》以自娛。 蘇軾追尊之曰「眞一先生」。	家釀以醇和稱太白，其爲聖之清者。 愛嗜釀者甚眾，惟晉之陶淵明最爲浹洽，惜酬酢之情，不能白首。釀之於淵明，亦愛憎之至變也。 與世之所謂醇酎交者，不可不愼也。
37	石君世家（爲九江方叔高作）	石君，西蜀人也，相傳爲黃石公之後。先人皆貞白有守。 石君小而悍，自以先世尚武，未嘗妄以語人。有高世之志，塊處山澤間，泊如也。後得方叔爲知己，嘗以世守之八陣兵法其略示方叔，方叔書法大進。 方叔謝絕厚幣迎君之好事者，君亦安於方氏，遂老焉。	石君席武侯遺烈，遭值聖明，絕口不言兵事，即便士大夫交口稱譽，亦不出仕，爲有道之士哉！
39	湯婆傳	皤腹縮頸，體肥白如瓠。 性澹泊，獨好飲熱水。 最善煦嫗人足，足抵之，盎然如春，故又號「腳婆」。 雅有肚量，歲且夏，竹夫人擅寵，輒虛心退避，廢處靜室。	婆稟中和之德，潔己事人，能視時進退，世態炎涼不一動其心，殆所謂厚施不食其報者也。
40	墨者傳	祖徠山人；自熸其身，以從於人。 唐玄宗讚其曰：「是摩頂放踵，利天下爲之者。」 以雅可上意，受封爲「松滋侯」；後被用久，身益眇小不任使，而被斥代。帝終思其人。 有僞墨氏者，其道不顯，視其容灰如，輒可辨。	何道之戮也！僞墨氏不能誠其內，徒澤其外，以求人之售於己，售不可得，卒以詐顯。當今天下，已無純正之墨氏，類皆「碔砆亂玉、稂莠賊穀」之僞墨氏。

| 44 | 玉鶯傳 | 玉鶯者蕭氏子，藍田人也，初育於石氏。秦皇并吞六國，瑰怪珍奇瑋異，罔不効職；惟石氏由然不爲用。帝怒，盡驅其黨，石氏以破，鶯無所依。
鶯雖美姿貌，然無他能解，〔註116〕自以落魄關陝十餘年，靡所成立。
一旦心孔忽開於其祖，音律不學而通，每一鳴焉，而蛟龍爲之起舞，鸑鳳爲之廻翔。脫非知音者，雖王公卿士，卑躬下氣，萬方冀其鳴亦不肯曲狥其意；遇知音則鳴不已。
太史楊維禎有狄鐵龍者，一見玉鶯喜甚，更倡迭和，如所親昆弟。玉鶯遂留楊氏。 | 鶯之貌美，其中洞然無有，其能惟音律，音律於技末也。其不遭，宜也！
以鶯之姿，而所就僅爾。諺曰：「人不可以貌取」，信夫！ |

四、小　結

　　從元世祖忽必烈在至元八年（1271）所發布的詔書——〈建國號詔〉：「可建國號曰『大元』，蓋取《易經》『乾元』之義」〔註117〕的文字看來，忽必烈在統一中國以前，已是一個漢化很深的蒙古人。1279 年忽必烈滅南宋，統一中國，結束了五百年來南北對峙的分裂局面。元朝以異族入主中原，其政治制度方面主要有以下三個特色：

　　首先，爲了有效地轄制漢族，忽必烈大膽推行「文治」、「漢化」政策，緩和了蒙元統治者與漢族文化人的矛盾，也因此元代在制定國家政策時，被迫主動地採取接受高效能漢族文化的措施，〔註118〕如：興辦書院、舉辦科舉考試〔註119〕……等，以維持社會的安定；然而這些措施，根本上都是爲了淡化漢民族意識、禁錮人民思想、維護統治階級，是故民族歧視政策充塞元代的科舉考試制度中，如蒙古、色目人占全國人口比例甚低，漢人、南人則占大多數，可是進士錄取名額，蒙古、色目人和漢人、南人各占一半。考試的程式、科目不同，難易也有差別；錄取後蒙古、色目人作一榜，漢人、南人作一榜，所授品級也有差別。而通過科舉選拔的官吏只占文官總數的 2%強，

〔註116〕據釋克新前篇作品——《孔方傳》頁 277，原文疑脫漏一字，應作「無他能奇解」較符合文意。參見《四庫存目・廣諧史》（台南縣：莊嚴文化，1995），頁 278。

〔註117〕龔鵬程等編：《國史鏡原》下冊（台北：時報，1986），頁 80。

〔註118〕張維青、高毅清：《中國文化史》三（濟南：山東人民，2002），頁 379。

〔註119〕張維青、高毅清：《中國文化史》三（濟南：山東人民，2002），頁 406。

〔註120〕足見元代根本不重視科舉，甚至可以說，元代根本不重視科考出仕者，文人因而出路有限，無法伸展抱負、鬱鬱寡歡。

其次，在中國歷史上，元朝以前曾有少數民族在內地掌握統治權、建立王朝的情況，如北魏、後唐、遼、金等，雖然這些政權也存在不度同程度的民族壓迫，但從未將民族區分爲不同的階級，以法律形式直接實行民族壓迫政策。〔註121〕元代的統治者卻在法律上，將統治範圍內的不同民族分爲四等：蒙古人、色目人、南人、漢人。後二者的南人、漢人甚至無法享有基本的人身權利保障。大批的南人、漢人在蒙古剿滅金、宋的過程中，淪爲「驅口」，成爲官府、蒙古貴族、軍事長官的奴隸，明文規定他們「與錢物同」；爲了防止漢人造反，元代法律還禁止漢人持有兵器、私養馬匹、習武打獵、聚會……。〔註122〕因此元代中下層人民的內心中往往流蕩著一股怨憤和復仇的情緒，這種情緒，是元朝統治者殘酷的民族壓迫和階級壓迫的產物。有元一代人民的復仇反抗此起彼落，始終不絕，最後匯聚成元末推翻元朝統治的農民大起義。〔註123〕

第三，蒙古統治者四處征伐的直接目的，就是掠奪財富。因此每攻克一地，便大肆劫掠物產、人口，然後論功行賞，分賜諸王、貴族、將領，並不重視賦役與人口管理；這種剝削方式使耕地荒蕪，人民流亡，對政權的鞏固極爲不利。〔註124〕後來，統治集團內部的爭權鬥爭不斷，無法顧及國民經濟管理。自泰定帝（1324～1327）至元末（1367），政變迭出，封賞濫行，導致百姓賦役大幅加重，社會危機日益嚴重，至正十年（1350）「鈔法變更」造成全國性的通貨膨脹，次年（1351）修治黃河的民工因官吏剋扣食錢造反，於是元朝的貪腐也就間接造成王朝的敗亡。〔註125〕

綜上所述，在科考、文化不受重視，民族歧視政策，以及管理經濟毫無章法等多重因素糾結的情況下，元朝的擬人傳體寓言反映反戰、惜民、唾棄統治者、選擇隱居不仕等主題的傾向，極具現實意義。

〔註120〕張維青、高毅清：《中國文化史》三（濟南：山東人民，2002），頁407。
〔註121〕《中國文明史》第七卷《元代》上冊（台北：地球，1994），頁95。
〔註122〕《中國文明史》第七卷《元代》上冊（台北：地球，1994），頁96。
〔註123〕《中國文明史》第七卷《元代》下冊（台北：地球，1994），頁971。
〔註124〕張維青、高毅清：《中國文化史》三（濟南：山東人民，2002），頁319～320。
〔註125〕張維青、高毅清：《中國文化史》三（濟南：山東人民，2002），頁322。

第五章　明代擬人傳體寓言內涵寓意聲析

　　本章承第四章的寫作，將以明代擬人傳體寓言爲對象分析。寓言因爲表達主題的方式較爲迂曲，因此作者通常採用寓言體裁來針砭當代社會的醜陋黑暗面。特別是唐宋兩代的文官體制正常，通常只有黨爭之際，或作者個人頭角崢嶸，不爲當世所容，作者才會藉擬人傳體寓言寫作，藉古諷今以抒發個人感懷。但到了元朝，政治爲外族把持，「馬上得天下、馬上治理天下」的蒙古人完全否定文學價值，漢人毫無地位，文人更爲社會所輕視，所謂「九儒十丐」，足可說明文人當時的窘境。時至明朝，雖然國政復歸於漢族手中，但明代政治的不穩定，屢興文字獄，以及舉貢文官升遷管道的閉塞，〔註1〕都讓許多文人更爲苦悶，從而更深刻的思考自己的人生價值，以及社會的種種弊端，由是，明朝擬人傳體寓言勃然興發，其創作篇數也就居於《廣諧史》之冠——在《廣諧史》242 篇作品中，有高達 153 篇的作品爲明代士人所作，分布狀況，請見表 5-0-1「《廣諧史》明代擬人傳體寓言分布表」所呈示：

〔註 1〕明初生員數僅三到六萬名，由於人口長期穩定成長，經過一百多年，十六世紀時，生員已增至卅餘萬名，明末更高達五十餘萬名；但科舉名額卻只有小幅度的成長，生員晉身爲貢生的機率，由明初的 40：1，銳減爲 300：1 甚至 400：1；鄉試的競爭率，也從 59：1 增加到 300：1，百分之六十到七十的生員，終其一生不可能步入仕途，導致大量文士賦閒在鄉的現象。參見林皎宏：〈晚明徽州商人文化活動——以徽商族裔潘之恆爲中心〉，《九州學刊》六卷三期（1994 年 12 月），頁 35～60。

其次，「明朝肇建之初，太祖不次用人，多途並進，在人事制度方面顯示出極大的靈活性。但神宗怠政，基層銓選中出現了掣籤法，高層銓選中出現了類奏，吏部職權遭到嚴重的破壞。」參見潘星輝：《明代文官銓選制度研究》（北京：北京大學，2005），頁 257 以及頁 262。

表 5-0-1：《廣諧史》明代擬人傳體寓言分布表

三卷	第 45～73 篇	洪武（1368）至成化（1486）	118 年	17 人	29 篇
四卷	第 74～103 篇	弘治（1488）至正德（1521）	33 年	10 人	30 篇
五卷	第 104～127 篇	嘉靖初（1522～）	共 50 年	9 人	24 篇
六卷	第 128～144 篇	嘉靖中		10 人	17 篇
七卷	第 145～160 篇	嘉靖末隆慶（～1572）		10 人	16 篇
八卷	第 161～197 篇	萬曆（1573～1615）	43 年	19 人	37 篇

　　陳邦俊編輯作品的原則，乃依作者科考上榜後出仕爲官的次序來安排作品，由表 5-0-1「《廣諧史》明代擬人傳體寓言分布表」可知：明初擬人傳體寓言創作最爲冷清，自明太祖洪武至明憲宗成化年間，超過一百年的時間裡，作品卻只有 29 篇，列於《廣諧史》第三卷，筆者將之定爲明代第一時期的作品；第二時期，則定爲弘治（1488）至正德（1521），共 30 篇作品，列於《廣諧史》第四卷；第三時期，則定爲嘉靖初（1522）至隆慶末（1572），將列於《廣諧史》五、六、七卷之作品論述，因爲那些作者主要於世宗嘉靖年間科考上榜，而隆慶在位僅短短六年（1567～1572），其間只有〈先庚生傳〉的作者賈三近及〈冰壺先生傳〉的作者張應文爲當時科考及第者；第四個時期，則純粹處理明神宗萬曆時期作品，列於《廣諧史》第八卷作品。筆者將明代作品劃分階段時，乃按照《廣諧史》原本的規則，而非一般研究者所採取的明代分期方式。本章第五節處理《廣諧史》第九、十卷世次無考及姓氏無考者之作品。第六節是本章結論，總結明代擬人傳體寓言。

第一節　內容豐富多樣的洪武至成化時期作品

　　《廣諧史》第三卷作品〔註2〕包括明太祖洪武、明成祖永樂、明英宗正統、明景帝景泰以及英宗天順、順宗成化等時期，出仕爲官者之作品，其間所跨越的時間長達 118 年，皇帝的更嬗以及統治風格的變易，都使得這些擬人傳體寓言之形成背景，更顯得複雜，對其中寓意的解讀也不容易。

一、批判統治階級的殺戮無情

　　根據韋慶遠的研究，明代最重要的文字獄出現於明太祖朱元璋、成祖朱

〔註2〕請參見本書附錄四：《廣諧史》第三卷作品內容大要與篇旨說明表。

棣統治時期，〔註3〕而《廣諧史》第三卷即包含這段時間的作品。太祖洪武年間（1368～1398）出仕為官者的作品，包括：第 45 篇貝瓊〈古泉先生傳〉、第 46 篇孫作〈甘澧傳〉、第 47 篇唐肅〈豐本傳〉、第 48 篇葉綏〈君子傳〉、第 49 篇王景（1336～1408）〈黃組傳〉；至於明成祖（1403～1424）時出仕為官者的作品，則只有第 50 篇何文淵〈梅先生傳〉。明太祖、明成祖當政的五十年間，擬人傳體寓言作品的數量極為有限。

如前章所述，貝瓊〈古泉先生傳〉基本上反映元末的經濟亂象，此不再贅述。其餘四篇：第 46 篇孫作〈甘澧傳〉、第 47 篇唐肅〈豐本傳〉、第 48 篇葉綏〈君子傳〉、第 49 篇王景（1336～1408）〈黃組傳〉，似乎反映明太祖不同的執政風格下的產物。

其中極少數篇章，對於不願出仕明朝的士人，似不以為然，如：葉綏〈君子傳〉即言：

> 君子以中通外直之德、聞遠益清之譽，遭遇明皇，為士大夫賞識……
>
> 惜乎神仙是尚，不能致實用於宗廟，是浮華之士哉！（頁 285）

筆者認為，鼓勵士人出仕的篇章應該出現在朱元璋早期，因事業的實際需要而重用儒生的階段。當時朱元璋每攻克一地，都虛心拜訪並請教當地有名的儒生，故能適時定策，安撫流亡，發出富有鼓動性和民族意識的文告，進而能從地方性政權迅速擴大，終於建立了明王朝。〔註4〕葉綏在這種情形之下，自然對大明王朝充滿信心，因而〈廣諧史目〉的作者簡歷部分，記載葉綏為「洪武初由舉人官應州學正」，足見葉綏不僅在文中鼓吹儒生效忠明朝，自己也親自出仕。

而王景〈黃組傳〉以「犬」為傳主，寫其勇猛機警，忠於其主，可惜「老死於三尺垣下，弗霑一命」（頁286）。這段描述表現作者王景對於忠義之犬黃組的憐惜之情，似乎也說明自己在洪武年間的遭遇：「洪武中以明經薦授懷遠教諭，擢山西參政，坐事謫雲南」；〔註5〕當然也可能暗諷洪武如漢高祖劉邦一般誅殺功臣的殘酷作為，〔註6〕因而文中「惜時無發縱指示者，以致老死三

〔註3〕韋慶遠：《禍由筆墨生：明清文字獄》（台北：萬卷樓，2000），頁3。

〔註4〕參見韋慶遠：《禍由筆墨生：明清文字獄》（台北：萬卷樓，2000），頁16～17。

〔註5〕國立中央圖書館編：《明人傳記資料索引》（台北：國立中央圖書館，1978），頁58。

〔註6〕朱元璋最佩服的古代帝王是西漢的建國皇帝劉邦，他在施政上多方仿效劉邦，在屠殺文武功臣方面，也以劉邦為榜樣。參見韋慶遠：《禍由筆墨生：明

尺垣下」（頁286）即引自《史記‧蕭相國世家》：

> 高帝曰：「夫獵，追殺獸兔者狗也，而發蹤指示獸處者人也。今諸君
> 徒能得走獸耳，功狗也。至如蕭何，發蹤指示，功人也。」〔註7〕

第67篇王鏊（1450～1524）〈饞母傳〉則更直率地指出：

> 然母始以功見寵，後卒蒙戮。古稱：「多才爲累，功高不賞。」諒哉！
> （頁306）

這種「以功見寵，後卒蒙戮」的說法，與明太祖朱元璋對待當年戰友的作爲十分吻合──朱元璋認爲潛在的異己勢力中，最具威脅的、最難駕馭的，並非蒙元廢帝，也非紅巾殘部，而是當年與他並肩倡義，浴血苦戰，後來身居政權高位，分掌部分軍政權力，在朝野中有號召力的功臣勛將。〔註8〕囿於篇幅，筆者只以朱元璋盛讚爲「朕之子房」的劉基爲例說明：劉基「佐定天下，料事如神」，還曾救過朱元璋的命，但在治國方針上，劉基主張愼刑恤獄，與朱元璋主張的嚴刑峻法不同，於是劉基選擇歸隱山中，惟飲酒弈棋，口不言功，但最後還是中毒而死。〔註9〕朱元璋對功臣的猜忌之重，於此表露無遺。

而明成祖永樂皇帝亦因違反明代傳統，篡奪了姪子惠帝的帝位，史稱「靖難」之役，進而殘殺史官、誅殺忠於惠帝之文人、追究文字罪狀。建文四年（1402），即他登上帝位甫兩個月，頒布了措詞嚴峻的榜文：

> 爲造言惑眾事……奉聖旨：如今有等奸詐小人，不思朝廷凡事自有
> 公論，但不滿所欲，便生異議，撰寫匿名文書，貼在街巷牆壁，議
> 論朝政，謗人長短，欺君罔上，煽惑人心。似這等文書必有同商量
> 寫的人，也有知道的人。恁都察院便出榜去張掛曉諭，但有知道有
> 人曾寫有這等文書的，許他首告。問得實，犯人全家處死。〔註10〕

這種申嚴誹謗之禁的作法，不但有效阻止臣民對永樂奪取政權的評論，並且導致社會一片混亂；有人利用此法陷害仇家，永樂帝也藉此拒絕一切的諫諍，社會頓時陷入黑暗恐懼之中。永樂執政二十年間（1403～1424）出仕

清文字獄》（台北：萬卷樓，2000），頁21。

〔註7〕 司馬遷撰：裴駰集解、司馬貞索隱、張守節正義：《史記三家注二》（台北縣：漢京，1981），頁804。

〔註8〕 韋慶遠：《禍由筆墨生：明清文字獄》（台北：萬卷樓，2000），頁8。

〔註9〕 韋慶遠：《禍由筆墨生：明清文字獄》（台北：萬卷樓，2000），頁20。

〔註10〕 韋慶遠：《禍由筆墨生：明清文字獄》（台北：萬卷樓，2000），頁83。

者，只有一人撰寫擬人傳體寓言：何文淵〈梅先生傳〉。

何文淵〈梅先生傳〉內容特別標舉梅先生之祖梅伯、梅福忠言直諫，但國君不納，繼而用典故說明梅氏與曹操的互動：

> 曹操行師失道，軍士渴甚，願見梅氏，梅聚族謀曰：「老瞞垂涎漢鼎，
> 人不讎之。……」竟匿，不出。（頁 286）

何文淵變用典故，將原本彰顯曹操智謀的故事，改易為梅氏唾棄曹操篡漢的行徑，似乎有諷刺明成祖篡明惠帝正位之言外之意。因為何文淵乃永樂戊戌科進士〔註11〕（即永樂十六），為明成祖執政末年，我們有理由相信這篇作品的寫作時間，應該是成祖征伐崩於帝位以後完成的。

二、表明作者於亂世自處之道

明代文字獄的重要動向有二：以文字殺人，不顧「刑不上大夫」的規矩，施重典於大臣，廷杖之外，尚有「誅其身」、「沒其家」……等刑罰；再者，縱容特務機構——東廠、西廠、內行廠以及錦衣衛〔註12〕「飛誣立構，摘竿牘片字，株連至十數人」。〔註13〕

在文字獄屢興的恐怖社會氣氛之中，許多人在詔書徵召時或推託年老，或假稱有病，甚至有人斷指「不為君用」。〔註14〕任事之後，一旦被懷疑或行為出現疵漏，不是被腰斬、投江，就是受刑下獄，最輕也是發配到遠地屯田築城。〔註15〕因此，孫作〈甘澧傳〉與唐肅〈豐本傳〉的內容皆傾向於隱逸山林，如：「澧……醇謹醞藉……有高志，去隱江夏」（頁 280）；「豐本……蓋和光同塵，玩世不羈，仙之常也」（頁 283），呈現當時士人普遍的抉擇。

此外，朱元璋利用思想文化以維護統治的處心積慮，似乎很快就收到效果。朱元璋甫即位即推行三部「大全之作」——《五經大全》、《四書大全》、《性理大全》——這套書在短短九個月內草草抄纂而成，訂為科舉之標準參考書。前兩部揭示四書五經為求學致用者之主軸，第三部《性理大全》則表

〔註11〕陳邦俊：〈廣諧史目〉，參見《四庫存目·廣諧史》（台南縣：莊嚴文化，1995），頁 211。

〔註12〕馮天瑜、何曉明、周積明：《中華文化史》下冊（台北：桂冠，1993），頁 1067。

〔註13〕高其邁：《明史刑法志注釋》（北京：法律，1987），頁 166。

〔註14〕此為朱元璋以文字罪人的結果。參見韋慶遠：《禍由筆墨生：明清文字獄》（台北：萬卷樓，2000），頁 46。

〔註15〕韋慶遠：《禍由筆墨生：明清文字獄》（台北：萬卷樓，2000），頁 46～47。

明以宋代程朱理學對儒家經典之解釋，爲今後學習傳統文化的正宗；〔註 16〕
亦即朱元璋認爲「爲學自當本乎程朱」——程朱理學又稱爲道學，鼓吹「存
天理，滅人欲」，寧可壓抑人類一切生存的本性和一切正常的生活需求，不問
是非曲直，都要服從於綱常倫理的教條。〔註 17〕因此明代的擬人傳體寓言內
容中，不乏強調順從執政者思想的篇章。如：第 66 篇〈湯媼傳〉如是說：

> 媼⋯⋯世有從革之德⋯⋯媼後壽益高，雖云得異術，要其先世從革
> 之德所致。（頁 305～306）

所謂「從革」，《說文段注》：「謂順人之意以變更成器，雖屢改易，而無
傷也。」〔註 18〕足見〈湯媼傳〉標榜出仕者應儘量順從人意。第 68 篇〈介夫
傳〉則藉刻畫介之推割股爲羹以進重耳之史事，頌揚臣子之利國利君：「之推
在晉，則晉利。」（頁 308）

以上所論表明明代士人處世之道：一則選擇歸隱山林，不問世事；一則
出仕爲官，順從統治者之意，不問是非，總是犧牲自己以求利君。

三、高標君子之德

楊義在《中國敘事學》中表示：

> 敘事作品不僅蘊含著文化密碼，而且蘊含著作家個人心靈的密碼。
> 〔註 19〕

在《廣諧史》第三卷的內容中，支立的〈十處士傳〉〔註 20〕正是這樣的
作品。讀者從作品當中所體會的多半是支立的自勉心聲，似與政治風氣無密
切關係，如：

> 出處得失爲千載之毀譽，不可不謹也。⋯⋯是以未嘗苟且以事人，
> 卒老於隱。（頁 290）

> 學者勤則成，墮則隳。悟矣！勤矣！學其有不成者乎？（頁 291）

〔註 16〕蒲慕州、熊秉眞：《中國文化史》（台北：台灣東華，1997），頁 127～128。
〔註 17〕參見韋慶遠：《禍由筆墨生：明清文字獄》（台北：萬卷樓，2000），頁 51。
〔註 18〕段玉裁：《說文解字注》第 14 篇，頁 235。收於《續修四庫全書・經部小學類》
二〇七冊（上海市：上海古籍，1995）。
〔註 19〕楊義：《中國敘事學》（嘉義縣：南華管理學院，1998），頁 221。
〔註 20〕〈十處士傳〉乃支立以十樣日常生活用具爲傳主，所寫就的十篇傳記，收編
於《廣諧史》第 51～60 篇，參見本書附錄四：「《廣諧史》第三卷擬人傳體寓
言內容大要與篇旨一覽表」。

人苦於自明，而人不我明。自明則周於責人，人不我明則闇於治己。

責人周則德不宏，治己闇則惡日生。（頁 296）

以上文字，足見作者支立確如《明人傳記資料索引》紀錄：「敦本為己，深於經學，時人號為『支五經』。」〔註21〕他由鑽研經學而來的學養可見一斑。此外，第 62 篇〈梅伯華傳〉：

伯華知榮悴有命而安之，非知道者不能。雖其遯世恬幽，然冑裔皆

負鼎鼐之具……傳曰：「盛德必百世祀！」（頁 300）

第 61 篇〈昌陽傳〉則說：

陽始以直擯，卒以直庸。世謂「仕不利於直」，吾不信也。（頁 298

～299）

也都強調士人應有君子之德，這顯示明代儒學的深刻影響。

四、批判國君荒廢朝政

明憲宗（1447～1487）即成化帝，初年為于謙平冤昭雪，體諒民情，勵精圖治，儼然一副明君；但是在位末年，好方術，終日沉溺於後宮與比他大 17 歲的宮女萬貴妃享樂，並寵信宦官汪直、梁芳等人，以至奸佞當權、西廠橫恣，民不聊生。〔註22〕筆者認為，第 61 篇〈昌陽傳〉以「唐憲宗好神仙，從柳泌服金丹暴崩」一事，即諷刺憲宗崇信方術；第 69 篇〈竹姑傳〉將釋氏子多視為「庸緇俗衲」，應該也是因明憲宗好方術而導致的誤解。

而當皇帝荒廢朝政時，就不能做到人盡其才、舉用合適的人，是故，這個階段的士人與明初不同，他們慨嘆懷才不遇，如：第 64 篇程敏政〈石鍾傳〉：

夫以鍾之才，可謂實厚而聲洪者矣！顧乃抱遺響以終！而硜硜然隨

波逐流如磬者進用。宋之為宋如此！（頁 302～303）

筆者認為，其中有趣的是「宋之為宋如此」這句話！在〈石鍾傳〉中，程敏政表面上將故事時間定在宋朝，但除了神宗、蘇軾等主要人物外，其他人物如：石鍾、符磬、巫士仁等皆虛構而來，而在傳贊之末，程氏還煞有介事地唾罵「宋之為宋如此」，其實程敏政當然是批判明朝當代啊！筆者認為，

〔註21〕國立中央圖書館編：《明人傳記資料索引》（台北：國立中央圖書館，1978），
頁 88。

〔註22〕參見《維基百科・明憲宗》。網址：http://zh.wikipedia.org/wiki/%E6%98%8E%
E5%AD%9D%E5%AE%97。下載時間：2006 年 6 月 3 日。

這種「藉古諷今」的手法本爲擬人傳體寓言慣於襲用，另外還可能與明代的科考規定有關：「在科舉考試中，明統治者不僅規定答卷一以程朱注爲歸，而且指令『但許言前代，不及本朝』。」〔註23〕

五、鼓吹有司合作

　　明代擬人傳體寓言中，以「扇」爲傳主者高達 11 篇。在明代擬人傳體寓言中，首先出現以「扇」爲傳主的作品，分別是第 72 篇程楷〔註24〕〈清風先生傳〉以及第 73 篇羅玘（1447～1519）〈胡液楮傳〉，巧合的是這兩篇寓言的主旨雷同，都強調國事需要眾人同心。如：

> 太史公曰：「魏丙同心，漢室以治；房杜協力，唐祚以興。」天下成于同而敗於異者，皆是也。彼妬忌異謀，必欲功自己出，宜其債事而敗國也！（頁 311）

　　文中以丞相魏相與廷尉丙吉共同輔政，致使漢宣帝成就中興事業，宰相房玄齡、杜如晦輔佐，使唐太宗達到貞觀治世，來說明「彼妬忌異謀，必欲功自己出，宜其債事而敗國」的現象。筆者認爲，這種藉「標榜前朝宰相」的手法似乎暗批明英宗時，宦官王振力勸英宗御駕親征，導致明英宗被也先俘虜一事。〔註25〕而羅玘〈胡液楮傳〉則說：

> 白象胥氏乃於外夾持之，然實同受轄於金丁氏焉。金丁氏固，故能并力隨機卷舒……十二牧惟白象胥氏，骨鯁臣也。使十二牧微金丁氏與白象胥氏，久與胡液楮氏同解體矣，烏能與祝融氏爭衡哉？（頁312）

　　筆者認爲，此處骨鯁臣白象胥氏雙關「扇之象牙邊」和國家骨鯁臣，金丁氏則雙關「扇之釘」與國家統治者；此則寓言應指發生於弘治九年之事：「臺

〔註23〕馮天瑜、何曉明、周積明：《中華文化史》下冊（台北：桂冠，1993），頁 1069。

〔註24〕國立中央圖書館編：《明人傳記資料索引》（台北：國立中央圖書館，1978）中，查無此人。

〔註25〕明英宗正統十四年（1449），瓦剌蒙古大舉南侵，宦官王振勸英宗以五十萬大軍親征，行至土木堡被瓦剌太師也先所敗，英宗被俘，王振被亂軍所殺，史稱「土木堡之變」。隨後，也先挾持英宗南下進攻北京，皇太后孫氏任命英宗之弟郕王朱祁鈺監國，不久郕王即帝位，是爲明景帝，改次年爲景泰元年，尊英宗爲太上皇。參見《維基百科·明英宗》。網址：http://zh.wikipedia.org/wiki/%E6%98%8E%E5%AD%9D%E5%AE%97。下載時間：2006 年 6 月 3 日。

諫以救劉遜盡下獄，玘（案：即「羅玘」）言當優容以全國體。」〔註26〕臺諫
的風骨不就很容易讓人聯想到「骨鯁臣白象胥氏」嗎？

　　明洪武至成化時期，時間漫長，擬人傳體寓言作品數量稀少，可能跟當
時文人動輒因文字入獄、受刑的文字獄有關，而期間歷經多位君王不同的統
治作風，因而擬人傳體寓言的內容多元，有批判統治者濫行殺戮、荒廢國政
者，也有鼓吹效忠王室的篇章。

第二節　微諷武宗荒唐施政的弘治正德時期作品

　　《廣諧史》第四卷作品〔註27〕共有十位作者，其中只有兩位作者為明孝
宗弘治年間科考錄用，其他八位都在明武宗正德年間出仕為官。

　　孝宗在位期間（1488～1505）「更新庶政，言路大開」，使英宗朝以來奸
佞當道的局面得以改觀，被譽為「中興之令主」；一向以嚴謹真實著稱的《明
史》，也以「恭儉仁至、勤政愛民」八個字來形容孝宗。由於孝宗的勵精圖治，
使得當時政治清明，經濟繁榮，百姓富裕，天下小康，被稱為「弘治中興」，
雖末年寵信宦官李廣，但是立刻改過自新，歷代史學家對他評價極高。孝宗
雄才大略，其功績、才德並不亞於成祖、太祖，不愧是明朝乃至中國難得的
英主。〔註28〕

　　明武宗年號正德，行為荒唐越軌。他天性聰穎，但是極好逸樂，縱情於
聲色犬馬，在位期間（1506～1521）常常離開北京，四處巡遊，尋花問柳，
一走就是幾個月甚至長達一年，沿路騷擾，人民逃匿山谷；在北京期間，又
不願住在紫禁城，在宮外建了一座「豹房」居住，親自訓練虎豹。即位之初，
曾在莊嚴的皇宮正殿奉天殿以猴坐犬背，燃起爆竹，一時猴跳狗走。正德九
年（1514）正月，乾清宮因玩燈而失火，當時武宗在去豹房途中，回顧火光
沖天，竟然戲笑著說：「好一柵大焰火。」曾下令全國禁止養豬，禁食豬肉。
他不喜歡上朝，終日與來自回回、蒙古、西藏、朝鮮的異域術士、番僧相伴；
學喇嘛教，自稱大寶法王。他起初寵信劉瑾、丘聚、谷大用等號稱「八虎」

〔註26〕國立中央圖書館編：《明人傳記資料索引》（台北：國立中央圖書館，1978），
　　　　頁935。
〔註27〕請參見本書附錄五：《廣諧史》第四卷作品內容大要與篇旨說明表。
〔註28〕參見《維基百科‧明孝宗》。網址：http://zh.wikipedia.org/wiki/%E6%98%8E%
　　　　E5%AD%9D%E5%AE%97。下載時間：2006年6月3日。

的宦官，正德四年（1510）平定安化王（朱寘鐇）之亂後，下令將劉瑾凌遲處死，後又寵信衛士江彬等人。正德還很喜愛弄兵，「奮然欲以武功自雄」；正德十二年（1518）10 月，在江彬的慫恿下，自封為「鎮國公」、「威武大將軍」、「朱壽」等，到邊地宣府（今張家口宣化區）親征，擊潰蒙古韃靼小王子，班師回朝後又給自己加封太師。史稱「應州大捷」，安定了明朝北部邊境。

正德十三年（1519），寧王朱宸濠在江西南昌叛亂，武宗以御駕親征為名，巡游江南，行到半路，御使王守仁已經平定了叛亂。武宗先是隱瞞消息，繼續南巡；在南京受降時，先故意將寧王釋放，再由自己親自將他抓獲。八個月之後返京途中，在淮安清江浦一個宦官家花園中遊玩時不慎跌入水中，並因此患病，正德十五年（1521），明武宗因為過度享樂吐血而死，得年 31 歲。〔註29〕

綜上所述，《廣諧史》第四卷作品的政治背景正如《中國明代政治史》的評論：「明武宗即位是明朝進入禍亂時期的標誌，這一時期，由於商品經濟的發展，對封建經濟和文化思想都造成了重大的衝擊。封建階級更加腐敗，世俗民風發生了明顯的變化。明武宗帶頭衝破傳統禮教，破壞祖宗制度，是歷史上少有的荒唐皇帝……宦官劉瑾……引導武宗荒政逸樂，大肆聚斂錢財，以致民不聊生。」〔註30〕亦即，自明武宗正德年間開始，明朝進入禍亂時期！考察《明人傳記資料索引》的紀錄，第四卷作者出仕的時間，多半由武宗正德年間，延續至明世宗嘉靖年間，而世宗也不比武宗賢明，換句話說，第四卷作品的時代已是政局大亂、世風日下了。請參見表 5-2-1《廣諧史》第四卷作者生卒年簡表。

表 5-2-1：《廣諧史》第四卷作者生卒年簡表

《廣諧史》中作品序數	作 者 姓 名	科考入仕	卒 年
第 74、75 篇	錢 福（1461～1504）	弘治三年	弘治十七年
第 76 篇	姚 鏌（1465～1538）	弘治六年	嘉靖十七年
第 77、78 篇	易宗周	不可考	
第 79 篇	孫承恩（1481～1561）	正德六年	嘉靖四十年
第 80、81 篇	嚴時泰（1479～1550）	正德六年	嘉靖二十九年

〔註29〕 參見《維基百科・明武宗》。網址：http://zh.wikipedia.org/wiki/%E6%98%8E%E6%AD%A6%E5%AE%97。下載時間：2006 年 6 月 3 日。

〔註30〕 毛佩琦、張自成：《中國明代政治史》，收於史仲文、胡曉林：《百卷本中國全史》第十五卷（北京：人民，1994），頁 6。

第 82 篇	王 鏊（1469～1522）	正德六年	嘉靖元年
第 83 篇	常 倫	正德六年	卒年不詳
第 84 篇	陳九川（1494～1562）	正德九年	嘉靖四十一年
第 85～102 篇	董 穀	生卒年不詳	
第 103 篇	盧恩	不可考	

來源：國立中央圖書館編：《明人傳記資料索引》（台北：國立中央圖書館，1978）。

在統治者昏庸的年代裡，縉紳之士究竟如何自處？對於朝綱不振，他們的態度為何？以下便是《廣諧史》第四卷作品的主要內容及分析：

一、歌頌君王行政措施者

孝宗弘治年間，錢福（1461～1504）「弘治三年試禮部廷對皆第一，授翰林修撰。詩文藻麗敏妙，登第後，名聲烜赫，遠近以賤版乞題者無虛日，年僅四十四歲卒。」〔註31〕因為英年早逝，使他仕宦時間，一直處於弘治盛世，因此他所寫的兩篇寓言——第 74 篇〈木子靈傳〉、第 75 篇〈曾開地傳〉，〔註32〕諷刺的對象並非皇帝，而是無知的百姓；且隱含其中的寓意，乃歌頌明朝皇帝的改易孔廟祭祀偶像的行政措施。這種歌頌型寓言，是《廣諧史》篇中少有的作品。

二、自錄功績以抒懷抱者

姚鏌為「弘治六年進士，累擢右副都御史，巡撫延綏，軍政大飭。嘉靖中以右都御史，提督兩廣軍務，討岑猛，大破之，進左都御史，中飛語落職。起兵部尚書，總制三邊軍務，辭不赴，以規避落職，卒於家。」〔註33〕觀其生平，姚鏌在弘治年間可謂一帆風順，嘉靖年間的功業更為顯著，卻莫名落職。第 76 篇姚鏌〈扶風侯傳〉中提到：

> 第君性尚謙默，不欲爭長衒能。……諸葛氏起佐蜀……乃獨引君為
> 參謀，指揮三軍，伯業底定。其後晉王導，亦嘗辟君以卻西風之塵，

〔註31〕國立中央圖書館編：《明人傳記資料索引》（台北：國立中央圖書館，1978），頁 880。

〔註32〕〈木子靈傳〉、〈曾開地傳〉相關論述，請參見本書第三章第二節末「寓言層次的變遷與鬆動」。

〔註33〕國立中央圖書館編：《明人傳記資料索引》（台北：國立中央圖書館，1978），頁 382。

> 卒安晉鼎，與有力焉。君之事業，隨試隨効類如此。……故其姓氏
> 之著，雖外夷間且有能道之。……世未有傳其事……余故備書君之
> 本末。（頁 315）

就這段文字看來，扶風侯的功勳成就於戰場，而且連戰皆捷，與姚鎮本人生平完全符合，故筆者認爲，姚鎮〈扶風侯傳〉應該在他落職之後寫就，而難得的是全文語氣平和，彷彿敘述別人的故事。姚鎮不怨天、不尤人，實在足稱「君子」啊！

三、擁護君權不遺餘力者

嚴時泰爲官正直──「屢陞雲南永昌知府，設學校，撫民夷，鋤豪惡，地方賴之以安……累官至南京工部侍郎。啓休卒。」〔註 34〕他仕途順遂，備受百姓推崇，其作品有二：第 80 篇〈溫湛傳〉、第 81 篇〈俞黝傳〉，分別以「湯泉」與「烏賊魚」爲主角，虛構的皇帝爲「唐玄宗」和「漢武帝」；篇中都有「上慕長生之術」的情節，而傳主皆不肯以異術對上言，這似乎在諷刺當代皇帝身旁的佞臣不能堅持以儒家之道輔佐皇上。如〈溫湛傳〉：

> 湛有異術，而終不肯自言於玄宗，惟勉以帝王明德新民之正學，豈
> 不賢哉？（頁 322）

〈俞黝傳〉中，俞黝絕意仕進，武帝聞其名使密求之。上好神仙方術，問以導引吐納之術，黝答以「寡欲養心」；後上有疾，黝以自身軀幹爲藥，以癒武帝之疾。篇末傳贊這樣評論：

> 墨子之道，摩頂放踵、利天下爲之，夫施於天下，固不可；施於君
> 父，則惟恐其不然也。黝本墨氏裔，而能爲君以殺身，豈非善用其
> 道者乎？至於因帝吐納導引之問，而以寡欲養心爲對，尤可謂深中
> 帝心之膏肓者。醫知黝以身爲帝之藥，而不知以言爲帝之藥也久矣！
> （頁 323～324）

〈俞黝傳〉文中雖提及墨家學說，卻只取「利於君父」的立場，傾向於儒家主張；當帝問吐納導引之術時，對以寡欲養心，又傾向於道家主張。一言以蔽之，這篇文字的主要寓意並非討論哲學思想，而是更關心士人對統治者的影響。

〔註 34〕國立中央圖書館編：《明人傳記資料索引》（台北：國立中央圖書館，1978），
頁 946。

嚴時泰對時政並不滿意，〈溫湛傳〉中傳主溫湛對唐玄宗直言「欲烹安祿山」，即為明證。但他似乎認為破除時弊的責任在於輔政大臣，不在於君王，所以他說「墨子之道，摩頂放踵、利天下為之，夫施於天下，固不可；施於君父，則惟恐其不然也。」對於國君的「死忠」由此可見。〈溫湛傳〉的寫作時間十分確定，乃在嚴時泰任雲南永昌知府時所作，篇末傳贊說得很清楚：「湛之支流末派，今散處天下，而惟滇為多，在滇永昌為尤妙……，予方資之，以與郡人圖新也」（頁 322），足見嚴時泰對當地百姓的關懷之情。

此外，第 83 篇〈辛元傳〉作者常倫，根據《明人傳記資料索引》紀錄：「正德六年進士，除大理評事，謫壽州判，忤上官，不告歸，後墮水死。」〔註35〕常倫的個性剛烈，不輕易屈從上司。〈辛元傳〉中他將「朱砂」虛構為「辛元」一人；辛元原與申生交好，後辛元不禮於申生，申生因而貧困，結果：

　　申生兩資客計，卒正其主，以及其身，可謂明哲矣！（頁 327）

申生千方百計設法挽救頹勢——原本「辛元馳騖日廣、不事生產」，轉而「屏舊習、黜故僕，深居幽寂」，申生輔佐辛元終有所成。常倫在傳贊中引用《詩經・大雅・桑柔》「其何能淑？載胥及溺」，暗責大臣無法協助君主修正行為，最後只會導致君臣相與陷溺於亂亡而已；常倫似乎藉此文表明自己導正領導者的決心。

78 篇易宗周〈石盧中傳〉更將當時政治現實具體以文字呈現：

　　蓋其心知有其君而不知有其身耳……世之為人臣平時受君恩、享厚祿，一旦臨利害，奉頭鼠竄，視其君如路人者，聞此亦可愧矣！（頁318）

綜上所述，這些篇章也呈現出當代政治的缺失，只不過作者似乎將責任歸諸國君身邊的大臣，而非國君本身，足見這些作者對於君權之全力擁護了。

四、正面抨擊國君施政者

根據《中國文化史》的分析，明人主體意識的覺醒，早在弘治、正德年間即初露端倪；當時江南出現一批以唐寅為首的「狂簡之士」，他們勇於追求

獨立人格的作為，確實引起一陣風潮。〔註 36〕明代王陽明（1472～1529）的心學，則直接造成朱熹理學的瓦解。心學蘊有主體自覺的意蘊，〔註 37〕因此《廣諧史》第四卷的作品似乎也呈現出這種「人的主體意識」。如前所述，易宗周生平不詳，其〈石虛中傳〉大力推崇臣子「知有其君而不知有其身耳」，強調對君主完全的奉獻；而第 77 篇作品〈陳玄傳〉則如此批判：

> 自古得天下者，必資於才，然天生賢才以遺人國，亦何嘗有厚薄哉？
> 顧其君棄之而不用，用之而不從，是故國勢日孤而危亡繼矣。（頁 316）

將易宗周〈石虛中傳〉、〈陳玄傳〉兩文並觀，更證明了明代中期以後，初生的新文化精神與方死的舊文化傳統間展開了反覆較量，〔註 38〕人心也因此不斷發生衝擊，造成社會風氣的轉變。

五、惡居下僚積極仕進者

第 82 篇王鑾〈三友傳〉以「腳帶、氈襪、皂靴」為傳主，傳末此三子約盟：

> 吾三人，奔走形勢之途，趑趄盤桓，受辱胯下久矣！而今而後，相與躡履青雲之上，振步紫閣之前。（頁 325）

可知，〈三友傳〉反映作者強烈追求功名的渴望，這樣赤裸裸的表白，在《廣諧史》中幾乎是絕無僅有的。而王鑾積極仕進之緣由，乃因「受辱胯下久矣」，是故，王鑾並非貪圖富貴榮華，而是不願再受制於人。觀其卒因：「歷驗封郎中，武宗南巡，上書力諫，廷杖幾斃，踰年卒，年五十四。」，〔註 39〕忠諫有識之臣如此慘死，真令人不勝唏噓！

六、固窮自守時時自勉者

《廣諧史》作品中，董穀一人獨占 18 篇，是篇章最多者。他以園中各色果樹為對象寫作的〈十五子傳〉為前置型寓言，類型特殊，已於本書第三章

〔註 36〕馮天瑜、何曉明、周積明：《中華文化史》下冊（台北：桂冠，1993），頁 1089。
〔註 37〕馮天瑜、何曉明、周積明：《中華文化史》下冊（台北：桂冠，1993），頁 1090～1091。
〔註 38〕馮天瑜、何曉明、周積明：《中華文化史》下冊（台北：桂冠，1993），頁 1064。
〔註 39〕國立中央圖書館編：《明人傳記資料索引》（台北：國立中央圖書館，1978），頁 83。

第二節詳細分析，於此不再贅述。

　　筆者認為，第86篇〈湘陰處士傳〉以「斑竹冠」為傳主，題材特殊，值得一談。根據〈湘陰處士傳〉敘述：

> 碧里子益尊崇之，雖平生未始屈人，必推文父（即「湘陰處士」）出
> 一頭地。至琢象骨為杖，捧持而進之，文父見其謙下，亦安受之，
> 不虛讓。（頁 330）

可見，董穀所謂的「斑竹冠」並非戴在頭上，而是安置在象骨手杖上，由湘西竹頭製成的器物。

　　據董穀〈白世重傳〉中「至明嘉靖間，又惡潄之董子，使之飢寒拂鬱者五十年」（頁 329）、〈十五子傳小序〉中「碧里山樵（董穀自稱）抱憂處困于潄之北部」（頁 333）兩處所言，董穀生活極端困窶，不過他竟然花費心力，琢磨竹頭，套在手杖上，使自己「循雅閒散有山林氣，望之儼然，異於凡民」（頁 331）；如此講究外在修飾，或許與明代中後期的社會風氣奢靡有關——有些自認「最貧，最尚儉樸」的儒生，也在「習俗移人」的衝擊下，「強服色衣」，捲入「靡然向奢」的大潮。〔註40〕

　　武宗帶頭衝破傳統禮教，是明朝進入禍亂的開始。不過武宗除了生性好大喜功、重用劉瑾聚斂錢財之外，並未直接凌虐百姓，何況武宗在位時間僅有短短16年，因此弘治、正德年間的擬人傳體寓言作品，對於國君統治的荒唐現象，只有微弱的諷刺力道，甚至還有〈溫湛傳〉、〈申生傳〉這類絕對擁護君權的作品出現；少數正面抨擊國君的作者，極可能是受到江南狂簡之士追求獨立人格的風潮影響。

第三節　抨擊世宗淫酷統治的嘉靖隆慶時期作品

　　《廣諧史》中的第五、六、七卷作品，〔註41〕除了第159篇〈先庚生傳〉作者賈三近、第160篇〈冰壺先生傳〉作者張應文為明穆宗隆慶時登榜以外，其餘作者幾乎都是明世宗嘉靖年間科考登榜者。因明穆宗在位僅6年，而且由〈先庚生傳〉、〈冰壺先生傳〉內容看來，皆與穆宗作為無關，故筆者大膽推斷：這些作者在歷經歲月洗練後，應該對下一任執政的明神宗，有深刻的

〔註40〕馮天瑜、何曉明、周積明：《中華文化史》下冊（台北：桂冠，1993），頁 1078。
〔註41〕請參見本書附錄六：《廣諧史》第五、六、七卷作品內容大要與篇旨說明表。

譏刺及不滿吧！

　　明世宗 1521～1567 年在位，即位之初頗有作為，革除先朝蠹政，節用寬民；不過為了祭祀生父興獻王的問題，與楊廷和等朝臣引發嚴重衝突，此即史稱的「大禮議」事件。之後世宗日漸腐化，濫用民力大事興建，迷信方士、尊崇道教，好長生不老之術。首輔嚴嵩專國二十年，殘害忠良，楊繼盛、沈鍊等朝臣慘遭殺害。吏治敗壞，爆發多起農民起義，邊事廢弛，長城北方蒙古韃靼俺答汗寇邊，倭寇侵略中國東南沿海，就是「北虜南倭」的問題，後賴戚繼光、俞大猷等人率軍肅清倭寇。嘉靖四十五年二月，戶部主事海瑞上《治安疏》，世宗大怒，下獄論死，為徐階所救。同年十二月四日因服丹藥中毒死，年 60 歲。〔註42〕

　　這一個時期的作品，最大特色即「組作特多」，共有 10 人創作兩篇以上的作品，其中還有 5 組作品的內容主題一致，〔註43〕這似乎說明了此階段作者對於世宗嘉靖的作為積怨特別深，本節對於這 57 篇作品的處理，主要以組作分敘，其餘作品酌附其間說明之：

一、倡導儒家思想

　　《廣諧史》中共收徐珊四篇作品，傳主分別為文房四寶的「紙、墨、筆、硯」，其中描寫「筆」的〈太銳生傳〉通篇文字描寫傳主銳生「有風塵物表之志、踪跡遍宇內、思馳八極而周覽之……」等超凡脫俗的行動，結語則藉外史氏表明：

> 古之豪傑，其氣象非委瑣齷齪者比，故其行事，每或過高。而剖綴
> 藝文，要之有裨於世。噫！若生者，可謂不賢矣乎？（頁 350）

　　徐珊在文中將太銳生塑造成道家者流，與純儒講究「立德、立言、立功」三不朽相較，太銳生自然不可謂賢者——這是徐珊從儒者的立場對道家無益社會民生的批判！若並列〈太素生傳〉、〈太玄生傳〉、〈太鈍生傳〉觀之，這種對其他流派思想的批評就更為顯著：〈太素生傳〉傳主為「紙」，名素生，其操飭廉隅、修飾邊幅，以堅白聞於世；及受天子休命，與諸生講論五經異同……，在在都顯示素生的身分是儒生，因此外史氏評論時指出：「素更名砥。

〔註42〕參見《維基百科·明世宗》。網址：http://zh.wikipedia.org/wiki/%E6%98%8E%E4%B8%96%E5%AE%97。下載時間：2006 年 6 月 3 日。
〔註43〕請參見本書附錄二：《廣諧史》篇目與物種對照表。

砥者，砥也。言素所行整整平滑如砥石也」（頁 348），以頌揚素生。〈太玄生傳〉傳主為「墨」，名太玄生，先從廣成子師道家養生之法，後悅墨家堅愛之說，又與銳生、鈍生、素生等宗孔氏學者，漸濡磨礪，以成文章，後不知所終，人以為玄化；其寓意亦藉外史氏之言表明：

> 吾聞逃墨必歸於儒。噫！若生者亦可謂善變矣。而復以玄化，道其
> 易惑哉！（頁 349）

〈太玄生傳〉對道家、墨家的鄙夷更為明顯，也對儒道之不易持守寄予無限慨嘆。最末一篇〈太鈍生傳〉，傳主為「硯」，字太鈍，一生進止有常，遇事喜以論語之言以對，如「予所否者，天厭之！天厭之！」又如「未見好德如好色者也」。隱居之後，如孔子般以接引後學為事；向唐肅宗進言，未蒙採行，則退而著經術之學……，太鈍的生平遭逢，彷若孔子，故外史氏盛讚曰：

> 鈍之進退，可謂不失其道者矣！傳曰：『其君用之，則安富尊榮；其
> 子弟從之，則孝弟忠信。』鈍前後數對，皆不失道，而其隱居山中，
> 則又修身見於世者。噫！鈍真儒者矣！（頁 351）

很可惜錢珊這樣一位高舉儒家大纛，全心全力闢道、墨思想，以儒生自詡的人，最後竟因侵軍餉事發，自縊而死！〔註44〕他所慨嘆的「道其易惑哉！」正應驗在他身上！

《廣諧史》本階段中第五、六、七卷多數篇章，即便作者不特意標榜儒生身分，仍在行文之際不時流露儒家思想的傾向。例：第 104 篇至第 107 篇〈游文四傳〉作者為魯藩中立王，身分特殊，被封為「鎮國中尉。被服儒術，雅好著述」；〔註45〕四篇作品分別以「摺扇、圍屏、竹簾、取燈兒」為傳主，抒發「不出其位」、「辭讓精神」、「不慕富貴」、「諷刺世道」的感慨，無一不是從儒家立場論述，與其他縉紳之士、山林隱逸無異。其中較特別者為第 104 篇〈清風君傳〉，以摺扇為傳主描寫，印證《長江文化史》所言：「隨著明代中日貿易的發達，源於日本的摺扇在中國廣泛流行起來。」〔註46〕文中甚至獨樹一幟，不理會其他以扇為傳主的篇章所形容的「善與時卷舒」，魯藩中立王這樣描寫清風君所受到的歡迎：

〔註44〕國立中央圖書館編：《明人傳記資料索引》（台北市：編者，1978），頁 462。
〔註45〕國立中央圖書館編：《明人傳記資料索引》（台北市：編者，1978），頁 153。
〔註46〕今世所用摺疊扇，亦名聚頭扇。元初東南夷使者持聚頭扇，人皆譏笑之。明朝永樂間，倭使充貢，遍賜群臣，內府又仿其制，摺疊扇始盛行於中國。參見李學勤、徐吉君：《長江文化史》（南昌：江西教育，1995），頁 1085。

時有高人達士，當窮冬盛筵，則曰：「清風君，吉士也。雖非其時，
亦不可頃刻忘於懷袖，使俗氣逼人。」（頁 343）

足見當時人使用摺扇的習慣，已不完全出於實用價值的考慮。

而第 114 篇王經〈界菴先生傳〉在結尾說：

先生……歎曰：「修爲在己，取舍在人。吾直吾道而已！削吾迹、枉
吾道以從時好，吾不能也。」廼益自刻厲，時括舊習，清明如初，
終身弗渝其介，務以範俗楷世，遂成大儒，傳式天下，愈重於好學
多文之士矣！（頁 352）

〈界菴先生傳〉的主旨正如篇末介峰王子（作者自稱）所指出的：「無偏
無黨，律己正也；不詭不隨，率物嚴也；文理密密，溫而理也；成己成物，
外內合而時措宜也。」（頁 353）重點在談君子的德行，文章之中的敘述，同
樣表明作者一心向儒的立場。

筆者認爲，時人大力宣揚儒家思想，主因恐怕是他們感受到傳統儒家思
想的變質與式微，正如《中華文化史》所談到的社會現象：「明代中後期越禮
逾制的浪潮，是對欽定禮制的反叛。」〔註47〕

二、闡述爲臣之道

明世宗在嘉靖二十一年（1542）後就偏居西苑，卻仍是乾綱獨斷，掌握
朝廷大權，故嘉靖一朝有寵臣，無權臣。〔註48〕他信任道士邵元節、陶仲文
等人，聽從他們轉達的「天意」、「神旨」。用人方面，首先看其人能否精於撰
寫上秉神仙用的「青詞」，嚴嵩等人即以善於寫作這類宗教性的文體而受寵執
政；〔註49〕朝臣中若有人對此直言諫諍，則多被加上誹謗的罪名而罷官謫戍，
甚至當廷杖死。

嚴嵩一意媚上，竊權罔利，專擅國政近 20 年，士大夫側目屏息，不肖者
奔走其門，行賄者絡繹不絕，戕害他人以成己私，並大力排除異己。他還吞
沒軍餉，廢弛邊防，招權納賄，肆行貪污，激化了當時的社會矛盾；〔註50〕
嘉靖四十一年，他計劃陷害皇帝身邊另一個精明厲害的人物徐階，不料徐階

〔註47〕馮天瑜、何曉明、周積明：《中華文化史》下冊（台北：桂冠，1993），頁 1080。
〔註48〕陳時龍、許文繼：《正說明朝十六帝》（台北：聯經，2005），頁 206。
〔註49〕韋慶遠：《禍由筆墨生：明清文字獄》（台北：萬卷樓，2000），頁 97。
〔註50〕參見《維基百科·嚴嵩》。網址：http://zh.wikipedia.org/wiki/%E4%B8%A5%
E5%B5%A9。下載時間：2006 年 6 月 3 日。

比他早一步行動，〔註51〕同年五月嚴嵩被罷，死於獄中。

第 120 篇至第 127 篇的作者陸奎章爲嘉靖七年舉人，〔註52〕共寫作八篇擬人傳體寓言，以「鏡、梳、脂、粉」等係於婦容之具及「尺、剪、針、線」等用於婦功之具爲對象，似乎就在強調爲臣應有的節操——「有以見其家法之純駁，國事之臧否，而於風化之當審其機，任用之當愼其術」。〔註53〕

第 121 篇〈疏附侯傳〉似乎在諷刺權臣嚴嵩趁人之危，以至不得好死的下場：

> 夫專以撥亂而反之正爲己功，而不知春秋無怙亂之義，挂一漏萬，
> 疎亦隨之，卒以及於難。（頁 362）

第 123 篇〈受采先生傳〉主旨則爲朝臣應兼具質樸的本質與美好的文采，才足以稱爲彬彬君子：

> 夫以華具樸素之質，有受采之地，使文以黼黻文章，則彬彬君子，
> 亦可以爲成人矣！（頁 365）

但是受采先生白華卻「揭己以示人，而不少韜其光，雖行之以直諒，尚恐弗濟，而況好爲人面護者乎？」（頁 365）由此可知當時朝中風氣敗壞，嘉靖不視朝，導致朝中大臣互相傾軋，彼此攻訐。第 127 篇〈柔理侯傳〉則是這樣呈現的：

> 嗚呼！自道喪風頹世不古……始侯與三子相推引以凝庶績，蓋深有同
> 功一體之義，及一旦侯功獨見，眾輒隨而媒孽其短。噫！會合之不可
> 恃如此，朋友之際可畏哉！獨惜夫侯以九尺之軀，不自奮庸，既因人
> 以成事而又相依附結託，不早謝絕，終取藍縷之敝……（頁 372）

由上文可知：朝中大臣常「因人以成事而又相依附結託」，結黨營私，搶功諉過，朝政之混亂可以想見。

三、批判酷吏之爲政

陶澤在〈六物傳序〉中說明選擇唐明皇、武后作爲傳中統治者的原因：「何以係明皇也？好色也。何以係武后也？用酷吏也」（頁 377），相當深刻地表明他託諷的目的。

〔註51〕陳時龍、許文繼：《正說明朝十六帝》（台北：聯經，2005），頁 210。

〔註52〕陳邦俊：〈廣諧史目〉，收於《四庫存目·廣諧史》（台南縣：莊嚴文化，1995），頁 214。

〔註53〕陸奎章：〈香奩四友後傳序〉《四庫存目·廣諧史》（台南縣：莊嚴文化，1995），頁 365。

　　明世宗是明憲宗的孫子，孝宗的姪子，武宗的堂兄弟，在武宗暴卒時意外地繼承皇位，但在登位之後，掀起是「繼統」、還是「繼嗣」的爭論風潮，史稱「大禮議」。世宗堅持要追尊其生父為帝，母妃為后，僅將孝宗稱為皇伯，武宗稱為皇兄；這在當時並不被認為僅是朱氏皇族內倫常順序的爭議，而被視為首要的國政。以楊廷和為首的宗法大臣引經據典一再勸阻，而以張璁、桂萼等為代表的人迎合世宗，也援引古典古制反駁，雙方喋喋不休，互噬不斷，為此分黨，糾纏達七、八年之久，因此案受牽連的達百人以上，其中十餘人當廷杖死，數十人謫戍。〔註54〕第132篇陶澤的〈墨姬傳〉似乎就描述這樣的爭鬧過程：

> 墨姬者……和而不流。唐明皇天寶五年夏六月……與後進錫姬俱被寵，口角相爭，互不相讓，帝力勸乃解。……所生骨格雖肖姬，然削方為圓，無復峭直之行云。（頁377）

　　足見陶澤並非認為朝中毫無有節的大臣，只是在爭取皇帝意見的過程中，往往失去分寸；結局的不圓滿，導致以後的朝臣事事迎合皇帝，不敢再直言。於是朝政惡性循環，日益腐敗，終至毫無轉圜的機會了。因此陶澤又在〈混沌遲傳〉中，刻畫酷吏的手段：混沌遲治囚「吹毛求疵，細入毫髮……以稱上意」（頁382）；在〈毛隱傳〉中，寫毛隱為政嚴酷，「使人終夜不寢，背不帖席」（頁383），都很真確地反映酷吏（可能是錦衣衛）所用的兇殘狠毒手段。第134篇〈歐陽憎傳〉則更指出採用這種酷刑的原因：

> 甚哉！貪酷之相因也。蓋貪所以用其酷，酷所以濟其貪，故嘗驗之：天下之人未有貪而不酷，酷而不貪者也！憎居大理，則羅織以成其獄，至百姓瘡痍而不暇恤；居光祿，則眷戀祿食，至竊肉而不知愧。畢竟為貪心所使也！（頁380）

　　的確，為了「以稱上意」，各代酷吏為政，往往不擇手段，不把別人的尊嚴當一回事，也不在意別人所受的精神、肉體的痛苦；他們順承上意的目的，往往還是在於滿足其個人私慾。

四、指陳為君之道

　　世宗不理庶政，終年修齋建醮，醉心於化鉛煉丹，只為了生前長壽和皇位永固，因此他自己命名為「靈霄上清統雷元陽妙一飛天真君」、「紫極仙

〔註54〕韋慶遠：《禍由筆墨生：明清文字獄》（台北：萬卷樓，2000），頁95。

翁」……，〔註55〕一味迷信道教，對於朝廷用人、朝政的發展，都漠不關心、毫無章法，因此在《廣諧史》明代第三階段作品中，出現相當多討論為君之道的篇章。如：第 147 篇〈唐密皇本紀〉：

> 廣德者，民之趨也；懷德者，民之止也。有德惟王，天之順乎？古之通乎？（頁 410）

作者閔文振在文中標舉國君需有德行，才能領導百姓，使國家步入正軌。第 139 篇〈朱華覺侯傳〉也說：

> 函人惟恐傷人，矢人惟恐不傷人，學者貴擇術，況乃國也。（頁 389）

作者王宗沐強調國家運作需要講究合適的方法，而在君主專制的時代裡，不就是將自己的殷殷期待寄託在君主身上嗎？而第 149 篇〈茅中書傳〉則根據茅柴筆與羊毫筆不同的性質，作出結論：

> 茅氏剛而疏，可大受而不可小知；羊氏柔而密，事無纖細，未嘗糊塗。宜各錄用以器其材。（頁 412）

作者丘雲霄也強調國家需要各種人才，只要讓人才適所適性，就可以為國所用。〈茅中書傳〉中，皇上接受三公建議，將茅氏、羊氏各自錄用，並位中書。前述第 139 篇〈朱華覺侯傳〉中的朱華覺侯始迷曾錯用說客之計而造成連年戰爭，幸好當國內數十位耆老群起勸諫始迷「仁義者，德之首；禮樂者，治之徵」後，始迷即「奮然反舊政」……足見這些文人仍對明世宗寄予厚望，期盼他隨時回頭。

第 150 篇〈文信侯傳〉則從反面來記錄明世宗為君不當之處：

> 皇上特起金氏為之專從事，上卿執政者有密聞，許直達禁闈，而其職益重矣。（頁 413）

筆者認為，這段敘述乃作者丘雲霄諷刺世宗專寵嚴嵩之事。從嘉靖十八年起，世宗幾乎不上朝，大臣們根本見不到皇帝，惟獨嚴嵩能時常見到世宗，有時皇帝一天可能給嚴嵩下幾道手詔；〔註56〕這種只管寵臣、不問國事的做法，當然引發民怨。

第 156 篇〈桑寄生傳〉是篇名作：《明人傳記資料索引》介紹作者蕭韶時，即直指蕭韶「嘗集藥名作桑寄生傳」。〔註57〕

〔註55〕韋慶遠：《禍由筆墨生：明清文字獄》（台北：萬卷樓，2000），頁 96～97。
〔註56〕陳時龍、許文繼：《正說明朝十六帝》（台北：聯經，2005），頁 210。
〔註57〕國立中央圖書館編：《明人傳記資料索引》（台北市：編者，1978），頁 908。

　　然而對於作者蕭韶生平，各家說法不一。〈廣諧史目〉說：「蕭韶，字鳳儀，乃嘉靖年間人」；〔註58〕而《明人傳記資料索引》則指出：「蕭韶，字鳳儀，乃宣德年間人。」

　　筆者認爲，在《廣諧史》中，〈桑寄生傳〉的內容十分特殊，因爲《廣諧史》中的作品內容通常與治國有密切關係，因此題材較爲嚴肅，而〈桑寄生傳〉的內容露骨、大膽，與其他作品風格大相逕庭：

　　　　（桑寄）生益貴……買紅娘子爲妾，紅娘子有美色……體白而乳香，
　　　　生甚愛之……上見生羸憊，謂曰：『卿大腹頓減，非好色故耶？宜絕
　　　　慾、節七情、薄五味以自養』且令放遠其妾。……（生）以材用於
　　　　時……其後酖於女色……而不知其毒甚於烏蛇也。……嗚呼！迷而
　　　　不悟，遂至殞身。哀哉！（頁420）

　　〈桑寄生傳〉的意旨非常單純，談慾念的克制。根據筆者所參閱的資料，明朝中後期的社會思潮走向縱慾主義，這是對數百年來的禁慾主義的極端反叛；〔註59〕雖然歷任明朝皇帝多半有程度不一的人格缺陷，但在女色方面有比較明顯縱慾傾向的是明武宗正德皇帝、明世宗嘉靖皇帝、明神宗萬曆皇帝等人。在明武宗之前，明憲宗寵愛萬妃出了名，但未釀成過大的悲劇，也未影響朝政，而孝宗甚至還可能是中國歷代皇帝中唯一實行一夫一妻制的皇帝。〔註60〕因此筆者懷疑，〈桑寄生傳〉的作者蕭韶應如〈廣諧史目〉所言，乃明世宗嘉靖年間人；這篇作品主要在諷刺皇帝的縱慾無度，而所指對象極可能就是嘉靖帝——因爲明世宗深信道家長生不老術，屬行「採陰補陽」之說，宮女因不堪蹂躪群起反抗，使其差點兒死於宮女之手，這是發生在世宗執政中期——嘉靖二十一年的事。〔註61〕嘉靖帝的荒唐行徑，前所未聞，自然可能流爲民間傳說，引起街談巷議，甚至是有識之士的批判評議了。

　　至於《明人傳記資料索引》記錄蕭韶爲明宣宗宣德年間人的說法，據史料看來，當時明朝縱慾風氣似乎尚未成形，而且宣宗以前皇帝也無穢聞；職

〔註58〕陳邦俊：〈廣諧史目〉，收於《四庫存目‧廣諧史》（台南縣：莊嚴文化，1995），
　　　　頁216。

〔註59〕參見馮天瑜、何曉明、周積明：《中華文化史》下冊（台北：桂冠，1993），
　　　　頁1088。

〔註60〕參見陳時龍、許文繼：《正說明朝十六帝》（台北：聯經，2005），頁170。

〔註61〕這次事件，史稱「壬寅宮變」。參見陳時龍、許文繼：《正說明朝十六帝》（台
　　　　北：聯經，2005），頁205。

是，筆者認為蕭韶應如〈廣諧史目〉所言，乃明世宗嘉靖年間人，而非明宣宗宣德年間人。

　　世宗迷信方士所言，好求長生不老之術，導致儒家思想衰微、淫逸風氣盛行，而他在位長達 45 年以上，故嘉靖、隆慶年間絕大多數的擬人傳體寓言作品，都針對嘉靖皇帝的作為予以強烈抨擊。這個時期的作品通常是以組作形式出現，亦即文人寫作時往往會採取同一物類、系列創作的方式，內容則以撻伐社會淫風、酷吏主政以及倡導儒家學說等為主，可見人民對世宗嘉靖的積怨極深。

第四節　議論神宗荒怠朝政的萬曆時期作品

　　《廣諧史》第八卷作品〔註62〕作者皆為明神宗萬曆年間人，由於神宗執政的時間長達 47 年，其間長達 30 年不理朝政，昏庸到了極點；其次，《廣諧史》是在明萬曆四十三年付梓印刷；第三，根據〈廣諧史目〉第八卷作者介紹，袁宗道是萬曆十四年會元，為同卷作者中登科時間最早者，因此筆者推斷，第八卷作品所諷刺的現象，完全發生在萬曆中興以後的黑暗統治年間。在此期間的作者共 19 人，其中有 9 人是所謂的「文學」，〔註63〕亦即他們並未任官。可想而知，這段時間的作品較前幾期作品所反映的社會風氣或民間思想，比例應該更高一些。

　　神宗在位前十年，勵精圖治，重用張居正，實行一條鞭法，使得社會經濟有很大的發展，史稱「萬曆中興」。但張居正死後，神宗逐漸暴露出其人性黑暗的一面，沉湎於酒色之中；又因立太子之事與內閣爭執長達十餘年，最後索性三十年不出宮門，不理朝政，以至於朝臣不知皇帝長相如何。他曾四處征戰，維護了中國的統一狀態，並打擊了日本侵略朝鮮的野心。他派宦官以勘礦、採礦為名，去江南搜刮民脂民膏，百姓怨聲載道，明朝政治腐敗到了極點。明神宗的三十年「斷頭政治」，連「票擬」、「硃批」都完全停止，全國行政陷於長期癱瘓，所以《明史神宗本紀》如此評論：「故論考謂：明之亡實亡於神宗。」。〔註64〕

〔註62〕請參見本書附錄七：《廣諧史》第八卷作品內容大要與篇旨說明表。
〔註63〕從第 173 篇的作者楊時偉到 197 篇的作者陳詩教等 9 人，都是萬曆文學；若加上第 172 篇作者謝恩光，官職、身分俱不可考，合計共 10 人未出仕。
〔註64〕參見《維基百科‧明神宗》。網址：http://zh.wikipedia.org/wiki/%E6%98%8E%

　　本節所要處理的寓言主題，都是本時期所特具的、與其他時期不同的內容：

一、反映飲酒風氣

　　明末社會風氣好酒，清初學者張履祥記載了明代晚期朝廷上下的好酒之習：

> 朝廷不榷酒酤，民得自造。又無群飲之禁，至於今日，流濫已極。……
> 飲者率數升，能者無量。……飲酒或終日夜。朝野上下，恒舞酣歌。
> 〔註65〕

　　這種從君臣到平民，全國熱愛飲酒的風氣，其實也表現在擬人傳體寓言的取材方面：第八卷作品共37篇，有3篇以酒為傳主，其中劉啟元更為酒與錫酒注、磁酒盃各寫一篇寓言。

　　第168篇劉啟元〈壺子傳〉傳主壺酌之，為一「錫注」。壺酌之與陸胥共探聖賢道術，陸生告之：「夫道以虛為體，以實為用；虛而實，實而虛，妙故無窮，幾乎道矣。」後壺子自謂其腹：「此中空洞無物，最是難測地。」（頁438～439）這些思想都近於道家，故全文也以道家言論作結：

> 柱下史曰：「大盈若沖，其用不窮。」漆園吏曰：「注焉而不滿，傾焉而不竭。」壺子蓋庶幾哉！嘗觀《列仙傳》有壺公者，安期生嘗師之，日懸一壺於都市，晚入憩其中，因以壺公名，壺子豈其流裔耶？（頁439）

　　若將〈壺子傳〉與〈陸生傳〉、〈商君傳〉並列齊觀，則劉啟元的立場似乎仍傾向於儒家，不過劉啟元在〈商君傳〉末附跋，如此說明：「陸生之蘊、壺生之量、商生之翩翩，皆賓筵所為生輝者，彼沉酣之徒，日富一醉，或醉而不出，是謂伐德，愧此三人多矣！」（頁441）可見劉啟元肯定「飲酒」一事，及時人實在好飲的現象。

　　而第165篇項良枋〈醉鄉侯傳〉、〔註66〕第172篇謝恩光〈醇卿子傳〉〔註67〕二文中，雖也運用到一些有關酒的負面典故，但整體而言，仍將酒

E7%A5%9E%E5%AE%97。下載日期：2006年6月3日。

〔註65〕轉引自陳時龍、許文繼：《正說明朝十六帝》（台北：聯經，2005），頁247。

〔註66〕項良枋：〈醉鄉侯傳〉，收於《四庫存目・廣諧史》（台南縣：莊嚴文化，1995），頁434～435。

〔註67〕謝恩光：〈醇卿子傳〉，收於《四庫存目・廣諧史》（台南縣：莊嚴文化，1995），頁444～445。

視爲正面人物。倒是第 188 篇羅仲黠〈匡離世傳〉雖以蟹爲傳主，卻在傳贊中評論：「惟口興戎，誰階之厲？噫嘻！杜康之謂矣！」（頁 468）對於因醉酒而引發口舌之禍的負面影響，眞可謂一針見血。

二、反映登仙想像

第 181 篇胡文煥〈梔子傳〉〔註68〕爲《廣諧史》中唯一「集花名」之作，作者胡文煥另有 3 篇擬人傳體寓言作品，分別爲：〈嶧陽居士傳〉、〈玉衡侯傳〉、〈玄明先生傳〉，各以「琴」、「鼠」、「玄明粉」爲傳主，內容都很嚴肅，皆有寄託；即便是「集藥名」之作〈玄明先生傳〉也不例外。然而〈梔子傳〉寫傳主梔子邀約水仙一道遊玩，當晚二人共同入夢；之後，梔子回訪水仙，「梔子同十姊妹至寢室玩焉」（頁 458）。分離之後，秋季應試得遂凌霄之志。多日趁公差之便，進訪水仙諸麗，而「水仙已受孕孩兒菊矣」，於是梔子設席宴客，「感八仙至而度之，皆得成證果。」（頁 459）梔子卜居海棠之上，一生經歷順遂，無論女色、財富、功名、兒子、成仙……，皆不必力致，這是凡人可羨而不可得的經歷。筆者認爲，本文雖是遊戲之作，也大致表現了文人對其人生極致的遐想吧！

第 191 篇陳詩教〈混沌子傳〉的傳主爲「雞子」，通篇充斥著道教說法：

> 混沌子，不知何許人。或曰：「魯人也。」爲人多含容，不露圭角，因號曰「混沌子」。素善胎息，兼通黃白。人或叩之，輒傾盡肝膽，未嘗有忤容。嘗語人曰：「此特軀殼耳。若羽翼既成，不當委之如蛻耶？」居，恆好居糠粃中以自全。召爲光祿卿，不起。或誚之曰：「大丈夫當雄飛，安能雌伏？」曰：「吾豈堅匿不出乎？顧世無覆翼我者。縱欲無翼而飛，不脛而走，烏可得也？」人服其論。既聞五德君名，往受脫胎換骨之法，旬餘，忽躍然而起，曰：「我飛騰有日矣！」遂尸解而去。後有遇之於桃都，冠纓甚偉，聞者異焉。諧史氏曰：「廣成子有言：『知雄守雌，爲天下谿；知白守黑，爲天下式。』混沌子其殆是與？宜乎結聖胎而登仙籍也。」（頁 473）

身處亂世，這些士大夫若墨守儒家學說，亟欲出仕用世，卻極可能迫於現實環境必須選擇退處江湖，或者出仕爲官卻無法施展抱負，使雄心壯志陷

〔註68〕胡文煥：〈梔子傳〉，收於《四庫存目・廣諧史》（台南縣：莊嚴文化，1995），頁 458～459。

於生命的困頓之中；此刻道家無爲虛己的思考模式，便能有效安頓士大夫的心靈，甚且提供「登於仙鄉」的想像。

三、思考生命價值

　　如前所述，明神宗有長達三十年連「票擬」、「硃批」都完全停止的「斷頭政治」，使得全國行政陷入癱瘓；在此情形下，可以想見太學生、文人完全沒有學以致用、實現抱負的機會。也許正因如此，這段時間的擬人傳體寓言呈現了更深刻的生命價值思考。

　　楊時偉共寫作兩篇〈魚蠹傳〉，以「蠹書魚」爲傳主。第 173 篇篇幅不到900 字，第 174 篇則大量運用「賦」的作法，擴充到 2000 字左右，其實主旨完全一樣，乃是他對刻苦研究經典價值的思考——究竟是「不事生產、危害社會」呢？抑或是「只愛讀書，道德學識俱佳」呢！第 190 篇周念祖〈石十郎傳〉同樣以「蠹書魚」爲傳主，結論則是「吾迺知士固有遇合，窮經即非貿官」（頁 469）。這二人同爲「萬曆文學」，似乎只能埋首書堆，故不覺以蠹書魚自視，因而有此類作品。《廣諧史》中，只有這三篇作品以「蠹書魚」爲傳主，可見這樣的題材皆出現於萬曆年間，是具有時代意義的。

　　此外，在第 186 篇羅仲點〈房司直傳〉〔註69〕中，羅仲點以「矢」爲傳主，文中形容房司直「生而挺秀不凡，短小精悍，雖長不滿六尺，而雅有四方之志。」結論則是：

> 一物也，由基以一而蹶呂錡，仁貴以三而破突厥，千載有同芬焉；睢陽之夜縋人，則較孫仲謀之滿載逾巧矣！少卿妄庸人也，一日而盡五十萬，何爲哉！語云：「挽弓當挽強，用箭當用長。」夫成敗利鈍，豈在長短之間哉？（頁465）

　　這個看法固然不乏「強調智取，而非力勝」的觀念，但與前文房司直身長不滿六尺的敘述相較，似乎還有言外之意：即身材脩短，非成敗主因。筆者懷疑，羅仲點的個子可能不高，經常被人取笑，因此他透過作品隱晦地傳達自己的苦悶，間接指出自己和當時社會價值不同的人生看法。這樣的思考，和第七卷作品中的第 151 篇龍持憲〈龍精子傳〉〔註70〕異曲同工；〈龍精子傳〉

〔註69〕羅仲點：〈房司直傳〉，收於《四庫存目・廣諧史》（台南縣：莊嚴文化，1995），頁 464～465。

〔註70〕龍持憲：〈龍精子傳〉，收於《四庫存目・廣諧史》（台南縣：莊嚴文化，1995），

寫的是狀貌若無可取、然才實能經綸天下的「蠹」，傳後結語是：

　　吁！觀物者，果尚實用邪？抑尚美觀邪？（頁 415）

　　就字面意義來看，龍持憲應該是諷刺時人重視物品的美觀，而輕忽其實用價值，然而龍氏運用擬人法所要傳達的較為深層的意義，則可能他認為統治者應當著重臣子的才幹能力，而非外在容貌；由此也可推想，龍持憲可能貌甚寢陋，因而宦途受阻，導致他所思考的人生價值迥異於常人。

四、反映進退不時後果

　　受到中國傳統「學而優則仕」觀念的影響，一般讀書人無不勉力參加科舉考試，希望有朝一日可以在朝為官，助國君施行仁政，流惠下民，因而《廣諧史》有大宗篇章討論士人的出處進退。「仕與隱的觀念一直支配著中國古代文人對於生命型態的抉擇」，〔註71〕王立主張中國士大夫受儒家文化影響與人類潛在希望得到自我實現的本能，強化了士大夫出仕的心理，「因此其（士大夫）未出仕時，急欲出佐明主，經邦濟世；已出後又欲君王見知重用，既承重任又急於令行天下，整肅朝綱──追求是無止境的，只有求之不得才退處自省。」〔註72〕這段文字鞭辟入裡，分析了中國文人對進退出處的矛盾心理。

　　在萬曆之前的擬人傳體寓言曾提到「出非其時」，只不過是不受歡迎，「眾人且掩鼻而過之」（頁 231），於是傳主通常趕快「乞骸骨歸」，鬱鬱以終。但第八卷萬曆以後的作品則不然，如：第 170 篇〈冰壺先生傳・引〉指稱：「楊廉夫為之（冰壺先生傳）而未盡善，感其滋味，輒為濡毫。」（頁 441）可知作者謝肇淛有感於「黃虀」一物之爽口而有此作；但謝氏為冰壺先生所安排的結局非常悲慘──因麴生輩密告，君怒命趣具鑊烹之。最後傳贊部分則說：「冰壺先生偶以一時中主意，榮名千古，幸矣！進退不時，卒以凶終，悲夫！」（頁 442）楊維禎同名作品乃以讚頌語氣為冰壺先生作結，謝肇淛卻認為「未盡善」，這不禁令人懷疑尚有言外之意。

　　《廣諧史》中兩篇以「簫」為傳主的作品也有相同的狀況：第 44 篇釋克新的〈玉鸞傳〉，傳中將玉簫的迴腸盪氣聲勢，描寫得十分動人，但玉鸞非遇

　　　頁 414～415。

〔註71〕 李瑞騰：《唐詩中的山水》《古典文學》第三集（台北：學生書局，1981），頁159。轉引自王立：《中國古代文學十大主題》（台北市：文史哲，1994），頁101。

〔註72〕 王立：《中國古代文學十大主題》（台北市：文史哲，1994），頁101。

知音則不鳴的個性，被君子斥爲不近人情，而玉鷺泰然自若。〔註73〕反觀第192 篇陳詩教〈蕭君傳〉的傳贊卻是：「蕭氏以刀筆起家，仕至公卿，可謂榮矣。然卒以口舌賈禍……終不得稱完節，惜哉！」（頁470）

筆者認爲，這些現象並非偶然，而是因爲萬曆皇帝反覆無常的變態心理，造成臣民的心理恐慌。萬曆皇帝曾經與元輔張居正關係親密到不許他請假歸葬父親、〔註74〕也不准其病假，〔註75〕非常依賴張居正的輔政；但等到張居正鞠躬盡瘁之後，萬曆對張居正居然恨之入骨，斷棺戮骨、籍沒家產，使張居正及其家屬蒙受不白之冤，顯然是意氣用事、莫名的報復。〔註76〕萬曆的異常心理，導致後來接續元輔一職的申時行，變成孟森所形容的「軟熟之人」，〔註77〕也造成官吏時時擔憂飛來廷杖。

在歷經明世宗近50 年的長期壓迫之後，僅有6 年穆宗革新吏治，施政較爲平和；明神宗初期有10 年中興時期，政治穩定，然後明代政治又進入長期黑暗。根據《廣諧史》第八卷的作品觀察，這個時期的人民對於統治者毫無信心，故飲酒風氣盛行、社會充斥著登仙思想，文人消極逃避，對於朝政的改善不抱任何希望，逆來順受苛虐之政。只有少數作者積極思考自己的人生價值，足見國家領導者對於社會風氣的深遠影響。

第五節　背景不可考的作品

《廣諧史》第九卷爲「世次無考」者、第十卷作品則「姓氏無考」。〔註78〕筆者遍查《明人傳記資料索引》也無法得到任何有關作者的資料，因此只能單就作品內容介紹，無法明確與時代背景結合進行分析。但由於陳邦俊所采集書目，集中於明萬曆年間，故筆者認爲這個部分作品極可能也在明代產生；其次這些擬人傳體寓言的內容與明代前幾個時期相似，如：注重君子之德者，有第213 篇〈清淡先生傳〉、第221 篇〈木伯傳〉、第221 篇〈石溫傳〉、第223 篇〈平涼夫人傳〉、第225 篇〈紈素先生傳〉、第226 篇〈歐兜公子傳〉、第230 篇〈焦

〔註73〕釋克新：〈玉鷺傳〉，收於《四庫存目・廣諧史》（台南縣：莊嚴文化，1995），頁278。
〔註74〕樊樹志：《萬曆傳》（台北：台灣商務，1996），頁150。
〔註75〕樊樹志：《萬曆傳》（台北：台灣商務，1996），頁175～176。
〔註76〕樊樹志：《萬曆傳》（台北：台灣商務，1996），頁204～218。
〔註77〕孟森：《明代史》（台北：國立編譯館，1993），頁275。
〔註78〕請參見本書附錄八：《廣諧史》第九、十卷作品內容大要與篇旨說明表。

尾生傳〉、第 232 篇〈青藜丈人傳〉、第 236 篇〈丁令威傳〉、第 237 篇〈朱翰傳〉。

談君主用人問題者，有第 208 篇〈醉翁端木倚傳〉、第 222 篇〈革檻傳〉、第 224 篇〈羅員傳〉、第 238 篇〈飛將軍傳〉、第 242 篇〈竹涼卿傳〉。

對社會不滿、幾至懷疑天道者，如：第 231 篇〈黎司直傳〉第 233 篇〈竹夫人傳〉、第 241 篇〈胡道洽傳〉。

因上述內容反覆在《廣諧史》中出現，此不再贅言，以下僅析論較有特色的作品。

一、內容集大成的方清擬人傳體寓言

洪璐以歲寒三友——松、竹、梅為對象，寫作第 202 篇〈葉恆盛傳〉、第 203 篇〈管若虛傳〉、第 204 篇〈白知春傳〉，主要內容包括：「有才德者未能見用於世，乃直職進人之過」；「時風下，交道喪」；「不良於遇者，尚能弘祖業」等，多為前人已發之論；不過將這些前人一再討論的想法，統合為一組作品，也應是一種創意吧！而其文字則較前人作品顯得更直率明白，如：

> 廉藺左杜之後，能以德交而心孚者誰與？……彼二人者，亦且精白
> 一心，以道義相要結，時愈窮而情愈篤，視彼勢利之交，朝焉酒食，
> 詡詡強笑語，誓以死生，夕焉臨小利害，反眼不相識，落井而下石
> 者，為何如哉？（頁 476）

第 206 篇方清〈竹先生傳〉更可說是麻雀雖小，五臟俱全，在大約 1650 字篇幅中，歷述傳主竹幹生平事蹟，蘊含了以上「有司未能舉用人才之過」；「君子交道喪」；「能弘祖業」三方面的寓意：

> 筍（竹幹之子），孝子也。篁（竹幹之孫）以永世不墜其先法……幹
> 才可以不器……人有如此才，而使之流落不偶，此宰相之罪也。……
> 喜近似而惡其真，慕形迹而厭夫實用，此世俗之積習也。……世降
> 滋下，彈冠結綬之風，不可復再，有如三子亦友道之賢哉！（頁 482）

筆者認為，由〈竹先生傳〉內涵豐富的特點看來，方清的寫作時間應該屬於較為後出，故能集前人大成。

二、諷刺對象明確的林金擬人傳體寓言

《廣諧史》中，林金的作品共有四篇，分以「酒、色、財、氣」為對象寫作。不論哪一篇作品，都提到這些傳主對國君的負面影響；如果合併而觀，

更令人不得不聯想到萬曆十七年大理寺左評事雒于仁的上疏——雒于仁寫了一本譴責皇上酒、色、財、氣的奏疏，句句觸及神宗的要害，並且開出戒酒、戒色、戒財、戒氣的「四勿之箴」藥方，結果神宗尙氣使性，幸虧內閣元輔申時行處置得當，雒于仁才未受到廷杖之類的嚴懲。〔註79〕

　　不過神宗曾縱酒肇禍，將一宮女頭髮割下，又將兩名宦官杖責的幾乎死去。神宗寵愛鄭妃，而且惟其言是從，應建儲而久不建；沉湎女色的同時，又玩弄「十俊」——十名俊秀的小太監。查抄了馮保、張居正的家產，全部搬到宮中，歸自己支配；司禮監太監張鯨因賄賂皇上而受重用，遭外廷大臣彈劾後，又重賄皇上得消災避禍；還派出礦監、稅監到處搜括、掠奪錢財。至於尙氣，廷臣稍不合意，即下令廷杖，甚至宮女、太監也難逃其掌，斃於杖下的不計其數。〔註80〕

　　樊樹志認爲，就是因爲神宗耽於酒色，以致疾病纏身，怠於臨朝。〔註81〕明清史的一代宗師孟森在《明清史講義》中，也說神宗「怠於臨政。勇於斂財。不郊不廟不朝者三十年。與外廷隔絕。」〔註82〕《明史》因而蓋棺論定：「明之亡，實亡於神宗。」

　　林金〈麴蘗生傳〉：

> 人君喪身失國，及士君子殞族亡家，莫不由信任小人，與夫昵比淫朋惡德，以致烈禍。嗟夫！盃酌遺流，頹敗皇極；糟粕餘味，殄滅彝倫！（頁486）

　　〈傾國生傳〉：

> 士君子毋以（傾國）生之術佐人主，則天下不患不治；毋以生之佞自污，則身不患不康。（頁488）

　　〈孔方生傳〉：

> （孔方）生徒竊天地萬民自然之利，以歸諸庸君世主，卒之貽害諸人而禍收諸己。（頁489）

　　〈忿戾生傳〉：

> 〈忿戾〉生悻悻自好，務勝人、護己短，任意一動，死而不厭。卒

〔註79〕　樊樹志：《萬曆傳》（台北：台灣商務，1996），頁286～296。
〔註80〕　樊樹志：《萬曆傳》（台北：台灣商務，1996），頁291～292。
〔註81〕　樊樹志：《萬曆傳》（台北：台灣商務，1996），頁392。
〔註82〕　孟森：《明代史》（台北：國立編譯館，1993），頁275。

以不死，往往壞人德性，殄族敗民，驕君妬士，負是而不反，以至
於滅亡者不可勝計。（頁490）

以上林金的四篇擬人傳體寓言，對於神宗的諷刺明確可辨，而對國政的
沉淪，也表達了個人的沉痛。

第207篇尹二文〈天君本紀〉所諷刺的對象，無法確知是哪一位皇帝，
但其中敘述：

中貴有游志、任意者，頗與（太師）大本、（太傅）達道相枘鑿，百
方熒惑，誘君漸喪其良，出入無時……曠日持久，昏迷滋甚，乃至
視不見、聽不聞、食不知味，朝廷徒有虛位，寇盜四起。（頁483）

彷彿呈現許多原本篤於政事、後受宦官佞臣引誘的皇帝群相，寫出了專
制封建時代下人民的無奈，除了默默期待統治者的修正之外，朝臣百姓又能
如何：

嗚呼！慎用舍，崇覺悔，君乎其永鑑之哉！（頁484）

這些是《廣諧史》第九、十卷中，明確諷刺國君的篇章，足見帝王在專
制時代的巨大影響力。

三、推崇禪宗思想的釋祖秀擬人傳體寓言

普遍說來，《廣諧史》出於以古文寫作的士大夫之手，其思想多傾向儒、
道，相對而言，對佛、釋，則多半抱持排擠、不滿的態度，如：第18篇王義
山〈香山居士傳〉所塑造的居士「好佛老」、「無堅守特操」、「喜趨炎，常在
人掌握中，雖汗浹不恥」，結論是「無恥之恥，無恥矣！曾謂居士為之乎？」
（頁243）通篇文字表現作者對佛老的敵意。

再如：第48篇葉綬〈君子傳〉傳主為「荷花」，文中言：「釋有金仙氏，
雅知君子齋潔，留參侍世尊。君子惡其異己，不果留；留輒疊任束體、悒悒
不樂，若枯槁然，釋刻木勒像遣之」（頁284），葉綬竟然把代表佛教的「荷花」
解釋為與釋不合，足見這些士大夫所宗儒學與佛釋之不相容了！

不過，《廣諧史》中仍有對佛教思想大力宣導的篇章，如：釋祖秀第217
篇〈德山木上座傳〉寫禪宗的「棒」、第218篇〈臨濟金剛王傳〉以禪宗「喝」
為傳主。二文俱引用多處禪宗參話頭的公案為典，對「棒」、「喝」多所推崇，
〈德山木上座傳〉贊更明言：

古德有言：「出家乃大丈夫事，非公侯將相所能為。」誠哉是言

也！……子裂去巾冠、越出牢俗，致身青雲之上，荷擔烈祖之道，

萬世仰其風采，可不謂之「大丈夫」者乎？（頁500）

文中所指「青雲」至少有兩種涵義：一爲「高位」，〔註83〕另一則喻「隱逸」。〔註84〕筆者認爲，此處將青雲解釋爲「高位」，較符合前文所描述傳主德山木上座之父豫章公登於廟堂的經歷；若解釋爲「隱逸」之士，則更加強調釋祖秀主張：「出家」這個選擇，不但優於「出仕爲官」，也超越「隱逸山林」，足見釋祖秀對佛教禪宗的崇仰。而〈臨濟金剛王傳〉：

（金剛）王遂不知所終。繼而泛泛者果竊王聲勢用事，其邪正眞僞，

竟莫之辨……而王親見馬祖，陶鑄百丈，夾輔黃檗，而建立臨濟之

宗，全機大用，超冠古今，光明碩大如此，而不見錄於傳，豈寧聾

蔽於俗學，違無盡藏，不見異書，不得王之本末而遺之耶？（頁501）

由此段文字看來，釋祖秀對於當時禪宗的沒落顯得十分憂心，這完全是從佛教禪宗角度出發而產生的危機感。因此這兩篇作品除了作者身分特殊之外，內容在《廣諧史》全書中也可謂獨一無二，說明了南方的禪——「頓悟」〔註85〕的發展情形。

四、嚮往建功立業的擬人傳體寓言

第 234 篇〈石膏傳〉以集藥名的遊戲手法寫作，傳主石膏辭謝相士「樹功勳」之預言，堅持歸養老母，不料皇上仍「喜而強起之」，一再勉強石膏出任將軍；後石膏立功之後，堅決推辭不受封賞，返鄉侍奉老母以終其天年。這種敘寫手法，無疑地再度呈現封建年代中統治者對人民意志的壓迫；而本文作者對於「忠孝兩全、建立功業、全壽終養」的嚮往之情，亦由此可見。

值得一提的是，《廣諧史》中只有兩篇擬人傳體寓言涉及軍事征伐之思想：第 15 篇李綱〈方城侯傳〉，其中多爲理念形式的兵家之道，在本書第四章已論述；第 228 篇〈盧生傳〉則完全集中描寫傳主鱸魚盧膾獻計與朝廷命

〔註83〕《史記·范雎傳》：「須賈頓首言死罪曰：『賈不意君能自致於青雲之上。』」「青雲」之用法，即爲「高位」。參見台灣中華書局辭海編輯委員會編、熊鈍生主編：《辭海》下冊（台北：台灣中華，1980），頁4770。

〔註84〕《三國志·魏志·荀攸賈詡傳評注》：「張子房青雲之士，誠非陳平之倫。」「青雲」之用法，即喻「隱逸」。參見台灣中華書局辭海編輯委員會編、熊鈍生主編：《辭海》下冊（台北：台灣中華，1980），頁4770。

〔註85〕葛兆光：《古代中國文化講義》（台北：三民，2005），頁150。

臣江洮，因而擊敗海盜，贏得戰功的過程。〔註 86〕筆者推測，這樣的作品可能是明代中期之後的文人對於自身前途的無奈想像！因爲明初政府需吸納各類人才，應付多變的時局，因此教育、薦舉、雜流各途並進，文官體系顯得活潑有勁，應變能力也強。降自成、弘時期，社會趨於安定，政府取才惟論資格，進士一枝獨秀，舉貢壅滯於坐監歷事和基層官職，故明代後期舉貢高官力爭上游的歷程倍極艱辛；其中最多人選擇發揮軍事才幹，爭取進士官員不能或不願利用的立功機會，馳騁疆場，出生入死，以攀上封疆大吏的機會。〔註 87〕所以第 228 篇〈盧生傳〉出現傳主鱸膾「以文章舉進士不第，遂棄科舉業，學擁劍，讀太公、范蠡兵法」敘述以及結局爲「膾特賜出身文字，通印子一顆、借鯡魚袋，遂貴蜆焉」，〔註 88〕說明本文作者在無法如願晉身更高階層官吏後的夢想。

五、以文字獄爲鑒的擬人傳體寓言

明朝文字獄的慘酷，向來昭彰。〔註 89〕不過《廣諧史》中的擬人傳體寓言幾乎不曾直接討論這部分，因而第 229 篇〈烏氏傳〉顯得價值非凡。該文以「烏賊」作爲傳主，結尾抒發無限感慨：

> 烏氏平素固無顯然爲賊之迹，終不免爼豆鼎鑊之誅，豈非柳子厚所謂
> 「知所避以求全，不知滅迹以杜疑，爲窺者之所窺」而致然耶？嗚呼！
> 凡今之弄文墨，自謂小有才而蒙不善之名者，亦可鑒矣！（頁 532）

其中的文字「知所避以求全，不知滅迹以杜疑，爲窺者之所窺」，其實是由蘇軾〈二說〉「徒知自蔽以求全，不知滅跡以杜疑，爲識者之所窺」〔註 90〕引用而來；作者雖誤爲柳宗元作品，但配合「凡今之弄文墨，自謂小有才而蒙不善之名者，亦可鑒矣」這段文字，顯然轉化了該文字的原有意旨，提醒

〔註 86〕 佚名：〈盧生傳〉，收於《四庫存目・廣諧史》（台南縣：莊嚴文化，1995），頁 530～531。

〔註 87〕 吳振漢：〈明代後期舉貢出身文官之仕途〉，收於中國明代研究學會主編：《明人文集與明代研究》（台北市：編者，2001），頁 337。

〔註 88〕 語出佚名：〈盧生傳〉，收於《四庫存目・廣諧史》（台南縣：莊嚴文化，1995），頁 530～531。

〔註 89〕 請參見韋慶遠：《禍由筆墨生：明清文字獄》（台北：萬卷樓，2000），頁 3～4。

〔註 90〕 本段文字源於蘇軾〈海之魚〉的寓言，以烏賊爲主角，開展故事。參見蘇軾：〈二說〉，收於李富軒、李燕：《中國古代寓言史》（台北縣：漢威，1998），頁 270。

所有喜歡舞文弄墨者「滅迹以杜疑」，突顯文人的悲哀──只會舞文弄墨，卻又不能暢所欲言！

相較之下，第216篇〈十二姬傳〉援引之物達12項，為《廣諧史》中數量最為龐大之篇章，主旨卻仍是「遊於文房，樂於藝苑」（頁498），與前幾卷作品的內涵相似，故第216篇〈十二姬傳〉的獨特性實在遠不及第229篇〈烏氏傳〉了。

六、以天命思想為主的擬人傳體寓言

李珮〈姚王本紀〉以「牡丹」為傳主，套用唐玄宗召李白詠楊貴妃與牡丹典故，並採虛構手法寫安祿山嫉妒高陽國王姚黃「出入禁苑、紫車翠葆、高牙大纛」的王者氣派，不過姚黃仍傳國久遠。文末贊曰：

> 凡生而富也、貴也，天也。其久也、近也，亦天也。人其能為之耶？……
> 而有天命者，任自為之，可為躁急乾沒，用智役力者之所永龜也。（頁478）

這則寓言明顯批判如安祿山等「躁急乾沒、用智役力」者對於皇位的覬覦，也繼承了傳統的天命觀。相對而言，第233篇〈竹夫人傳〉敘寫竹夫人弄瓦為賢諸侯孤竹君之裔，後被武帝選入備後宮，但生二子之後，因小故致帝大怒，不再復召。作者於是質疑「天必昌善人後」以作結。〔註91〕

以上這些關於天命的思考，雖然可遠溯至司馬遷《史記》，但未嘗不是當時文人觀察社會亂象或不盡公平的現象所產生的感慨。可惜〈姚王本紀〉的作者李珮「世次無考」，而〈竹夫人傳〉的作者佚名，只能根據陳邦俊采集書目集中於明萬曆年間，約略估計這兩篇作品可能產生於明朝中晚期左右，反映時人對生命的不確定之感。

雖然筆者無法確定《廣諧史》第九、十卷作品的時代，然而根據陳邦俊〈廣諧史目〉所提供的訊息可知，第九卷作品的作者毫不避諱紀錄自己的姓名、字號，如第202至第204篇〈葉恆盛傳〉、〈管若虛傳〉、〈白知春傳〉的作者紀錄就相當完整：「洪璐，字道高，號桂庄」。〔註92〕第十卷作品則來自各地抄本，其中收錄第230篇〈焦尾生傳〉至第241篇〈胡道洽傳〉的榮謙

〔註91〕 佚名：〈竹夫人傳〉，收於《四庫存目・廣諧史》（台南縣：莊嚴文化，1995），頁504。

〔註92〕 陳邦俊：〈廣諧史目〉《四庫存目・廣諧史》（台南縣：莊嚴，1995），頁218。

吾手錄本，竟然來自「忘其名」、賣卜閶門的江湖人士。〔註93〕足見明代擬人傳體寓言風行之盛況了。

第六節　結　論

明代政府興辦學校、開設科考，表面上重視文治，卻規定在學校課程和科考內容中不能對統治政策和社會問題進行非議，只能以八股文形式代古人立言；此外，為了維護專制皇權而大興文字獄，不僅有許多無辜文士慘遭殺戮，也對明代文化產生極其惡劣的窒息作用。〔註94〕

筆者認為，明朝初期擬人傳體寓言的篇章有限，應是文字獄所造成的影響；到了明代中、晚期之後，文禁稍弛，於是文人儒士在寫作八股文為古人立言或是應制之餘，也想說說自己心裡的話，對統治政策和社會問題進行非議，如陶澤在〈六物傳序〉中所言：

> 間嘗病舉業之確也，思托諸奇詭以自放……為立六傳，時時玩之，以資謔笑。何以取六物也？切於用也。害人也。何以係唐也？變故多也。何以係明皇也？好色也。何以係武后也？用酷吏也。夫談言微中，可以解紛，讀者甚無以戲而少之哉！（頁377）

這段話明確指出他對〈六物傳〉的取材是基於現實壓迫——明代變故多，皇帝好色、任用酷吏等，都引發他的考量與感觸，所以他希望讀者能看重這些擬人傳體寓言的價值；換言之，陶澤寫作擬人傳體寓言是以現實社會所發生的事件為根本因素的，可見他自認這些擬人傳體寓言的目的在於諷世。而《廣諧史》所收項麟〈十處士傳跋〉中，評論支立〈十處士傳〉說：

> 檇李中夫支先生嘗依韓昌黎〈毛穎傳〉，作〈十處士傳〉。文詞偉麗，思致深婉，僉謂可與昌黎相頡頏，因是而悉其所以為人焉。假令先生為宰執，則必能握用舍之大柄，以器使一世之人物，而無一材之或棄矣！不然，就使先生為太史，亦必能正褒貶之大法，以永為萬世之勸戒，而無寸善之弗錄矣！今皆不穫伸其志，究其所素蘊，而徒託諸空言以自見，何其物之幸而人之不幸也！（頁297）

從上文來看，項麟頗能體會支立〈十處士傳〉的抒懷用心，可見當時人

〔註93〕陳邦俊：〈廣諧史目〉《四庫存目・廣諧史》（台南縣：莊嚴，1995），頁219。
〔註94〕張維青、高毅清：《中國文化史》四（濟南：山東人民，2002），頁7～8。

閱讀擬人傳體寓言的心態是認真而且嚴肅的,並未將擬人傳體寓言視為舞文弄墨的遊戲之作。

考查明代作品之作者生平,可以發現他們多半品格端正,勇於揭發時弊,如:〈黃組傳〉作者王景在洪武年間謫雲南、〈胡液楮傳〉作者羅玘在弘治年間為臺諫仗義執言、〈扶風侯傳〉作者姚鏌在嘉靖年間一再中飛語落職……等,足見擬人傳體寓言的作者通常是重節操、講風骨的士人。再加上明代擬人傳體寓言數量龐大,且同類作品會在同期出現,可見擬人傳體寓言的寫作在明代可稱蔚為風潮。

綜上所述,明代擬人傳體寓言大量出現的背景可歸納為:政治格外黑暗,正直文人囿於八股文無法抒發心聲的無奈壓力;因而其主題集中於諷世、抒懷,作品則指涉生活中的具體事件,具有反映社會現實的意義。

第六章　《廣諧史》藝術特色分析

擬人傳體寓言數量龐大，形式特殊，自成一體。故本章嘗試根據《廣諧史》所搜羅的 242 篇擬人傳體寓言，析論作者仿擬的自覺性，其次從取材、敘寫手法兩方面，進一步了解《廣諧史》的藝術特色。

第一節　歷代對《毛穎傳》的仿擬意圖

韓愈的〈毛穎傳〉在形式方面的獨特性，確實是他個人嘔心瀝血所創造的結晶！因而柳宗元〈讀毛穎傳〉如此紀錄：

> 有來南者，時言韓愈爲〈毛穎傳〉，不能舉其辭，而獨大笑以爲怪，而吾久不克見。楊子誨之來，始持其書，索而讀之，若捕龍蛇，博虎豹，急與之角而力不敢暇，信韓子之怪於文也。（頁 221）

柳子在文中說自己「急與之角而力不敢暇」，似乎有嘗試模仿〈毛穎傳〉之意。根據錢基博的研究，柳宗元集中「有意與韓愈爭能者」，包括：詩、賦、論、書、箴、傳、狀、文等約 35 篇左右的各類作品；〔註 1〕顏瑞芳則認爲韓愈對於柳宗元之寓言創作有啓迪之功，而柳宗元青出於藍。〔註 2〕的確，韓愈的寓言作品出現在柳宗元之前，然而許多寓言研究者都主張「柳宗元寓言的成就在於開創獨立成篇的寓言」！〔註 3〕

〔註 1〕錢基博：《韓愈志》（台北：河洛，1975），頁 71～72。
〔註 2〕顏瑞芳：「中唐三家寓言探究」（台北：師範大學中國文學研究所博士論文，1995），頁 38。
〔註 3〕凝溪：《中國寓言文學史》（昆明：雲南人民，1992），頁 117。

　　不過從柳子「急與之角而力不敢暇，信韓子之怪於文也」的說法看來，柳宗元對於〈毛穎傳〉的模仿顯然並未成功；而韓愈〈毛穎傳〉的創意難以超越，也可見一斑！因此筆者最初閱讀《廣諧史》作品時，極詫異「善於寫作寓言的柳宗元，其作品爲何並未收入《廣諧史》一書之中」？及仔細研究之後才發現，柳宗元並未採取「以物自喻」的敘寫角度來創作任何一篇寓言。

　　《廣諧史》編者陳良卿於〈毛穎傳〉後還附上數位學者的評論，如：陳貞亭評：

> 退之〈毛穎傳〉，小宋祁深服其怪，或以爲有所本，不知退之淹該古
> 今，而又資以城南鄴侯三萬軸之書，運用筆端，逢源左右，非如後
> 人拗意制作，拘牽莫展也。（頁221～222）

　　這段文字提到的「小宋祁」，推測是在北宋宋祁（998～1061）之後出現的人物，因此陳貞亭記錄「小宋祁深服其怪」的狀況，已在韓愈（768～824）〈毛穎傳〉出現之後一百五十年以後。相距一百五十年的人還佩服〈毛穎傳〉的怪，可見〈毛穎傳〉的創意遠遠超越當代的人了！顏瑞芳因此認爲：

> 〈毛穎傳〉對後代之最大影響，在於它開啓「以物擬人」託物作傳
> 的寓言風氣。〔註4〕

　　顏氏此論所根據的不過是收於《全唐文》、《全宋文》共三十六篇作品，〔註5〕若由《廣諧史》看來，唐、宋、元各代持續有人模仿韓愈〈毛穎傳〉，而明朝文人的仿作，更可說是蔚爲風尚、盛極一時。茲舉證如次：

一、宋朝作者自書作意

　　《廣諧史》第24篇〈大庾公傳〉作者王柏曾在《魯齋集》卷九〈大庾公世家後記〉這樣說：

> 託物作史，以文爲戲，自韓昌黎傳毛穎始。當時貪常嗜瑣者，咕咕
> 然其喙笑以爲怪，惟柳柳州奇之。又有〈革華傳〉，非韓筆法，它人
> 竄入無疑。至坡公乃作〈羅文〉、〈葉嘉〉、〈黃甘〉、〈陸吉〉、〈江瑤
> 柱〉諸傳，屛山劉公亦有〈蒼庭筠傳〉，李忠定公又有〈武岡侯〉、〈文
> 城侯〉、〈文信侯〉三傳，亦各有寄興焉。予與大庾公託契舊矣，病

〔註4〕 顏瑞芳：〈唐宋擬人傳體寓言探究〉，《古典文學》第十四集（台北：學生書局，1997），頁127～148。1

〔註5〕 請參見本書附錄一：「顏瑞芳《唐宋擬人傳體寓言探究》之取材來源說明」。

暑無與語，遐想風致，爲作世家，其原深流長，有不容不盡者，見
者未必怪也，終自愧其常且瑣耳。〔註6〕

　　這段文字透露幾點訊息：一、王柏認爲韓愈是擬人傳體寓言之祖；二、
他的記錄讓我們了解宋朝文人模擬韓愈〈毛穎傳〉爲物種作傳的盛況；三、
他認爲當時人的作品皆有寓意；四、他的作品篇名爲〈大庾公世家〉，而非《廣
諧史》所輯錄的〈大庾公傳〉之名；最後，他自認作品平凡瑣碎，趕不上韓
愈〈毛穎傳〉的獨特。

　　從王柏的文字中，可以清楚確定韓愈擬人傳體寓言〈毛穎傳〉對宋朝人
創作的影響力，包含形式的仿擬，以及精神（寓意）的承繼。

二、宋代作者自敍景慕之情

　　宋代〈清和先生傳〉作者秦觀於《淮海集》卷二十二，表達他對韓愈古
文的推崇：

　　故自周衰以來，作者斑斑相望而起，奮其私知，各成名家。然總而
論之，未有如韓愈者也。何則？夫所謂文者，有論理之文，有論事
之文，有敍事之文，有託詞之文，有成體之文。探道德之理，述性
命之情，發天人之奧，明生死之變，此論理之文，如列禦寇、莊周
之作是也；別白黑陰陽，要其歸宿，決其嫌疑，此論事之文，如蘇
秦、張儀之所作是也；考同異，次舊聞，不虛美，不隱惡，人以爲
實錄，此敍事之文，如司馬遷、班固之作是也；原本山川，極命草
木，比物屬事，駭耳目，變心意，此託詞之文，如屈原、宋玉之作
是也；鉤列、莊之微，挾蘇、張之辯，摭班、馬之實，獵屈、宋之
英，本之以《詩》《書》，折之以孔氏，此成體之文，韓愈之所作是
也。蓋前之作者多矣，而莫有備於愈，後之作者亦多矣，而無以加
於愈。故曰：總而論之，未有如韓愈者也。〔註7〕

　　雖然秦觀在此並非頌揚韓愈的〈毛穎傳〉，但其中所述「敍事」、「託詞」
精神，都是〈毛穎傳〉中富含的。另外，秦觀還曾傚韓愈〈畫記〉遺意，寫

〔註6〕　王柏：《魯齋集》（台北：藝文印書館，？），頁13～14。
〔註7〕　秦觀撰、徐培均箋注：《淮海集箋注》第二冊（上海：上海古籍，1994），頁
　　　　750～751。

作〈五百羅漢圖記〉，〔註8〕可見秦觀對韓愈的景慕之情，其〈清和先生傳〉自是仿韓愈〈毛穎傳〉而來。

三、元朝作者多元仿作

《廣諧史》中，元朝楊維禎獨占八篇作品，他曾在〈王希賜文集序〉讚美韓愈之文：

> 實代之利器，而利之當於人者也，皆雄偉不常而有摧陷廓清之功者
> 也。〔註9〕

又曾效法韓愈：

> 昌黎氏賢愿而爲序，余亦賢恕而爲昌黎之歌以歌之。〔註10〕

根據這兩段紀錄，我們很確定楊維禎對韓愈文字之傾服，因此他一連創作八篇擬人傳體寓言作品，應該是受到韓愈的深刻影響的。

四、擬人傳體寓言文本中揭示

查看《廣諧史》本文，多位作者或於破題之始、或於篇章之末，或於文末跋中，言及韓愈〈毛穎傳〉，其意多在說明該文仿擬韓愈〈毛穎傳〉作意，偶亦有表達欲超越韓愈〈毛穎傳〉者。例：項麒〈十處士傳跋〉指出明英宗正統年間的支立〈十處士傳〉爲〈毛穎傳〉仿作：〔註11〕

> 支先生嘗依韓昌黎〈毛穎傳〉，作〈十處士傳〉。（頁 297）

明憲宗成化年間的吳寬於第 65 篇〈端友傳〉文末提到〈毛穎傳〉：

> 論者謂韓昌黎爲穎立傳，如泓何？人得牽聯書，乃獨遺端友何耶？
> （頁 304）

明憲宗成化年間的盧格於第 71 篇〈方君談子傳〉之後附加一段說明：

> 昔韓子作〈毛穎傳〉，君子怪其以文爲戲：及高氏作〈烏寶傳〉，又
> 喜其效韓體，而頗留情於世教傳奇云。不關風化，體縱好也，徒然
> 愚也。竊不自揆，輒以所聞，組織心口一傳……辭雖不及二子，而

〔註8〕 秦觀撰、徐培均箋注：《淮海集箋注》第二冊（上海：上海古籍，1994），頁
1215～1217。
〔註9〕 轉引自吳文治：《韓愈資料彙編》（北京：中華書局，1983），頁657。
〔註10〕 轉引自吳文治：《韓愈資料彙編》（北京：中華書局，1983），頁658。
〔註11〕 支立：〈十處士傳〉，收於《四庫存目・廣諧史》（台南縣：莊嚴文化，1995），
頁288～296。

寓意則向上一等。讀者不以辭害意，庶幾僭妄之罪，可少逭云！（頁
310～311）

由此段文字可知，盧格認為第 38 篇元代高明〈烏寶傳〉係仿效韓愈〈毛
穎傳〉，〈方君談子傳〉更不用說。明孝宗弘治年間的姚鏌於第 76 篇〈扶風侯
傳〉文末記載：

其在君者，俱足韻艷，世未有傳其事，躋之毛穎諸公列者。是亦豈
非秉筆者一欠事歟？（頁 315）

明世宗嘉靖年間的陸奎章於〈香奩四友傳序〉談到第 120 至 123 篇的〈香
奩四友傳〉時說：

自韓子作〈毛穎傳〉，偃然爵之為人，肆出奇怪。後之以文為娛者，
往往慕倣，至合其傳所牽聯陳玄、陶泓、楮先生為文房四友。……
居閒每欲效顰萬一，以少解貪常嗜瑣之陋。（頁 358）

明神宗萬曆年間的袁宗道則於第 162 篇〈毛穎陳玄石泓楮素傳〉破題之
際，提到韓愈〈毛穎傳〉：

毛穎本中山後也，善昌黎，昌黎傳之詳。（頁 428）

以上所引各篇原文，除了顯示皆為作者仿擬之作外，也可以看出這些擬
作者對韓愈〈毛穎傳〉的推崇景仰之情。

根據以上資料，可知：《廣諧史》第一卷（即第 1 篇至第 25 篇）唐宋十
七人作品，第二卷（即第 26 篇至第 44 篇）元代十人作品，都模仿韓愈〈毛
穎傳〉。依據《廣諧史》文本探究，可知第三卷至第八卷（即第 45 篇至第 197
篇）明代七十五人共 153 篇作品，皆受韓愈〈毛穎傳〉的影響。

而第九卷（第 198 篇至 218 篇）世次無考者以及第十卷（219 篇至 242 篇）
共 44 篇作品，雖無直接證據顯示為〈毛穎傳〉的仿擬，但就形式而言，全為
史傳體，採擬人手法，內容與《廣諧史》其他篇章雷同；根據韓愈在古文方
面無遠弗屆的影響以及〈毛穎傳〉之備受推崇，可以推測當時作者也應該閱
讀過韓愈〈毛穎傳〉。

車春涵指韓愈〈毛穎傳〉為「物傳之祖」，[註12] 意謂其他文人所寫的「物
傳」皆為韓愈〈毛穎傳〉的仿作。清代林雲銘評論韓愈〈毛穎傳〉時表示：

以文滑稽敘事處，皆得史遷神髓。柳子厚云，讀之若捕龍蛇、搏虎
豹，急與之角而力不敢暇。想當日亦欲自作一篇，與之較勝，苦於

力不逮耳。古今惟知與人角力者，方肯服人，亦惟肯服人者，方能
勝人。乃近世操觚家，凡遇一器一物，莫不有一傳。濫觴可厭！不
知曾與昌黎角力否？若與之角而不知服，反自以爲勝。吾恐子厚笑
人，當齒冷矣！〔註13〕

　　足見車春涵、林雲銘都認爲，後世所有擬人傳體寓言都出於文人自覺性
的仿擬，而林雲銘尤其標舉〈毛穎傳〉，鄙夷其他文人作品。有趣的是，歷代
文人創作小說和笑話時，常常喜歡隱姓埋名，似乎不敢承認自己曾經寫作小
說、笑話；而擬人傳體寓言的作者則恰好相反，不但在其擬人傳體寓言作品
上自書姓名，且毫不避諱收於個人文集當中，此外也有不少人喜愛將擬人傳
體寓言，收錄於其所編輯的書中。是故，《廣諧史》於「采集書目」部分特別
分爲兩部分：撰著姓氏及編纂姓氏，茲羅列如表 6-1-1《廣諧史》采集書目表：

表 6-1-1：《廣諧史》采集書目表

書　　名	性質	撰著姓氏	書　　名	性質	編纂姓氏
韓文公全集	文集	南陽韓愈	清異錄	類書	邠州陶穀
蘇文忠公全集	文集	眉山蘇軾	唐文粹	類書	吳興姚鉉
淮海閒居集	文集	高郵秦觀	宋文鑑	類書	金華呂祖謙
屏山集	文集	崇安劉子翬	文苑英華	類書	學士李昉等
稼村類稿	文集	豐城王義山	翰墨大全	類書	建陽劉應李
楊鐵崖文集	文集	會稽楊維禎	合璧事類	類書	建安虞載
東維子集	文集	會稽楊維禎	事文類聚	類書	建安祝穆
夷白集	文集	臨海陳基	百菊集譜	類書	山陰史鑄
涂子類藁	文集	宜黃涂幾	硯譜	類書	見百川學海
雪廬集	文集	鄱陽釋克新	酒譜	類書	竇革
貝清江文集	文集	崇德貝瓊	南村輟耕錄	類書	天台陶宗儀
丹崖集	文集	會稽唐肅	皇明文則	類書	歸安愼蒙
東園遺稿	文集	唐昌何文淵	皇明文衡	類書	
十處士傳	文集	嘉興支立	宋遺民錄	類書	休寧程敏政
楊文懿公集	文集	鄞縣楊守陳	新安文獻志	類書	休寧程敏政
何椒丘文集	文集	廣昌何喬新	歷代文選	類書	歸安姚翼
姚穀菴集	文集	嘉興姚綬	文翰類選大成	類書	上海李伯與
程篁墩文集	文集	休寧程敏政	文章辨體	類書	海虞吳訥

〔註13〕林雲銘：《古文析義》（台北：廣文書局，1976），頁 709。

吳匏翁家藏集	文集	長洲吳寬	文府滑稽	類書	無錫鄒迪光
王文恪公文集	文集	吳縣王鏊	滑稽文傳	類書	無錫周子文
荷亭後錄	文集	東陽盧格	滑耀編	類書	嶧縣賈三近
孫文簡公文集	文集	華亭孫承恩	古今寓言	類書	鉅鹿陳世寶
牢盆集	文集	餘姚嚴時泰	稗史彙編	類書	上海王圻
陳明水文集	文集	宣城陳九川	游翰稗編	類書	無錫談修
碧里達存	文集	海鹽董穀	稗傳彙編	類書	崑山夏暐
十五子傳	文集	海鹽董穀	諧史	類書	武進徐常吉
游文四傳	文集	魯藩中立王	諧史集	類書	淮南朱維藩
璧池雜詠	文集	嘉定浦南金	諧史粹編	類書	錢塘胡文煥
四寶編	文集	餘姚徐珊	寓文粹編	類書	錢塘胡文煥
孟龍川文集	文集	濬縣孟思	山堂肆考	類書	維楊彭大翼
浚谷文粹	文集	平涼趙時春	支子述餘	類書	嘉善支大綸
陸寶齋集	文集	嘉善陸坿	端友齋錄	類書	無錫盛虞
菁陽集選	文集	秀水范言	石鍾山集	類書	湖口王尙忠
香奩四友傳	文集	武進陸奎章	墨記	類書	徽州吳希善
環溪集	文集	華亭沈愷	酒史	類書	馮石化
六物傳	文集	武進陶澤			
誦餘稿	文集	蘭谿徐袍			
俞仲蔚集	文集	崑山俞允文			
龍江先生文集	文集	餘姚胡膏			
禪寄筆談	文集	錢塘陳師			
徐氏殘編	文集	太倉徐壙			
茶居士傳	文集	太倉徐壙			
止止集	文集	崇安丘雲霄			
山中集	文集	崇安丘雲霄			
戒菴漫筆	文集	江陰李詡			
篔瓢樂	文集	崑山張應文			
白蘇齋集	文集	公安袁宗道			
敖陽集	文集	秀水項良枋			
幔亭集	文集	侯官徐熥			
澹園集	文集	日照焦竑			
走越卮言	文集	金谿劉啓元			
容吳稿	文集	建寧謝恩光			

來源:《四庫存目·廣諧史》(台南縣:莊嚴文化,1995),頁205~207。

　　《廣諧史》的作者還很喜歡在作品前的序、字裡行間、或者是作品之後的跋中，提到韓愈〈毛穎傳〉。林雲銘曾說：「乃近世操觚家，凡遇一器一物，莫不有一傳。濫觴可厭！不知曾與昌黎角力否？若與之角而不知服，反自以為勝。吾恐子厚笑人，當齒冷矣！」〔註14〕這是他純粹從文學技巧方面觀察，根本不認為後世文人仿擬之作有任何價值；這種看法和龔鵬程在1985年所提出的文學觀念類似。〔註15〕然而梅家玲在《漢魏六朝文學新論——擬代與贈答篇》書中主張擬代詩文的寫作，原就是以一既定的「文本」為依據，故無論其是否以既定的文字書寫品為範式，在用詞遣句上都不免為了要符應所擬代之對象的特質，而使用某些特定的運詞構句方式。梅家玲認為，因襲前人文字體貌，看似陳詞濫調的表達方式，其實在與新變語言的錯綜、對照下，會產生溝通古今、聯繫人我的效果。〔註16〕這是談到仿擬文學在形式方面陳陳相因的寫作心理。

　　此外，梅家玲對於促發擬代者「操觚為文」的動因，則認為是來自於對原作的情意內涵以及耳聞目見的境況際遇，有情不自已的感動。〔註17〕筆者認為，梅家玲對漢魏六朝擬代文學作品的見解，同樣適用於《廣諧史》的擬人傳體寓言。根據本書第四、五章的探討，《廣諧史》的內容多樣，且與社會現象息息相關，確實寓有作者本人的真情實感；若僅根據作品形式上仿擬韓愈〈毛穎傳〉，文學技巧無能出其右，便認定《廣諧史》作品毫無價值，似乎稍嫌武斷！《廣諧史》中固然有不少作品模擬韓愈〈毛穎傳〉，描寫物類、諷刺精神、寫作手法也如出一轍、了無新意，但歷代擬作人數眾多，作者才華高下不同，其實也有不少作品反映時代精神、突顯作者匠心、展現個人風格，未必皆無可觀之處；柳宗元雖然高明，然而他創作不成的體裁不見得會難倒後起之秀呀！筆者認為，林雲銘對《廣諧史》的看法失之偏頗。

〔註14〕林雲銘：《古文析義》（台北：廣文書局，1976），頁709。

〔註15〕龔鵬程將仿作與偽作相提並論，他認為仿作與偽作價值低，因為：第一、仿作只是對於原創作的形似物，本身不能透顯生命存在之價值與抉擇，形成意義的失落，在作品中沒有對意義的追求；第二、它乃是意義的冒襲，所謂「不真」；第三、作品的意義與創作者自我生命無關。參見龔鵬程：《文學散步》（台北：漢光，1985），頁176。

〔註16〕梅家玲：《漢魏六朝文學新論——擬代與贈答篇》（北京：北京大學，2004），頁53～54。

〔註17〕梅家玲：《漢魏六朝文學新論——擬代與贈答篇》（北京：北京大學，2004），頁54。

第二節　取材範圍及物種分析

　　一般而言，中國寓言體系受儒家重歷史與現實的影響，因而寓言主角以人物為主；而《廣諧史》為擬人傳體寓言，其寓言主角皆非人物，包括：動物類、植物類、器物類、食物飲料類、天象類、地理類、人體器官類，甚至於有抽象如禪宗專屬的「棒」、「喝」類，題材範圍擴大許多，茲將取材分類於次：

一、器物類

　　傳主是器物類的作品，數量最為龐大，有時單獨成傳，有時合數物為一傳；其中單篇作品中傳主最多者，當推第216篇劉鴻〈十二姬傳〉，將古代各色文具包羅殆盡，以表明作者「遊於文房，樂於藝苑」之志。

　　士人生活必需品「文房四寶」，是士人的專屬標誌，因此共多達 29 篇分論筆、墨、紙、硯以及合論筆墨紙硯的作品。其次，足以彰顯讀書人翩翩風度的「扇」，集中於明代，且多達 11 篇；若包含「姓氏無考」者 4 篇，則共有 15 篇以「扇」為主角的作品。夏季可使生活清涼的「竹夫人」、冬季足以使人溫暖的「湯婆子」，都是士人所樂於描繪的對象，各有 5 篇。其餘各類器物篇章，則多屬零星出現。

　　筆者將器物之種類，歸納如後：

（一）文具：筆、墨、紙、硯、水注、裁刀、錐、硃、鎮紙、筆架、界尺、　　　　筆船，共 12 種。

（二）衣著類：腳帶、氈襪、皂靴，共 3 種。

（三）梳妝用具：鏡、梳、脂、粉，共 4 種。

（四）取涼之具：扇、竹夫人、簟席，共 3 種。

（五）取暖之具：湯婆子。

（六）酒器：酒壺、酒注、酒盃，共 3 種。

（七）縫紉用具：尺、剪、針、線，共 4 種。

（八）樂器：琴、簫，共 4 種。

（九）取樂之具：棋局。

（十）交通工具：船。

（十一）生活用具：竹床、蒲席、布衾、木枕、紙帳、杉几、瓦鑪、燈檠、　　　　　圍屏、竹簾、取燈兒、屏以障燈、醉翁椅，共 13 種。

（十二）其他：香山、八角紙鷂、美石、木偶、土偶、石圖書、釘、劍、

葫蘆、蚊煙、皮匣、杖、斑竹冠、炭、鈔、金錢，共 15 種。

二、植物類

（一）可食用植物：柑、橘、梅、菊、蓮花、竹葦、花紅、石榴、梨、銀杏、核桃、柿、棗、桃、李、櫻桃、荔枝，共 17 種。

（二）觀賞用植物：蘭、水仙、海棠、牡丹、菖蒲、花，共 6 種。

（三）樹木：松、竹、柏、桑、杏、栗，共 6 種。

傳主爲植物時，特別集中在傳統詩文慣常歌詠的對象「歲寒三友」──松竹梅，共有 11 篇。

三、飲料類

飲料方面，包含：酒、茶，共 2 種。其中「酒」是最受歡迎的題材，宋、元、明歷代都有分布，共 10 篇；若加上與「酒」相關的酒壺、酒注、酒杯等篇章，則更高達 13 篇。

四、食　物

以蔬菜爲書寫對象時，有趣的是黃虀竟成了最大宗，共有 3 篇作品，只有 1 篇蘿蔔菜，這 4 篇作品共同反映出士人生活之清苦。

（一）蔬菜：韭菜、芥菜、蘿蔔菜、黃虀（醃製蔬菜）等 4 種。

（二）其他：麵、鹽等 2 種。

五、動　物

（一）水生類：烏賊魚、魚、鱸魚、玉珧、蟹，共 5 種。

（二）昆蟲類：蠶、蜜蜂、蠅、蚊、虱、蚤、蠹書魚，共 7 種。

（三）哺乳類：犬、馬、鼠、豕、狐、虎，共 6 種。

（四）飛禽類：雞子、鳳、鶴、鷹，共 4 種。

六、藥　材

將藥材當作傳主，用其他藥材名貫串全文的「集藥名」之作，多達 5 篇，篇篇都有蘇軾〈杜處士傳〉影響的痕跡；若再加上「集花名」的同類作品 1 篇（即〈梔子傳〉），則這類作品合計 6 篇，包括：杜仲、甘草、玄明、黃連，共 4 種。

七、天　象

風、雪、月、日，共 4 種。

八、地　理

石鍾山，1 種。

九、人體器官

心、口、素足（裹小腳），共 3 種。

十、抽象事物

色、氣、棒（禪宗）、喝（禪宗），共 4 種。

概括而言，若按照朝代來看，則本文體於發展最初階段的唐代 4 篇作品（含南唐），題材集中於器物類，可知唐代題材侷限於韓愈的創意範疇。

宋代的蘇軾共有五篇作品，分寫歙硯、柑橘、杜仲、麵、玉挑，範圍則擴大至植物、藥材、食物等。

元朝將調味料鹽及琴、簫等樂器納入，而且以「鈔」、「錢」為題材的篇章多達 5 篇，具體反映至正十年（1350）因「鈔法變更」造成全國性的通貨膨脹〔註18〕事件。

到了明朝，執筆寫作擬人傳體寓言者增多，題材也就更為開闊：其中與「酒」有關的篇章有 8 篇，反映當時社會的好酒風氣；而第 61 篇楊守陳〈昌陽傳〉、第 80 篇嚴時泰〈溫湛傳〉、第 81 篇嚴時泰〈俞黝傳〉、第 128 篇沈愷〈端溪子傳〉、第 221 篇〈石溫傳〉雖然取材不同，但內容都提到導引養生術，反映了明人生活不可或缺的部分。〔註19〕其中林金的第 209 篇至第 212 篇作品〈麯蘗生傳〉、〈傾國生傳〉、〈孔方生傳〉、〈忿戾生傳〉，分以「酒、色、財、氣」為傳主，而「色」與「氣」非具象之物，傾向於抽象事物；釋祖秀的〈德山木上座傳〉、〈臨濟金剛王傳〉分別以禪宗的「棒」、「喝」為傳主，描寫以言語驚醒他人的棒、喝，取材尤其特殊。

由《廣諧史》作品的題材觀察，我們幾乎可以勾勒出古代（尤其是明代）讀書人生活的範圍及所思所想。而且，題材主要集中在與士人生活密切相關的器物、食物、飲料方面，也旁及於社會重大事件，足見文人在取材方面，不斷開發新題材，作者極力推陳出新，力求別具特色的創意，並未侷限於少數題材範圍之內，故《廣諧史》題材之開闊、取材之多樣性，可以說是中國寓言之最。

〔註18〕張維青、高毅清：《中國文化史》三（濟南：山東人民，2002），頁 322。
〔註19〕《中國文明史》第八卷《明代》下冊（台北：地球，1994），頁 1415。

第三節　敘寫手法獨特

受到韓愈〈毛穎傳〉「敘事意味增加，注重情節的鋪陳條理，以及運用適切的對話」〔註 20〕的影響，所有《廣諧史》作品對所描繪的對象——傳主之刻畫，無不力求生動、逼近原貌；爲了達到這個目的，《廣諧史》的作者在敘寫手法方面，格外需要講究。由於傳主皆非人類，擬人法的使用成功與否，大致可以決定該傳體寓言的優劣，這是本節擬先處理的部分；其次，分析擬人傳體寓言在對話方面的安排；最後，由於傳主非人類，故文人多喜援引歷史典故，虛構人物生平經歷，此爲第三部分的討論；最後，則論述迂曲的敘寫手法。

一、善用擬人法

擬人法是指將事物當作人來描寫，使其具備人的行爲和特徵，亦即把事物人格化。《廣諧史》作品採用通篇擬人法寫作，爲了要把各種物類，都寫得像人那樣有思想、有情感、有動作，因此它們的命名、性格、對話、動作，都必須符合人類的特徵；《廣諧史》作品在這部分的表現，成就巨大：

（一）命名各具巧思

全本《廣諧史》中，所有物類傳主都以人格化的形象出現；而史傳體的破題，通常是介紹傳主姓名、字號，因此爲之命名，不僅可以開啓下文，且可能成爲後文之「伏筆」，足以暗示人物性格或結局。如：第 202 篇洪璐〈葉恆盛傳〉，傳主爲「松」，名葉恆盛，字貞夫。其中葉恆盛酷似眞人之名，又明顯呈現松樹的「歲寒不凋」的特性，以及傳中人物於「群陰用事，眾皆屈膝斂容，倉卒變萎」之際，「當凜冽猶陽春，履危險如平地，人未嘗見其有悴色」的堅定品格；而「貞夫」一字，則暗示傳中人物的結局——慮有「戕賊之災」，遂「深自韜晦，以保貞固」。

同理，第 203 篇洪璐〈管若虛傳〉寫竹，名管若虛，字直節，號幽雅君子。「管若虛」表現竹的外型、兼及傳主「有若無、實若虛」的態度；「直節」則暗示傳主「自始生，已有高節」。

第 240 篇洪璐的〈白知春傳〉則寫梅，「白知春」之名，切合梅花開放的

〔註 20〕兵界勇：「唐代散文演變關鍵之研究」（台北：台灣大學中國文學研究所博士論文，2005），頁 121～122。

季節與梅花的色澤。

　　此外，還有許多傳主的命名頗富巧思，如：〈浮沉生傳〉傳主爲魚；〈毛隱傳〉爲蚤；〈木通子傳〉寫木梳；〈麗香公子傳〉爲花；〈逍遙公傳〉寫馬；〈飛白散人傳〉寫雪……原則上，這些命名，多根據傳主的顏色、形狀或特性而「賦予意義」。

　　值得一提的是「玄明」一名，所指傳主各有不同：在第 155 篇〈玄明高士傳〉，指的是「月」，月在黑暗中放射光芒，這個名字很貼切地說明「月」的特質；但在第 182 篇〈玄明先生傳〉中，則指中藥藥粉「玄明」。

　　此外，有些東西原本的名字已經擬人化，故文人寫作時，便不再「二度加工」，如：「竹夫人」、「湯婆」。此二物，一爲取涼之物，乃古人於夏季抱在懷中的竹製品，人皆稱爲「竹夫人」；〔註21〕一爲古人於冬日取暖之物，乃古人充納熱水於其中以保溫之具，名爲「湯婆」也。

　　綜觀《廣諧史》全書，歷代文人在傳主命名方面頗費心思，主要原則是「考量意義」，如前所述；間或夾雜「諧音」法，如：第 69 篇〈竹姑傳〉傳主爲竹蕈，第 157 篇〈奇橘傳〉傳主爲棋局；三則爲「諧音＋意義」者，如：第 68 篇〈介夫傳〉傳主爲芥荣，〈俞黝傳〉傳主爲烏賊魚；四則以「地名」爲考量，如：第 24 篇〈大庾公傳〉傳主爲梅花，主因是大庾嶺盛產梅花。

　　因爲文人在爲傳主命名時搭配意義，所以有時候只需稍加思索傳主之姓名、字號，很快就可以體會到寓言中的部分寓意。

（二）傳主性格兼具人與物

　　寓言的人物摹寫通常不講究精細、逼眞，故人物性格傾向於典型化；然而擬人傳體寓言與之不同，摹寫人物時尤須符合其所摹寫物類的特質，故須對該事物有充分的瞭解和深刻的認識，又須切合所擬人物的性格，這樣「不即不離」的書寫，才能兼具形象性與趣味性。《廣諧史》中，有不少寓言在物類取譬方面非常成功，以致人物的塑造具有相當的代表性，例如：第 134 篇陶澤〈歐陽憎傳〉傳主歐陽憎爲「蠅」，在唐武后嗣聖元年拜大理寺丞，爲貪酷之政。因此文中首先敘述歐陽憎：

> 少行極穢，人皆睨視，如惡惡臭，及長貪污無比，見青白必中傷之。

〔註21〕「竹夫人」亦可稱爲「青奴」，二者皆已採擬人化方式命名，故作爲擬人傳體寓言之傳主時，作者通常不再重新命名。不過在《廣諧史》中，只有關於竹夫人的篇章，並沒有跟青奴有關的篇章。

（頁 379）

以這樣的說明作爲全篇綱要，提起後文，既符合蒼蠅的生活習性，又恰切說明人類對其厭惡之情。續寫：

> 得幸武后，遷光祿勳，每宴常侍左右，命守肉，憎竊之。后怒，使
> 自劾。憎曰：「侍食先嘗，敬也；竊之而封識宛然，智也；食之不多，
> 又何廉也！」后不之罪。（頁 379）

這段文字充分寫出貪官污吏強詞奪理、顛倒黑白、知法犯法、以非爲是的理直氣壯；而武后的「不之罪」，更隱含作者對當朝天子縱容佞臣胡作非爲的批判！更可笑的是小人得志時，往往不忘構陷其他人，以更加鞏固自己的地位：

> 憎欲陷螫等，而因代其位，乃上疏曰：「謹按侍中辛螫、羽林將軍混
> 沌遲、散騎常侍毛隱，本以利口得侍宮闈，流毒百姓，淪污肌膚，
> 中外切齒，欲食其肉，宜加赤族之誅，以雪蒼生之憤！」（頁 379～
> 380）

這段文字說出了天下蒼生對於「羅織紛紜，百姓瘡痍，鑽研切至，人且死，猶窮治不能捨」的當朝小人的咬牙切齒之恨，然而卻出自小人自身之口，眞可謂極盡反諷之能事。陶澤同類作品〈辛螫傳〉、〔註22〕〈混沌遲傳〉、〔註23〕〈毛隱傳〉〔註24〕分寫蚊、虱、蚤等物類，模擬武后身邊「爲政嚴酷、喜肉刑」之貪吏、「治囚吹毛求疵、細入毫髮」的黑頭公以及「每夜間決事，使人終夜不寢、背不帖席」的貴戚，在人物造型方面，俱有可觀處。而且以上四篇傳主在每一篇中姓名與性格統一，因此應可視爲同系列寓言。

明朝嘉靖年間的作者毛有倫共有四篇作品：〈清虛先生傳〉、〔註25〕〈麗香公子傳〉、〔註26〕〈飛白散人傳〉、〔註27〕〈玄明高士傳〉，〔註28〕各篇以風、

〔註22〕陶澤：〈辛螫傳〉，收於《四庫存目·廣諧史》（台南縣：莊嚴文化，1995），頁 381～382。

〔註23〕陶澤：〈混沌遲傳〉，收於《四庫存目·廣諧史》（台南縣：莊嚴文化，1995），頁 382～383。

〔註24〕陶澤：〈毛隱傳〉，收於《四庫存目·廣諧史》（台南縣：莊嚴文化，1995），頁 383～384。

〔註25〕毛有倫：〈清虛先生傳〉，收於《四庫存目·廣諧史》（台南縣：莊嚴文化，1995），頁 415～416。

〔註26〕毛有倫：〈清虛先生傳〉，收於《四庫存目·廣諧史》（台南縣：莊嚴文化，1995），頁 416～417。

花、雪、月作爲傳主，看似同系列寓言，不過其間人物姓名不變，性格卻變化不斷，讀者解讀時相對困難。其實就單篇而言，人物性格頗能切合所擬物象，如：〈清虛先生傳〉文中，玄明高士（指月亮），評論清虛先生（指風）時說：

> 先生固東西南北人也，某循途守轍之士。……且先生行必萬里，急則怒號，其性恍惚，令人不能把捉……（頁 415）

這段文字掌握「風」的特性，也與同篇文章論及人物結局的部分性格前後一致：

> 先生威蓋天下，而不徵諸色；澤及萬物，而不見諸形。然晚年亦性暴，好殺，觸之者股栗；犯之者容稿（疑爲「槀」之誤），此其所稟之氣然也。（頁 416）

從以上敘述看來，清虛先生性格衝動、威蓋天下，晚年性暴好殺，很容易令人聯想到其所擬人物爲「皇帝」；而玄明高士循途守轍，似乎暗擬「士大夫」。單就〈清虛先生傳〉看來，人物塑造可謂十分成功。

不過在〈麗香公子傳〉文中，清虛先生善發人，使麗香公子（指花）胸中道理萌動、不覺舞蹈；戒麗香公子不爲色所累；還成人之美，助麗香公子子孫繁盛。當飛白散人因玄明之言而誤會麗香公子時，清虛又以和氣勸飛白……，這種種描述固然符合傳主「風」的特質，但予讀者的聯想，則清虛所擬似乎比較接近「君子」。〈麗香公子傳〉中，玄明則變成喜歡胡言亂語、容易引起誤會，卻又遇事膽怯、不敢面對處理的人，如：玄明笑對麗香說：

> 子非賤也，遇清虛而即舞；子非貧也，見飛白而多貪。（頁 416）

雖是玩笑話，卻具攻擊性。麗香笑答之後，原已無事，不料玄明又將麗香對飛白的負面評價告訴飛白，導致飛白怒罵麗香：

> 公子出身草莽，令色美世。某雖輕狂，力能屈之，使不見天日。（頁 416）

由以上敘述看來，在〈清虛先生傳〉與〈麗香公子傳〉中，清虛先生的身分、性格分別傾向於國君與君子，玄明高士則分爲士大夫及膽小怕事的人；

〔註27〕毛有倫：〈清虛先生傳〉，收於《四庫存目・廣諧史》（台南縣：莊嚴文化，1995），頁 417～418。

〔註28〕毛有倫：〈清虛先生傳〉，收於《四庫存目・廣諧史》（台南縣：莊嚴文化，1995），頁 418～419。

這種傳主的性格及擬代的人物不斷變化之情形，在四傳──〈清虛先生傳〉、
〈麗香公子傳〉、〈飛白散人傳〉、〈玄明高士傳〉合併閱讀時，更爲嚴重。或
許有人會認爲，「性格多變」的人物才符合眞實的生活，但寓言的重點不在於
表現人物性格，而在於烘托寓意，因此筆者認爲，毛有倫的風、花、雪、月
四傳人物性格不一致，造成解讀寓意的困難，並非成功的寓言。

（三）人物塑型簡單

　　《廣諧史》中多數的寓言，在人物塑造方面仍是依循寓言人物造型的原
則，傾向於簡單、典型化的安排。例如：第 187 篇〈晚香先生傳〉〔註29〕與
第 213 篇〈清淡先生傳〉，〔註30〕篇名都有「先生」一詞，即暗示作者標榜傳
主的德行。

　　〈晚香先生傳〉傳主爲「菊」，描寫晚香先生之先人黃季英，戰國時與三
閭大夫善。先生成長備歷艱危，及長而含輝孕采，不亟亟于發洩，有亭亭獨
上，不隨人俛仰之致，人共尊之。與陶元亮定交後，莫逆且生死以之，子孫
至今不忍釋籬邊，篤於交誼。其後名稱不一，而骨格無有不同，世世以「後
凋」聞名天下。作者羅仲點藉描寫晚香先生數代不易的孤高節操，烘托「知
己難尋」的現象，最後「人何可妄希知遇也」的感慨，也就顯得順理成章了。

　　〈清淡先生傳〉傳主是「蘿蔔菜」，其生而孤特自殖，克邁種德，學有根
本，自負其才，進退不違時，雖雜處塵土間，物莫得而涅，自有一種幽人潛
德風味。尤以名爲累，嘆其不得深根固蒂於下，乃學逃名於漆園之徒，深欲
祕本根，以緒餘啓世之不知道者。一夕偶過白水眞人舍坐，先生傾倒肺腑，
粹然一出於正，絕無世俗溷濁之味，客與接談者，皆相知之晚也，遂私號「清
淡先生」。作者高應經將清淡先生自幼至老的逃世、堅持根本、視虛名如無物
的決心，詳細刻畫，因此以反詰句法作爲結論時，語氣仍是肯定的：「余聞古
之君子，其立德厚，其取名廉。安知世之號先生者，非其棄餘也耶？」一個
不在乎世俗看法的人，對於世人所推崇的名號又怎會掛懷呢？

　　人物性格單一，對於寓言的寓意顯發、對於讀者解讀寓意，都具有正面
效果；此類例證，在《廣諧史》中可謂不勝枚舉，有待讀者一一體會玩味。

〔註29〕 羅仲點：〈晚香先生傳〉，收於《四庫存目・廣諧史》（台南縣：莊嚴文化，1995），
　　　　 頁 465～466。

〔註30〕 高應經：〈清淡先生傳〉，收於《四庫存目・廣諧史》（台南縣：莊嚴文化，1995），
　　　　 頁 491～493。

綜上所述,《廣諧史》擬人傳體寓言在傳主命名、性格刻畫、塑型手法等方面,都取得了相當不錯的成績;整體而言,《廣諧史》的擬人手法非常成功。

二、對話安排簡略

柳宗元評論韓愈〈毛穎傳〉時,將之與當時文字對比,責時文曰:

> 世之模擬竊,取青媲白,肥皮厚肉,柔筋脆骨,而以爲辭者。(頁 221)

可見柳宗元認爲〈毛穎傳〉的語言歸於有創意、乾淨俐落、有內涵之屬;即便是文中唯一的對話,韓愈也沒有浪費筆墨,將人物的狀貌神態描摹入扣:

> 上見其髮禿,又所摹畫不能稱上意。上嘻笑曰:「中書君老而禿,不任吾用。吾嘗謂君中書,君今不中書耶?」對曰:「臣所謂盡心者。」因不復召。(頁 220)

皇帝完全站在一己之私人立場,發現昔嘗親寵的大臣已年老體衰,不能再讓皇帝稱心如意,隨意任使,竟然「嘻笑」免除其職,致使毛穎訥訥以對,只好用一句話「臣所謂盡心者」,來概括自己一生的爲國服務史。皇上長長的口白對應毛穎短短的一句話,其間地位的高下、態度的倨傲謙卑、感情的澆薄殷切,完全表露無遺;而這一切的描寫還能兼顧毛筆的書寫特質、破敝過程。因此,韓愈〈毛穎傳〉的對話表現了人物性格、鋪排情節、生動摹寫人物,同時敘事保持客觀立場,不帶個人感情,確實爲《廣諧史》豎立一個高超的里程碑。

而《廣諧史》的寓言篇章因採用史傳體例,敘述文字所佔篇幅較多,故雖採擬人法架構全文,但對話通常屬於點綴性質。然而其中仍不乏以對話形式推進情節、突顯人物性格者,如第55篇支立〈楮才傳〉的表現就令人印象深刻:

> 楮才,字子張,黃山人。性行修潔,不喜爲流俗交,人少拂之,即愍然不悅,若將玷己者。嘗曰:「涅不緇,惟聖人能之,吾輩不可以不愼。」其姿色若玉雪,或謂之曰:「江漢以濯之,秋陽以暴之,皜皜乎不可尚已。」逈艴然不悅曰:「吾固濯之、暴之矣,然未嘗有聖人之道德,而言不幾於侮聖人乎?」或病其質太薄,曰:「吾何薄乎?吾之德足以庇人,吾之智足以障風塵,吾何薄乎?」或議其中之虛,曰:「人心本虛,特爲物欲蔽之耳。不虛則窒塞淤隘,其何以容人?

人之生也，首戴天，足履地，中涵人，涵人所以具此人之理也，既
具此理，須當全盡此道，則可以參天地、贊化育，非虛何以致之也？
人心其可以不虛乎？」有周文度者，號有道之士，慕才之名，聞其
好辨，以書抵之曰：「昔晏子云：『富如布帛之有幅焉。』今子之才
富也，但當以德幅之，何必呫呫然勞諸喙哉？」自後雖有面毀者，
亦不與辨！（頁292）

楮才象徵紙帳，風吹、人身經過紙帳，都會產生摩擦聲響，支立於是將
之設計成面對旁人的紛紛議論，便不停地辯解，像極了孟子當年的自清：「予
豈好辨哉？予不得已也！」文中所有對話都緊扣紙帳的色白、質薄、中空特
質發展，呈現楮才潔身自好、高標聖人之德、自謙、自負的形象，因此對話
內容既切合摹寫對象紙帳特色，又符合傳主楮才好辯而勇於改過的形象，筆
者認爲，本文的對話設計實在相當成功。

第 114 篇王經的〈界菴先生傳〉，主人公爲「格眼紙」。界菴先生初年自
號素菴（喻「白紙」），一日忽悟君子之學惟約之貴，爰就有道約之以程式，
秩序井然，使欲親炙者，不待檢束而自不踰閑，端人正士多所許與。然騷人
墨客豪俠數輩詆之曰：

惡用是拘拘儒儒爲也？又寧知非所謂雲之尚玄，而翟之加墨者哉？
（頁352）

騷人墨客豪俠的粗獷、豪邁性格，在此表露無遺；且這樣語氣激烈的問
句，也表達了全文「尚儒貶墨」的傾向。接著，界菴先生不以爲意，答曰：

修爲在己，取舍在人；吾直吾道而已，削吾迹、枉吾道，以從時好，
吾不能也。（頁352）

這段回答，充分表現界菴先生不隨流俗、擇善固執的決心。筆者認爲，
在 400 字左右的篇幅內，只有以上不到 100 字的對話，份量實在不多，但這
樣的對話，卻將騷人墨客豪俠與素菴先生截然相對的選擇做了對比、映襯，
突顯素菴進步成長到界菴「大儒」境界的不易，是成功的對話安排。

三、借用歷史典故

由於《廣諧史》所有篇章的作者皆爲文人，因此套用歷史掌故爲《廣諧
史》作品的重要特色。《廣諧史》中有不同層次的用典，說明如次：

（一）一篇多典

第 49 篇王景〈黃組傳〉，﹝註31﹞傳主爲「犬」。在介紹世系時，追述其先人「槃瓠佐高辛，靖外難」（頁 285），用了《後漢書》的神話典故：相傳高辛氏時犬戎兵強馬亂，其犬名槃瓠者，得犬戎吳將軍首歸，乃賜以少女。

其次，說其周初祖先「有曰獒者，自西旅進，䛬言於王；以無罪斥晉靈不君，獒獒於朝，獒爲其用，因爲世所擯」（頁 285），這部分取自《左傳》：當時上卿趙盾屢諫晉靈公，晉靈公怨忿在心，放獒犬欲襲殺趙盾。

接著，又介紹晉朝祖先黃耳，「與韓盧、宋猎爭能」（頁 285）。此句連用三個狗的典故：南朝梁陸機藉愛犬黃耳代傳家信，典出《晉書》卷五十四〈陸機傳〉；韓盧爲《戰國策・齊策三》所言「韓子盧」，乃矯健善馳的獵犬；宋猎，古良犬名，也作「宋鵲」。﹝註32﹞其實，黃耳、韓盧、宋猎，本是不同時代的良犬，而黃耳在〈黃組傳〉中變成大將軍的巡邏，大將軍將家書託付給黃耳的對白，就是《晉書》中陸績對其愛犬黃耳之言。

說明先祖世系之後，進入傳主黃組的生平遭逢。黃組能分辨君子、小人，「見君子必恭，勿敢犯；唯小人則惡而搏之」（頁 285），這是出自《左傳》晉靈公之語。

此傳無傳贊，但結語爲「時無發縱指示者，以致老死三尺垣下」（頁 286），其中「發縱指示者」，出自《史記・蕭相國世家》：「夫獵，追殺獸兔者狗也，而發蹤指示獸處者人也。」，仍然用典。

綜上所述，〈黃組傳〉通篇引用神話、歷史典故，作者的學識豐贍，自然可見一斑。

第 27 篇吳觀望〈郭索傳〉，﹝註33﹞傳主爲「蟹」，蟹乃橫行之物，因此吳觀望將《史記游俠列傳》中的郭解，虛構爲郭索的祖先；再牽聯所有關於傳主的典故，成爲自己的創作。郭索等人最後「悉就縛」（頁 256），則回應了作者原先爲傳主命名「郭索」之意，因「索」字有「繩索」之意。

筆者必須指出，像〈黃組傳〉、〈郭索傳〉這樣在單篇寓言中，將多種與

﹝註31﹞ 王景：〈黃組傳〉，收於《四庫存目・廣諧史》（台南縣：莊嚴文化，1995），頁 285～286。

﹝註32﹞ 台灣中華書局辭海編輯委員會編、熊鈍生主編：《辭海》上冊（台北：台灣中華，1980），頁 1379。

﹝註33﹞ 吳觀望：〈郭索傳〉，收於《四庫存目・廣諧史》（台南縣：莊嚴文化，1995），頁 256～257。

傳主有關之典故組合起來的手法爲擬人傳體寓言的寫作通則，也是擬人傳體
寓言的一大特色。

（二）多篇一典

中國歷史悠久，在文章中引用典故，可以顯示自己的學問、省略細節的
說明，兼可收「意在言外」之效。《廣諧史》篇章中有些歷史人事典故，以及
典籍當中的文詞掌故，屢屢出現於各篇章中：

1、歷史人事典故

《廣諧史》中所喜用的人事典故，最常見的負面人物有：秦始皇、曹操、
蕭何、安祿山等。以安祿山爲例說明，幾乎所有提到安祿山的篇章，都呈現
鄙夷的語氣，如：第 68 篇葉綏〈君子傳〉：

> 唐明皇……與楊貴妃遊宴……，君子侍從其間，不少刻舍左右。會
> 祿山之亂，遂引去。（頁 284）

第 78 篇易宗周〈石盧中傳〉：

> 安祿山以幸進，明皇寵之，至與太真對食，戲爲塞酥之詠。盧中從
> 旁竊笑……（頁 317）

第 80 篇嚴時泰〈溫湛傳〉：

> 未幾，安祿山生日，妃言於帝，欲以後三日用湛洗安祿山兒……湛
> 曰：「……今天下皆欲飲食祿山肉，陛下若爲天下烹之，臣當効力，
> 若洗以爲兒，則不可。」（頁 321）

這些虛構傳主對安祿山的不屑、深惡痛絕，正表明作者對安祿山這類包
藏禍心、舉止不端人物的態度。

《廣諧史》中，最常見的正面評價人物，包括：孔子、伯夷叔齊、鴟夷
子（范蠡）、屈原等人物。茲舉孔子爲例，幾乎所有言及孔子的篇章，都高度
推崇孔子。例：第 68 篇沈周〈介夫傳〉：

> （介夫）對曰：「……如不足以爲利，臣請退從魯之仲尼，取曲肱之
> 樂，亦素願也。」（頁 307）

第 71 篇盧格〈方君談子傳〉：

> （談子）曰：「……周之衰也，仲尼設教，予奉揚休命，叩竭兩端；
> 三千之徒，並受厥旨。」（頁 309）

第 79 篇孫承恩〈桐君傳〉：

桐氏固多賢，然亦因人而成。余嘗慨想虞周洙泗之盛，生其時者，
賦質既良，而又有舜、文、仲尼爲之主，故其言論風旨，高明廣博，
有太古之遺意焉，所謂聖之徒者，非歟？（頁319）

　　以上文句，足見明代士人對於儒家創始者孔子的仰慕之情，不論是孔子
安於困頓的從容、教學方法或平日風範，無一不令後人歌詠。

2、典籍言詞掌故

　　《廣諧史》中的言詞典故，多半出自儒家經典。如：出自《論語》者，
有：第67篇王鏊〈憸母傳〉：「惡不善如探湯」（頁307）；第71篇盧格〈方君
談子傳〉：「非禮勿視，非禮勿聽」、「有德者，必有言」（頁309）；第229篇〈烏
氏傳〉：「子貢曰：『君子惡居下流，天下之惡皆歸焉。』」（頁532）；第226篇
〈歐兜公子傳〉：「故用之則行，舍之則藏，僉謂舞雩詠歸……」（頁528）。

　　出自《孟子》者，爲第212篇〈忿戾生傳〉：「昔孟子言：『能養浩然』……」
（頁490）。出自《詩經》者，爲第203篇〈管若虛傳〉：「自〈谷風〉興，而
交道喪……」（頁475）。出自《孝經》者，爲第71篇盧格〈方君談子傳〉：「言
滿天下無口過，行滿天下無怨惡」（頁309）。

　　這些典故或出自《詩經》、《孝經》，或出自《論語》、《孟子》，此外尚有
《易經》或正史類的書籍，足見傳統儒家思想教育所造成的深遠影響。尤其
是明朝，先有明太祖朱元璋依照名儒劉基建議，明確規定：科舉考試專取《四
書》及《易》、《詩》、《書》、《春秋》、《禮》五經命題試士；後有明成祖命胡
廣等儒臣編修《四書大全》、《五經大全》、《性理大全》，詔頒天下，並規定凡
科舉考試不以朱學應試者弗錄。至此，程朱理學的儒學正統、獨尊地位確立，
程朱理學官學化了。〔註34〕是故，明代儒生在應制之餘，以擬人傳體寓言創
作時便自然而然運用他們所熟悉的儒家經典了。

四、迂曲的敘寫手法

　　寓言假託外事說理，往往有言外之意；亦即寓言不用直接說明的方式，
而採用迂曲的手法表達作者內心眞意。而擬人傳體寓言的作者或因個人遭
逢、或考慮政治風險，不得不含蓄寫作，故《廣諧史》中擬物爲人、迂迴說
理的敘寫手法，也是其重要特色，值得一談：

〔註34〕張秋升、王洪軍主編：《中國儒學史研究》（濟南：齊魯書社，2004），頁376。

（一）將物擬人，以傳主自喻

這是擬人傳體寓言中最早出現的迂曲手法，《廣諧史》中第 1 篇韓愈〈毛穎傳〉即採用此法：韓愈以傳主兔毫筆自喻，雖然多能、盡心，卻因老禿爲秦皇所疏，一方面抒發感傷，另一方面也諷刺君王；採用此法的優點是不必擔心過度標榜自己，以致引起他人的反感。《廣諧史》中採用相同手法，以傳主自喻的篇章眾多，如唐代各篇；宋代第 7 篇蘇軾〈杜處士傳〉寫作者歸隱之志、第 12 篇秦觀〈清和先生傳〉寫作者的節操與不被理解的痛苦、第 15 篇李綱〈方城侯傳〉寫作者主戰的主張；元代第 36 篇楊維禎〈冰壺先生傳〉寫作者重視德行、第 39 篇陳基〈湯婆傳〉寫作者視時進退的心態；明代第 82 篇王鑾〈三友傳〉寫作者矢志仕進、第 114 篇王經〈界菴先生傳〉紀錄作者一心向儒、第 174 篇楊時偉〈魚蠧傳〉表明作者專意研讀經書。

（二）將物擬人，以批判傳主

從《廣諧史》搜羅的擬人傳體寓言看來，蘇軾是第一位採取擬物爲人，藉以批判傳主的寫作者；用這樣的隱晦手法批判時事，不但可以保留自己對真實事件的看法，更能直率地記錄對傳主的不滿。〔註 35〕《廣諧史》中採用相同手法，藉以批判傳主的篇章雖然不多，但宋、元、明各代都有此類作品，如宋代第 19 篇王義山〈甘國老傳〉以傳主諷刺善於逢迎的官吏；元代第 27 篇吳觀望〈郭索傳〉以傳主批判擾亂治安的幫派組織份子、第 35 篇楊維禎〈白咸傳〉以傳主諷諭剝削百姓的官員；明代第 133～135 篇陶澤〈歐陽憎傳〉、〈辛螫傳〉、〈混沌遲傳〉、〈毛隱傳〉以傳主唾罵君主的鷹犬。

（三）將物擬人，以讚頌傳主

現代人偏愛「辭溢乎情」的表達模式，但對於中國傳統文人而言，則認爲「情溢乎辭」的表現更爲雋永、深刻。雖然擬人傳體寓言的主題偏向諷世、抒懷，因而歌頌型的寓言不多，不過《廣諧史》中也有文人以物擬人，藉傳主來稱頌好友者，此類手法以元代楊維禎首開風氣。第 30 篇〈璞隱者傳〉以傳主璞隱「功煥然在天下」（頁 260）勉勵海虞繆仲素；〔註 36〕第 37 篇程文〈石君世家〉以傳主石君故事頌揚九江方叔高：「士大夫交口稱譽、名流海內，亦

〔註 35〕相關論述請見本書第四章第二節「蘇軾擬人傳體寓言的多樣性」。
〔註 36〕〈璞隱者傳〉題下附註：「爲海虞繆仲素譔」，參見楊維禎：〈璞隱者傳〉，收於《四庫存目·廣諧史》（台南縣：莊嚴文化，1995），頁 259～260。

有道之士哉」（頁 270）；明代第 103 篇盧恩〈玄通子傳〉傳主為墨，故事完全與楊維禎〈璞隱者傳〉雷同，目的是「為休寧吳希善撰」（頁 341），甚至更將楊維禎與繆仲素寫入文中（頁 341）；而第 217、218 篇世次無考的釋祖秀〈德山木上座傳〉、〈臨濟金剛王傳〉，更將禪宗歷代大師事蹟牽聯入文，用以表彰「棒、喝」對禪宗的貢獻。

　　這種頌讚傳主的作品顯然有相當的魅力，元代著名的文學家揭傒斯〔註37〕（1274～1344）就曾在程文〈石君世家〉篇末評論道：

> 新安俞飛卿使蜀，得美石於魚腹浦上，歸以遺叔高。叔高愛之。見
> 之者皆競為文章相誇詡，而以文（程文之字）為作是篇，予愛其文
> 雅馴，故為之書。（頁 270）

以上文字似乎記錄了擬人傳體寓言在文人寫作大賽中脫穎而出的過程，足見迂迴表達、曲折讚美的敘寫手法，力道是不容小覷的。

（四）將物擬人，以襯托作者之志

　　文學作品中不論是採用烘托或陪襯技巧，目的都是使主題更為明顯；《廣諧史》中也有篇章的傳主並非作者所要刻畫的角色，它存在的目的乃是為了突顯另一個主角。如元代楊維禎第 31 篇〈斛律珠傳〉，傳主斛律珠與鐵笛道人配合以宣「麗澤之音、洞庭之吟、瓊臺之曲」（頁 261），這是作者藉著描寫斛律珠之奇特，以襯托鐵笛道人的才高、尚氣節：

> 使微道人，有以來之？

　　而鐵笛道人究竟是何方神聖呢？按照《明人傳記資料索引》記載：「維禎……善吹鐵笛，自稱『鐵笛道人』。」〔註38〕可見楊維禎在文中將斛律珠擬人的目的，是在表明自己的志向。

　　明代第 106 篇魯藩中立王〈廉汝脩傳〉以竹簾為傳主，敘述廉汝脩不耐二十年貧寒生活，欲適他處，卻遭卓如立面折，遂悔過仍居海嶽逸史門下的故事。文中卓如立責備廉汝脩：

> 子試觀豪門之歌舞，何如書軒之芝蘭？試觀公子之膏粱，何如書軒
> 之清泉？試觀五陵之輕肥，何如書軒之韋編？試觀儀秦，何若郤枚？
> 子得聆逸史之歌嘯、近逸史之翰墨，亦子三生之幸也。（頁 345）

〔註37〕參見楊陰深編著：《中國文學家列傳》（台北：台灣中華，1978），頁 340～341。
〔註38〕國立中央圖書館編：《明人傳記資料索引》（台北：國立中央圖書館，1978），頁 715。

由以上文字可見，作者魯藩中立王藉卓如立之口盛讚海嶽逸史的好尚，也藉卓如立之口責備廉汝脩有他遷的念頭，可見作者塑造傳主廉汝脩的目的乃是反襯海嶽逸史，而海嶽逸史正是作者魯藩中立王的別號。〈廉汝脩傳〉用了將物擬人以反襯作者之志的迂迴手法，較前人的寓言可說是更勝一籌。

（五）將物擬人，以傳主諷刺他人

擬人傳體寓言的內容多半傾向於批判性質，故採用較曲折的手法，藉物說理、語氣委婉、故事生動，效果較一般平鋪直敘的文體為佳。如明代第74、75篇錢福〈木子靈傳〉、〈曾開地傳〉傳主木偶木子靈、土偶曾開地的對話：

> 子靈心妬而語侵之開地曰：「子不聞土復為土乎？」「第不知子之飄流何所耳？」（頁314）

錢福藉此說明眾人膜拜的偶像無法掌握自身命運，更遑論保佑信徒了！生動的故事可以發揮刺激讀者思考的功效，所以這類寓言的焦點是傳中人物以外的一般人，並非傳主。而世次無考的林金第209至第212篇以酒、色、財、氣為傳主的〈麴蘗生傳〉、〈傾國生傳〉、〈孔方生傳〉、〈忿戾生傳〉，更將諷刺的矛頭直指各篇中的亡國君主。

迂曲的敘寫手法是寓言寫作的最重要特色，根據《廣諧史》看來，歷代文人多元的嘗試，使得擬人傳體寓言在這方面的成就非凡。

第七章　結　論

　　本章將從四個面向歸納研究《廣諧史》所得的結論：第一節，討論《廣諧史》的編者用心；第二節，析論《廣諧史》的時代意義與價值；第三節，分析《廣諧史》的缺點；第四節則說明《廣諧史》的未來研究方向。

第一節　《廣諧史》的編意

　　明初生員數僅三到六萬名，由於人口長期穩定成長，經過一百多年，十六世紀時，生員已增至卅餘萬名，明末更高達五十餘萬名；但科舉名額卻只有小幅度的成長，生員晉身爲貢生的機率，由明初的 40：1，銳減爲 300：1甚至 400：1；鄉試的競爭率，也從 59：1 增加到 300：1，百分之六十到七十的生員，終其一生不可能步入仕途，導致大量文士賦閒在鄉的現象。〔註1〕

　　其次，明朝肇建之初，太祖不次用人，多途並進，在人事制度方面顯示出極大的靈活性。但神宗怠政，基層銓選中出現了掣籤法，高層銓選中出現了類奏，吏部職權遭到嚴重的破壞，〔註2〕以致於萬曆二十六年，吏部官員視事，「謹守新令，幸無罪而已」。〔註3〕

　　綜上所述，《廣諧史》的成書時間於賦閒在鄉的文士眾多，而政府吏治格

〔註 1〕　林皎宏：〈晚明徽州商人文化活動──以徽商族裔潘之恆爲中心〉，《九州學刊》六卷三期（1994 年 12 月）頁 35～60。

〔註 2〕　潘星輝：《明代文官銓選制度研究》（北京：北京大學，2005），頁 257 以及頁262。

〔註 3〕　張廷玉撰，洪北江主編：〈李戴傳〉《明史三三二卷》八（台北：洪氏，1974～1977），頁 5919。

外黑暗的萬曆年間；編者陳邦俊蕩盡家財，搜羅文稿以編輯此書，必有強烈動機。筆者，認為陳氏至少有以下兩方面用心：

一、諷刺萬曆皇帝之昏庸

《廣諧史》的前身——《諧史》為徐常吉於明神宗萬曆七年初編，搜羅 73 篇擬人傳體寓言；萬曆二十三年，朱維藩將《諧史》與賈三近編的《滑耀編》，合為一集，或刪或補，稱為《諧史集》，共 4 卷；〔註4〕萬曆四十三年，陳邦俊則根據徐常吉《諧史》增補至 237 篇擬人傳體寓言，是為《廣諧史》一書。

徐常吉於萬曆十一年如願以償，榮登進士，在官場上堅持理想，「以清廉聞」，有《事詞類奇》、《六經類推》、《四書原旨》、《詩翼說》、《遺經四解》等作品。〔註5〕

而根據《廣諧史》第 159 篇賈三近〈先庚生傳〉文字：「先庚生……出則定業，處則懸高……生流行人間，延年不老……生子孫尤振振，春秋以來，代為世用，人蓋謂成器利民之報云。」賈三近頗善於自處，無論用世與否，他都能「成器利民」。參照史實「萬曆間平江伯陳王謨以太后家姻，夤緣得鎮湖廣，三近劾其垢穢。給事中雒遵、御史景嵩、韓必顯劾譚綸被謫，三近率同列救之」，〔註6〕更可見賈氏之見義勇為。賈三近除編有《滑耀編》一書之外，還有《東掖漫稿》之作。〔註7〕

與徐常吉、賈三近不同的是，陳邦俊終其一生未曾出仕，以終身心力投注編輯《廣諧史》：「良卿陰購善本，褾函楚楚別貯之，若手弗經觸者，至家以是拓落，亦弗之恤，蓋其篤嗜之如此；嗜之篤，故不能折而之今！遊學宮，連不售，因自謝免。日浮湛里閈間，光塵渾同，而以密意為鉗取，江南多書之家，無不經其漁畋者。」〔註8〕此外未有其他編作。

〔註4〕陳蒲清：《中國古代寓言史》（湖南：湖南教育，1996），頁 478。

〔註5〕徐常吉字士彰，武進人。萬曆十一年進士，累官戶科給事中，以清廉聞。遷浙江按察司僉事，未任卒。不詳其生卒年。參見國立中央圖書館編：《明人傳記資料索引》（台北：國立中央圖書館，1978），頁 464。

〔註6〕國立中央圖書館編：《明人傳記資料索引》（台北：國立中央圖書館，1978），頁 691。

〔註7〕國立中央圖書館編：《明人傳記資料索引》（台北：國立中央圖書館，1978），頁 691。

〔註8〕李日華：〈廣諧史敘〉，收於《四庫存目・廣諧史》（台南縣：莊嚴文化，1995），頁 201～202。

從萬曆七年到萬曆四十三年，36 年間至少有 3 份擬人傳體寓言彙編刊物，這種陸續有人對歷代文人創作的擬人傳體寓言進行收編的現象，顯示這類彙編書籍頗受時人歡迎。而擬人傳體寓言迂曲表現的主題——諷世、抒懷，正反映了萬曆皇帝長期統治的荒淫無道，以及對當代官吏、士人的心靈桎梏。這些擬人傳體寓言作品彙編呈現了編者的共同心態——借他人酒杯，澆自己胸中塊壘——他們都對當代政治現狀不滿意，只是他們採取收編作品的行動，而不見得親自創作。〔註 9〕陳邦俊更認為《廣諧史》的價值為「議論實關風雅，雖與正史並傳可也」，〔註 10〕更可知陳氏將《廣諧史》中作者對政治的牢騷，等同於當代的歷史，一如杜甫的詩作被視為「詩史」。筆者因此認為，陳邦俊編輯《廣諧史》是諷刺萬曆皇帝心聲的表達。

二、褒貶歷代政治之得失

陳邦俊在安排《廣諧史》作品次序時，所採用的編輯原則並非依照傳主類別加以歸納，而是別出心裁的按照作者科考登榜，入朝為官的先後次序來排列，並且詳細紀錄作者字號以及仕宦的最高階；這種細膩的安排，在歷代書刊中應是絕無僅有的。陳邦俊此舉極可能說明，他認為在專制封建的社會裡，一般平民百姓根本不懂政治；登科出仕者才開始認識官場文化、了解朝廷內幕，因此他們會採用隱晦、滑稽的手法，撰寫與政治密切相關的擬人傳體寓言。

其次，陳邦俊在〈凡例〉中說明：

> 是集始于唐，由宋元迄明止，序世次，不復分類者。見文章與時高
> 下，氣運文脈按策可觀，而諸名公精神，直旦暮遇之矣！（頁 207）

可見，陳邦俊認為這些擬人傳體寓言的作者並非無的放矢，故觀覽其作品可以了解時代的氣運文脈，體會作者的精神。

因此，陳邦俊刻意遺留線索，好讓後世研究者將這些作者的時代背景、重大的歷史事件與作品牽連，正確解讀作品內涵，以收「廣史」的褒貶之效。〔註 11〕

〔註 9〕根據《廣諧史》觀察，徐常吉、陳邦俊並未寫作擬人傳體寓言；而《滑耀編》的編者賈三近，則有一篇作品：第 159 篇〈先庚生傳〉；朱維藩不見錄於《明人傳記資料索引》。

〔註 10〕陳邦俊：〈廣諧史·凡例〉《四庫存目·廣諧史》（台南縣：莊嚴文化，1995），頁 207。

〔註 11〕李日華：「然則是編也，不徒廣諧，亦可廣史；不徒廣史，亦可廣讀史者之心！」

由此也可見，編者陳邦俊認爲《廣諧史》繼承了《諧史》的精神，具有劉勰所說「辭雖傾回，意歸義正」〔註12〕的作用，他認爲收編作品的寫作動機是道德的、實用的，目的是希望規勸警告所嘲諷的對象，寫作過程可能因爲釋放面對醜拙鄙陋乖訛時的不快而感受到快感。〔註13〕也與司馬遷《史記‧滑稽列傳》「談言微中，亦可以解紛」主張相同，著重作品的「諷諫」效果，〔註14〕而這種思考，都是來自中國人「諧」的傳統。

第二節　《廣諧史》的時代意義與價值

根據顏瑞芳〈唐宋擬人傳體寓言探究〉的說法，柳宗元寫作〈讀韓愈所著毛穎傳後題〉闡發韓愈〈毛穎傳〉微旨之後，文人競相效尤，形成一股澎湃的擬人傳體寓言潮流，直到元明仍未衰歇。〔註15〕然而唐、宋、元三代，俱未出現彙編之作，遲至明朝才有人將擬人傳體寓言彙編成書；因此筆者對於《廣諧史》的時代意義與其價值，有以下見解：

一、《廣諧史》的時代意義

筆者認爲，《廣諧史》成書於明代萬曆年間，至少反映了四方面的時代意義：

（一）明人關心政治發展

明神宗萬曆皇帝怠忽朝政，導致國事紛亂，有志之士無從實踐理想，轉而留意歷代政治得失，也就有比較多人注意到反映時代政風的擬人傳體寓言作品。

《廣諧史》一書，包羅由唐、宋、元，迄於明代的擬人傳體寓言，反映

〈廣諧史‧敘〉，參見《四庫存目‧廣諧史》（台南縣：莊嚴文化，1995），頁202。

〔註12〕「是以子長編史，列傳滑稽，以其辭雖傾回，意歸義正也」，參見劉勰著、王更生譯：《文心雕龍讀本》上篇（台北：文史哲，1983），頁257。

〔註13〕參見朱光潛：《詩論》（桂林：廣西師範大學，2004），頁18～19。

〔註14〕《史記‧滑稽列傳》所舉淳于髡、優孟、優旃、東方朔等人，皆藉滑稽言辭向國君進言以諷諫國君施政。參見世界書局編輯部主編：《新校本史記三家注》第五冊（台北：世界，1983），頁3197～3214。

〔註15〕顏瑞芳：〈唐宋擬人傳體寓言探究〉，《古典文學》第14集（台北市：學生書局，1997），頁127～148。

出各朝不同的政治氛圍：唐代政治風氣開放，士人嚮慕登朝出仕；而擬人傳
體寓言的創作，通常發生在士人個人仕途蹇困之際，所以唐代作品反映作者
的感傷之情。

　　宋代政府禮遇文人，理學興盛，因而北宋擬人傳體寓言有重視士人品德
的傾向、理想性高；至於南宋末年的擬人傳體寓言，則傾向諷刺元朝異族的
強權統治，表現文士對於趙宋王朝的依戀。

　　元代社會階級分明、戰爭連年，擬人傳體寓言多半刻畫社會貧富不均、
有司壓迫以及懷才不遇的現象，呈現作者反戰惜民的心態，最具現實價值。

　　明代前期因統治者大興文字獄，導致擬人傳體寓言作品數量極為有限；
中期之後則因文禁稍弛、統治者昏庸、政治腐敗、吏治黑暗，擬人傳體寓言
作品因而大量出現，內容則與當代政局發展息息相關。

　　大體而言，《廣諧史》的作品內容，對於國君的德行、士人在時局清明或
敗壞時的自處之道，有深入而多元的思考。

（二）明代儒學教育的影響

　　擬人傳體寓言的作者，多數接受傳統儒學教育，他們在個人出處、得失
之時，在國政淆亂之際，最主要的判斷標準，往往就是儒家思想，其中以明
代最為明顯！

　　因為明朝官方的中央地方學校是以準備科考、培植官僚為目的，故宣講
程朱理學之正統；〔註16〕私人書院則盛行陽明學說。〔註17〕不論程朱理學或
陽明心性之學，都屬於四書五經等儒家經典的範圍，是故《廣諧史》中，大
量明代作品的內容傾向於批判國君無德、重視君子德行、暗諷有司怠職、哀
憐百姓疾苦、評論時風人心……等等，多由儒家立場出發。

（三）明代文學擬古風氣的盛行

　　中國文學復古風氣，其來有自；〔註18〕而理學家主張「舍六經亦何以求聖
人哉？要當精思之，力行之，超然默會於言意之表，則庶乎有得矣！」〔註19〕

〔註16〕蒲慕州、熊秉真：《中國文化史》（台北：台灣東華，1997），頁128。
〔註17〕蒲慕州、熊秉真：《中國文化史》（台北：台灣東華，1997），頁131。
〔註18〕韓愈所提倡的文學理論謂「為文當以六經為法，非三代兩漢之書不敢觀」，為
　　　　貴古賤今的文學觀念造勢。參見簡恩定：《中國文學復古風氣探究》（台北：
　　　　文史哲，1992），頁178。
〔註19〕楊時〈與陳傳道序〉，轉引自簡恩定：《中國文學復古風氣探究》（台北：文史
　　　　哲，1992），頁185。

更是深深影響明代文人。明代中葉以後，權奸當道，民間不斷爆發反抗活動，知識分子對黑暗的政局、萎弱的士風、腐濫的文風，也越來越感到不滿，於是弘治、正德年間，前七子高倡「文必秦漢、詩必盛唐」的口號，標榜淵奧文辭和高古格調；嘉靖、萬曆年間，後七子重複前七子復古以至擬古的文學路線，導致模擬剽竊的流弊。〔註20〕一言以蔽之，擬人傳體寓言以古文寫作，形式完全仿擬韓愈〈毛穎傳〉，〔註21〕也應與明代復古擬古的風氣有關。

但根據梅家玲對擬代文學的主張，〔註22〕以及本書對《廣諧史》作品內涵的分析，〔註23〕筆者認爲，形式的擬古無礙於文學作品的文學價值與社會價值。換言之，《廣諧史》所搜羅的各代擬人傳體寓言是充分反映時代風氣，並且富含作者個人生命體驗與感受。

王瑤在〈文體辨析與總集的成立〉文中說：

　　總集的興起和發展，實在是作者繁多以後的時代風氣的必然產物。

〔註24〕

《廣諧史》一書的出現，正足以說明嘉靖、萬曆年間寫作擬人傳體寓言應已蔚爲風潮。

（四）彰顯明代文化的繁榮

《廣諧史》出現在萬曆年間，收編自眾多文人的文集以及類書，可視爲彙刊而成之叢書。這印證郭雅雯所言：「明代，特別是嘉靖、萬曆以後，是叢書體制的成熟與初步發展時期。」〔註25〕參酌劉尚恆的說法：

　　一是明代社會長期穩定，生產力得到恢復和提高，經濟上超過前代。

　　由於經濟的發展，帶來了文化的繁榮，圖書出版事業更加發達，也

〔註20〕王運熙、顧易生主編：《中國文學批評史新編》下冊（上海：復旦大學，2002），頁4。

〔註21〕明代文學的擬古，過於執著循法擬古，以致於學到古人作品的文辭，也就是「形式」，而非古人之「意」。參見簡恩定：《中國文學復古風氣探究》（台北：文史哲，1992），頁188。

〔註22〕梅家玲認爲擬代文學作者對於原作的情意內涵及自身的境遇，有情不自己的感動，請見氏著：《漢魏六朝文學新論——擬代與贈答篇》（北京：北京大學，2004），頁53～54。

〔註23〕參見本書第四、五章擬人傳體寓言內涵寓意釐析。

〔註24〕王瑤：〈文體辨析與總集的成立〉《中古文學思想》，收於楊家駱主編：《中國中古文學史等七書》（台北：鼎文，1977），頁137。

〔註25〕郭雅雯：「明代叢書研究」（台北縣：淡江大學中文研究所碩士論文，2004），頁19。

　　給古籍叢書的產生，提供了物質基礎。二是明代士大夫知識分子，

　　多有藏書、刻書的風氣，這也促進古籍叢書的大量出現。〔註26〕

　　劉尚恆之說，讓我們了解到《廣諧史》成書的社會經濟背景。《廣諧史》的作者多為儒士，作品中好用典故，導致文字不易解讀，內容又多以政治利弊得失為主，故筆者認為，其讀者也應多為文人士大夫。《廣諧史》的出現，證明這種「小眾文化」商品也有一定的市場及接受度，顯示明代文化十分勃興。

二、《廣諧史》的價值

　　陳蒲清多次在文中談到高麗王朝的「假傳」，〔註27〕都指出「〈毛穎傳〉對古代朝鮮的寓言創作有深廣影響」之現象。尤其是他在 2005 年所發表的論文〈論韓國古代寓言的人文地位〉中更明確地主張：

　　〈毛穎傳〉等在中國影響不大，在韓國卻發展為獨特的假傳體寓言，

　　後來居上，成績斐然。它近千年長盛不衰，產生了林椿、李奎報、

　　李谷、李詹、張維、林泳、安鼎福、柳本學、李鈺等一大批頗有文

　　化地位的作家，成就超過了中國，形成為韓國寓言中的一個獨立品

　　種。它豐富了東亞寓言的體制，也豐富了世界寓言的體制。〔註28〕

　　陳蒲清認為韓愈〈毛穎傳〉在中國的影響不大，這論點適足以證明他對《廣諧史》的性質不甚了解。因為《廣諧史》蒐錄 237 篇完整的寓言，作者高達 112 位，其中包括各代具有文化地位的文人，如：宋朝蘇軾、張耒；元朝詩人楊維禎、戲曲家高明；明朝山水畫家沈周、〔註29〕史學家焦竑、〔註30〕袁宗道……等人，是故《廣諧史》一書的存在，即說明韓愈〈毛穎傳〉在中

〔註26〕劉尚恆：《古籍叢書概說》（上海：上海古籍，1898），頁 147。

〔註27〕陳氏討論韓國寓言時，必定言及韓愈〈毛穎傳〉。請參見陳蒲清：《寓言文學理論・歷史與應用》（台北：駱駝，1992），頁 244。陳蒲清：〈論古代朝鮮的寓言創作〉，《湖南教育學院學報》（1995 年 12 月），頁 15～20。陳蒲清：〈論韓國古代寓言的人文地位〉，《中國寓言網》（2005 年 6 月 4 日），頁 1～5；網址：http://www.hj.cn/chinafable/shownews.asp?NewsID=2143；下載時間：2006 年 4 月 8 日。

〔註28〕陳蒲清：〈論韓國古代寓言的人文地位〉，《中國寓言網》（2005 年 6 月 4 日），頁 1～5；網址：http://www.hj.cn/chinafable/shownews.asp?NewsID=2143；下載時間：2006 年 4 月 8 日。

〔註29〕李學勤、徐吉軍：《長江文化史》（南昌：江西教育，1995），頁 1055。

〔註30〕焦竑在史學上的代表作是《國朝獻徵錄》，參見李學勤、徐吉軍：《長江文化史》（南昌：江西教育，1995），頁 1040。

國的影響力十分深遠。

再者，根據《廣諧史》中，陸奎章在其〈香奩四友傳序〉所言：

> 自韓子作〈毛穎傳〉……後之以文爲娛者，往往慕倣，至合其傳所
> 牽聯陳玄、陶泓、楮先生爲文房四友。（頁358）

筆者遍尋《廣諧史》篇章，僅有第198至第201篇篇名爲「文房四友傳略」，與陸所言〈文房四友傳〉相吻合，然而該文的傳主分別名爲：管城侯、松滋侯、好時侯、即墨侯，與陸奎章所指不同，因此陸奎章所舉篇章，應未收入《廣諧史》之中。這個線索顯示：〈毛穎傳〉的影響甚鉅，《廣諧史》的篇章雖多，卻尚未將擬人傳體寓言收集完全。筆者認爲，韓國的假傳成就固然亮眼，而性質相近的中國擬人傳體寓言──單就《廣諧史》來看，成績應該不遜於韓國假傳；何況中國擬人傳體寓言的總數量，應該更超過《廣諧史》所蒐集的範疇。

論者或以爲，韓國假傳之性質未必與中國擬人傳體寓言相同，對此，陳蒲清先生該文也有說明：

> 韓國古代寓言有四種主要體制：散文體裁的寓言，寓言詩歌，寓言
> 小說，「假傳體」寓言。其中的「假傳」，是韓國一種獨特的文體。
> 它興起於高麗王朝時代，綿延至朝鮮王朝時代，近千年長盛不衰。
> 假傳實際上是一種傳記體寓言，典型的假傳，至少有四個方面的特
> 點：1、它的體裁形式是人物傳記，而主人公是器物（朝鮮王朝時代，
> 還以擬人化的心性爲人公），作家把器物擬人化，用它影射社會上的
> 某種人或現象，並寄託作者的感慨。2、主人公不以原來器物的名稱
> 出現，而另外取一個有歷史淵源或能表現其特徵的名字。3、大量考
> 證並附會歷史典故，以此爲基礎，虛構該物的一生經歷和家世。4、
> 風格幽默，寓莊於諧。〔註31〕

文中所述，假傳的四個特點：一、爲擬人傳記；二、爲主人公另取一個名字；三、附會歷史典故；四、寓莊於諧。一般而言，大致與擬人傳體寓言相符。〔註32〕此外，韓人安秉卨亦曾於論文中歸納「假傳」的性質：

〔註31〕陳蒲清：〈論韓國古代寓言的人文地位〉，《中國寓言網》（2005年6月4日），頁1～5；網址：http://www.hj.cn/chinafable/shownews.asp?NewsID=2143；下載時間：2006年4月8日。

〔註32〕假傳的第二個特點「主人公另取一個名字」，在中國的擬人傳體寓言中並不盡然：因爲中國古人所用「竹夫人」、「湯婆」等器具，原名即含有擬人意味。

　　然此類傳記，皆屬於假傳之類，本非實人實事，而以滑稽之術故意
　　爲之也。模倣史傳而作傳，其内容雖爲虛構，但以史官之名論贊，
　　擬史筆而襃貶，有所寄託之意在焉。〔註33〕

　　安氏所指「假傳」，與陳蒲清所指韓國「假傳」之性質相同，而他所列舉
的 24 篇假傳作品中，有 12 篇作品也收錄於《廣諧史》中，包含：韓愈 2 篇、
司空圖 1 篇、蘇軾 5 篇、陳元規 1 篇、秦觀 1 篇、張耒 1 篇、劉跂 1 篇。職
是，韓國的假傳寓言與《廣諧史》的擬人傳體寓言，性質應是相同的。

　　總而言之，如果說「假傳形成爲韓國寓言中的一個獨立品種，它豐富了
東亞寓言的體制，也豐富了世界寓言的體制」，那麼從《廣諧史》來看，中國
擬人傳體寓言的地位，至少也應足以與韓國假傳相頡頏。

第三節　《廣諧史》的缺點

　　觀察《廣諧史》所搜羅的擬人傳體寓言，在形成典型化寫作手法之後，
也就落入創作的窠臼，茲以情節、用典、主題等三方面來討論。

一、情節轉折雷同

　　《廣諧史》的作者形形色色，雖然同受韓愈古文影響，同樣對〈毛穎傳〉
的史傳體形式情有獨鍾，畢竟各人才性不同，在情節安排方面便各有千秋了。

　　以顏瑞芳推崇的王柏〈大庾公傳〉〔註34〕來說明，顏文：

　　王柏〈大庾公世家傳〉〔註35〕等，無論題材與寓意都有所開拓，足
　　以讓人一新耳目。〔註36〕

　　事實上，王柏〈大庾公傳〉用典繁複，諸如：神話若木氏；《詩經》摽有
梅；歷史人物梅伯、梅福、梅堯臣；曹操望梅止渴；壽陽公主；宋文貞公、
宋蘇黃輩、林和靖、程伊川、紫陽朱夫子、南軒張先生……，他竟然想將梅

　　　　參見本書「《廣諧史》的藝術特色」一章的第三節敘寫手法部分。
〔註33〕安秉卨：「中國寓言傳記研究」（台北：政治大學中國文學研究所博士論文，
　　　　1986），頁 207。
〔註34〕王柏：〈大庾公傳〉，收於《四庫存目・廣諧史》（台南縣：莊嚴文化，1995），
　　　　頁 250〜252。
〔註35〕顏文顯然有誤，請參見本書第二章第一節「擬人傳體寓言與傳體寓言的關係」。
〔註36〕參見顏瑞芳：〈唐宋擬人傳體寓言研究〉，《古典文學》第 14 集（台北市：學
　　　　生書局，1997），頁 147。

姓人物、有關梅的所有事蹟、愛梅之人以及相關文學作品全然納入一篇梅花的傳記中！以至於篇幅大爲擴增，寓意也就包含：稱頌忠諫者、唾棄世人愛華棄實、尙僞忘眞、以民生日用之和爲要……等多方面的複雜主題。正因篇幅增加，題材廣泛，寓意變得多重繁複，於是該文的主要情節顯得不夠清晰，難怪王柏在〈大庾公世家後記〉自承：

> 予與大庾公託契舊矣，病暑無與語，遐想風致，爲作世家，其原深
> 流長，有不容不盡者，見者未必怪也，終自愧其常且瑣耳。〔註37〕

的確，如果寫作前未能預先立定全篇主旨，這些「讀書人」極容易犯下掉書袋以逞其才的毛病，造成累牘長篇，寓意反倒不夠明晰了。

《廣諧史》中類似王柏這樣敘述事情過於蕪雜、需要再加剪裁的篇章，其實不在少數，如：《廣諧史》篇幅最長的第 146 篇閔文振〈國老世家〉〔註38〕很明顯地亦有此弊。《廣諧史》一般作品份量在 400 字到 1500 字之間，而全文長達 5500 字左右的〈國老世家〉記敘國老甘草世系、志向、從師游學、孝養其母、娶賢妻、立戰功、爲俘虜、反敗爲勝、封節度史、助媵氏雪滅族之恥、感化盜賊、獎勵孝子、誅劫匪……，過程瑣碎，此外還岔出一線，寫其裨將毛蓼之忠義、蓼妻之貞烈，篇末結局則是：

> 子二人曰「遂」、曰「蔗」，俱有陰命。遂性苦介，父子不無夷傷（本
> 草云甘遂與甘草性反），惟蔗氣味相合。（句）子笑父悅，（句）瓜瓞
> 不替云。（頁 405）

這是《廣諧史》篇章中較不理想的作品，因情節安排、人物性格，都有若干不合邏輯之處。或謂這原是「史傳體」的寫法，筆者當然同意，不過其中提到傳主甘草在兵敗被執的過程，顯得格外突兀：甘草嚴辭拒絕羌胡妻以阿魏氏女之後，被幽禁於石洞當中，因有仙人供以神丹，故不死；而後羌胡異之，將其移至紫金牛砦，不設地防，鄰婦孟娘除每日餽贈食物之外，尙「欲以寡婦薦寢」。〔註39〕在傳主成爲俘虜，活命尙有困難時，還安排鄰婦推薦女色，眞是書生的遐想！這種安排徒然突顯作者不顧情節合理性，只求將更多藥名鑲嵌入文的做法，誠如閔文振在文末之誌所云：

〔註37〕王柏：《魯齋集》（台北：藝文印書館，？），頁 14。
〔註38〕閔文振：〈國老世家〉，收於《四庫存目‧廣諧史》（台南縣：莊嚴文化，1995），頁 399～406。
〔註39〕閔文振：〈國老世家〉，收於《四庫存目‧廣諧史》（台南縣：莊嚴文化，1995），頁 401～407。

東坡爲杜仲作〈杜處士傳〉，綴藥名八十餘品，爲文可謂奇矣！友人
屬予曰：「盍括藥部爲之？俾無遺餘，可乎？」不揆考《本草》，得
藥之入用者一千二百餘品，爲〈國老世家〉，義主忠孝，崇人道也。
間用別字或省字，通厥義也。論贊綴古名醫幾五十人，昭從事也。（頁
406）

　　我們知道閔文振深諳醫理，對他而言，根據《本草》連綴藥名成篇可能
是一大挑戰，但對後世讀者解讀全文而言，可就難上加難了；尤其是他爲了
勉強湊合意義，還將藥名作「別字」、「省字」來解說，實在讓人難以將其作
視爲文學作品！筆者認爲，該篇文章最特別的貢獻，可能就只有連綴一千二
百個藥名而能成篇罷了！

　　此外，第 37 篇程文〈石君世家〉〔註40〕與第 48 篇葉綏〈君子傳〉〔註41〕
情節雷同。〈石君世家〉首敘不知石君其名，相傳爲漢黃石公之後，然後敘其
歷代功績，後九江方叔固請使者以石君歸，特下榻奉之……惟恐失君意。君
雅不喜言笑，稠人廣眾，談論竟日，……默默聽不倦……客至問君鄉里、姓
名、來幾何、時至何業，（方叔）從旁代對，悉如君意，至不煩君一辭，君大
悅，謂方叔知己……。後嘗以其略示方叔，不盡解，……然自是（方叔）書
法大進……方叔愈益敬信號「小混沌公」之石君。

　　而〈君子傳〉首敘君子不知其姓，相傳爲神仙家流，然後敘其歷代功績，
後番易九齡固請歸，下榻佇壺，汲清漣以奉之……惟恐失君子歡心。君子雅
不喜言，稠人廣眾，談論竟日，……默默聽不倦……問鄉里、姓名、來幾何、
時至何業，九齡從前代對，至不煩君子一辭，君子大悅，謂九齡知己……。
後嘗以其略示九齡，九齡不盡解……九齡聞之愈敬信，奉承敬之不少怠焉。

　　以上兩篇之情節雷同、用語近似的狀況，在寓言寫作中並不少見，如：
陳蒲清就曾將東晉《荀子・群蟻觀鼇》和《莊子・逍遙游》兩個情節、思想
內容類似的寓言對列討論，認爲優秀的仿作並不比原作遜色。〔註42〕但筆者
認爲，〈石君世家〉的情節並不特別出人意表，葉綏〈君子傳〉實無模仿之必
要！惟〈石君世家〉寓意在於「石君席武侯遺烈，絕口不言兵事，亦有道之

〔註40〕程文：〈石君世家〉，收於《四庫存目・廣諧史》（台南縣：莊嚴文化，1995），
　　　　頁 268～270。
〔註41〕葉綏：〈君子傳〉，收於《四庫存目・廣諧史》（台南縣：莊嚴文化，1995），
　　　　頁 283～285。
〔註42〕陳蒲清：《寓言文學理論・歷史與應用》（台北：駱駝，1992），頁 119。

士」，而〈君子傳〉則反用其意「惜乎神仙是尚，不能致實用於宗廟，是豈浮華之士哉？」這種現象可以說明寓言的創作包含融合和逆反兩種途徑：融合指的是吸收前代作品的內容，逆反則是利用原有故事作出翻案文章。

第 38 篇高明〈烏寶傳〉[註43] 跟第 26 篇胡長孺〈元寶傳〉[註44] 也有相似情節；高明〈烏寶傳〉爲後出寓言，故添加墨氏一段，寫儒墨不相合的情形以撻伐墨家思想。

因此就情節而論，文人陳陳相因的結果，無法呈現作者獨特的創意。

二、典故重出少變化

綜上所述，《廣諧史》因作者甚多，故全書語言風格並不統一。但普遍來說，《廣諧史》全書傾向用典，又以使用儒家經典爲最多，如：第 20 篇邢良臣〈黃華傳〉如此描寫菊花：

> 華少時取青，晚節取紫，初爲內黃令，嘗開卷，讀《易》至黃中通理，粲然笑曰：「美在其中，暢於四肢。」（頁 245）

第 27 篇吳觀望〈郭索傳〉寫螃蟹：

> 索年浸老，中愈充實。上曰：「卿所謂霜降水涸之秋矣！」笠封之，得「黃中通理，美暢四肢」之象，封內黃侯。（頁 256）

一則寫植物菊花，另一則寫水生動物螃蟹，截然不同的物類都用到《易經》的「黃中通理，美暢四肢」的文句來形容，其實《易經》原文是：

> 君子黃中通理，正位居體，美在其中，而暢於四支，發於事業，美之至也。[註45]

作者邢良臣、吳觀望爲宋末元初時人，在引用《易經》時都很刻意省略「正位居體」一句話，筆者認爲，這句話才是兩位作者隱於文中的寓意；而且「內黃」二字更表明他們兩位的政治立場——中國向來以「黃色」代表正統帝王。這是《廣諧史》喜用典故的明顯例證。

《論語》「松柏後凋於歲寒」之語，不但一再出現於有關松柏類耐長青的

[註43] 高明：〈烏寶傳〉，收於《四庫存目·廣諧史》（台南縣：莊嚴文化，1995），頁 271。

[註44] 胡長孺：〈元寶傳〉，收於《四庫存目·廣諧史》（台南縣：莊嚴文化，1995），頁 254～255。

[註45] 語出《周易·坤·文言》，乃釋坤卦六五爻辭。參見朱維煥：《周易經傳象義闡釋》（台北：學生，1993），頁 37。

植物篇章，如：第 63 篇〈五大夫傳〉、第 202 篇〈葉恆盛傳〉、第 206 篇方清〈竹先生傳〉等，甚至出現於第 61 篇楊守陳敘寫「菖蒲」的〈昌陽傳〉。

第 100 篇董穀〈牧正薈傳〉寫「桃」和第 161 篇徐熥〈絳囊生傳〉寫「荔枝」，皆引用《史記》「桃李不言，下自成蹊」之文。

第 80 篇嚴時泰〈溫湛傳〉，溫湛為湯泉，該文敘述溫湛對於富貴貧賤之人，一律和氣接之，因溫湛認為：「柳下惠謂：『祖裼裸裎不能浼』……」（頁 321）。同樣的「微言大義」，也出之於第 132 篇陶澤〈墨姬傳〉，竹夫人的口中：「爾為爾，我為我，雖祖裼裸裎於我側，爾焉為能浼我哉？……曾子謂：『十目所視。』以妾觀之，豈但十目哉！」（頁 377）

講到「金錢」，多篇作品共用的典故是「太公立九府圜法」，如：第 39 篇陳基〈湯婆傳〉、第 41 篇涂幾〈孔方傳〉、第 43 篇釋克新〈孔方傳〉、第 45 篇貝瓊〈古泉先生傳〉。

言及「竹子」及「竹子」製品，則「孤竹君」就成了那些物類的共祖，如：第 16 篇〈蒼庭筠傳〉、第 23 篇〈春聲君傳〉、第 32 篇〈竹夫人傳〉、第 129 篇〈應時子傳〉、第 132 篇〈墨姬傳〉、第 226 篇〈歐兜公子傳〉、第 233 篇〈竹夫人傳〉、第 242 篇〈竹涼卿傳〉。

這些典故反覆出現，成為典型化的象徵——「松柏後凋」，象徵士人的節操；「桃李不言」，象徵君子「德不孤」的風範；「孤竹君」的典故，通常出現在改朝換代之際……；然而文學作品一旦形成固定的模式，落入以往的窠臼，就難以給予讀者新的刺激、感動，無法吸引讀者的關懷與注意了。〔註46〕

三、主題嚴肅而侷限

《廣諧史》基於同一文體的考量，其中意蘊複雜，包含士大夫對於生命意義、生活目標等各種層次的思考，藉由擬人傳體寓言這種形式作為載體，基本內容則主要集中在較為嚴肅，以「諷世」、「抒懷」為主的命題上。對照王立所羅列之中國古代文學十大主題：「惜時、相思、出處、懷古、悲秋、春恨、遊仙、思鄉、黍離、生死」〔註47〕看來，擬人傳體寓言集中反映的內容

〔註46〕梅家玲認為因襲前人的作品，可能發展出具有「曾經」與「現時」、「傳統」與「創新」辯證交融性的文學傳統。參見氏著：《漢魏六朝文學新論——擬代與贈答篇》（北京：北京大學，2004），頁 53。筆者認為，梅說適合說明中國古代傳統文人的創作心理，卻不適合解說現代人對擬作的感受。
〔註47〕王立：《中國古代文學十大主題》（台北：文史哲，1994），頁 10。

偏向「出處」與「懷古」兩方面，其內涵較單純、不似傳統中國散文主題之複雜多變。

四、小　結

　　由以上三點看來，《廣諧史》似乎與簡恩定所言若合符節：明代文學的擬古，過於執著循法擬古，以致於學到古人作品的文辭，也就是「形式」，而非古人之「意」。〔註48〕清代紀曉嵐對於《廣諧史》如此評論：

> 一時游戲成文，未嘗不可少資諷諭。至於效尤滋甚，面目轉同，無
> 益文章，徒煩楮墨，搜羅雖富，亦難免於疊床架屋之譏矣！（頁535）

　　純由文學作品技巧方面觀察，筆者非常贊成紀氏之言；然而紀氏因作品典型化的表現手法，而輕忽擬人傳體寓言的意蘊、價值，未能考慮到擬人傳體寓言各有其產生的時代背景，亦即每一篇寓言都有其諷諭的人事，實在可惜。

　　清代林雲銘《古文析義》評論韓愈〈毛穎傳〉時表示：

> 以文滑稽敘事處，皆得史遷神髓。柳子厚云，讀之若捕龍蛇、搏虎
> 豹，急與之角而力不敢暇。想當日亦欲自作一篇，與之較勝，苦於
> 力不逮耳。古今惟知與人角力者，方肯服人，亦惟肯服人者，方能
> 勝人。乃近世操觚家，凡遇一器一物，莫不有一傳。濫觴可厭！不
> 知曾與昌黎角力否？若與之角而不知服，反自以爲勝。吾恐子厚笑
> 人，當齒冷矣！〔註49〕

文中林雲銘對於擬人傳體寓言的看法，似乎也完全著眼於文字的藝術技巧，故否定韓愈〈毛穎傳〉以外的擬人傳體寓言價值；但由這段話，我們得知另一線索：林雲銘所處的清代，仍不乏擬人傳體寓言的後繼創作者。

　　所以值得思考的問題是：何以代代皆有文人創作擬人傳體寓言呢？難道如林雲銘所言，他們只是想與韓愈角力，又自以爲能勝過韓愈嗎？答案顯然不是這麼簡單！龔鵬程在《晚明思潮》書中曾指出：

> 儒者常……好言經世。蓋因對自己所處的時代不盡滿意，憫時傷亂，
> 故推民胞物與之懷，發爲萬世開太平之想。〔註50〕

〔註48〕簡恩定：《中國文學復古風氣探究》（台北：文史哲，1992），頁188。
〔註49〕林雲銘：《古文析義》（台北：廣文書局，1976），頁709。
〔註50〕龔鵬程：《晚明思潮》（台北：里仁，1994），頁299。

　　這正是《廣諧史》作者的寫照！當這些儒生身處朝綱不振的亂世，感到無法施展理想，又無法在一般性的文學作品中暢所欲言時，似乎只剩下「寫作擬人傳體寓言」一條路，使用迂曲的方式抨擊政治的不合理以抒發自己的懷抱；這種悲涼的感受，唯有兢兢業業、看重自己生命價值，希望能有補於世的人，才能感同身受。〔註51〕

　　雖然時代改變，社會愈來愈開放，在政治方面，人民對於統治者的言行、用人、領導風格、品德、人格……各方面都可以隨時批判，不需要擔心文字獄，也不再需要藉寓言來掩飾心聲，然而隨著環境改變，某些領域的思考模式似乎愈來愈悖離傳統價值；或許未來所有的教育工作者，才需要學習說寓言、寫寓言……用迂曲的方式說理，發揮更大的影響力。

第四節　未來研究方向

　　筆者認為，《廣諧史》所採用的「寓莊於諧」的滑稽手法，是本書非常值得開發研究的領域；此外囿於時間、精力，本書對於《廣諧史》中明代作品的處理，較為簡略。其實在筆者研究過程中，由多篇以「湯婆」、「竹夫人」為描寫對象的擬人傳體寓言，以及第67篇〈憸母傳〉（頁306～307）、第157篇〈奇橘傳〉（頁421～422）……等，察覺到明代作者對女性的能力有與前代極為不同的看法，例如：〈奇橘傳〉中，奇橘之母希望應徵將帥之職，以顯其能的敘述，似乎反映兩性平等思想的萌芽；其次，由作者追敘世系的寫作模式變化，似乎可以觀察到歷代文人對於宗族觀念的變化；最後，歸納《廣諧史》的明代作品中對於朱熹的形象刻畫，則又表現程朱理學對於明代文人的影響。這是本書可供研究的其他面向。

　　「擬人傳體寓言」是世界寓言中特殊的品種，在明代中期以後曾經形成創作風潮，因而匯集成《廣諧史》這部總集；那麼「萬曆四十三年《廣諧史》以後，擬人傳體寓言的寫作情形，以及其他擬人傳體寓言彙編刊物的出現」，當然值得深入了解。由於《廣諧史》編者陳邦俊採集書目時，朝「江南多書之家漁畋」，〔註52〕是故《廣諧史》的作者幾乎皆為江南文人，因此筆者認為，

〔註51〕時至今日，文人的兩個江湖，依舊一如以往——紙上的江湖，尚能自得；世事江湖，須與時空人事配合，常令人有「身不由己」的強烈感受，龔鵬程現身說法可以為證，參見龔鵬程：《人在江湖》（台北：九歌，1994），頁14～15。

〔註52〕李日華：〈廣諧史敘〉，收於《四庫存目‧廣諧史》（台南縣：莊嚴文化，1995），

「探究明代北方文人創作擬人傳體寓言的情形」，可使中國擬人傳體寓言的研究更爲完整，是值得探勘的方向。

　　再者，我們是否可以從讀者接受角度觀察：擬人傳體寓言何以曾經在明朝中葉風行一時，卻似乎在有清一代迅速銷聲匿跡？

　　最後，在研究過程中，筆者深深感覺深厚的古文根柢、史學素養，乃研究《廣諧史》不可或缺的條件。過去一年的勉力而爲，只是研究這部偉大寓言的第一小步，誠摯地期待有更多研究者投入研究寓言的領域！

　　頁 201。

參考書目

一、專　書

1. 《中國古代文學十大主題》，王立，（台北市：文史哲，1994）。

2. 《魯齋集》，王柏，（台北：藝文印書館，？）。

3. 《中國文學批評史新編》下冊，王運熙、顧易生主編，（上海：復旦大學，2002）。

4. 《元人傳記資料索引》第一冊，王德毅、李榮村、潘柏澄，（台北：新文豐，1980）。

5. 《元人傳記資料索引》第二冊，王德毅、李榮村、潘柏澄，（台北：新文豐，1980）。

6. 《元人傳記資料索引》第三冊，王德毅、李榮村、潘柏澄，（台北：新文豐，1980）。

7. 《元人傳記資料索引》第四冊，王德毅、李榮村、潘柏澄，（台北：新文豐，1980）。

8. 《中國明代政治史》，毛佩琦、張自成，收於史仲文、胡曉林，《百卷本中國全史》第十五卷（北京：人民，1994）。

9. 《中國古代詩人的仕隱情結》，木齋、張愛東、郭淑雲，（北京：京華，2001）。

10. 《全宋詞補輯》，孔凡禮輯，（台北：源流，1982）。

11. 《白居易集箋校》第一冊，白居易著，朱金成箋校，（上海：上海古籍，1988）。

12. 《四庫全書總目》卷一百四十，永瑢等撰，（北京：中華，1965）下冊。

13. 《辭海》下冊，台灣中華書局辭海編輯委員會編、熊鈍生主編，（台北：台灣中華，1980）。

14. 《史記三家注二》，司馬遷撰；裴駰集解、司馬貞索隱、張守節正義，（台

北縣：漢京，1981）。

15. 《詩論》，朱光潛，（桂林：廣西師範大學，2004）

16. 《周易經傳象義闡釋》，朱維煥，（台北：學生，1993）。

17. 《韓愈資料彙編》，吳文治，（北京：中華書局，1983）。

18. 《類官禮樂疏》上，李之藻，（台北：中央圖書館，1970）。

19. 《世說新語》下冊，李自修譯注，（台北：地球，1993）。

20. 《魏晉名士人格研究》，李清筠，（台北：文津，2000）。

21. 《中國古代寓言史》，李富軒，（台北：志一，1998）。

22. 《中國古代寓言史》，李富軒、李燕，（台北縣：漢威，1998）。

23. 《長江文化史》，李學勤、徐吉君，（南昌：江西教育，1995）。

24. 《美的歷程》，李澤厚，（台北縣：蒲公英，1984）。

25. 《韓柳文研究法》，林紓，（台北：廣文，1980）。

26. 《古文析義》，林雲銘，（台北：廣文書局，1976）。

27. 《明代史》，孟森，（台北：國立編譯館，1993）。

28. 《禍由筆墨生：明清文字獄》，韋慶遠，（台北：萬卷樓，2000）。

29. 《說文解字注》，段玉裁，收於《續修四庫全書·經部小學類》二〇七冊，（上海市：上海古籍，1995）。

30. 《蘇東坡的人生哲學：曠達人生》，范軍，（台北：揚智文化，1994）。

31. 《宋人傳記資料索引》第二冊，昌彼得、王德毅、程元敏、侯俊德編，（台北：鼎文，1990）。

32. 《宋人傳記資料索引》第三冊，昌彼得、王德毅、程元敏、侯俊德編，（台北：鼎文，1990）。

33. 《宋人傳記資料索引》第五冊，昌彼得、王德毅、程元敏、侯俊德編，（台北：鼎文，1990）。

34. 《明史刑法志注釋》，高其邁，（北京：法律，1987）。

35. 《笑話——人間的喜劇藝術》，段寶林，（北京：北京大學，1996）。

36. 《宋代文化史》，姚瀛艇等編著，（台北：昭明，1999）。

37. 《全宋詞》第四冊，唐圭璋編，（台北：明倫，1970）。

38. 《中國寓言大辭典》，馬亞中、吳小平，（江蘇：江蘇文藝，1997）。

39. 《淮海集箋注》第二冊，秦觀撰、徐培均箋注，（上海：上海古籍，1994）。

40. 《張耒集》，張耒撰，李逸安、孫通海、傅信點校，（北京：中華書局，2000）。

41. 〈李戴傳〉《明史三三二卷》八，張廷玉撰，洪北江主編，（台北：洪氏，

1974～1977）。

42. 《中國儒學史研究》，張秋升、王洪軍主編，（濟南：齊魯書社，2004），頁376。

43. 《中國古代的經濟》，張國鳳，（台北：文津，2001）。

44. 《唐前史傳文學研究》，張新科，（西安：西北大學，2000）。

45. 《中國文化史》三，張維青、高毅清，（濟南：山東人民，2002）。

46. 《中國文化史》四，張維青、高毅清，（濟南：山東人民，2002）。

47. 《全唐詩》卷八，清聖祖編，（台南：平平，1974）。

48. 《中國文學批評史》下卷，郭紹虞，（台北：明倫，1972）。

49. 《莊子集釋》，郭慶藩撰、王孝魚點校，（北京：中華，1989）。

50. 《古代散文文體概論》，陳必祥，（台北：文史哲，1987）。

51. 《廣諧史》，陳邦俊輯，收於《明清善本小說叢刊初編‧第六輯‧諧謔篇》第十六，（台北：天一，1985）。

52. 《廣諧史》十卷，陳邦俊輯，（台南縣：莊嚴文化，1995）。

53. 《唐代政治制度研究》，陳炳天，（台北：台灣商務，1983）。

54. 《后山詩注補箋》上冊，陳師道撰，任淵注，冒廣生補箋，冒懷辛整理：〈觀亮國文忠家六一堂圖書〉，（北京：中華書局，1999）。

55. 《元白詩箋證稿》，陳寅恪，（台北：世界書局，1963）。

56. 《中外寓言鑑賞辭典》，陳蒲清，（長沙市：湖南，1990）。

57. 《寓言文學理論‧歷史與應用》，陳蒲清，（台北：駱駝，1992）。

58. 《中國古代寓言史》，陳蒲清，（湖南：湖南教育，1996）。

59. 《林景熙詩集校注》，陳增杰校注，（杭州：浙江古籍，1995）。

60. 《明人傳記資料索引》，國立中央圖書館編，（台北：國立中央圖書館，1978）。

61. 《宋遼金時期》第一冊，《中國文明史》第六卷，（台北：地球，1993）。

62. 《元代》上冊，《中國文明史》第七卷，（台北：地球，1994）。

63. 《元代》下冊，《中國文明史》第七卷，（台北：地球，1994）。

64. 《明代》下冊，《中國文明史》第八卷，（台北：地球，1994）。

65. 《古代中國文化講義》，葛兆光，（台北：三民，2005）。

66. 《中華文化史》中冊，馮天瑜、何曉明、周積明，（台北：桂冠，1993）。

67. 《中華文化史》下冊，馮天瑜、何曉明、周積明，（台北：桂冠，1993）。

68. 《中國古代文體學》，褚斌杰，（台北：學生，1991）。

69. 《中國人的寓言性格》，黃漢耀編著，（台北：張老師，1992）。

70. 《中國笑話書》，楊家駱主編，（台北：世界書局，1973）。

71. 《新校本舊唐書附索引》第五冊，楊家駱主編，（台北：鼎文，1981）。

72. 《新校本元史并附編二種》第五冊，楊家駱主編，（台北：鼎文，1980）。

73. 《中國敘事學》，楊義，（嘉義縣：南華管理學院，1998）。

74. 《中國文學家列傳》，楊蔭深編著，（台北：台灣中華，1978），頁340～341。

75. 《幽默與笑——一種人類學的探討》，瑪哈德 L·阿伯特著，金鑫榮譯，（You Mo Yu Xiao——Yizhong Renlei Xue De Tantao），（南京：南京大學，1992）。

76. 《中國文化史》，蒲慕州、熊秉真，（台北：台灣東華，1997）。

77. 《醉裡看乾坤——中國士人飲酒心態》，劉武，（長沙：嶽麓書社，1995）。

78. 《史通釋評》卷十四，劉知幾撰，蒲起龍釋，呂思勉評，（台北：華世，1975）。

79. 《古籍叢書概說》，劉尚恆，（上海：上海古籍，1898）。

80. 《楊維楨詩學研究》，劉美華，（台北：文史哲，1983）。

81. 《文心雕龍讀本》上篇，劉勰著、王更生譯，（台北：文史哲，1983）。

82. 《文心雕龍讀本》下篇，劉勰著、王更生譯，（台北：文史哲，1983）。

83. 《萬曆傳》，樊樹志，（台北：台灣商務，1996）。

84. 《新唐書·武英殿本校刊》冊一，歐陽修，（台北：中華，1965）。

85. 《新唐書·武英殿本校刊》冊五，歐陽修，（台北：中華，1965）。

86. 《明代文官銓選制度研究》，潘星輝，（北京：北京大學，2005）。

87. 《增補六臣注文選》，蕭統編：李善、呂延濟、劉良、張銑、呂向、周翰，（台北縣：漢京，1983）。

88. 《韓愈志·韓集籀讀錄》，錢基博，（台北：河洛圖書，1975）。

89. 《國史大綱》下冊，錢穆，（台北：國立編譯館，1991）。

90. 《管錐篇》，錢鍾書，（蘭馨室書齋，無出版年月日）。

91. 《中國文學復古風氣探究》，簡恩定，（台北：文史哲，1992）。

92. 《韓愈詩選》，韓愈，（台北：仁愛，1982）。

93. 《韓昌黎文集校注》第五卷，韓愈撰，馬其昶校注、馬茂元編次，（台北縣：漢京，1983）。

94. 《中國寓言文學史》，凝溪，（昆明：雲南人民，1992）。

95. 《中國民間寓言研究》，譚達先，（台北：木鐸，1984）。

96. 《蘇軾文集》第一冊，蘇軾撰，茅維編，孔凡禮點校，（北京：中華書局，2004）。

97. 《蘇軾文集》第二冊，蘇軾撰，茅維編，孔凡禮點校，（北京：中華書局，2004）。

98. 《韓愈研究》，羅聯添，（台北：學生書局，1988）。

99. 《冷眼笑看人間事——古代寓言笑話》，顧青、劉東葵，（台北：萬卷樓，1999）。

100. 《原抄本日知錄》，顧炎武，（台北：文史哲，1979）。

101. 《國史鏡原》下冊，龔鵬程等編，（台北：時報，1986），頁 96。

102. 《人在江湖》，龔鵬程，（台北：九歌，1994）。

103. 《晚明思潮》，龔鵬程，（台北：里仁，1994），頁 299。

二、論文集及期刊

1. 〈中國古代寓言述論〉，干天全，《四川大學學報》，（1996 年第四期），頁 54～59。

2. 〈試論中國古代小說批評中的「史家意識」〉，于興漢、吉曉明，《山西師大學報》第二二卷第二期，（1995 年 4 月），頁 62～81。

3. 〈試論中國小說觀念的趨於成熟〉，王立鵬，《臨沂師專學報》，（1995 年第一期），頁 25～28。

4. 〈文體辨析與總集的成立〉，王瑤，《中古文學思想》，收於楊家駱主編：《中國中古文學史等七書》，（台北：鼎文，1977）。

5. 〈略論宋代詩人與茶的結緣〉，石韶華，收於張高評主編：《宋代文學研究叢刊》創刊號，（高雄：麗文文化，1995），頁 251～277。

6. 〈明代後期舉貢出身文官之仕途〉，吳振漢，收於中國明代研究學會主編：《明人文集與明代研究》，（台北市：編者，2001），頁 337。

7. 〈歷代小說著錄中的史傳意識〉，徐利英，《江西教育學院學報》第二五卷第五期，（2004 年 10 月），頁 86～89。

8. 〈唐代設館修史制度探微〉，邱添生，《唐代研究論集》第二輯，（台北：新文豐，1992），頁 227～277。

9. 〈從讀者視域論寓言「寓意」之探求與誤讀〉，林淑貞，《第六屆「兒童文學與兒童語言」學術研討會論文集》，（台北：富春，2002），頁 272～289。

10. 〈晚明徽州商人文化活動——以徽商族裔潘之恆為中心〉，林皎宏，《九州學刊》六卷三期（1994 年 12 月），頁 35～60。

11. 〈文臣之法　學者之眼　才子之心〉，苗懷明，《江西行政學院學報》總第十三期，（2004 年第一期），頁 121～125。

12. 〈論古代朝鮮的寓言創作〉，陳蒲清，《湖南教育學院學報》，（1995 年 12 月），頁 15～20。

13. 〈唐代婦女的服飾〉，莊申，《唐代研究論集》第二輯，（台北：新文豐，1992），頁 67～98。

14. 〈唐前期國史官修體制的演變——兼論館院學派的史學批評及其影響〉，雷家驥，《唐代研究論集》第二輯，（台北：新文豐，1992），頁 279～346。

16. 〈柳宗元、蘇軾與唐宋寓言〉，劉卓英，《中國典籍與文化》，（1997 年三期），頁 91～95。

17. 〈蘇軾與陳希亮交遊考〉，劉昭明，《宋元文學學術研討會論文集》，（台北市：東吳大學中國文學系，2002），頁 519～558。

18. 〈論韓愈《毛穎傳》的托諷旨意與俳諧藝術〉，劉寧，《中國清華大學學報》，（2004 年第二期第十九卷），頁 51～57。

19. 〈論唐代士風與文學〉，臺靜農，收於國立編譯館主編、中國唐代學會編：《唐代研究論集》第二輯，（台北：新文豐，1992）。

20. 〈元明之際士人的多元政治抉擇——以各族進士爲中心〉，蕭啓慶，《臺大歷史學報》第三十二期，（2003 年 12 月），頁 77～138。

21. 〈唐宋擬人傳體寓言探究〉，顏瑞芳，《古典文學》第十四集，（台北市：學生書局，1997），頁 127～148。

22. 〈張籍上韓昌黎書的幾個問題〉，羅聯添，《臺靜農先生八十壽慶論文集》，（台北：學生書局，1988），頁 64。

23. 〈魯褒的「錢神論及其影響」〉（下），譚家健，《國文天地》，（台北：國文天地，2001 年 9 月），頁 38～41。

三、學位論文

1. 「中國寓言傳記研究」，安秉昌，（台北：政治大學中國文學研究所博士論文，1986）。

2. 「唐代散文演變關鍵之研究」，兵界勇，（台北：台灣大學中國文學研究所博士論文，2005）。

3. 「明代叢書研究」，郭雅雯，（台北縣：淡江大學中文研究所碩士論文，2004）。

4. 「古代寓言型笑話研究」，賴旬美，（台北：台灣大學中國文學研究所碩士論文，1998）。

5. 「中唐三家寓言研究」，顏瑞芳，（台北：台灣師範大學國文研究所博士論文，1994）。

四、網路資源

1. 圖 2-2-1：消息子，資料來源：http://home.att.ne.jp/surf/km/3zn101.htm；2006/5/7 列印。

2. 〈論韓國古代寓言的人文地位〉，陳蒲清，《中國寓言網》（2005 年 6 月 4 日），頁 1～5；網址：http://www.hj.cn/chinafable/shownews.asp?NewsID= 2143；下載時間：2006 年 4 月 8 日。

3. 《維基百科·明憲宗》。網址：http://zh.wikipedia.org/wiki/%E6%98%8E% E5%AD%9D%E5%AE%97。下載時間：2006 年 6 月 3 日。

4. 《維基百科·明孝宗》。網址：http://zh.wikipedia.org/wiki/%E6%98%8E% E5%AD%9D%E5%AE%97。下載時間：2006 年 6 月 3 日。

5. 《維基百科·明武宗》。網址：http://zh.wikipedia.org/wiki/%E6%98%8E% E6%AD%A6%E5%AE%97。

6. 《維基百科·明世宗》。網址：http://zh.wikipedia.org/wiki/%E6%98%8E% E4%B8%96%E5%AE%97。下載時間：2006 年 6 月 3 日。

7. 《維基百科·明神宗》。網址：http://zh.wikipedia.org/wiki/%E6%98%8E% E7%A5%9E%E5%AE%97。下載日期：2006 年 6 月 3 日。

8. 《維基百科·嚴嵩》。網址：http://zh.wikipedia.org/wiki/%E4%B8%A5% E5%B5%A9。下載時間：2006 年 6 月 3 日。

附　錄

一、顏瑞芳《唐宋擬人傳體寓言探究》之取材來源說明

寄件者："t21008"<t21008@ntnu.edu.tw>　　　　　　完全表頭

收件者：<sir082@mail.hsjh.tc.edu.tw>　　　　　　詳列附件

主旨：擬人傳寓言取材

孫老師：

　　來函所提唐宋擬人傳寓言的取材來源，是從清董誥等編《全唐文》（北京中華書局出版）、今人曾棗莊等編《全宋文》（四川巴蜀書社發行），及文淵閣《四庫全書》（臺灣商務印書館發行）中的唐宋作家文集中篩選而來。這是笨功夫，花費不少時間，但所得資料也較完整。特簡覆如上，

　　並祝

　　文祺

　　顏瑞芳敬覆 11/07

二、《廣諧史》篇目與物種對照表

※製表說明：

一、本表依照《廣諧史》目錄製作，參見《四庫存目·廣諧史》（台南縣：莊嚴文化，1995），頁 209～219。

二、爲便於研究引用，筆者自行附加篇序及《四庫存目·廣諧史》頁碼。

三、《廣諧史》（天一出版社）與《四庫存目·廣諧史》版本比較：

　　（一）《四庫存目·廣諧史》印刷清晰，字形歷歷可辨，且已編頁碼，翻閱引用，較《天一版·廣諧史》便利；《天一版·廣諧史》多頁風漬，未編頁碼，不便於閱讀。

　　（二）《四庫存目·廣諧史》曾經清華大學收藏，篇首及篇末常有該校圖書館藏書印，有賴《天一版·廣諧史》對照。

　　（三）兩版本目錄完全一致，但《四庫存目·廣諧史》內容次序與目錄不相符合：第 231〈黎司直傳〉至第 242 篇〈竹涼卿傳〉，其位置應與第 219 篇〈干君傳〉至第 230 篇〈焦尾生傳〉對調。

　　（四）《四庫存目·廣諧史》第 32 篇楊維禎〈竹涼卿傳〉（頁 262）脫漏文字達一頁半，該文須參見《天一版·廣諧史》第一冊。

篇序	朝代	作　者	篇　名	物　種	四庫頁碼	卷次
1	唐	韓愈（共兩篇）	毛穎傳	兔毫筆	220 頁起	一卷
2			下邳侯革華傳〔註1〕	皂靴	222 頁起	一卷
3		司空圖	容成侯傳	鏡	223 頁起	一卷
4	南唐	李從謙	夏清侯傳	篾蓆	224 頁起	一卷
5	宋	蘇軾（共五篇）	萬石君羅文傳	歙硯	225 頁起	一卷
6			黃甘陸吉傳	柑橘	227 頁起	一卷
7			杜處士傳	杜仲（集藥名）	228 頁起	一卷
8			溫陶君傳	麪〔註2〕	229 頁起	一卷

〔註 1〕《四庫存目·廣諧史》（台南縣：莊嚴文化，1995），頁 222〈下邳侯革華傳〉作者爲韓愈；顏瑞芳則認爲本文作者「佚名」，見氏著：〈唐宋擬人傳體寓言研究〉，《古典文學》第十四集（台北：學生書局，1997），頁 136。

〔註 2〕〈溫陶君傳〉傳主爲「麪」，乃根據《四庫存目·廣諧史》（台南縣：莊嚴文化，1995），頁 229；顏瑞芳則認爲本文傳主爲「陶製炊具」，見氏著：〈唐宋

9	宋	蘇軾（共五篇）	江瑤柱傳	玉珧	230 頁起	一卷
10		陳元規〔註3〕	葉嘉傳	茶	231 頁起	一卷
11		劉跂	玉友傳	酒	233 頁起	一卷
12		秦觀	清和先生傳	酒	235 頁起	一卷
13		唐庚	陸諨傳	酒	237 頁起	一卷
14		張耒	竹夫人傳	竹夫人	238 頁起	一卷
15		李綱	方城侯傳	棋局	239 頁起	一卷
16		劉子翬	蒼庭筠傳	竹	241 頁起	一卷
17			金少翁傳	金	242 頁起	一卷
18		王義山（共三篇）	香山居士傳	香山	243 頁起	一卷
19			甘國老傳	甘草（集藥名）	244 頁起	一卷
20		邢良臣	黃華傳	菊	245 頁起	一卷
21		馬揖	鞠先生傳	菊	246 頁起	一卷
22		林景熙	湯婆傳	湯婆子	247 頁起	一卷
23			春聲君傳	八角紙鷂	248 頁起	一卷
24		王柏	大庾公傳	梅	250 頁起	一卷
25		吳應紫	孔元方傳	錢	252 頁起	一卷
26	元	胡長孺	元寶傳	鈔	254 頁起	二卷
27		吳觀望	郭索傳〔註4〕	蟹	256 頁起	二卷
28		任士林	眞一先生傳	酒	257 頁起	二卷
29			玉帶生傳	端硯	258 頁起	二卷
30		楊維禎（共八篇）	璞隱者傳	墨	259 頁起	二卷
31			斛律珠傳	胡琴	261 頁起	二卷
32			竹夫人傳〔註5〕	竹夫人	262 頁起	二卷

擬人傳體寓言研究〉，《古典文學》第十四集（台北：學生書局，1997），頁 136。
筆者依據「口以內之，腹以藏之，美在其中，而暢於四支」認爲本文傳主爲
「麵」，參見《四庫存目・廣諧史》（台南縣：莊嚴文化，1995），頁229。

〔註3〕 據《四庫存目・廣諧史》正訛部分頁 209：「宋陳潮溪云：『東坡集有〈葉嘉傳〉』
此吾邑陳表民作也，見《捫蝨新話》，而各集相沿，誤刻蘇軾。」，故《四庫
全書・廣諧史》〈葉嘉傳〉作者爲陳元規；顏瑞芳則認爲本文作者爲「蘇軾」，
見氏著：〈唐宋擬人傳體寓言研究〉，《古典文學》第十四集（台北：學生書局，
1997），頁 136。

〔註4〕 吳觀望：《天一版・廣諧史・郭索傳》頁次有誤，篇幅共五頁：其中三、四頁
次序應對調。參見參見《天一版・廣諧史》第一冊。

〔註5〕 楊維禎：〈竹夫人傳〉脫漏一頁半文字，見《四庫存目・廣諧史》（台南縣：

33			黃華先生傳	菊	263 頁起	二卷
34		楊維禎（共八篇）	麴生傳	酒	264 頁起	二卷
35			白咸傳	鹽	266 頁起	二卷
36			冰壺先生傳	黃虀	267 頁起	二卷
37		程文	石君世家	美石	268 頁起	二卷
38		高明	烏寶傳	鈔	271 頁起	二卷
39		陳基	湯婆傳	湯婆子	272 頁起	二卷
40		涂幾（共兩篇）	墨者傳	墨	273 頁起	二卷
41			孔方傳	錢	274 頁起	二卷
42		车獻之	元寶傳	鈔	276 頁起	二卷
43		釋克新（共兩篇）	孔方傳	錢	276 頁起	二卷
44			玉鸞傳〔註6〕	玉簫	278 頁起	二卷
45	明	貝瓊	古泉先生傳	錢	279 頁起	三卷
46		孫作	甘澧傳	酒	280 頁起	三卷
47		唐肅	豐本傳	韭菜	282 頁起	三卷
48		葉綬	君子傳	蓮花	283 頁起	三卷
49		王景	黃組傳	犬	285 頁起	三卷
50		何文淵	梅先生傳	梅	286 頁起	三卷
51			息夫定傳	竹床	288 頁起	三卷
52			蒲文傳	蒲蓆	289 頁起	三卷
53			方溫傳	布衾	290 頁起	三卷
54		支立（共十篇）十	元安傳	木枕	291 頁起	三卷
55		處士傳小序 288	楮才傳	紙帳	292 頁起	三卷
56		頁；十處士傳跋	卓子眞傳	杉几	293 頁起	三卷
57		297 頁	陶鼎傳	瓦爐	293 頁起	三卷
58			味苦居士傳	茶甌	294 頁起	三卷
59			燭之舉傳	燈檠	295 頁起	三卷
60			儲春傳	酒壺	296 頁起	三卷
61		楊守陳	昌陽傳	菖蒲	298 頁起	三卷
62		何喬新	梅伯華傳	梅	299 頁起	三卷

莊嚴文化，1995），頁 262。全文參見《天一版·廣諧史》第一冊。

〔註 6〕 見《四庫存目·廣諧史》（台南縣：莊嚴文化，1995），頁 278，原文「鸞雖美姿貌，然無他能解……」。參考本文作者釋克新前篇作品《孔方傳》頁 277，原文疑脫漏一字，應作「無他能奇解」較符合文意。

63		姚綬	五大夫傳	松	300 頁起	三卷
64		程敏政	石鍾傳〔註7〕	石鍾山	302 頁起	三卷
65		吳寬	端友傳	端硯	303 頁起	三卷
66			湯媼傳	湯婆子	305 頁起	三卷
67		王鏊	慫母傳	鼅	306 頁起	三卷
68			介夫傳	芥菜	307 頁起	三卷
69		沈周（共三篇）	竹姑傳	竹蕈	308 頁起	三卷
70			烏生傳	炭	309 頁起	三卷
71		盧格	方君談子傳〔註8〕	心口	309 頁起	三卷
72		程楷	清風先生傳	扇	311 頁起	三卷
73		羅玘	胡液楮傳	象牙邊烏木骨扇	312 頁起	三卷
74		錢福（共兩篇）	木子靈傳	木偶	313 頁起	四卷
75			曾開地傳	土偶	314 頁起	四卷
76		姚鎮	扶風侯傳	扇	315 頁起	四卷
77		易宗周（共兩篇）	陳玄傳	墨	316 頁起	四卷
78			石虛中傳	端硯	317 頁起	四卷
79		孫承恩	桐君傳	琴	318 頁起	四卷
80		嚴時泰	溫湛傳	湯泉	320 頁起	四卷
81			俞黝傳	烏賊魚	323 頁起	四卷
82		王鑾	三友傳	腳帶氈襪皀靴	324 頁起	四卷
83		常倫	辛元傳	朱砂	326 頁起	四卷
84		陳九川	茅仙君傳〔註9〕	茅柴筆	327 頁起	四卷
85		董穀（共十八篇）	白世重傳	銀	329 頁起	四卷
86			湘陰處士傳	斑竹冠	330 頁起	四卷
87			溫惠先生傳	桑	332 頁起	四卷
88		十五子傳小序 333 頁	大庾山人傳	梅	333 頁起	四卷
89			董仙孫傳	杏	334 頁起	四卷

〔註7〕《四庫存目・廣諧史》（台南縣：莊嚴文化，1995），頁 212 目錄部分載爲「石鍾傳」，頁 302 則爲「石鍾傳」。

〔註8〕《天一版・廣諧史・方君談子傳》頁次有誤，篇幅共七頁：一、三、五、七頁無誤，二改爲六，四改爲二，六應爲四頁。參見《天一版・廣諧史》第二冊。

〔註9〕《天一版・廣諧史・茅仙君傳》應有六頁，但第六頁文字脫漏，筆者據《四庫存目・廣諧史》（台南縣：莊嚴文化，1995），頁 328，應補「及點化紫陽，皆不酬志。大道信難行哉！」等十五字。

90		奈文林傳	花紅	334 頁起	四卷
91		安中滿傳	石榴	335 頁起	四卷
92		雪水衡傳	梨	335 頁起	四卷
93		巴園翁傳	橘	336 頁起	四卷
94		洞庭君傳	柑	336 頁起	四卷
95		周餘生傳	栗	337 頁起	四卷
96	十五子傳小序 333 頁	白敢夫傳	銀杏	337 頁起	四卷
97		曲處仁傳	核桃	338 頁起	四卷
98		朱方傳	柿	338 頁起	四卷
99		束赤心傳	棗	339 頁起	四卷
100		牧正賁傳	桃	339 頁起	四卷
101		玉華子傳	李	340 頁起	四卷
102		夏貢元傳	櫻桃	340 頁起	四卷
103	盧恩	玄通子傳	墨	341 頁起	四卷
104		清風君傳	摺扇	343 頁起	五卷
105	魯藩中立王(共四篇),游文四傳小序 342 頁	戶牖侯傳	圍屏	344 頁起	五卷
106		廉汝脩傳	竹簾	345 頁起	五卷
107		引光奴傳	取燈兒	346 頁起	五卷
108	浦南金	戶羽傳	扇	346 頁起	五卷
109		太素生傳	紙	347 頁起	五卷
110	徐珊（共四篇）	太玄生傳	墨	349 頁起	五卷
111		太銳生傳	筆	349 頁起	五卷
112		太鈍生傳	硯	350 頁起	五卷
113	王經（共兩篇）	清風先生傳	扇	351 頁起	五卷
114		界菴先生傳	格眼紙	352 頁起	五卷
115	孟思	高密王傳	蜜蜂	353 頁起	五卷
116	趙時春	逍遙公傳	馬	354 頁起	五卷
117	陸坤	晦明子傳	屏以障燈	356 頁起	五卷
118	范言（共兩篇）	風道人傳	扇	357 頁起	五卷
119		胡液楮傳	扇	358 頁起	五卷
120		靈壽先生傳	鏡	359 頁起	五卷
121	陸奎章（共八篇）香奩四友傳序 358～359 頁	疏附侯傳	梳	361 頁起	五卷
122		華容君傳	脂	362 頁起	五卷
123		受采先生傳	粉	364 頁起	五卷

124	香奩四友後傳序 365～366頁	審侯傳	尺	366頁起	五卷
125		夬侯傳	剪	368頁起	五卷
126		罙阻侯傳	針	369頁起	五卷
127		柔理侯傳	線	371頁起	五卷
128	沈愷	端溪子傳	端硯	372頁起	六卷
129		應時子傳	扇	373頁起	六卷
130		木通子傳	木梳	374頁起	六卷
131	陳壥	貞素翁傳	扇	375頁起	六卷
132	陶澤（共六篇）六物傳序377頁	墨姬傳	竹夫人	377頁起	六卷
133		錫姬傳	湯婆子	378頁起	六卷
134		歐陽憎傳	蠅	379頁起	六卷
135		辛螫傳	蚊	381頁起	六卷
136		混沌遲傳	虱	382頁起	六卷
137		毛隱傳	蚤	383頁起	六卷
138	徐袍	清風生傳	扇	384頁起	六卷
139	王宗沐	朱華覺侯傳	心	385頁起	六卷
140	胡膏	曲秀才傳	酸酒	389頁起	六卷
141	徐子英	冰壺先生傳	黃虀	390頁起	六卷
142	陳師	石文侯傳	端硯	391頁起	六卷
143	徐爌	六安州茶居士傳	茶	393頁起	六卷
144	王君賞	湯氏傳	湯婆子	396頁起	六卷
145	閔文振（共三篇）	楮待制傳	紙	397頁起	七卷
146		國老世家	甘草（集諸葯名）	399頁起	七卷
147		唐密皇本紀〔註10〕	蜜蜂	407頁起	七卷
148	方宇	蘭友傳	蘭	410頁起	七卷
149	丘雲霄（共兩篇）	茅中書傳	茅柴筆	412頁起	七卷
150		文信侯傳	石圖書	413頁起	七卷
151	龍持憲	龍精子傳	蠶	414頁起	七卷
152	毛有倫（共四篇）	清虛先生傳	風	415頁起	七卷
153		麗香公子傳	花	416頁起	七卷
154		飛白散人傳	雪	417頁起	七卷

〔註10〕《四庫存目・廣諧史》（台南縣：莊嚴文化，1995），頁215目錄部分載爲「唐密王本紀」，頁407則爲「唐密皇本紀」。

155		毛有倫（共四篇）	玄明高士傳	月	418 頁起	七卷
156		蕭韶	桑寄生傳	集藥名	419 頁起	七卷
157		王格	奇橘傳	棋局	421 頁起	七卷
158		俞允文	南唐臨淄侯歙石虛中傳	歙硯	422 頁起	七卷
159		賈三近	先庚生傳	釘	424 頁起	七卷
160		張應文	冰壺先生傳	黃薑	425 頁起	七卷
161		徐熥	絳囊生傳	荔枝	427 頁起	八卷
162		袁宗道	毛穎陳玄石泓楮素傳	筆墨硯紙	428 頁起	八卷
163		周應愿	續毛穎傳	兔毫筆	430 頁起	八卷
164			焦桐傳	琴	432 頁起	八卷
165		項良枋	醉鄉侯傳	酒	434 頁起	八卷
166		焦竑	翟道侯世家	墨	435 頁起	八卷
167		劉啓元	陸生傳	酒	437 頁起	八卷
168			壺子傳	錫酒注	438 頁起	八卷
169			商君傳	磁酒盃	440 頁起	八卷
170		謝肇淛	冰壺先生傳	黃薑	441 頁起	八卷
171		李日華	玉版師傳	筍	443 頁起	八卷
172		謝恩光	醇卿子傳	酒	444 頁起	八卷
173		楊時偉（共兩篇）	魚蠹傳〔註11〕	蠹書魚	446 頁起	八卷
174			魚蠹傳	蠹書魚	447 頁起	八卷
175		夏暐（共三篇）	玉川子世家	船	450 頁起	八卷
176			龍泉子傳	劍	452 頁起	八卷
177			淩波仙子傳	水仙	454 頁起	八卷
178		莊汝敬	朱明神傳	日	455 頁起	八卷
179		胡文煥（共四篇）	嶧陽居士傳	琴	456 頁起	八卷
180			玉衡侯傳	鼠	457 頁起	八卷
181			梔子傳	集諸花名	458 頁起	八卷
182			玄明先生傳	集諸藥名	459 頁起	八卷
183		胡光盛（共兩篇）	白額侯年表	虎	460 頁起	八卷

〔註11〕《天一版・廣諧史・魚蠹傳》頁次有誤：第 173 篇〈魚蠹傳〉應有五頁，缺第五頁。第 174 篇〈魚蠹傳〉篇幅共 12 頁：其第四、五頁間，錯雜第 173 篇〈魚蠹傳〉。參見《天一版・廣諧史》第三冊。

184		胡光盛（共兩篇）	金光先生紀略	燈火	461 頁起	八卷
185		沈玄錫	玄中先生傳	葫蘆	462 頁起	八卷
186			房司直傳	矢	464 頁起	八卷
187		羅仲點（共三篇）	晚香先生傳	菊	465 頁起	八卷
188			匡離世傳	蟹	467 頁起	八卷
189		許鍾岳	素君傳	豆腐	從缺	八卷
190		周念祖	石十郎傳	蠹書魚	468 頁起	八卷
191			陶水部傳	水注	469 頁起	八卷
192			蕭君傳	簫	470 頁起	八卷
193			消息子傳	〔註 12〕	470 頁起	八卷
194		陳詩教（共七篇）	金蓮傳	素足	471 頁起	八卷
195			蜀客傳	海棠	472 頁起	八卷
196			浮沉生傳	魚	472 頁起	八卷
197			混沌子傳	雞子	473 頁起	八卷
198	世次無考	文嵩（共四篇）文房四友傳略 473頁	管城侯傳	筆	473 頁	九卷
199			松滋侯傳	墨	473 頁	九卷
200			好畤侯傳	紙	473 頁	九卷
201			即墨侯傳	硯	473 頁	九卷
202			葉恆盛傳	松	474 頁起	九卷
203		洪璐（共三篇）	管若虛傳	竹	475 頁起	九卷
204			白知春傳	梅	477 頁起	九卷
205		李珮	姚王本紀	牡丹	478 頁起	九卷
206		方清	竹先生傳	竹	480 頁起	九卷
207		尹二文	天君本紀	心	482 頁起	九卷
208		史致詹	醉翁端木倚傳	醉翁椅	484 頁起	九卷
209			麴蘗生傳	酒	485 頁起	九卷
210		林金（共四篇）	傾國生傳	色	487 頁起	九卷
211			孔方生傳	財	488 頁起	九卷
212			忿戾生傳	氣	490 頁起	九卷
213		高應經	清淡先生傳	蘿蔔菜	491 頁起	九卷
214		楊攀龍	艾同世家	蚊煙	493 頁起	九卷

〔註 12〕案：耳掏類之物。相關說明請見本書第二章第二節廣諧史述要三「考證詳實，修正誤謬」。

215	危恕齋	睡鄉居士傳	臥室	494 頁起	九卷
216	劉鴻	十二姬傳	筆、紙、墨、硯、水注、裁刀、錐、硃、鎭紙、筆架、界尺、筆船	496 頁起	九卷
217	釋祖秀	德山木上座傳	棒	498 頁起	九卷
218		臨濟金剛王傳	喝	500 頁起	九卷
219	姓氏無考	干君傳	竹	519 頁起	十卷
220		木伯傳	柏	520 頁起	十卷
221		石溫傳	端硯	521 頁起	十卷
222		革櫝傳	皮匣	523 頁起	十卷
223		平涼夫人傳	竹夫人	524 頁起	十卷
224		羅員傳	團扇	525 頁起	十卷
225		紈素先生傳	紈扇	526 頁起	十卷
226		歐兜公子傳	兜扇	528 頁起	十卷
227		黃連傳	集諸藥名	528 頁起	十卷
228		盧生傳	鱸魚	530 頁起	十卷
229		烏氏傳	烏賊	531 頁起	十卷
230	榮謙吾手錄本(共十二篇)	焦尾生傳	琴	533 頁起	十卷
231		黎司直傳	界尺	502 頁起	十卷
232		青藜丈人傳	杖	503 頁起	十卷
233		竹夫人傳	竹夫人	504 頁起	十卷
234		石膏傳	集諸藥名	506 頁起	十卷
235		俞九苞傳	鳳	508 頁起	十卷
236		丁令威傳	鶴	509 頁起	十卷
237		朱翰傳	雞	511 頁起	十卷
238		飛將軍傳	鷹	512 頁起	十卷
239		龍驤將軍傳	馬	514 頁起	十卷
240		大蘭王傳	豕	515 頁起	十卷
241		胡道洽傳	狐	517 頁起	十卷
242	張鳳岩手錄本	竹涼卿傳	扇	518 頁起	十卷

三、《諧史》篇目與物種對照表

※製表說明：

三、本表依照《廣諧史》目錄製作，參見《四庫存目・廣諧史》（台南縣：
莊嚴文化，1995），頁 209～219。

四、為便於研究引用，筆者自行附加篇序及《四庫存目・廣諧史》頁碼。

《諧史》篇序	《廣諧史》篇序	朝代	作　者	篇　名	物　種	四庫頁碼	備註
1	1	唐	韓愈（共兩篇）	毛穎傳	兔毫筆	220 頁起	
2	2	唐		下邳侯革華傳	皂靴	222 頁起	
3	3	唐	司空圖	容成侯傳	鏡	223 頁起	
4	5	宋	蘇軾（共五篇）	萬石君羅文傳	歙硯	225 頁起	
5	6	宋		黃甘陸吉傳	柑橘	227 頁起	
6	7	宋		杜處士傳	杜仲	228 頁起	
7	8	宋		溫陶君傳	麮	229 頁起	
8	9	宋		江瑤柱傳	玉珧	230 頁起	
9	10	宋	陳元規	葉嘉傳	茶	231 頁起	
10	12	宋	秦觀	清和先生傳	酒	235 頁起	
11	13	宋	唐庚	陸謫傳	酒	237 頁起	
12	14	宋	張耒	竹夫人傳	竹夫人	238 頁起	
13	16	宋	劉子翬	蒼庭筠傳	竹	241 頁起	
14	17	宋	王義山	金少翁傳	金	242 頁起	
15	19	宋		甘國老傳	甘草	244 頁起	
16	22	宋	林景熙	湯婆傳	湯婆子	247 頁起	
17	23	宋		春聲君傳	八角紙鷂	248 頁起	
18	24	宋	王柏	大庾公傳	梅	250 頁起	
19	25	宋	吳應紫	孔元方傳	錢	252 頁起	
20	27	元	吳觀望	郭索傳	蟹	256 頁起	
21	28	元	任士林	真一先生傳	酒	257 頁起	
22	31	元	楊維禎	斛律珠傳	胡琴	261 頁起	
23	32	元		竹夫人傳	竹夫人	262 頁起	
24	33	元		黃華先生傳	菊	263 頁起	

25	35	元	楊維禎	白咸傳	鹽	266 頁起	
26	36	元		冰壺先生傳	黃蘗	267 頁起	
27	37	元	程文	石君世家	美石	268 頁起	
28	38	元	高明	烏寶傳	鈔	271 頁起	
29	47	明	唐肅	豐本傳	韭菜	282 頁起	
30	48	明	葉綬	君子傳	蓮花	283 頁起	
31	49	明	王景	黃組傳	犬	285 頁起	
32	51	明		息夫定傳	竹床	288 頁起	
33	52	明		蒲文傳	蒲蓆	289 頁起	
34	53	明	支立	方溫傳	布衾	290 頁起	
35	54	明		元安傳	木枕	291 頁起	
36	58	明		味苦居士傳	茶甌	294 頁起	
37	61	明	楊守陳	昌陽傳	菖蒲	298 頁起	
38	62	明	何喬新	梅伯華傳	梅	299 頁起	
39	64	明	程敏政	石鍾傳	石鍾山	302 頁起	
40	66	明	吳寬	湯媼傳	湯婆子	305 頁起	
41	67	明	王鏊	蠡母傳	鹽	306 頁起	
42	68	明	沈周	介夫傳	芥菜	307 頁起	
43	72	明	程楷	清風先生傳	扇	311 頁起	
44	77	明	易宗周	陳玄傳	墨	316 頁起	
45	80	明	嚴時泰	溫湛傳	湯泉	320 頁起	
46	81	明		俞黝傳	烏賊魚	323 頁起	
47	120	明		靈壽先生傳	鏡	359 頁起	
48	121	明	陸奎章（共八篇）香奩四友傳序	疏附侯傳	梳	361 頁起	
49	122	明	358～359 業	華容君傳	脂	362 頁起	
50	123	明		受采先生傳	粉	364 頁起	
51	124	明		審侯傳	尺	366 頁起	
52	125	明	香奩四友傳後序	夾侯傳	剪	368 頁起	
53	126	明	365～366 頁	罙阻侯傳	針	369 頁起	
54	127	明		柔理侯傳	線	371 頁起	
55	131	明	陳璔	貞素翁傳	扇	375 頁起	

56	132	明		墨姬傳	竹夫人	377 頁起	
57	133	明		錫姬傳	湯婆子	378 頁起	
58	134	明	陶澤（共兩篇）	歐陽憎傳	蠅	379 頁起	
59	135	明	六物傳序 377 頁	辛螫傳	蚊	381 頁起	
60	136	明		混沌遲傳	虱	382 頁起	
61	137	明		毛隱傳	蚤	383 頁起	
62	145	明		楮待制傳	紙	397 頁起	
63	146	明	閔文振（共三篇）	國老世家	甘草（集諸藥名）	399 頁起	
64	147	明		唐密皇本紀	蜜蜂	407 頁起	
65	148	明	方宇	蘭友傳	蘭	410 頁起	
66	151	明	龍持憲	龍精子傳	蠶	414 頁起	
67	202			葉恆盛傳	松	474 頁起	
68	203		洪璐（共三篇）	管若虛傳	竹	475 頁起	
69	204			白知春傳	梅	477 頁起	
70	205	世次無考	李珮	姚王本紀	牡丹	478 頁起	
71	206		方清	竹先生傳	竹	480 頁起	
72	207		尹二文	天君本紀	心	482 頁起	
73	208		史致詹	醉翁端木倚傳	醉翁椅	484 頁起	

四、《廣諧史》第三卷作品內容大要與篇旨說明表

※按《廣諧史》原篇序標示

篇序	篇名	內　容　大　要	篇　旨
45	古泉先生傳	古泉先生者，魏人也。能通有無，凡國有大事，必資之泉，而民間尤仰賴之。 吳王濞陰蓄異志，見泉大悅。 周單穆公有子母相權之說、漢賈誼有七福之說、漢馬援有富國之說、孔琳有救弊之說、唐宋璟有出穀之說，皆善于泉者。 泉廢天下之義，敗天下之法，君子深惡之。	三代之時，非恃泉以爲理，特權之以泉耳。 後世之弊在於恃泉以爲理，故上下知有利，而不知有義，是泉之所以禍人也。
46	甘澧傳	甘澧，字公望。 醇謹醞藉，有高志，去隱江夏。 鴟夷子用計，使甘澧出，因商君而見帝。 上親愛彌甚，商君心不平，以計傾之。 澧泉郡侯官二千石，終於齊。	甘澧和易得人：雖當上所信任，無親疏貴賤召之，人人與之盡歡，以故未有媒孽其短者。 澧以鴟夷子、商君見上，既貴，商君乃欲以計陷害，商君之量狹哉！
47	豐本傳	豐本，古仙人也，號久眇先生。 豐本仕於周間，其後與郭林宗、庾杲、衛賓、杜甫等有德者交。 今獨之山人韓氏。	豐本所與，皆有德者。 豐本見齊奴，類左慈見曹操。 今獨之韓氏，韓氏亦郭庾杜衛有德者之流也。（藉豐本讚揚韓氏）
48	君子傳	君子諱蓮，相傳爲神仙家流，世居泰華山玉井中。 其祖藕療渴治病，養老慈幼，娛賓客，供祭祀，雖剒股釁體不憚。 君子質羸氣盈、心勞貌溢，服用悉無所好，惟日引清漣以自娛濯。 唐明皇與貴妃遊宴，君子侍從其間，不少刻舍左右。祿山之亂，遂引去。 君子惡釋氏異己，不果留；釋剒木勒相遣之。 後君子得知己程九齡，嘗以神仙術其略示九齡，九齡不盡解，因啖其遺，瓊液滿嚥，兩臉駭駭君子之色，塵俗不到。	稱君子有三：孔子所稱懷德喻義者，世不可的；蕭穎士所稱微弱；玉井之宗，以中通外直之德，聞遠益清之譽，遭遇明皇，爲士大夫推詠，惜乎神仙是尙，不能致實用於宗廟，是浮華之士哉！

		九齡聞異相所言君子羽化已數百年，愈敬信奉承。	
49	黃組傳	黃組其族大而蕃碩，惟主是擇，得主雖窘窶顛沛，弗棄去。 其祖黃耳有神勇，大將軍甚信愛之。 黃組勇猛機警，見君子必恭，勿敢犯，唯小人則惡而搏之。 黃組待客陳氏尤有義；陳氏不忍醢之，然黃組弗家於陳矣。 狡奸巨猾聞組聲，墮膽慄魄，走險以挺。 惜時無發縱指示者，以致老死三尺垣下。	黃組勇猛機警，唯主是擇，有忠義，能辨奸邪，惜弗霑一命！（有「狡兔死，走狗烹」之慨）
50	梅先生傳	梅華，字魁。 其祖梅伯、梅福忠言直諫，不納。梅氏惡曹操，匿，不見曹操。 先生脩潔灑落、玉立風塵之表，雅與高人韻士游。 何遜、宋璟、杜甫、林逋、蘇軾、王沂公，俱敬愛之。 先生性孤高，以酸苦自守。不肯趨時，故際窮年，風饕雪虐，無憾也。 漢後曠數百載無聞人，唐宋稍盛。 先生諸子甚多；長子梅實有父風味。	濁世高士，有古君子之風，華腴綺麗，不能辱之。以故，天下人士景仰愛慕。
51	息夫定傳	息夫定，字泰之。 性剛志高，後就約束，降志自卑，不憚負載之勞，無問文繡草木之輩，皆讓之上坐，欲己之容人。 暮年常躡大龜而坐，識者以爲得長生之道。	定處於下而不抗其上，安於賤而不惡其勞。易曰：「君子以立不易，方定其有焉。」
52	蒲文傳	蒲文，字尙方。天子祭帝於郊，相天子行禮；繼而乞骸骨歸田里，人多敬憚之，見重於人。 勉學者曰：「士雖未仕，不可不思所以安人；思安人，必先思所以潔身。吾身不潔，將見惡於人之不暇，何安人之有哉？至於用舍卷舒，則存於人，而無與於己也！」 文終身不登權貴之門，至死不亂。	人之爲人之輕重者，非人故爲是輕重也！由己有取於輕重之道也。 近世見人之輕己而重人，則謗訕百出，何其不思之甚也！
53	方溫傳	方溫，字德周。 天性寬大，最能容物。喜聞人之善，惡聞人之過。見人有過，則廣爲之揜覆，必使人不見而後已。 以出處得失爲千載之毀譽，未嘗苟且以事人，卒老於隱。	欲揜覆人過者，必用善言以蓋之，而後可以解之也。 出處得失爲千載之毀譽，不可不謹也。

54	元安傳	元安,字以寧。 貌朴實,立志高出物表。 動之不息,以法乾道。醉者、嗜臥者見之而警,有功於學者最多。 隱處深密,終身不言。	君子教人以心悟,不以言傳;學者勤則成,墮則隳。 悟矣!勤矣!學其有不成者乎?
55	楮才傳	楮才,字子張。 不喜爲流俗交,人少拂之,即蹙然不悅,反覆辨說。 有周文度者,號有道之士,慕才之名,聞其好辨,以書抵之曰:「昔晏子云:『富如布帛之有幅焉』今子之才富也,但當以德幅之,何必咕咕然勞諸喙哉?」自後雖有面毀之者,亦不與辨。	世人多操欲上人之心,故與人辨耳。 議我者卑於我,我與之辨,適足以卑我耳;議我者高於我,我何暇辨哉?
56	卓子眞傳	卓子眞,字希白。 表裡一致,自幼負大志。嘗曰:「作官不能平天下,何必屑屑而自勞也?」 人皆以愷愷稱之,且不以人之毀譽爲欣戚:或諛之,無喜色;或誚之,無慍色。 至於晚年,涉歷既久,圭角去之殆盡,光明坦夷,愈非常人可及。	窮有所蘊,達即有所施。爲政者,能均齊方正,其於平天下也何有哉?
57	陶鼎傳	陶鼎,字允馨。 其體常有馥郁之氣,涵養既久,其氣愈充,人來從游者,薰陶漸染,與之俱化。同里惡少,對坐終日,氣質變化,穢行悉除。 天性好學,致心火炎上,醫者囑其輟學。鼎期流芳於後,故進學愈勤,至老不倦。	人未嘗無可用之才。在上者見其才之大者忌之,才之小者棄之。不忌不棄,又必欲求其全,然後用之。有才者亦不屑屑就已。此所以多汩沒於不聞也。鼎以厄赢么麼,窮而在下,與瓦礫等,尙能化人之穢行。使其操有爲之權,其有功於斯世,當何如?惜乎!在上之人不知也。
58	味苦居士傳	湯器之,字執中,別號味苦居士。 人召之則行,命之則往,寒熱不辭,多寡不擇,且暮不息,略無幾微厭怠之色見於顏面。 自天子以至於庶人,苟有用居士者,無施而不可也。	人見君子之勞,而不知君子之安勞者,由其知鄉義也。能鄉義,則物欲不能擾其心,豈有不安者乎?
59	燭之舉傳	燭之舉,字子光。 性明敏,展卷一目了了,五行俱下。 其知足以燭幽微,人有不可見之物,不可知之事,必資之以明辨焉。	人苦於自明而人不我明。自明,則周於責人而德不宏;人不我明,則闇於治己而惡日生。

		志作威而不猛、使人敬重之君子。 晚年病目，深自韜晦，當晝未嘗接物，夜則與知己者對坐，至人定鐘鳴，則闇然退處矣！	人因舉之明而用之，非舉自用其明；人不用則寂然而去。舉爲明哲保身者也。
60	儲春傳	儲春，字用和。 平居未嘗有憂色，人有憂患者，見之，亦自然樂生於中。 儲春口之傾寫者，所以和人情也。然亦有化謹厚而爲凶險者，其氣習之，使然與不然。	士之所貴乎知己者，以其直而和也。春之口甚直，其情甚和，春之宜爲士之知己也！ 以春爲亂者，特假春以發之耳！（諷人常借酒裝瘋）
61	昌陽傳	昌陽，字子恆，一字子仙。 陽龍骨而鳳姿，鬚髯戟張，歷寒燠有常，雖凍虐炎爍之時，不少變容色。 陽精於引年卻老方；唐憲宗好神仙，詢其方，對以仁壽之道，且謂「得其道，不須陽；失其道，陽雖日共膳，無益也」上不能強之，罷去。上乃從柳泌服金丹，暴崩。 穆宗杖殺柳泌流眾方士而召陽侍側，目益明，累遷侍中，既貴極顯矣！ 以壽終，贈太師，諡靖節。子徵爲勸農使，其曾孫亦皆挺挺有祖烈風。	自神仙之說興，方士資以邀利達，世主莫不甘心焉，獨陽之論偉然。而憲宗之死不悟，不愧漢武哉？ 陽始以直擯，卒以直庸。世謂「仕不利於直」，吾不信也。 松柏後凋，昌陽亦然也。
62	梅伯華傳	梅伯華，字汝芳。 自幼好修飾，脩然塵埃之表。 當陽春和煦時，群葩競榮，伯華恬然於荒寒之埜，或以「後時」誚之，伯華則以「安命盡性」答之。	伯華有道者，知榮悴有命而安之，雖其遯世恬幽，然胄裔皆負鼎鼐之具。 盛德必百世祀！
63	五大夫傳	五大夫能屬厥祖父操，楚楚成立，咸有梁棟器。 秦始皇封爲五大夫，五人者不拜。始皇怒，乃削其封而去，人由是稱之。 五人者頃聞秦作阿房宮，需異材爲用，不就秦徵，乃散之四方，托歲寒友以居：兄爲新甫行；叔赴庾嶺，托梅氏以居；季往從衛之淇上抱節君……久益布散四遠。 騷人墨客多所愛重，漢景時文翁興學西蜀，始出爲用。後見重於世。	世之有材者，患不能以節操自持；有節操者，患無材可用；材節兼矣，患不能交四方貞直之士，以兼金石心，以不墜其本，使百世之下見重於有道之朝也。 五大夫者，可謂以有用之材，勵自持之節，以脫於虎豹之秦，而澤及後世者。 歲寒後凋，大夫以之。

64	石鍾傳	石鍾，字以聲。 鍾為人，其中空洞，人莫測其涯涘，然與人不立，崖岸望之，有巖巇氣象。 與蘇東坡為金石交，議論風生，各詫相見之晚。 蘇子還朝，薦於神宗。神宗下詔，封聞喜公，使御史巫士仁持節以往。 符磬，號無賴子，來見士仁，謗石鍾以自薦。士仁因抗疏，載磬與俱歸。上果悅磬，以為協律。磬與伶人侍，上燕樂，遂罷鍾，不復召。 鍾嘆命也，學長生吐納之術以終。	君臣相遇之不偶也。 以鍾之才，可謂實厚而聲洪者矣！顧乃抱遺響以終。而硜硜然隨波逐流，如磬者進用。 宋之為宋如此！士仁尚何責哉？
65	端友傳	端友，春秋好游者端木叔之裔。 歲時有司常選其族人貢獻上方，其遺才自負甚重，往往老死溪山間。 成皿君與端友處，加琢磨之功，勝於北方燕碩者。 薦絳人陳玄、中山毛穎、會稽楮先生於主人，其無忌刻如此。 端友其量固有容，能含垢納污，然日必浴而去，免人謂其貪墨也，其廉潔如此。 族人既有才具，多出，用于世。今寓於成皿君者，曰鍾鼎蘁鼒。	韓歐為古今文章大家，與端氏交最久，猶不相知，他尚何望哉？惟眉山蘇長公，以端氏出，而歐之名文者，始廢不用。 端硯比德於玉，有君子之道，上也；歙硯硜硜然，小人哉，次也。
66	湯媼傳	媼之先，金姓，世有從革之德。 媼為人有器量，能容物，而緘默不泄，非世俗長舌婦人比，性更恬淡，貴富家未嘗有足蹟，獨喜孤寒士，有召即往。 唐廣文先生稱之「和而不流，清而不激，卑以自牧，即之也溫」。 有貴介公子犯寒疾，迎致之。從媼之言，有奇效，公子欲留侍終身。諸姬患之，讒於公子。公子疏之，諸姬更進御，公子疾復作，竟死，如媼言。媼，知醫者也。 依涑水司馬公，公拜相，夜則思天下事，往往達旦不寐，媼以老子「知足不辱」進言，公悟，謝事退居於洛。朝廷諡「溫國公」。 媼壽益高。	說文段注：「從革，謂順人之意以變更成器，雖屢改易，而無傷也。」 有德之士，宜如媼有從革之德，以輔國政，而無自傷。

67	饙母傳	饙母，蜀之魚鳧人也。 母雖婦人，而有經綸之志：大庇天下寒士俱歡顏。 皇帝以母之巧思，寵日甚。後宮皆妬之、譖之，請帝加炮烙之刑，母怡然受之；后愈怒，聚其族，抽其筋，以頒賜天下。既而悔，乃留其子。 周文王以其功配后稷，以二人不可一日無也。 秦用之，卒滅六國。	作爲文章制度，以衣被天下如母者，可謂偉矣！然母始以功見寵，後卒蒙戮，「多才爲累，功高不賞」，諒哉！
68	介夫傳	疏介，字介夫。 可以禦國之饉歲，可以資王之儉德，可以勵民之苦心。 雖介夫之死，尚保宋人不絕餚食，宋人德介。 介夫平生口刺刺訣人是非，被其中者，或至流淚、出涕、發汗。 其後介子推徙晉，割股肉爲羹以進公子重耳。公子歸伯，第賞有功而不及推。推逃之綿山，誓不出。公子遂火其山以脅，之推就焚而死。 人謂之推勝於父也。	介在宋則宋利，之推在晉則晉利；其爲利者，譬之食於疏，可以化壅通積、養胃以滋人，於人不可以少。 士之於國，但謀利國，不言祿也。
69	竹姑傳	姑性好竹，人以竹姓之。 傳得神仙術，其顏如渥丹，通體肌肉皆紅膩，以絳繒爲幗罩於首若蓋然。 不能察其胎生、濕生、氣生，倏焉而出，忽焉而隱，莫能測其迹。 泊然於世味之外，略無情緣可以執擬。庸緇俗衲佻之曰「相空則無妄無著矣。」乃瞥然分千億形彌山，在在有姑也。緇驚，貪妄未悛，歎曰：「安得稛載而歸乎？」 姑之術，猶左慈以老羝惑曹操也。	姑殆滑稽人，變幻示術者與？ 諷庸緇俗衲之妄論。
70	烏生傳	烏生者，本姓木，偽烏爲氏。 湖南人伐之，投諸火焉，火熱不能剋，質愈精且堅，戞之有聲，金如、石如。是因敗而成、置死而生者。 復熱之，火及則爲之通明，火不能發炎焰以自威、木得以假其氣烈，燠燠然、煦煦然，盡使天下寒士樂生附之。於是無生之生、無用之用、無功之功，舉昭於世。	庶物有受變而相成：金鍊矣而後精，玉琢矣而後巧。 李廣云「死灰尚然」，而況人乎？而今而後，不敢以煨燼爲棄置也。（不敢以殘缺之人爲無用也。）

71	方君談子傳	靈臺有方君者，深居丹府，人莫能窺居。宅南有談子者，君之屬吏也。 君惺惺時，談子奉命惟謹，不敢妄發。一或君昏怠，則欺之矣。 一日以言得罪，君甚憂之，命如意責之。 談子曰：「有功於天下後世者，皆君主之，予宣之。非君，則予固無以施其辨；非我，而君又何以從其意哉！是之同功、同罪，不得獨尤我也。」「君惟以敬爲主，然後君德修明，內外畢照，吾儕小人，謹朝夕趨事乎左右。」「君命吾言，則言必有中，其言足以興。君命吾默，則默而識之，其默足以容。」 方君憮然爲間曰：「命之矣！」	欲學者內外交養、動靜不違，以造乎成德之域。
72	清風先生傳	金天氏伐衛國而裂之，以其半封爲平節君，其半封爲安素君。 炎帝初六月，祝融寇中原，萬國如在紅爐中。平節君、安素君并力驅卻祝融。 祝融知有備，歛不敢肆。	天下成于同而敗於異。妬忌異謀，必欲功自己出，必僨事而敗國。
73	胡液楮傳	有輿圖之半輪者，實胡液楮氏之族也。分十二牧主之，受轄於金丁氏。 祝融氏司令，欲以炎威威天下，天下之民賴十二牧，卒亦無苦。 祝融氏退，十二牧亦退藏於密，待時而動。	使十二牧微金丁氏與骨鯁臣白象胥氏，久與胡液楮氏同解體矣！ （國無骨鯁臣，則不復爲國矣！焉得抵禦外侮？）

五、《廣諧史》第四卷作品內容大要與篇旨說明表

※按《廣諧史》原篇序標示

篇序	篇名	內　容　大　要	篇　旨
74	木子靈傳	木子靈，字雕開，小字減郎。 帝堯時，其先藏匿奸宄，命益治之，幾赤其族。 子靈當唐德宗、代宗時，幹偉中堅。遇楊惠之，爲雕琢粉飾，子靈遂偉然爲世所尊重：奉香頂禮，合掌膜拜，雖王公大人，不吝屈膝。 其族有塡溝壑者呼救，子靈不爲所動，乃恚曰：「若釋而幻飾，去而幻形，有不取而爨者乎？」子靈慚。 唐末五紀之亂，子靈沒于兵燹。 後世子孫繁衍，雖窮鄉下邑，靡不有之。	偶然題作大居士，便有無窮求福人！ 木子靈，子將以爲眞乎？世咸重之！其沒于兵燹也者，何能福人？ 木假山之假，方爲眞矣。 世人急於求福，不辨眞假！
75	曾開地傳	曾開地，字莊成，小字曾郎。 唐天后時爲天堂，開地之父，始與子靈之族俱徵，詣上方。 德代時，子靈開地，受楊惠之獎飾，莊嚴光彩，煥然可觀，王公士庶，爭進崇重。 唐宋兵火，子靈火厄，開地身粉骨碎，一如相者所言。 子孫甚夥：有爲王公貴人者，有爲輿臺隸卒者、有百年香火而供養者、有屋破垣穿而憔悴倚壁者。	太廟何以必主也？今上從言官，易宣尼廟以木主，豈非萬世帝王之準哉？
76	扶風侯傳	戶朋羽，字君素，別號清風軒。 骨骼峭直，不染塵凡態，得剡溪葉氏子爲友，去短取長，通有濟其不足，於是爲完人，有足濟天下者矣。 禹時，驅祝融氏，有功於天下。諸葛氏佐蜀，引君爲參謀。王導辟君以卻西風之塵，卒安晉鼎。君之事業，隨試輒効。 衣被如伊周，而猶能極久遠；進退如孔孟，而未嘗艱於遭遇。 族類滿天下。	其在君者，俱足韻艷，世未有傳其事，躋之毛穎諸公列者，是亦秉筆者一欠事歟？ 余書君之本末，以補太史之缺，俾君之名不朽矣。

77	陳玄傳	陳玄，穎川人。 其父陳松養高林壑，足跡不至城府。然無賴子棘讒於秦始皇，始皇始蒙恬伐之；蒙恬諫，始皇不聽。恬乃夷棘之族，生致松以歸告始皇。始皇囚松與其妻。玄生時，赤光滿室，有文明之兆。玄幼質凝重，緘默不言。 漢高祖稍用儒術，玄因陸賈以進，高祖日見親幸。高祖知玄身世，悲嘆之！ 玄自掌機務，日見羸瘦，玄捐軀殞命以報高祖聖明。 玄卒，高祖詔有司：陳玄子孫，賢者皆錄用。	天生賢才以遺人國，顧其君棄之而不用，用之而不從，是故國勢日孤而危亡繼矣。 智長於蹶而才充於抑，雖中人之質，猶得以自奮！（作者自勉） 棄黔首以資敵國，卻賓客以業諸侯，秦之無道苛虐，安得不亡？ 蒙恬亦秦人之賢也。
78	石虛中傳	石虛中，山後人也。 虛中廟廊之器，且有文墨，與陳玄孫尚清一見如故。唐明皇一併召之，命為左右史。 安祿山與太眞對食之禁宮實錄，尚清虛中記載，以戒後世。 祿山譖而廢之，虛中無怨言。 祿山反，太子在靈武。虛中進忠言，太子納之，召諸路勤王，後賊平，以功封。年九十，始起休致，上眷愛不已，以其子襲侯爵，諸孫皆顯於朝。	處功名之盛，能不以進退而貳其心者，唐中葉得汾陽郭子儀也。 郭子儀當天寶之末孤軍奮戰，輔太子再造王室；及大難略平，遭讒謗、奪兵權，然朝聞命、夕隱退，蓋知有其君而不知有其身耳。 為人臣平時受君恩，一旦臨利害，奉頭鼠竄，視其君如路人者，聞此亦可愧矣！
79	桐君傳	桐氏，以其能禁人非心，故又謂琴氏。於舜、周文王、周公、孔子，桐皆有功績。 後嗣日蕃，人益多與交者，凡孤臣孽子、幽人貞女，隨所遇，各有所得。 為人沖雅和樂、惡煩囂，延之者，必闢靜室焚香，坐以石榻。頗不為時俗所識，漢時有得之俾供爨者，幸遇蔡邕邀以歸，號「焦桐氏」。 桐後亦頗逐時好，多隨人意，出新巧聲。其族散處天下既眾。	桐氏固多賢，然亦因人而成。 有舜文仲尼為之主，其言論風旨，有太古遺意。 臨邛卓文君夜奔司馬相如之事，千古之羞，桐亦與焉！ 交友之道，慎之而已。
80	溫湛傳	溫湛，字去垢，關西人也，居驪山下。湛之先人有功績，至唐開元間，湛始著。 湛神清氣溫，夐出塵俗，嘗逢異人，授煉修之術，湛恥以方技名，祕不言，惟游心聖賢之學，沉潛詩易，慨然以師道自任，學者從之游，以汙入者以潔出，多所成就焉。	湛有異術，終不肯自言於玄宗，惟勉以帝王明德新民之正學，賢哉！宋道家隱士陳希夷對宋帝亦然，賢哉！ 湛不肯為妃浴兒，而以烹祿山為言，直節勁氣，尤難也！

		不樂仕進，玄宗屢徵不起，對以帝王之學，溯求心學之源，使斯民淪肌浹髓於沛然德教中，然後爲自新新民之全功。 湛知醫，嘗以之濟人，亦嘗治貴妃病渴，且以醫爲諫，惜妃不能恆耳。 湛惡祿山，欲爲天下烹之，不爲妃洗安祿山兒。 帝擇冷淑媛以賜湛，二人既遇，赴海上不反。帝及湛去，恨識湛之晚，忽忽如有所失，命疏其後派用之。	湛之支流末派，在滇永昌爲尤妙，予方資之，以與郡人圖新也，故爲敘前人之美，以感發之。（勉滇永昌人所作，有實用價值）
81	俞黝傳	俞黝，墨翟之裔也。 多趾、皤腹、駢脅、脩髯、性好讀書。 武帝問以治安之道，黝敷奏數千言，皆自肺腑中流出，上恩寵日加。耕等忌之，多次媒孽其短，上再三維護，黝聞之，愈以忠鯁自許。 上問以導引吐納之術，黝答以寡欲養心可延年，不言導引吐納也。 上有疾，黝欣然委以身焉，醫得其幹以爲藥，天子服之，果愈。上失聲，嗟悼俞黝。詔厚賻其喪，賜葬腹裡地，贈爲文忠侯。 黝無嗣，錄用其族。	爵祿者，上之所以餌士者也。 黝能爲君殺身，善用墨子摩頂放踵之道。 帝問延年之道，以寡欲養心爲對，深中帝心之膏肓。 黝以身爲帝之藥，亦以言爲帝之藥。
82	三友傳	足有三友：戴元白、毛士瞻、皮子華。 戴生其先相黃帝；性善機巧組織，卷舒以時，好脩邊幅。 毛生出新羅羊氏；溫柔和厚，不喜趨炎附熱，與貧賤者交，久而不厭。 皮生族出胡地；以短捷，從征伐。 三生與足處，一舉步，三人必同行出入相友。 一日士瞻自矜其功，子華、元白繼之。 元白又訐士瞻、子華之短，士瞻繼之。 子華悟，貢獻己力，以囊括元白、士瞻，兼可藏垢納污。	奔走形勢之途，趑趄盤桓，受辱胯下久矣！而今而後，躡履青雲之上，振步紫閣之前。（有仕進之意）
83	辛元傳	辛元，字靈倩。 鼻祖歷劫翁以混極贊化稱。 元慧亮放達，性好遊。齎橐，中裝值萬金賈遊蜀，自號朱離君。從僮客數十輩，其客最狡者五人，皆陰爲權利。元有嗜樂，咸曲爲招致，是馳騖日廣，不事生產。	「其何能淑？載胥及溺！」言附比之禍均也。 申生兩資客計，卒正其主，以及其身，明哲矣！ 朱離君一言自悟，能返正上游，誠大丈夫哉！

		申生素於元至深，及元之客蜀，申生絕不與元通，失勢貧不能自振也。	以歷劫翁之事觀之，則其世遠矣。
		申生資客計，除室與亮居、走里中袁氏子，令元親迎之。	（為人臣子宜千方百計以正其主）
		元果屏舊習，黜故僕，深居幽寂，悉如客計，明年輒息，其子神異不倫。	
		後居尼丸里九年，元乃攜申生并其妻子，紿為採藥滄州，不返。	
84	茅仙君傳	茅仙君者，西漢時人，有巢氏之苗裔也。	仙君之降異，凡所從來久矣！仙君欲寢操謀，以安海內、及點化紫陽，皆不酬志。大道信難行哉！
		茅氏有才子曰「菁」，生而三脊，通鬼神，帝命代禱祠有功，堯錫菁玄圭。	
		齊茅氏有神女，嫁為衛莊公夫人，齋祀浴種，感水土之精而孕，彌月生子，衛人神之，為女茅氏。	
		秦茅氏失職亡其圭，而女茅氏始著。至仙君南游吳越，入名山修鍊，得祖亡圭。道成，乃出遊人間，以度人為行，好書能務博采。高人達士招飲於名山勝地，時往留迹。	
		漢末知曹操有篡志而頗好文，欲因而說之。拉其侶左慈俱，操一見握手稱意，然不能用其言，遂去之。	
		至南宋聞紫陽眞人慕道，乃出與之遊，數假文字誘之，然紫陽卒不悟其意。復去之。	
85	白世重傳	白世重，名元寶。	明嘉靖間，澂之董子，飢寒拂鬱者五十年。董子食祿安義、漢陽，有訛言「董子交歡白世重」，人皆詢董子焉。董子以實告，人皆怨之。
		貴震天下，勢與人主抗衡。	
		流通無方，民生日用，世重皆執其機。世重所至，則難者易，死者生……皆無不立辦，否則鮮有遂者。	
		凡世之民見者，皆歆慕愛樂，若嬰兒之覓乳母。	
		性陰狡易變，於貪墨不檢之士，則呈身獻媚以求合；時或厭倦，則輒反噬，尤不喜清修固窮之士。	
		惡顏淵、王孺仲、陶淵明，諸如三子者，無不受其凌虐，至老死乃已。	

86	湘陰處士傳	湘陰處士祝觀，字文父。其人質直，中無委曲，長身瀟灑，文采頒然。 玉芝師喜其虛，于是截長補短，使居然成器。碧里子尊崇之，琢象骨爲杖，捧持而進之，文父安受之不虛讓。 碧里子之循雅閒散有山林氣，望之儼然，異於凡民者，皆文父所成就也。	湘陰處士善覆藏成人之美，與人交白首益相得。雖無上人之心，而有上人之德。尊而光，恭而安，無爲而成人，可遠觀不可藝玩。
87	溫惠先生傳	溫惠先生，其先世扶性，蠶衣被天下，功在萬世。 先生朴茂不華，面常皴瘁，有憂民之色，人寒己亦寒。居不擇地，役不辭勞，故凡親先生者，無不獲益：先生晝夜生息，春秋匪懈，雖濯膚髮，折肢體，流膏髓，不計也。 先生黃中通理，殆聖德不可及也；利物之心無窮，錫人以衣，時出其餘貲以與饑者食，又貯善藥以施疾者，以餘力造韌紙……可占知先生不器也。	張詠守成都，延先生教民製美錦，成都由是富甲諸郡。 吳浙間獨崇先生，吳浙遂爲東南財富之首。 先生能纘先緒，無媿厥祖者哉！（功在人民，無媿先祖）
88	大庾山人傳	大庾山人韓英，惡同宗寒泯之逆，別族爲韓，避居嶺表，布散於大江之南。 英志行清苦潔白，有大抱負。 最愛「碧里山樵」，來與同老。	以梅之「志行清苦潔白，有大抱負」自勉。
89	董仙孫傳	董仙孫，名奉貽。 遠祖善醫，愈疾不責報，天大其後，故所在如林，福善之應昭然也。 仙孫草金丹法不自祕，其方著之本草，眞博施無我也。	以「福善之應，何昭昭乎」「博施無我」自勉。
90	奈文林傳	奈文林，初名來禽，慕魯展禽之風，故效之。 王謙薦之宋高宗，帝賜名文林。 後漢王祥依於奈，足見文林能恤孤睦鄰。 頻婆形體魁梧，裔出奈氏。	慕魯展禽（柳下惠）之風；自勉恤孤睦鄰。
91	安中滿傳	安中滿，外國人也。 博望侯取其質子以歸，中國始有安。 中滿多文章，發爲葩藻，穠艷奪目；其實珠璣滿腹。見者窺知其胸中之富也。	以「珠璣滿腹、胸中多文章」自勉。
92	雪水衡傳	雪水衡，世典水衡，故以官稱。 性恬淡，接人殊有風味，以故人渴欲見之。	有心爲天子私藏。 以「人渴欲見之」、「終老書林」自表也。

		人譏水衡有心，自述無邪心，然大中不偏之體，固當有心。 好簡冊，善紀述，喜剖析登載異書，終老書林不恨也。	
93	巴園翁傳	巴園翁，殆異人也。 漢蘇耽拾其毛髮數莖置井中，病者飲之皆愈。 翁蓋有道之士，急於救世，雖挫其皮膚以救病者，亦無所愛。 與國老最相善，視疾必同往。	似墨氏之徒，急於救世，希「與國老相善」以治國醫人。
94	洞庭君傳	洞庭君，殆亦異人也。 與巴園翁氣味極相似，不善醫，爲巴園翁所笑，然君亦笑翁之揖揖，曰：「惡用是摩頂放踵利天下哉？」 時從戴山人攜酒聽黃鸝，自以爲得云。	鍾鼎山林，人各有志。
95	周餘生傳	周餘生，覆（複）姓周餘。 能纘其先世，閑於籩豆清廟之祭。 其自立甚固，自衛甚嚴，人不敢輒犯。	禮法之士，先自治而後治人也。
96	白敢夫傳	白敢夫，名果。 敢夫初爲人不用，咸言其能毒害人。 因馬祖語之曰「皮膚脫落盡，惟有一眞實」，故毀去其浮華表，裡瑩如也。 人皆喜其自新，自號「核齋」。	毀去浮華表，使人識己之眞實，以自新也。
97	曲處仁傳	曲處仁，遠祖自胡中來，寓居青州，青之人咸不齒「胡也，不適於用」。 遇白敢夫，相與隳墮爲腐儒，久之，粗去而精存，乃確然有以自見，人始賞之。	浸淫儒學中，久之，人必賞之，亦適於用也。（自勉之詞）
98	朱方傳	朱方，字方甫。 段成式稱其有七絕，則其多能可知矣。 嘗供紙數屋，以助鄭廣文學書，則富而好事可見矣。 韓昌黎游青龍寺，見頳龍滿空，三足金烏啄之，昌黎大駭焉，乃方甫所爲，則其善幻可見矣。	作者本人自期：多能、好事、善幻，尤指在文學上有特殊成就，足令古文大家韓愈大駭也。
99	束赤心傳	束赤心之得姓，本於東方曼倩善覆射，武帝因賜以姓。 或見其形小而黑，以羊矢譏之，束生則以待天子之用自許。	不可以貌論人，一旦天子用我，則向之笑我者，且將附我矣。

100	牧正蕡傳	牧正蕡先世司牧，牛大蕃息；又善爲人媒妁，司婚有功。 蕡終身緘默，與玉華子爲鄰。愛之者衆，自成蹊焉。	桃李不言，下自成蹊——自表心志，懷誠信之心，潛有所感。
101	玉華子傳	玉華子可以延年，功效神奇。 入京師嘉慶坊見妬，王安豐鑽枯其髓，欲使絕嗣，而孫枝愈蕃衍。 貌美，立於苑中，縞素委地。	道家之善幻化——以傳說始，亦以傳說終。
102	夏貢元傳	夏貢元，名進，字薦之；一名含，字廷獻。漢叔孫通起朝儀，言於高帝，令諸州歲貢，其科非一，獨以進爲首，舉同類，雖名位素著者，莫得而先焉。至則必先引見於太廟，而後侍御於天子，其見重如此。 貢元退朝，自大明宮出之。	榮則在當時，獨蒙恩寵可知矣！（諷進士之榮寵不久。）
103	玄通子傳（爲休寧吳希善譔）	〈玄通子傳〉與頁259楊維楨之〈璞隱傳〉傳主同，經歷亦同。 甚至將〈璞隱傳〉的「楊鐵崖更其號爲璞隱」錄進本文。	爲吳希善譔——以玄通子通體貞用、顯晦隨遇、爰得知己，期勉吳希善。

六、《廣諧史》第五、六、七卷作品內容大要與篇旨說明表

※按《廣諧史》原篇序標示

篇序	篇名	內　容　大　要	篇　旨
104	清風君傳	清風君善行可，字叔存。其先世有善卷者，舜以天下讓卷，卷不受，去入深山。 其族遍海內外，有顯者，清風君獨稱冠。 行可審炎涼、善舒卷、飲人和、使人化、驅酷吏、措天下、救民庶。 有高人達士，當窮多盛筵，雖非其時，不忘清風君，驅俗氣也。	清風佳契，能卷能舒，不剛不貳，有溫潤之資，有中和之氣，德高道備，賢哉行可！惜不出其位。
105	戶牖侯傳	平維翰，字伯正，號韋齋。 王孫、士女、騷人、墨卿之飲會，必賴維翰屏衛之力；維翰諸族，俱皆美觀，然不若維翰儒雅。 天子錫之封制，其友廉處士恚怒嫉之。維翰退讓之，廉赧然。	維翰不矜伐己功，謙讓以對嫉之者，蓋作者心意之自表也。
106	廉汝脩傳	其先大廉氏。 汝脩居海嶽逸史門下近二十年，一日歷數先人功績、述二昆豪門之遇，以辭謝逸史。 汝脩友卓如立以「他適見左」面折，汝脩乃悔過，與逸史重盟。	廉氏不適富貴之家，況因樂近書香，而居逸史門下近二十年；幸有直友卓如立面折，使其迷途不遠矣！（逸史亦以卓如立之言自勉老於書鄉矣！）
107	引光奴傳	燧人氏之裔也。 奴材質雖微，而爲人引光，不擇巨細賢愚，未有不輕身以往者。 奴有高識，楚王絕纓時，卒成楚王之德，收壯士之報。	奴不愛其身，引人入光明；惜在上者未推之以照天下，故窮荒絕域，有不得其所者。
108	戶羽傳	爲人反覆，惟炎熱是附，火正深德之；漢成帝火正擅權，薦羽於上。 羽謹身媚上，未嘗與輿卓狎；得班婕妤題詩，默不出一語，婕妤飲恨而死，致憾於羽。 秋風起，恩幸日弛，被放於湘中，甘心無怨言。	翣之後，仕漢爲前將軍，朝儀肅然，始終一節，不以冷暖易心；使羽聞之，將愧死之不暇矣！羽眞小人哉！

109	太素生傳	素生者，故縢氏裔也， 世掌書契。 秦始皇時，燔滅有書氏，殃及縢氏。漢武帝思立其後，民間弗得，而素生已數歲，能衣不帛襦袴矣。 漢和帝蔡倫令素與故布居，相與修飾邊幅，以堅白爲世所稱，倫更名曰「砥」，字太素。 太素入祕府，兼起居注，性敏而善記載。 上自皇帝，下至王公大人、庸夫孺子，隨所扣小大，皆悉心無隱。 功封楮國公。或譖之薄行貪墨，帝一笑置之，然素進退維谷，遂力求退，入青壁山，終身不出。 其後子孫繁衍，散處他處。 會稽楮先生上仍其素云。	素更名「砥」，言素所行整整平滑如砥石也。 故布即季布後也，漢初有汝陰侯縢公者，亦祖文公，如朱家指脫布難，素或其遺也。
110	太玄生傳	太玄生性耐寒，不食五穀，齧石飲水以爲樂。 思以兼愛之說利天下，學諸翟氏摩頂放踵，比於老聃知白守黑，兀然獨守太玄。 與儒學銳生、鈍生、素生相與漸濡，以成文章。 生委形萬象，不知所終，人以爲玄化云。	「逃墨必歸於儒」，太玄生可謂善變矣！（作者貶墨揚儒）
111	太銳生傳	銳生跌宕不羈，秦內史約之禮，始以書生名矣，有風塵物表之意。 好爲高論，言不及義，不曾爲人解惑。 以啖墨致黑，既老，考終牖下。	古之豪傑行事每或過高，而剖綴藝文，要之有裨於世。 太銳生陳義過高，且無益於世，太銳生不賢矣！
112	太鈍生傳	石鈍，字太鈍。 鈍爲美才，砥礪之，遂成偉器。 玄宗以帝王之治問之，答曰「以主靜爲學，無欲爲靜，則人極立而帝道可舉矣。」 曾與楊太眞共侍李白，或不悅鈍，鈍曰：「予所否者，天厭之！天厭之！」又曰：「未見好德如好色者也。吾不及亂矣！」力爲求去。 隱萬竹山中，日以接引後學爲事，所啓沃甚多。 肅宗強起鈍，惜其政尙姑息，諸鎭跳梁，鈍因勸之剛斷果決，道不合，謝病免。	其君用之，則安富尊榮；其子弟從之，則孝弟忠信。鈍前後敷對，皆不失道。而其隱居山中，又修身見於世。 眞儒者應如是也！

113	清風先生傳	五明居士，緝楮為衣，骨格稜稜不凡，有機心，能卷舒，與人交，則清風灑然。故高人達士一見，愛不釋手云。 性不耐寒，秋飆薦爽，輒避深藏；稍稍氣溫，又出而希世用。 或譏其炎涼若楮氏，則曰：「炎涼變態常情乎？以我信我，則無加損也！」	用行舍藏，卷舒在我，彼以炎涼譏我者，不固哉？
114	界菴先生傳	剡溪居士楮先生者，平生博學強記，一經紀錄，輒終身不忘。 初年自號素菴，一日忽悟君子之學惟約之貴，爰就有道約之以程式，秩序井然，使欲親炙者，不待檢束而自不踰閑，端人正士多所許與。 騷人墨客豪俠數輩詆之「拘拘儒儒」，先生不以為意，曰：「修為在己，取舍在人；吾直吾道而已，削吾迹、枉吾道，以從時好，吾不能也。」終身弗渝其介，務以範俗楷世，遂成大儒，傳式天下，愈重於好學多文之士矣。晚年更號界菴。	無偏無黨，律己正也。不詭不隨，率物嚴也。文理察察，溫而理也。成己成物，物內合而時措宜也。是為大儒，宜敬重也。
115	高密王傳	高密王，風姓。 王生而神靈，輕體纖腰，行步若飛，善鳩其眾，謹君臣之禮。 王既勤政，眾亦力作，紛然出入，性弗少暇。蓄糧既多，不可勝食，秋歉不給野人，或請助焉，王弗恡情。上自王公飲膳餌服，無不取給。糧既甘美，為世所尚。其利之緒餘，亦博矣哉！ 性忠義，人有害其君者，雖千萬億皆死之，無一生降者，此其國以永存也。	國若皆如高密，能厚施而不食其報，後世子孫必享天下之福；後世之臣，有能遇難必死以報其主，君臣皆如高密者，國必至今長存。
116	逍遙公傳	逍遙公之先，為黃帝主車。 周武王伐紂，公族皆從軍，謂所居之冀，習紂教俗，敗惡不可居，請徙以近王。 宣王中立，周復振，使公族，伐胡有功。 諸侯中惟魯衛晉，于周最親，故魯有坰十六族以擯楚，衛有淇上之族以狄，晉有冀土之伯中國：所謂「得賢者昌」也。 漢武帝好仙而事征伐，公之族仕于朝者十四萬矣！戰死者數萬矣！會太史令遷坐法宮，更為中書令，尊寵公之族宗焉，往往自宮以適君，上凡郊祀遊畋出入，非公不行；王公大人、士賈庶隸，亦非公不行。 諺曰：「行地莫如公」。	進退不失其正，以德稱于世，其為君子者也。

編號	篇名	正文	評語
		公既素放逸，雖爲上所寵，無所事事，請退居曹，自此日衰，不復進用矣！	
117	晦明子傳	晦明子，其先端木氏。爲人朴直，不事矯揉，於人寡交接，可親不可弄，善內照，其識如鑒。 九華先生者，秉德而耀，人甚賴慕，惟事發人幽暗。 晦明子與九華定交，困蒙生爲致之。困蒙生每嚮晦輒廢書假寢，晦明子以「惜三餘」示之。知生之不能久任也，求去。居塵埃中，無能物色者。	天下事孰不成於明？亦孰不壞於明？非明之過，所以用其明者之過也。 不盡用其明，乃所以爲善用其明也。
118	風道人傳	風道人者，好吟詠繪畫。 漢武帝慕神仙，道人甚有寵，出入不離襟袖，未幾，見疏。諸葛武侯治蜀，必攜之同行，蜀人迄今懷感，族屬散處巴渝。梁武帝賜號「轉藏禪師」，以其隨機鼓動，灑然清涼矣。 道人變幻百出，靡不曲當人意，惜趨炎附熱，乏歲寒松柏之操，識者以少之，用輒見棄！	道人雖古良佐不讓，顧知之弗用，用之弗專，愛若掌珠，棄同匏繫，是豈獨道人之罪哉？ 「合抱不遺寸朽，敝帚重於千金」，適才適用，方足以爲人君也。
119	胡液楮傳	楮氏者，剡陽人也，得胡液而後有地，疆域斬截均平，中分十三郡，以二邊郡禦諸外，邊頗茂壯，中若磽薄。 或議削其邊，楮氏曰：「余乏厚德以敦化列郡，防微卻侮，賴邊郡之克夾持焉。」 遣使丁貫巡行以司風刺，洒中外肅然，獲就掌握。	振楮氏以風四方者，郡牧也；糾列郡之牧，而受命主人者，貫也。郡潰楮敗，而貫也獨不廢職。嗚呼！貫眞骨鯁之臣哉！
120	靈壽先生傳	靈壽先生金亮，字公照。 系出金日磾，故胡虜種，日磾羨中國文明之化，因用夏變夷。 貞觀元年亮生，其願若孔子鑄顏淵，以成其器。 爲人明達，無毫髮隱，有叩之，輒爲形容其美惡，而不一涉於愛惡；凡有目者，咸望其風采。 開元丙子八月，群臣賀千秋節，因以亮獻帝。後貴妃短於自見，帝嘉亮鑒局，命往曉之，遂獲深居大內。 然太察察，近訐直，同僚漸不堪，共譖亮於上，妃亦疏而不見。	亮之生納諸壙而死，以其明，故也。 亮非不知遠怨者，而終以積忌泪沒其身，時之蒙蔽者也。 亮得老氏之道，雖吾儒亦何能過是耶？

		及召，亮曰：「昔孔明開誠心、布公道，臣無愧焉，恨不遇昭烈耳！」妃慚謝。 帝崩，遺命以殉葬焉。子二，咸能增光前烈。	
121	疏附侯傳	疏附侯木理，字元通，號一貫君。 唐玄宗時，日見親寵，雖貴妃亦首受約束焉。 謂：「執法者，在刪其繁亂而撮其要；治亂係於上。」 後同僚歷數其過，理聞侷傴而退。妃惡其訐以為直，且其鄉黨櫛生枇生擠攙，竟放歸，自焚死。	專以撥亂反正為己功，而不知春秋無怙亂之義，卒及難。 剛而無柔，道以行之，雖堯舜不能理天下。
122	華容君傳	房施，字增輝，號華容君。 初房氏不能自表於世，與白華之族相與漸染，以成其材，始克充尚方之用。 隋開皇時，見休精幻顏傾國之術，因傾陳後主之國。 施丰姿醲郁，光彩射人，狎習於婦人女子。給侍貴妃左右，妃大嘉美之，日與從事於吻頰。 後妃忘其功，恐禍及身，因乞骸骨，終老於絳。	房施有功於世，惜乎外觀太侈，赫如渥赭，不能少歛以恬淡，而又與皎皎之白生相習染，惟務矯飾，外貌似是而非，而無情實。 大雅君子安靜不擾，悃愊無華，雖悶悶不快人意，其有功於人，應日計不足，月計有餘也。
123	受采先生傳	受采先生白華，字太素。 白華姿儀瑩徹，皎然風塵物表，惟性頗輕浮瑣屑，好為皎皎之行加乎人，人有微瑕，輒為面謾；人皆不與接。 貴妃喜貯之金屋。其與房施相和調，妃暨後宮受其品題，彬彬適厥中，大要在掩惡而揚美，被其澤者，莫不革面，順以從君。妃益與華狎，定為忘形交。 華與施雖外相調和，而華多待以白眼，故施赤心之託，益淡不專。 後妃偏注於房生，白華怒房生，髓竭而死。 上追其為人「皜皜乎不可尚」，賜從其先世。子孫繼之，善於其職，亦散見於民間，或寓繪畫家焉。	當華之接己以示人，而不少韜其光，雖行之以直諒，尚恐弗濟，而況好為人面謾者乎？豈見素抱朴之道者哉？ 華具樸素之質，使文以黼黻文章，則彬彬君子，亦可以為成人矣！華可謂不善用其質也。

124	審侯傳	周準，字經，宋初人也。 準爲人公平無所偏，德素孚於民。凡所施爲，恆守一道，以制萬物，故上有道揆，下有法守。 光獻仁后每有製作，莫不曲盡其制，無毫釐爽，而歸功於準焉。準雖在后前，惟直道行之，未嘗傴僂將事。 神宗相安石，變亂舊章，致疑於準。準怒，乞骸骨歸。 後英宗高后追封爲「審侯」。祖父子孫皆行而世爲天下法。	禮樂之用，舜聖人亦不能舍準之道，以平治天下。安石相時，君欲用周禮而棄準，卒以取敗！ 夫法亦有所屈，而準誠固哉！
125	夬侯傳	夬侯，齊銛，字金鑠。 齊銛刻廉剛敏，每開口有剖決，輒畫然長嘯，喜砥礪廉隅，以身任裁成之業。性頗修飾邊幅，不能少歛鋒鍔。 仁宗太后器重之，每有布置，輒假手於銛，喜銛之排難解紛，勢如破竹。 銛後益顓制不法，任意紛紜，所至無不殘缺。久之，齒牙動搖，漸不任事。表乞歸，別圖效用。	侯爲世之利器，力行果斷，絕長補短，以節量民用。惜積於用剛，不知守之以柔，恃才凌物，務小苟巧詆，竟使綿薄者欲舍其良以規別用！ 刀筆之吏，豈盡不可爲卿？ 君子宜廉而不劌。
126	罙阻侯傳	金貫，字原鏤，父簪母管氏。 應物敏速，無所顧忌，貫穿百家，鑽研爲功，苟可以濟物，摩頂放踵爲之。 光獻曹后時，貫毅然以覆民庇主自期待，與紉深於結納，務剛柔相濟，日夜合雜，不憚往返之煩，要之必盡其彌綸之責而後已。 銛陰諷有司，上疏論金貫進銳退速，不宜封侯。貫怒，投閣亡去，不知所歸。後有學刑名者、從醫家游者，族類蓋布散用於世。	貫以藐焉一軀，勇往精進，速成庇覆天下之澤，書所謂「一个臣」是也。 然齊銛使金貫冒躁進之名，遁迹遠隱，誠脛脛然小人哉！況齊銛有魁梧之形，賢良之責，畏首畏尾，無所建明也。
127	柔理侯傳	宋柔理侯索紉，字兼總，蓋唐游擊將軍索元禮之裔。 元禮制獄肆羅織之酷，每一推覆窮根柢，相牽聯至數百未能訖，而竟亦不免。 紉始痛反先緒，一遇羅織，輒爲牽合傅會以彌縫其闕漏，使相連屬而免繫治之患。 金貫與結交，共效於光獻太后，紉由是每事得貫爲之先益，大肆力於合縱連橫之術，與貫緩急相護，務使黼黻文章之治，具就其條貫。后往觀厥成，惟紉功獨顯，后欲封紉爲柔理侯，準銛讓貫曰：「吾三人以先達創業，而令功獨留於後進，恐一旦尾大不掉矣！」	始侯與三子相推引，以凝庶績，蓋深有同功一體之義，及侯功獨見，眾輒隨而媒孽其短。會合之不可恃如此，朋友之際可畏哉！ 惜侯以九尺之軀，不自奮庸，既因人以成事，而又相依附結託，不早謝絕，終取藍縷之敝，侯拙於用長者也。

		后重用紉，紉遂驕倨，雖后臨之，亦連蜷而臥不理。后詔舉其支屬以續緒，而紉始就閒。	
128	端溪子傳	端溪子，名璞，字懷珍。 世巖居弗耀，雅自珍重，不肯與世浮沉。與中山毛君、新安玄卿，極相友善。然毛質銳，過勞則易衰；玄體薄，過勞則日損。坐是不能多歷歲月，閱寒暑，往往至于夭折。毛之壽以日計，玄之壽以月計，未有若端溪子之無恙。 端溪子致壽之道，爲養拙、順性、葆眞。	余生無機心，自謂天下無拙于我者，今後可以端溪子自喻矣！
129	應時子傳	應時子爲倫氏與孤竹氏互資迭用，剛柔協濟。 性恬雅，憫時濟物、有掃除酷烈之志。又度能有容，無問賤貴賢愚，有投輒應。 善卷舒，見可而進，知難而止，能安時委順，不較榮通醜窮。	進不忘物，退不失己，可以爲世軌。
130	木通子傳	木通子，字尙理。 世居山中，抱朴自隱。梓氏說之出而爲天下用。 天下有不斷之事，往往一舉手而解。每旦望理者，瀚然雲集，子皆隨手輒應，雖周公、叔夜不能棄去。 子以用事日久，苦于勞煩，齒牙動搖，日就于敝，時亦鄙其爲人，歸老于家，恨「梓氏眞敗余也」。	徇時者通，忤時者窮，通則何窮之慮？ 木通子櫛風瘴力，乃至于失；蓋其爲人者重，而所以自爲者輕。故悔山中之出，而恨梓氏之眞敗余也。
131	貞素翁傳	貞素翁，名箋，字子陽，貞素其號也。宋人，孤竹氏。 貞素金陵之族，善自檢束，有尙絅之志，故號貞素，以自表焉。 性極慈仁，人有罹於酷罰，率攘臂奮身解之。 宋高宗建炎中，夏人倡亂，帝遣貞素翁徂征，翁定亂，天子嘉之。貞素翁終事而退，上疏乞骸骨歸。上賜允，朝士榮其行，繪圖而送以詩。 翁以老退而見讒，上籍其家，婦女充掖廷，其男子爲奴，惟翁免。 後屢有白其誣者，上悔之，翁終於壽，諡忠清。	翁於進退之道亦幾矣！乃以輕薄趨附見讒，是非之可變亂如此哉！ 「讒人搆事，枉害忠良」，是惟建炎（宋高宗）之衰也。

132	墨姬傳	墨姬者，孤竹君之後。冰肌玉骨，有烈女風，和而不流。 唐明皇天寶五年夏六月，被選入宮，得專房之寵。 與後進錫姬俱被寵，口角相爭，互不相讓，帝力勸乃解。 秋夜，姬與貴妃爭寵，誤批上頰，帝寤怒撞之，姬走避。 十年姬盧荒廢，姬發憤自投於火而死。 所生骨格削方爲圓，無覆峭直之行。	君臣朋友，欲其久而不厭者，宜莫如敬。 四時代謝，成功者退，亦各從其時也。失寵不能自遣者，可謂不善處窮矣。
133	錫姬傳	錫姬，生於錫山之岩穴。與人接，渾是一團和氣。 唐明皇天寶五載冬十二月，以良家選入，以口善傷人，每三緘其口。 每早朝，勸帝洗濯以自新，帝俯首受納。因譖墨姬，故爐生面折姬於帝前。帝貶姬出居冷宮，姬既廢，老不任事。天寶十五載，祿山反，燒宮室，姬被焚死。 肅宗至德二年，上皇還京，授二子光祿勳，以奉姬祀。子孫繁衍，至今不絕。	錫姬溫且惠，具婦人之德也。且勸帝洗濯以自新，賢妃也。 然不善持盈，卒以口敗。後世守盈成之運者，可以鑒矣！
134	歐陽憎傳	歐陽憎，字子惡。 唐武后嗣聖元年，拜大理寺丞，爲貪酷之政，羅織紛紜，百姓瘡痍，鑽研切至，人且死，猶窮治不能捨，以是得幸武后。 后命守肉，憎竊之，后不之罪。 憎上疏陷同僚辛螫、混沌遲、毛隱等，欲代其位。螫、遲遂棄后，后亦厭憎貪污無恥，不呼自至。 後坐贓，自投於地。子孫雖多，然穢德彰聞，人皆唾視。	貪所以用其酷，酷所以濟其貪，天下之人未有貪而不酷，酷而不貪者也！ 所貴乎子孫者，不惟其多，惟其賢。以近御而能廉潔自勵，使後世稱爲清白吏子孫，不亦善乎！
135	辛螫傳	侍中辛螫者，字刺姦。 爲政嚴酷，喜肉刑。嗣聖五年夏六月，以善刑名入爲侍中。用事日久，貧民愁苦，痛入骨髓，達旦不寐，呻吟之聲，徹於中外。后患之。 嗣聖十一年秋九月，后以螫陰陽失和，當免。螫外徙，然威聲猶可畏，遂爲帳下撲殺之。 子孫甚眾，世世血食。螫以椒房之親，不與凌煙閣功臣。	貪吏之爲商，不若廉吏之爲商，其利溥也。 吏苟廉矣，由小縣得刺小州，由大縣得刺大州，其利庸可既乎？ 螫向居草莽，貧無立錐之地，今則無錐可置，其爲污吏之戒也。

136	混沌遲傳	遲字緩卿，混沌子之後。 遲性怠緩，頑鈍無恥，破裂邊幅。 事武后，治囚吹毛求疵細入毫髮，以稱上意。 后察其腹肥，而百姓瘦矣，欲數其罪。遲逃，匿上林中。后密詔捕之，不能得，遲復竄於不毛之地，衣垢弊之衣，為惡尤甚。后怒，舉族烹之，子孫亦多遭極刑，或焚或烹，或手刃，積惡之報也。	寓至巧於至拙，藏大智於極愚，遲之行詐也。子孫遭極刑，多被手刃，豈可久作黑頭公耶？
137	毛隱傳	毛隱，字細君。 性躁急如雷電，鬼神不可測識。 嗣聖五年春三月，拜散騎常侍，事武后，狡猾多智，屈體承順，或出入跨下，亦不為辱。為政嚴酷，使人終夜不寢，背不帖席。歐陽憎以賄籠之，不能得。辛螫譖之於后，后惡隱之跳梁，或至鞭扑，隱遂率中屯衛軍作亂禁中。 后謀計急捕毛隱，隱遂自溺死。子孫進銳退速，皆如隱。	君子為政，不可欲速。 毛常侍，捷才也，性暴，故為人所譖。 貴戚之卿於后，有過則當面折，苦心諫之。不當束縛之、馳驟之，若牛馬然。 「浮躁淺露，非享爵祿之器也。」
138	清風生傳	清風生，夏氏，名當時。生雅工開闔之術，善適人意，或贈之言，則開襟受之。 貞觀九年六月，上避暑九成宮，召生入侍，愈益親幸。裴內史、盧供奉譖之上，是年八月，上以生年少近幸，不使與中秋宴。生不自安，上疏求去，上許之。 生削迹市朝，終身不自表見。	時之未及，置以待用，可也；敝而傷之，不亦已甚也！
139	朱華覺侯傳	朱華之先，自帝俞氏。後太乙主其宗，求守舊官，子孫更夏商，世業儒。朱華文侯赤助周公制禮作樂有功。孔孟俱稱揚朱華。 秦昭王十年，朱華覺侯始迷立，年十四。是時秦強，數出兵，而朱華自治，閉關不窺兵秦。 覺侯立，年少，素憤不得爭權天下，客仕完乃入朱華。 仕完以富強稱雄之語說覺侯，左右大臣半疑，不敢定言，獨故相良擯其言，覺侯不用良，而喜仕完「君侯為伯，南面稱孤，世世稱頌功德」之語，遂置完相印。 完主斷國政，悉更其舊為，起民為什伍，而故舊繩墨之士，悉屏棄不用。所施行刓方圓枘，與朱華故事相矛盾。	「函人惟恐傷人，矢人惟恐不傷人」，學者貴擇術，況乃國也。

		覺侯自以爲強，遂馳獵縱樂。遇智丘老人以仁義禮樂、先祖之道勸說，且指客仕完背其祖之所爲，覺侯始悟。 覺侯悉反舊政，閉關、拜故相良，曰：「吾覺矣！吾覺矣！」國人因共稱「覺侯」。 仕完後在秦，再用貴顯，其後散處四方。其天下之言，爭時者稱焉。	
140	曲秀才傳	曲生，先车氏裔也。 生奮然厭俗，日就矩範，相國杜康氏贊其「今之傳說」，薦於上。 上命與米原秬同待用光祿，且命玄淡眞人爲之調和，由是醞釀益精，遂入聖臣之列，出知釅城郡。 外方賓使至，上使曲生對客使語，數而有節，宛而能通，主賓驩好浹洽，芥蒂咸釋。上喜，命專柄主客司事。 後賓客久不至，二生閒散日久，一時意氣不協，自相攻持，遂恍悶成疾，幾至滅性。上遂貶爲瓊州秀才，人遂呼之爲「曲秀才」。	天下無全人，人惟能取人所長，濟己所短，則用不匱矣！ 「雖旬无咎，過旬災也」，戒自滿者也。
141	冰壺先生傳	冰壺先生，姓疏氏。 性至清介，田夫野老、侯王公卿飲食間，不可無先生也。 一夕王酒酣、吻燥渴，亟召先生來，風味楚楚，王大悅。 石崇、王愷比富，愷賂崇帳下督，得致先生。崇、愷遂先後疏之。 先生歸溢浦，終其身焉。	以清名負冰蘗之操，介然自潔，高蹈丘園，有足尚者，一旦出非其時，以召疏辱而不能保其令聞，惜哉！
142	石文侯傳	君姓石氏，諱居默。 性耿介堅實，不事華藻，隱居蒙茸山澤中。帝以金戈聘之，受命，辭山澤中。祝生解生與君共處，相與砥礪，遂斐然成章。名既成，所交益廣。 君喜飲潔水，飲亦不多，雖經宿亦泠然充溢如故，帝以是知君廉潔寡欲，斯所謂端人也，愈親幸之。 君氣吐虹霓，戁然有千里大志，與鴻生鉅儒爲伍，獨不喜俗子，然亦閒以往，故人謂君歷年愈深，則量愈宏，虛其中而澤其外，至久亦容質不少毀。 君既以受上任使，兢兢惟恐失墜，鎮靜自守，尺寸罔失，帝迺封君爲文侯。	侯迺區區知白守黑，以靜御動，受主上獨眷注終始，顧不以彼易此，豈非遘歟？ 侯乃「知微知彰，知柔知剛，萬夫之望」者也。

		自有文字，以至于今，舍侯何以哉？世有代遷，允無休廢。 侯之族，爲端產者爲姓最著。	
143	六安州茶居士傳	茶氏苗裔，最遠洪濛。 其處深山幽谷，其材二尺許；性苦疏。徙其眾，咸就山人，山人始爲通好。 有楚狂裔孫陸羽先生，博物洽聞，聞茶氏名，就山中訪之。時茶氏出而呼其相狎友數十輩，各獻其能，共成大美，悅先生。 先生一揮而就，茶氏之譜與其經俱成。後大散見文章家，茶氏名益重。 茶氏好修潔，與文人騷客高僧隱逸輩最親昵，能勸退酒正，又能破人悶、好吟詠。 山人者流知，士人者咸重，由是益廣其資生，吳中人貢金幣如初言，遂與茶氏通世世好。 上走中使持璽書來聘少女雨前，雨前拜賜。 上憐之，封爲龍團夫人，以雨前請著爲令，至今西羌之域，尚有巡茶憲使以全茶氏之族。茶氏由此世通籍王家，益顯且遠矣！	茶氏者，樵夫牧豎所共知，而知之者鮮能達其精，其精通於神仙家，而功用之廣則過之，且世寵於王者，而器之不少衰焉。最貴哉！
144	湯氏傳	燕市麗人姓湯氏，其先簡狄。 氣體和，度大而有容，謙虛而不溢。 客過燕市美之，遂媒而娶之。客自獲湯氏侍夜，則溫然姝弟矣。後客去燕之齊，齊俗以火禦寒，湯氏獨床而處，弗克自溫，久之貌癯色改，無復昔日之麗也。同輩有挈壺氏、燭龍氏、盆成氏欲毀之，俱被深誚。客因責三人者，且以貧賤交，召湯氏如初。	湯氏一婦人耳，修潔可以徵貞；溫淑可以徵度；愛弛而不怨，覯閔而不困，可以徵德。 世之號爲丈夫者，或未易及哉！
145	楮待制傳	楮待制，初名藤，及長，爲世用，更名知白。 和帝時，中常侍蔡倫善造就人，引以見帝，帝嘉賞，恨相得之晚。 日承任使，凡經史術藝，百家九流之說，皆托以行天下，當代注記冊籍，臣民文移簡札，非知白不達也。帝益加寵侍。 士有以謬惡文辭投知白者，知白怒，因愬帝：「今狂生淺夫，任情謬惡，臣一被污辱，欲雪無由，誠願陛下一申文字垂謬之禁，以隆古道，以正士心，以亮臣區區用世之忠。」帝從其言，命儒臣撰悲剡藤文以舒其憤。	知白之愬帝，帝之爲紓其憤，心事了了，千百世之下聞之者，可以懼矣！ 知白洵賢，而蔡瓛因之以出，果孔孟之法哉！ 縉紳充廷，賢如知白，不蒙引手之德，斯又誰之過也！其內愧蔡瓛也。

		知白才博而通，無不能爲者，庶幾近乎夫子所稱不器。晚年就閒。族子並出，蔡氏作成，世又稱紙氏，大用於世，傳嗣不絕。	
146	國老世家	國老甘草，其先爲百藥祖，賜號「藥王」。 草性從容，純厚朴實，威靈特異，嘗謂「矧生而無名，異世何述？」 從黃精游，求破君殺敵之要；兵法既精，歸養其母。 草至孝，冬月積雪，效哭竹瀝血之誠，感天動地，令母可賞紅花。娶婦查玉英，善事慈姑，草喜得賢婦。母疾危，得白頭翁夢中持救。 草孝廉，爲葛上亭長，便行旅、驅鬼督郵、擊西羌俱有功。 會諸種合兵助羌，草裨將毛蓼敗績死之，蓼妻自縊死繩下。草被執，羌胡欲妻以阿魏氏女，草大罵嚴拒之，羌胡幽之白羊石洞；賴仙人草菴閭子者丸，不死。羌胡移土砦，鄰婦日餽茱萸，且欲以寡婦薦寢，草謝絕之。 後草敗羌胡，獻俘于朝，帝拜草天雄軍節度使，祀毛蓼夫婦廟號「烈節」。 草助滕氏零餘子雪滅族之恥；警戒盜賊並感化其爲善士；獎孝子；使竊賊改行；誅劫匪……。 聞母訃，即奔喪，守靈盡孝思。明秋，五毒草聖大王、七仙草聖蠻王，分適踰境，寇急，上復詔草，草上表固辭，累奏不允。其友以大義勸之，草遂赴召，拜獨用將軍。草因才任使，克缺糧之困，悉執虜剖骨，路支解之。草凱還，上喜，君臣合歡，建神屋生祀之，勒草功德於碣，自是但呼「國老」而不名，封查氏「雍國福延夫人」。久之，草悟范蠡假陶朱術以自全之意，連疏乞休。上詔昌侯護送還鄉。 子甘遂性苦介，父子夷傷；與子甘蔗氣味相合，子孝父悅，瓜瓞不替。	義主忠孝，崇人道也。
147	唐密皇本紀	唐密皇者，豐壺伯也。 上祖性質毒烈，與人接，輒肆誅刺，人以是多畏惡之。	廣德者，民之趨也；懷德者，民之止也。有德惟王，天之順乎？古之通乎？

		尹伯奇冤死、賈萌見殺，皆因豐氏子，故豐氏之號王父者恚怒，懼豐氏有殺孝子忠臣之名，其族不永，遂戒其後無使施毒，自是人不相犯不輒毒；王父且志利人，醞釀之液，可愈人疾。王父者，有功于豐氏之族也。 王父生壺伯，端重有威儀，人雖犯己，漠然無校，群族共稱為「無毒公」，歸戴者曰眾。 群族自相雄長，潰莽日甚。老成百輩竊議立壺伯為主，伯愕然拒之。啟勸進且上告王父，王父諭壺伯不得重違眾請。以是奉無毒公祀告天地，即位於玉臺之上，國號大唐，尊王父為太上皇。 由是舉國競採擷殘花鮮蕊，絡繹相屬，故野無隱美，而國有餘蓄，惜其括取太盡，若朱勔之花石綱。蓋其性薦於奉上，不自為勞，出作之頃，猶為謳吟，以是知無為之治，上之所感深矣。人取其釀製，號曰「花液」，世共賞之。 上在位日久，方議內禪，遂以疾崩。館閣大臣為哀誄之辭，稱其得孟子保民之旨，得周家封建同姓之制。 後世稱唐密皇為創業哲王。君子稱豐氏，可謂有道之長矣。	
148	蘭友傳	吾友蘭馨，字汝清，號無知子。 其先為仲尼、屈原、謝安、韓愈、朱元晦稱美之。 馨始生，異香滿室，人稱香孩兒。既長，與木徂徠、梅華、竹直同道相友，號為四友。 時有嚴雪者，倡黃老之學，草莽之士，慕而變者萬計，惟四友正色不動。明春禁異學，雪屏竄，變者反正，四友名益重於世。 馨潛修不出，與金利締交，同心相規，堅勝膠漆。 夏月炎暑，人有浼不潔者，示以湯盤，俾洗濯自新，人皆頌其功。祕書省有蠹魚為害，上召馨拜掌書記，害遂息，因名其省曰「蘭省」，表馨能也。 閔子廣於取友，構莊禮馨，期與俱化，署之曰「蘭莊」。	蘭馨能衍餘芳，襲書香，無辱於先，使閔子（文振）樂友，在友為益，在子孫為賢。世之為人友能益，為人子孫能賢，如蘭馨焉，可也。

149	茅中書傳	茅聚，字約之。 秦始皇時，忌古史剛方不便事，于是蒙將軍迎上意，薦羊氏爲中書，以柔順便旨歷世。及宋以來，欲史氏大書，以昭垂於後，始病羊氏軟美順從，非古良史，時有薦茅氏者，乃遣採訪史招之，汰其柔不克立者，餘悉以坎整齊之，茅氏悉受約束。明日即拜中書，果丰神勁屬。 羊氏與茅氏爭位，三公會辦于庭，謂：「茅氏剛而疏，可大受而不可小知；羊氏柔而密，事無纖細，未嘗糊塗。宜各錄用以器其材。」 上可其奏，于是並位中書。	茅氏剛而疏，可大受而不可小知；羊氏柔而密，事無纖細，未嘗糊塗。宜各錄用以器其材。（人盡其才）
150	文信侯傳	文信侯者，石方，字文古。 好古文籀氏書，上命就史館，授著作佐郎，國家有聘問交鄰之禮於詞，命經其潤色者，益信重於其國，天子封文信侯。 但性剛，由是寵任少衰。間取有庫君子孫之齒者與木氏代其職，而規度悉遵石氏。 我皇上特起金氏，爲之專從事，上卿執政者有密聞，許直達禁闥，而其職益重矣。	諷當時皇上，許上卿執政者直達禁闥。
151	龍精子傳	龍精子生於空桑，不知姓氏。 黃帝欲衣裳而治，徵龍精子，喜其經綸之才，尤喜其供袞冕文章、繢幣、旌旗、文繡、繪楮之用。故被之絃歌，以昭殊勳。 上許民間得從便招致，其子孫遂布滿天下。 漢長公主釐降單于，自後邀請絲通不絕。宋之末造，龍精子所爲得弭金革之禍。 龍精子狀貌肥大潔白，足弱不良於行，性質訥，柔懦少剛，然得內交者，卒歲無憂焉。後世養之不衰，不以常材待之也。	龍精子不佞不捷，寄生於人，苟無人飼之，則窮餓而死，其貌若無可取也，其才實能經綸天下，而救斯民斃疾之苦，名聞猰狁，爲中國增重，其功用大矣哉！ 觀物者尚實用邪？抑尚美觀邪？（君主用人宜視其才用，而非外貌俊美。）
152	清虛先生傳	清虛先生，空谷人也。 與麗香公子、飛白散人、玄明高士爲友，甚相得。 先生譴弟子山雲遮玄明之道，玄明以「清虛東西南北人，某循途守轍之士」爲由，請山雲覆護，爲玄明解圍。幸飛白以「玄明乃公之良夜友」相勸，乃解。 先生、飛白訪麗香，麗香欲眠傾倒，先生扶之，麗香益搖曳。麗香、飛白皆爲玄明說項，先生然之，令雲去側而請玄明。	交友貴在相知。

		玄明至，交好如初，情思相合，心膽相照，自是以爲常。 先生威蓋天下而不徵諸色，澤及萬物而不見諸形；晚年性暴、好殺。天下人想見其丰采而不能物色。	
153	麗香公子傳	麗香公子，色艷質美，人咸愛之。 清虛先生每狎之，公子必伴狂而舞；自謂因先生善發人，故胸中道理勃然萌動，不覺舞之蹈之也。 與飛白散人交，必飽其慧，低首不言；自言飛白散人輕狂無藉，欲相壓使萬物皆出其下，故順受其澤也。 玄明高士以公子言告飛白散人，飛白怒，玄明懼，幸清虛解之。 自是，飛白甘爲下流，不復與公子比肩；玄明慚，謝公子，公子與其共席地，依依至曉。公子容人之度，可知矣。 公子少時，婦人女子有粧殘者，必損己以親之。衰老時，寧寸斬焚身，而非死於兒女子之手。 青帝宰世，公子之子孫漸盛，成之者，清虛與有力焉。	寓意不明
154	飛白散人傳	散人乃神仙者流，性喜寒，爲人灑落，四友中獨與清虛交契。 清虛與麗香口角，清虛促散人來。散人出如唧枚疾走，不聞行聲，見者皆凜凜；玄明乃與飛白相對，輝光相盪，似有爭意。 玄明以不仁、不義、無禮、不智、無信責飛白。 飛白以蟾蜍罵玄明，且自稱神妙，壓倒元白。玄明、飛白二人凜色交射，各爭榮彩，清虛與麗香乃從中解分。二人遂感而謝焉，爲莫逆交。宇宙重光，皆二人力也。 散人不應詞客之問，客怒欲烹散人，散人遂尸解而去。	寓意不明
155	玄明高士傳	高士生於東海，轍迹遍天下，人皆仰之。 全世惟唐玄宗幸其第，有「廣寒宮」之名。 爲人丰采無比，且識盈虛之數，不以顯晦介意。清虛、麗香、飛白三人皆親炙其輝，而麗香尤一步不忘焉。清虛飛白遂加麗香以屈辱。	寓意不明

		麗香望救於高士，高士惟冷視而已；求解於清虛，清虛大笑，飛白驚倒，麗香遂排脫而起，自是麗香感清虛而疎高士。 高士偶爲陰謀所掩，九州之人，皆焚香秉燭以救之。而麗香則迎笑問之，若有幸其磨滅者。高士麗香誤會冰釋後，麗香悟高士之量，尋續舊交。 四友所至之處，則清氣鬱然，非尋常俗地。清虛戲言己欲稍奮，三人則願淡淡以交，萬年一日，期與天地相終始。	
156	桑寄生傳	桑寄生者，爲人後朴有遠志。 與劉寄奴爲布衣交，劉即位，拜爲大將軍，恩幸無比。 繼而木賊反，自號「威靈仙」，與辛夷、前胡相結，連犯天雄軍。生率兵攻賊，大戰百合，獲無名異寶，俱獻之上。上迎勞之，呼爲「國老」。 生益貴，買紅娘子爲妾，妾貌美、體白而乳香，生甚愛之。後上見生羸憊，勸其絕慾以自養，且令放遠其妾。 生與妾詩書往返，情不自勝，言於上，上召之使還。生溺於慾，又爲寒所侵，浸以成疾，爲皤然一白頭翁矣。上疏乞骸骨歸。未幾而卒。	生以材用於時，殊爲難得。其後酖於女色，而不知其毒甚於烏蛇也。 嗚呼！迷而不悟，遂至殞身。哀哉！
157	奇橘傳	奇橘，字平子。 其母聰悟喜兵事，當黃帝征蚩尤，歲徵天下驍雄，橘母庶幾一遇，以顯其能，竟以身女，州牧不敢上，母恚歎。 奇橘方面廣顙，黑白分明，性寬平，頗修飾邊幅，木訥、不喜言笑，實條理磊然，常凜凜有戰鬥之意。 堯子丹朱甚親倖用事，堯亦時時以兵法教之。橘恂恂簡朴，善與時高下，不出几席，而得開疆謀國之道。與人處，隨其智性，臆對目攝，盡使得所願。 其人兵家者流，陰賊險巇，欲得其術，必專心致志。 丹朱後，舜之子商均亦與橘善。橘老罷歸，子姓散處郡國。 仲尼、孟子互推尊橘，橘名益顯。騷墨家稱頌功德者，殆不可勝數。	儒家推尊橘、騷墨家稱頌橘之功德。

158	南唐臨淄侯歙石虛中傳	石虛中者，歙人也。 其先佐武王有功，太公戒其勿為墨氏邪心讒言所污。贊孔子作春秋，世咸推石氏。 唐開元中，世復知石氏。 南唐時，使其客李少微與之磨礱，虛中硜然變色。虛中至京師，直披腹心，隨所任使，意津津也。後主留意文學，號陳玄、毛穎、楮知白與石虛中為「四絕」，寵任特至。 三人者相繼物故，虛中與後進雜處，每嬰拂逆蒙涊涊，遂上疏乞骸骨歸。上不允，愈益重虛中，封侯。 唐亡後，去民間，莫知所在。宋興，子孫咸至融顯矣。	虛中含玄養潤、臨事察察，無脂韋之態，近篤行君子也。
159	先庚生傳	先庚生，名疆圉，自號為「先庚生」，古人呼為「鐵面公」。 生挺然成立，閑於俎豆禮祭。 孔子不遇生，不敢進酒饌，其見重於人如此。且子期生經鍛鍊淬礪而成器也。 秦作阿房宮，生不欲進，遂隱居不出；漢治未央宮，延生而入，使叛者合，喬者平，力蓋足以服其心也。上知生勞，因賜爵。 生兼計部丞，掌天下民數登耗。自十六至六十，並皆繫之，以故人皆識生。 或以詩嘲之，生不與較。 生用冶氏水火煉形之術，出益光彩洞徹，人始信孔子鍛鍊淬礪之說。 生出則定業，處則懸高。工作什器嘗賴生，人謂生用遍天下。	生流行人間，延年不老；子孫振振。此皆為「成器利民」之報也。
160	冰壺先生傳	冰壺先生，王齊也。 先生與人交，略無甘濃態，初疑其不理於口，徐而咀嚼之，則真味溢出，沛然有餘。 先生素與商賢臣氣味相投，每會合必各致其能以交濟。周公命其登之樽俎，由是日有啓沃，王以頒群臣，殷俗之沉湎頓醒。及周之衰，飲食若流，先生遂不仕，逃於野。 仲尼敬之、文中子樂道、楊素意在先生、韓愈范文正公稱之、蘇易簡以為最珍。 隱君子（作者）聞其風而悅之。	道之出口，淡乎其無味，用之不可既！其先生之謂耶？一仕於周，陸沉數世，迄於有宋，身隱而名益彰。吁嗟乎！不有鍾期，孰知伯牙哉？（周以後朝代，竟不知當用賢如先生者？）

七、《廣諧史》第八卷作品內容大要與篇旨說明表

※按《廣諧史》原篇序標示

篇序	篇名	內　容　大　要	篇　旨
161	絳囊生傳	絳囊生名丹，別字太白。 生顏如渥丹，肌肉豐瑩，性甘美，中若刻核而外多模稜，未嘗有所譏刺，人有督過生者，任其指摘，生但頮然垂首而已。與人交，一膜之內，洞見肺腑，故見者莫不津津。 生每歲朝京師，所過有司，供具甚費，臨武長唐羌謂「生糜濫廩祿，以甘腴啗人主，無益于大官，請罷之」。上可其奏，生遂落職。 生以還丹術得幸貴妃，故廷議肅然。張九齡、杜甫、白居易為作詩賦。蔡襄作譜牒、曾鞏修實錄。生尸解以去，不知所終。	荔枝蠲渴補髓，有功于人。其譜牒雖缺略，然子孫以朱紫起家者，不可勝數。其風操正如語云：「桃李不言，下自成蹊」也。
162	毛穎陳玄石泓楮素傳	毛穎者，昌黎傳之詳，其友陳玄、石泓、楮素相與同起處。 毛穎戲石泓、楮素戲陳玄，蓋穎嗜動而泓嗜靜、楮白陳黑，故四人相調如此。 四人莫逆，相與出囊求試其長，而劉項俱不用，四人者遂擯於世。 後四人入坐左思藩溷十年，故左公《三都賦》成，四人有功焉。王羲之與四人相得甚歡，子孫待四人敬不衰，是故臨池業，烏衣派為最。 最後有藝圃主人者，尤極禮遇，卒相與畢力任使，終始無間。	夫士遇合，固各有時哉！當其不遇，以為計劃無復之爾；及其遭時遇主，彈冠俱興，聲施到今，豈不偉哉？ 此四君能相挽相推若左右手，以有成績，可謂「善始令終，無負師濟之義者」矣！
163	續毛穎傳	毛穎，字穎。 秦始皇始用毛氏，紀戰有功，日見親任，復號「中書君」。老禿退歸堅臥不出，自謂文書俱之己手，居布衣之極。 秦始皇三十四年，下令燒天下詩書百家語，中書令憂之，弗敢諫； 胡亥在位，中書君隱；中書君惡叔孫通佞，絕不與交；與太史公司馬遷善，助作史記；中書君薦司馬遷以代之，衛青遂遣中書君而不用；汲黯讚美君明去就之義；中書君遨遊文學之士其間，時有補發。	毛氏歷秦而漢、而唐、而宋，其文字皆出其手力。噫！何其閱覽博物君子哉！雖然，文能用穎，莫能盡穎。毛氏固未艾哉！（毛氏待文學、理學並用而興）

		九世孫爲霍光撰廢昌邑王章奏；助劉向校群書；與揚雄同席天祿，不願仕王莽，然雄不聽，遂不復有所擇。 從班固游者，能繼祖父業；紀錄班超勳業；與范曄、陳壽交，存文藝；尚晉人清譚、六朝靡麗；韓愈力追大雅，君始求爲祖父立傳；歐陽修黜浮崇雅，世人復知君；元豐元祐之際，毛氏分兩族，談理學者黜文章，談文章者，黜理學。 明興，詔賢良文學、講閑經義，文章理學，復爲一途，而毛氏兩族復合。	
164	焦桐傳	焦桐嘗居梧岡之上，羞與凡木氏爲鄰；神農氏興，斲凡木氏爲耒耜，而桐方任廟堂，自是桐益貴，而凡木氏益賤。 黃帝時，焦氏協五音，音始在律；舜舉桐作韶、禹作大夏、成湯作大濩、周武王功成「大武」，桐皆與焉。孔子歎大武不若韶，殆焦氏之有盛衰也。 孔子賴焦氏先聲聞匡人，匡人知孔子非陽虎而去之。孔子嘉子游以焦氏治武城。焦氏因是名益盛。 周衰，七雄日尋干戈，焦氏彬彬其操無所求用於諸侯。雍門偕焦氏往見孟嘗君，焦氏爲孟嘗君言千秋萬歲後事，於是孟嘗君太息流涕，焦君善移人情至此。 焦氏有「信知義謙」四德，君臣下士得之俱有益。 不得時之遊子騷人，非焦氏孰與發其憂憤而揚其正氣者乎？ 西漢焦尾，受賞於蔡邕，遂爲天下焦氏族之冠。	「士爲知己用，女爲悅己容」。 焦氏性木訥，與物若無競然；不遇知音，不與發音。蕭身端坐，乃得摶拊。 焦氏遇伯牙、鍾子期，固千古絕調也！ （作者自認爲焦桐氏，而生於凡木氏中）
165	醉鄉侯傳	醉鄉侯桑落，小字素郎。 落生而醇合，不事家人生產作業，志於登明堂，第其爲文辭，外溫內腴，不屑餖飣語，以故數不利於有司。 後天子賜狀元紅，授官詞林，逾放誕不羈，時效灌夫罵坐故事。 歲大饑，福州土寇蠢起，渠魁二：一據愁城，一據悶壘，負固猖獗。山濤輩舉落辦此賊。落率水師，扼其咽喉，二賊驚懼大潰。天子嘉落功，爵封「歡伯」，後又進爵「醉鄉侯」。 久之，上書起骸骨歸。道經岳陽樓，適回道人，欣然從之，徜徉五嶽，不知所終	侯浮湛宦海，豈多才之累耶？ 白手起家，數年間致卿相，澤流苗裔，有足多者。第亦有天幸，不然，習池之禍，幾與典午相終始。（作者自認文武兼備，致宦途多舛）

166	翟道侯世家	翟道侯漆雕黝，其先有功於世。 黝生，遯跡新安山中，獨奚超、奚廷珪識拔之，至是得師匠摹范之而益工。 會李主起江表，廷珪薦於上。即日同歙州金星、澄心堂楮白、宣州毛純拜祕書郎，有詔令典策必更四人手，稱爲「文苑四貴」。時「詩書畫」三絕，皆黝往來摹畫，體爲敠劣。上許其摩頂放踵，乃命世其侯爵，嘉廷珪造就功，賜姓李以旌之。 久之，歙州金星負固而惡黝之加己上也，讒之。黝聞之，因亡去。 子九人，居新安者最良，今給事上方不絕。	黝崎嶇亂離間，歷數百載，能不失封爵，以其功哉！ 文士類盛氣忤物，獨黝門風寬博，豈其尚同兼愛，固然歟？ 黝非廷珪無以成，廷珪非黝亦無以名世，如語云：「膠漆雖堅，不如雷陳」。
167	陸生傳	陸生，名胥。 胥爲人襟度汪洋，有醇厚風味；與錫山壺子、饒人商君爲忘形交，約富貴相汲引。 壺商薦之上，上大喜，封醴泉侯；論薦賢功，壺商各增秩數級。嗣是胥與壺商常侍清燕。 寒畯士孽胥短于上，議其以甘言取寵，恐蹈西晉廢事之誚。上讓之，愈益厚善胥也。 後有杞人結陣，數侵靈府，上爲忘寢食。胥出奇兵衝之，戰數合，杞人散去。上驚喜，改封胥爲破陣侯。 一日上與之語，語言無味，壺商謝曰：「中道而變，不承於初，賢人之疵也。」上遂疏之。 胥既歸，與王無功最相契，王日日游於酩酊之鄉也。 胥居鄉，務飲人以和；里有忿爭者，胥每爲和遣。	伯夷以清聖，柳下惠以和聖，胥兼而有之。徐邈稱胥爲「中聖人」，然耶否耶？
168	壺子傳	壺子，字酌之。 初與麯城陸胥交莫逆，共探聖賢道術。陸生曰：「夫道以虛爲體，以時爲用。虛而實，實而虛，妙故無窮，幾乎道矣！」胥從壺子以周旋。商戲壺子，壺不之校，寧容人也。 上命壺、商與胥設主客司事：四方賓至，先遣商出款之，壺子偕陸胥隨後斟酌對焉，吐詞溫醇，一座爲之盡傾。 壺後歸老於錫山，自號鴟夷子皮。	柱下史曰：「大盈若沖，其用不窮」。漆園史曰：「注焉而不滿，傾焉而不竭」。壺子蓋庶幾哉！
169	商君傳	商君，陶一中。封商丘，世襲商君之號。 生而縝密，顏色光澤，叩之音響清亮。商與錫山壺子、麯城陸胥相友善，出處必偕。 上方宴客，壺子商君於席側，導陸生遍謁諸客，人人浹洽，謂商君親己無不口唧其澤者，上歡甚。商日被寵渥，而自視與瓦缶同，絕無驕溢色。	坐客有號呶者，商中立自如，徐規之曰：「酒以成禮，不繼以淫，愼毋使我爲漏卮哉！」其翩翩風度，賓筵所爲生輝也。

		金城賈氏及玉巵子，以奇巧得幸，與商爭寵，商不屑用炫耳目之觀爲哉！行己甚潔，喜與持重者遊。蓋知自重哉！ 久握機權，微有瑕隙，遂連表乞骸。	
170	冰壺先生傳	冰壺先生，疏齊，字黃中。 少從鮑焦游，見讒於子贛，竟棄去，焦亦以槁死，世以是重疏生，不去口於陵仲子。 先生幼喜自樹，安土不遷，隱居南圃，與輔頰氏爲鄰，自匿草莽間，人無知者。 輔頰氏校獵於南圃，獲疏生，拔而載之歸。讚生曰：「旨哉疏生！學士大夫不可不知此味也。」 先生不喜與肉食者游，事輔頰氏，鬱鬱不自得。與白水眞人、鹽官魯先生相友善。 有麴生、脂生嫉先生譖之，逾月不得召，先生亦無慍容。 輔頰氏與淳母戰而困，唇吻枯焦，麴脂二生攻之，疾彌甚；亟傳呼先生，先生至，談吐液齒牙間，瀉其凡心而沃其內熱，君積日之疾，一朝都除，於是君寵先生日異。麴生輩急嫉之復譖之，會天寒雨雪，君見先生體峭慄，與之言，趑於口，懵於復，君大怒，命具鑊烹之，封其子介，用爲將，世世不絕。	冰壺先生偶以一時中主意，榮名千古，幸矣！ 進退不時，足以凶終，悲夫！
171	玉版師傳	師，竹萌，字稈。 稍長，亭亭銳進，老鑷氏與老饕氏謀，奮鑷獲之。萌遂同儕輩就束縛，號於市。 歸香積院，山澤菁英咸遜其爽雋，大振禪味，使人飫領。 隔宿文士致以酸餡疵之，而鮑師風味者，不爲減譽也。	眞味直達，惟玉版而已！（人言：「伊蒲第一」乃指竹葷爲素食之最，作者顯然有不同見解）
172	醇卿子傳	醇卿子者，金漿，表玉液。 與金成氏、玉垣子相投，出入不離，約富貴共享。金、玉二子歷數金漿之功以薦上，上試之喜，稱其爲「雋永之臣」。每宴醇卿必在其中，天下人莫不垂涎於醇卿子，且郊廟燕饗，非醇卿不洽。 醇卿出鎮雷州，爲畢卓所盜，耻甚，上盡乾沒其家。醇卿氣絕且死。 孫醨嗣位，多爲人浸潤，上讓之：「卿欲自附君子交耶？」金、玉二子復上疏，直指太宰家兵廚樂府輩加浸潤，非醨罪也。上驗之，果然。	醇卿功亦偉哉！後子孫偶以浸潤見疎，彈劾見黜，可謂冤矣！幸賴二子力諍，二子可謂醇卿世世鮑子矣！

		上察臣工與細民與醲久俱，輒沉湎叫號，費時荒事，故視醲爲狂藥，并斥金、玉二子。二子對曰：「醲何能狂人哉？彼用之者過也。」上遂器使如初。	
173	魚蠹傳	書生魚蠹者，字士石。 家世業儒，彬彬隱君子也。秦始皇焚書，子孫多挾書就焚死；二世有以帛書說陳涉起義，魚氏稍稍出矣；高皇帝，蕭何僅守刀筆，魚氏終隱。 蠹性嗜書，咀其英而咬其華，肆志研窮殘編斷簡。然不解與俗人言，故人多中傷之，以芸香閣辟之，蠹投閣亡去。 蠹視金玉其容、朱丹其轂、雄視闊步、盲聾以俗者，非游於六藝也；獨默然抱遺編以從其好。	悲蠹之用心有異人者，而抱藝以終。且沾沾竹素之業，方之蜉蝣之義，斯已勤矣！ 貪夫狗利，烈士狗名，亦各從其所好哉！
174	魚蠹傳	魚蠹者，史皇氏之苗裔也。 史皇氏有爲周外史者，掌司三皇五帝之書，久而剝蝕，因廢去，別其族爲魚氏，子孫守文不衰。 秦始皇焚書，魚氏多挾書就焚死；二世有以帛書說陳涉起義，魚氏稍稍出矣；高皇帝，蕭何僅守刀筆，魚氏不大顯。 蠹生而穎異，讀書數行俱下，恐文獻將無徵，因發憤沉酣咀英咬實，至殘編斷簡，人所不及窺者，益肆意研窮焉。 性簡僻，不能有所商洽，對人輒遜去，若相憎避者，以此爲眾所排譖，而蜚語聞天子，天子亦疑蠹。蠹遂不自安，杜門著書，作《反蠹》以見志焉。 文學以「瑣尾之軀，抱咫尺之義之一蠹」恥笑先生。先生曰：「蠹者之蠹，固以不蠹者爲蠹。」數番唇槍舌戰，文學不卒譚而出。 蠹子孫皆世其業云。	漢興諸儒生多魯人，好魚氏學，故一時學者，或言魚，或言魯，所稱「魯魚亥豕」者也。 蠹之用心，有過人者，而拙於世趨，用不讎德，斯亦勤矣！《反蠹》高自標舉，刺譏當世，亦各言其志也！
175	玉川子世家	玉川子，木虛中，字子載。 虛中生而強幹，有大節，性和易，觸者不怒。 往亡氏大爲江南患，長興氏得虛中，殲往亡氏，虛中封侯進爵。後退居于別浦奚，風沙月蕩漾晨夕，自號玉川子。 後世子孫，世仍祖服，分布海內，各有所適，附閹寺官府者勢張；業田漁者，最爲勞苦。	無論國家漕河，江淮以南，不可一日無此君！ 澤國諸鄉邑，弊垢萬狀，每無安居；迺至城郭間，鮮衣盛飾，或以坐朽，悲夫！

176	龍泉子傳	龍泉子，名太阿。 泉面有斗文，撫之有聲，好服色，有勇力。 俠客瞻前不顧後，去之；不喜儒生齷齪自守，去之；樊噲用刀，不用泉；呂太公進泉於泗上亭長，泉大喜，願從游。亭長起爲沛公，沛公稱帝都咸陽，泉力爲多。 泉子孫益煩，然皆不顯。	刻舟以求何其固？倒持乃柄禍旋發，寧爲百鍊毋繞指，吁嗟龍泉於今烈！
177	淩波仙子傳	淩波仙子，西王母之侍兒也。 竊度瑤池，浪游人間，耻與紅紫爭芳，惟天清水寒，與洛神湘妃游戲川沚。 有南國士人交甫引之入室，薦以淨几，誦詩鳴琴，與之相對。仙子不言不笑，眞可近而不可狎也。交甫與之期歲歲無相忘，仙子首肯，嗣後騷人幽客，往往能致之。有進王公貴人者，仙子不拒而非其意也。	水仙超凡離俗，獨與孤山梅氏清介貞素臭味相同，交甫并折節召二人，二人成莫逆也。（以水仙自比）
178	朱明神傳	朱明神，青陽稱，字玉盤，別號一輪先生。與廣寒天蕊清虛蟾蜍臺，並峙中天，居巍然稱尊矣。 有惡其皎皎者，與焦禾、稿苗輩，並讒於天帝。天帝命羿射落其九，而終不能爲神損。神之功備也：烈、智、明、敏、序、文、肅。 知神者，有隙車之歎、千金之詠，而得神之益；不知者，且爲畏光地下矣！且爲思睹覆盆矣！	神體方而用圓，出入以時，來往有度，志惟期斯世共升明盛耳。（以朱明神自喻）
179	嶧陽居士傳	嶧陽居士，隱其姓名，家嶧陽。 感天地精華，得以長生。與舜、子期伯牙、孔子、師襄、宓子賤、司馬長卿、蔡中郎、陶元亮、戴安道、趙清獻友。 後不甘被髮左衽于胡元，乃括囊自守，壁立萬仞，人故無知其名者。	作者胡德甫視居士爲驅塵俗之良朋、樂中之大雅，居士願與胡子爲終身交。（與居士友善者皆當代一時之選，德甫亦以此目標自期也）
180	玉衡侯傳	褚艮，字子肖，別號無牙居士。 性貪暴疑狡，尤善穿竊，晝伏夜動，引類呼朋，所到爲害物受傷者，十居八九，是以人皆惡之。 周南不知禮爲禍，致朋類獲殺，君子謂「以小害大」。後艮改過循禮，詩人爲之詠有皮。 其子孫有供蘇武之用，有供張巡、許遠之用，以是功追贈艮爲玉衡侯。 子孫不良者居多，煩擾無虛日，其所畏憚者，惟毛氏而已。	褚艮賤惡不良，一旦能自警以致有成，可謂小人中之君子也。厥後以子孫功贈爲玉衡侯，然其子孫之爲蘇武等用者，非忠義知所感也，蓋出於勢之不獲已，艮之獲贈榮且倖焉。

181	梔子傳	梔子卜居，春日約水仙以爲樂，二人含笑共入香夢。 夏季梔子與水仙十姊妹相會於荷亭，同十姊妹至寢室玩焉，復自夜飲至日映山紅方散。 至秋有懷諸麗，寄詩後應試，凌霄之志獲遂。 冬日奉差歸訪水仙諸麗，而水仙業已受孕孩兒菊矣。梔子不勝其樂，設席爲慶，感八仙至而度之，皆得成證果。	梔子水仙本非凡人，故一生經歷順遂，無論女色、財富、功名、成仙，皆不必力致，凡人可羨而不可得也。
182	玄明先生傳	黃柏，字子仁。 子仁性最厚樸，有遠志。與五加附子契，時共論細辛。 史君子薦之於國老，子仁遠避，半夏乃歸。途遇木賊，言雖百合，賊知其爲桔梗（節耿）之士，故放之歸。 栽花自娛，毫不以桂（貴）在念，於是朝廷虛百部以待，子仁辭，不赴。朝廷仍賜號「玄明先生」。後乘鹿角仙去，不知所終。	子仁爲「富貴不能淫、貧賤不能移、威武不能屈」之遠志君子，人生貴能自娛，富貴不能爲累！
183	白額侯年表	侯李炳文，別號於菟，其額白，故又曰「白額侯」。 侯豐格雄偉，臂力過人，每爲人敬畏。黃少善爲侯所殺，人益畏，故貽惡致忿於人，皆積畏生禍也。 時有牛哀、封邵者，咸感化焉。侯之樂孝、嘉善、明斷，爲人稱道，壽至千餘歲，子孫眾多。	知幾則哲！侯少逞耽耽欲嗜，幾脫讒口。厥後變質易步，竟以壽終。形之於筆，則可以爲政者戒。
184	金光先生紀略	金光先生，自號長明子，又曰九華山人。 先生者，燧人氏之後也。有龍祥豹彩之異，壽萬歲奇。 忿秦始皇強暴，焚其家及咸陽宮！先生代有行績，其勇、明、勤、仁、貞、神，皆有可考。 人更服其潔，讚其曰：「天有三光，先生四之」。	先生用世代有行績，雖史多不載，但歷歷可考，世人極盡推崇之，且享壽考也。（作者自期）
185	玄中先生傳	玄中先生，生而不倚，具口而自緘，果腹而多全。不假爲拙，而能尙器：以和玄酒，郊社宗廟歆之；不自呈巧而出其玄音，鼓吹律呂，諧萬世聲容。 文武勃興，訪先生以爲政，政用敏舉，帝悅，故一切器具，皆得肖先生之像而昭其功。 先生自述無異術，殆神全而天下神多不全耳。 有白雲子欲依先生爲高日放浪，只學嗜酒，不與人常磨盪。先生以白雲子止是一身醋樣，而拒收爲徒。	不尸其用，不忘其仁，履患難夷狄若素天子，濟匹夫一視不陵不援，反求諸身而自得焉。

186	房司直傳	房司直，字公剡。 其先有功，子孫隸籍荊州者最有名。 司直生而挺秀不凡，短小精悍，雖長不滿六尺，雅有四方之志。 禹錫玄圭，詔所在舉茂材異等，荊州牧以司直應試，使工垂造就之，于是司直、工垂之名並傳；張致遠與司直並用於國家征伐，所至無不披靡。 後司直所與之役，俱勝；不與之役，皆不克。然少康復辟，惡司直嘗用於逢蒙。晚節反覆，竟死。司直死，身朽，首仍堅，與青燐白骨相照映，令見者皮毛悸而神膽寒也。 子貫石，受李廣將軍之令搗其以為虎之草中石，了無窒礙，李遂得「飛將軍」之名。 貫石事李陵，陵身踐戎馬之地，會貫石家兵盡，陵乏援，降匈奴。適貫石不在，行免。 子孫散處華夷，閱歷唐宋，世世給事軍中。	語云：「挽弓當挽強，用箭當用長。」夫成敗利鈍，豈在長短之間？（成敗利鈍當以智取，而非鬥力也）。
187	晚香先生傳	晚香先生黃華，字九齡。 戰國時先人黃季英，與三閭大夫善。 晉時，先生生，性喜燥惡濕，每雨淫，幾欲無生，備歷艱危。長而含輝孕采，不皰皰于發洩，有亭亭獨上，不隨人偃仰之致，人共尊之。 陶元亮與之定交，邀至所居之東籬，雅推莫逆。元亮沒，先生亦感疾而終，子孫至今不忍釋籬邊，其篤於交誼也。後有陸龜蒙、韓琦延其子姓為上客。 其後名稱不一，而骨格則無有不同，世世以「後凋」聞天下。	信乎知己之難也！寥寥千載，惟陶公、魯望、稚圭而已。人何可妄希知遇也？
188	匡離世傳	匡離，一名狼螖，妻勃帶，夫妻俱好擁劍，披堅執銳，橫行江海邊。 其後子姓應敖與畢茂世善，茂世常欲持其族而不果。何胤以敖為尤物。 陶學士、錢坤、東坡推崇其子姓解黃中之滋味，述於老饕賦焉。 匡氏之後，好以割烹之說進，往往不能保其軀。遺胤紫髯公為一豪飲人挾之，同入酒泉郡，竟死。	離世披堅，不能膺五鼎之享，死則五鼎烹之，以剛在外也。 其世與酒為命，後不免于豪飲人。「惟口興戎，誰階之厲？杜康之謂矣！」（杜康加重口舌之禍）
189	素君傳	從缺	從缺

190	石十郎傳	石十郎，不知何名。 其先史鰌，居官直銳如矢，子孫風之，並研深善入，十郎賢最著。 十郎性沉鷙，遇堅者必茹之，尤酷嗜書史。在楚與惠施爲十日飲之交；客秦方秦皇任丞相斯盡燒經史，投醫夏無且家。游廣川，董仲舒不能相容。於青藜老人見劉向之際，見向于天祿閣。十郎遂咀書嚙書，未嘗暫出。 劉向疏入天子，天子俞之，以石十郎爲雙虫侯，改朝歌爲夕邑以賜之。	夫十郎之於書，似欲窮口腹之欲者耳，劉向升之同堂，至發金匱蘭臺之祕而盡味之，又何其快與？吾迺知士固有遇合，窮經即非貿官哉！（能盡享讀書之樂，何其快哉！然漢時皓首窮經無益民生的書生，正如程頤所言「徒飯汗畦，徒衣夜機」）
191	陶水部傳	陶水部注，字傾之。 生有異相，形如削瓜。性恬淡，惟飲水自給，得虛而往，實而歸足矣！ 上遣使召之，不奉詔，使力持見上，上拜水部，詔誥必與斟酌。有譖其內少含容，外多瑣碎者，水中丞越班奏曰：「陛下取之盡錙銖，棄之如泥沙；使陶唐不作，則有虞氏亦瓠落於河濱矣。」上遂與傾倒如初。	注從容陶冶，抑何樂也！晚年強出，卒來讒口，豈損益之理，有未達與？此陶朱公所以遯跡於五湖也。
192	蕭君傳	蕭君生而玉立，聳然有凌霄之志。 上起用，接上談論，上寵之詩詞，無出其右，然數多口，每與人語，輒洩秘，寵少衰。 遂修吐納之術，以終其身。	蕭氏以刀筆起家，仕至公卿，可謂榮矣。然卒以口舌賈禍，終不得稱完節。
193	消息子傳	消息子，莫知其所以名，與墨胎氏爲世交。 少有異志，不事修飾，願摩頂放踵以利天下。卻老先生約與俱隱，所談皆長生導引之事，人異之，列薦於朝。卻老先生涖政主猛，子則濟以和，由是墨吏屏跡，人心帖服。 子病眉髮盡脫，先生亦塵土滿面，乃共疏乞骸骨歸，上從之。 墨胎氏叛，群盜縱橫，詔録其子持節往論之，賊始解散。因命子孫世其官里。	蓬首垢面，無復人理，叩其所長，則動靜闔闢，無不可人。人有不爲也，而後可以有爲？
194	金蓮傳	金蓮，南國麗人也。 性耻放縱，刻意約束，不自謂苦。 西漢時隨飛燕入宮，帝大悦之；晉石季倫賞之；東昏侯賜姓名金蓮氏；唐遇難馬嵬；江南遇後主寵之專房。惟宋朱元晦譏其徒事矯飾，不近自然。	歷事昏主，而天下不以爲非；見詆明賢，而天下不以爲恥。其素履可知矣！ 獨其含污納垢，至爲妲己所縛，千載而下，尚抱不白之冤。惜哉！

195	蜀客傳	蜀客者海棠,海外異人也。 少有異質,顏如渥丹。 上以其名讚妃子,故好事之徒,鏤形杯案間。 眉山蘇氏,誠齋楊萬里,俱向慕之。 孫枝散處天下。	蜀客之名,其來舊矣,而不聞有所表見,豈蘊而未之見耶?何香名之藉藉也?
196	浮沉生傳	浮沉生,江湖散人。 世居丙穴,慨然友膏澤蒼生之志,嘗登龍門,遭點額,遂潛修溪壑間,然數以骨鯁忤人。或勸之出,以網羅喻朝廷漁獵天下士,寧浮沉于世,不出也。 頭角寖長,不願終爲池中物,沖霄而去,不知所終。	網羅誠不可以收豪傑也。 英雄失勢,受困愚夫,不將爲浮沉者藉口乎?(英雄實欲出而有爲也,然受困於愚夫也)
197	混沌子傳	混沌子,不知何許人也。 爲人多含容,不露圭角。人或叩之,輒傾盡肝膽,未嘗有忤容。 召爲光祿卿,不起,非堅匿不出,乃世無覆翼者,不得逞其志也。 聞五德君名,往受脫胎換骨之法,尸解而去。 於桃都現,冠纓甚偉。	知雄守雌,爲天下谿;知白守黑,爲天下式。可登仙籍也。

八、《廣諧史》第九、十卷作品內容大要與篇旨說明表

※按《廣諧史》原篇序標示

篇序	篇名	內　容　大　要	篇　旨
198	管城侯傳	宣城毛元銳，字文鋒，封爲管城侯。	略
199	松滋侯傳	易玄光，字處晦。與石虛中爲研究雲水之交，與宣城毛元銳爲文章濡染之友。天子重儒，封玄光爲松滋侯。	略
200	好畤侯傳	華陰楮知白，字守玄，亦曰好畤侯，文館書史。	略
201	即墨侯傳	石虛中，字居默。器宇方圓，中心坦然，若汪汪萬頃之量。封即墨侯，與宣城毛元銳、燕人易玄光、華陰楮知白，皆同出處。	略
202	葉恆盛傳	葉恆盛，字貞夫。 其先事商高宗、魯僖公 俱擅雄材，爲君柱明堂，棟宗廟，安於泰山磐石，天下之民賴其帡幪。 恆盛生長幹，器宇恢宏，克岐克嶷，牡有勁節，能勝嗜慾，故常伸於萬物之上，老而挺然不羣。 與管若虛、白知春著忘年契，結歲寒盟，當凜冽猶陽春，履危險如平地。 相者謂其材大當晚用，上必以之爲廟廊。恆盛聞之懼，遂深自韜晦，以保貞固。	葉恆盛才德俱優，其見用於治世，非幸也；顧使終老山林，與草木同朽腐，豈直職進人之過？亦有國者之羞歟？
203	管若虛傳	管若虛，字直節，號幽雅君子。 子孫經事歷代功成之君，故王者有事太廟，必先召之。 若虛性質堅剛，姿容美盛，有高節，心無私曲。風晨月夕有所激，即清吟不已，惜陽春白雪寡和者矣！ 葉恆盛、白知春求與之交，二人歎其「有若無，實若虛，犯而不校」，若虛聞之，益自虛己。二子服其夭壽不貳，於是交堅金石，誼保終始。	管若虛守節君子，得葉恆盛、白知春爲之友，精白一心，以道義相要結，時愈窮而情愈篤，能以德交而心孚。

204	白知春傳	白知春，字孺華。 其先於商高宗時，有善調鼎羹者，大著勳業，天下始重其名。 每歲天子將頒春曆，知春輒先以消息吐白人間，故名之。 爲人孤潔，不交塵俗，與葉恆盛、管若虛爲耐久朋。眾芳謝而退，知春抗顏獨出，因知春擇時而出，若援舜琴而獨鳴，若蘊蘭芳而獨寫；有爲漢庭蕭曹、唐室房杜之志。 後知春林居簡出，謝絕紛華，日以甘酸醞釀成就諸子之德，實思以弘先人調鼎之業。	有一代大有爲之君，必有一代人才爲之佐。知春鼎鼐才也，山林終老，可謂不良於遇者矣。而成其子之德，終弘祖業，無負於知春也已。
205	姚王本紀	高陽國王姚黃，字時重。 黃美丰姿，肌體膩潤，拔類絕倫。西京術者相之謂其有一萬八千年富貴，開元初年楊勉薦爲先春館客，上愛幸特至，封爲高陽郡公。娶魏國女紫英，當時有「姚黃、魏紫，奕葉重華」之讖。黃出入禁苑，高牙大纛，並擬王者，安祿山嫉之，謂其爲婚同姓，上章極論。楊勉爲表申解，斥祿山爲「狼子懷野心之奸」。上從勉言，命黃就封之郡。 其民惟戴日深，共尊黃爲高陽國王。國人共稱爲花天子，冊立紫英爲皇后，傳國甚遠，非近世帝王可及。	生而富貴，天也；其久近，亦天也。 王之富貴，傳祚良久，豈非一萬八千年富貴之數？天實預之爲定耶？有天命者，任自爲之，可爲躁急乾沒，用智役力者之所永龜也。
206	竹先生傳	先生竹幹，字子直，號清虛居士。 疏暢洒落，下實上虛，中通外直，有君子摻。趣向甚正，獨好儒學，率其徒往從方子（作者）。 與徂徠木公、孤山梅生友善，三人同耐歲寒，不以盛衰改節，幹推引二子材可用，然方子與之不合，專與幹爲忘形交，親好日密，友其虛，友其節，友其文，友其直，擺脫許多俗氣。 幹妻鞭氏，韜晦坤宮。子笋，孝子也。孫篁，綽有祖風。	幹才不器，而使之流落不偶，此宰相之罪也。世之好事者，得其遺影，必把玩自珍，而於其身乃漠然不顧！喜近似而惡其眞，慕形迹而厭實用，此世俗之積習也。 世降滋下，彈冠結綬之風不再，如三子亦友道之賢哉！
207	天君本紀	天君，上官無對，號虛靈子。 君神靈睿智，特異流輩，自爲嚴師，學帝王聖賢之道，由是萬善備，四德全，上帝降命尊稱天君。 中貴有游志、任意者，頗與太師大本、太傅達道相枘鑿，百方熒惑誘君，漸喪其良，出入無時，朝廷徒有虛位，寇盜四起。中大本、	慎用舍、崇覺悔，君宜永鑑之。

		和達道帥群臣求君所在，得君於深山茅塞處，方志、意二人在側，大本怒欲斬二人，然念君微二人，無能復君然，故釋之。 明旦君自悟，以思爲職，遵大學之「正心」，論語之「從心」，孟子之「盡心」、「存心」、「養心」，自是群寇退聽，君亦泰然，百職從令。中大本乃作寡欲銘、靜定書，述范浚之箴，入獻於君，服膺勿失，無爲而治，號「神明天子」。	
208	醉翁端木倚傳	醉翁端木倚，系出端木賜之後。孔子稱賜器也，故其子孫率乃祖攸行，期立成器，以爲天下利。 倚素端莊，質木訥近仁，盡得公輸子之巧，猶守朴自晦，若不文者。 齊王聞其名，聘之，日見寵遇。倚凝重鎮靜，不異初進時，始終不失尺寸，人益器重之。太子嗣王位，倚乞外遷，除爲阿大夫。倚子甚多，皆能世其業。	賜也事貨殖，故其裔若倚者，皆可以貨取，然器非瑚璉，倚之不及賜也多矣！（多數之人皆被視爲「貨」，君王可以「貨取」；然君主所重用者，並非皆有才學者，故不足喜，不足誇──這是君主國民之不幸，所費多矣，所得之人拙也，非人才也。）
209	麴蘗生傳	麴蘗生梁旨，字美之。 生少而沖淡，善和釀，醞藉停蓄，雅有醇質；及長，變易初性，或醇或暴，隨物變遷。夏時，禹斥絕使去，并禁民間，生更姓名爲米釀，字釀，飄泊於娼樓客肆之間。後內交於妹喜，得見桀，大見寵任，桀以是亡國。紂繼世，生與妲己相與蠱惑紂，紂日以無道而亡。武王誥生之惡，生復廢棄。晉初生與竹林七賢，結爲死友，諸君子晝夜不肯舍生，西晉風俗竟爲之敗。五胡亂華時，生陷於石勒，勒責之「破敗天下，非君而誰？」并王衍見殺，生雖誅死，而其子孫益多，至今未泯絕也。	人君喪身失國，士君子殞族亡家，莫不由信任小人，與夫昵比淫朋惡德，以致烈禍。 盃酌遺流，頹敗皇極；糟粕餘味，殄滅彝倫！蓋自洪荒以來，迤邐浸漬，覆轍相踵，不可紀矣！ 麴蘗生者，其殆無天道乎？不然，何生之甚易，而絕之甚難也？
210	傾國生傳	傾國生妹麗，字冶之。生事歷代君，輒遇亡國之禍，故人號爲「傾國生」。 生少有異質，肌態嬌婉，美艷絕人。桀時，爲妹喜郎，導桀以荒淫之事，桀殞國滅。紂拜妲己宮使，惟生言是聽，天下怨毒，武王遂殲紂於牧野。幽王求於有襃，得生爲相，無故舉烽於驪山，王卒爲犬戎弒。後生日誘吳王夫差爲淫樂，吳卒爲越所吞。仲尼嘗至衛靈公所見生，子路以爲醜，仲尼矢言	曼柔靡媚之態，其惑人也，易入而難除。 傾國生死於唐，由唐而後，未嘗無傾國生也，在人主之所辨耳！ 士君子毋以生之術佐人主，則天下不患不治；毋以生之佞自污，則身不患不康。傾國生其賢

		以自明。生事漢成帝，帝因此不壽。唐明皇自得生，日迷謬乖亂，廢正后、殺三子、擯賢相張九齡、杖死諫臣周子諒，皆以生故。安祿山反，明皇軍士憤怨生導淫釀亂不肯行，明皇乃命縊生，下詔暴其罪狀，乃啓行去。	者之鑑也已。
211	孔方生傳	孔方生錢萬貫，字積夫。 爲人外圓內方，居鄉黨能傾身濟人之乏。然生爲人雖務施，亦好積，大率厭貧求富，以是有志者漸鄙之。 生爲湯鑄幣，後以乾沒罪罷去。紂以爲能，封侯，卒至民窮盜起。武王籍其家貲，生流民間。秦始皇行頭會箕斂之法，因以亡。漢武帝時，海內虛耗，其原實生尸之也。東漢靈帝時，仕宦無大小內外，非生莫能自達，卒滅炎祚。及晉，生教石崇與王愷相向奢僭，致崇族滅。崇死後，魯褒作〈孔方論〉以譏之，生不爲改。唐德宗時，會計饒縮奉天之亂，蓋生所致焉。宋眞宗時，生請身行講和，遂與契丹結盟，卒致宋室卑弱，金人內侵，汴京失守，而生之族，亦流播夷狄，不得盡歸中原矣。	君子不患寡而患不安。生徒竊天地萬民自然之利，以歸諸庸君世主，貽害諸人而禍收諸己。貪夫敗類，至今奔逐未已，可哀也哉！
212	忿戾生傳	忿戾生，不知何許人也，亦不詳其姓字。 其爲人慓悍暴急，鴟張恣睢，與物多牴牾，武斷獨往，不能隨人低昂，與時卷舒。 生成事不足，敗事有餘。生依共工氏，共工被滅。生事廉頗，頗辱相如，相如以禮遜待頗，頗悔悟逐生，與相如方爲深交。生從項羽，倘項羽卒用生謀，沛公不免。生潛歸沛公，賴蕭何諫止，倘令沛公卒聽生言，漢幾殆！東漢光武，生往事賈復，賈復仇冠恂，光武乃責復斥生，得解其事。李唐末，牛僧孺、李德裕分朋立黨，生往來交搆，互相毀譽，傾軋垂四十年，唐卒以亡國。 趙宋中葉，蘇軾與程伊川議慶弔禮不合，生遂倡異論，有宋淳厚風俗遂衰。孝宗朝，生事兵部侍郎林栗，勸栗去朱熹，立僞學禁錮眞儒。生揚揚有得色，後莫知所終。	浩然正氣與生本原氣象自別，蓋因正氣非禮弗履也。 生悻悻自好務勝人，死而不厭；卒以不死，往往壞人德性，殄族敗民，驕君妬士，負是而不反，以至於滅亡者不可勝計。
213	清淡先生傳	先生羅伯英，字陽和。 生而孤特自殖，克邁種德，學有根本，自負其才，進退不違乎時，雖雜處塵土間，物竟莫得而涅，自有一種幽人潛德風味。然欲用	羅氏其學，殖近於務本者，其言論足以感人，豈含章時發者非歟？古之君子其立德厚，其

		之者，非強拔起之，則不能致，老辣之性，與日俱增。 嘗著論曰：「天下無道則言有枝葉，所惡於言者爲其無用也；吾言可無用也與哉？世殆未知吾枝葉之正味矣！」一夕偶過白水眞人舍坐，先生傾倒肺腑，粹然一出於正，絕無世俗溷濁之味，客與接談者，皆相知之晚也，遂私號「清淡先生」。	取名廉，安知世之號先生者，非其棄餘也耶？
214	艾同世家	艾子，名同，字大同。 會劇盜文雷興於陰山，血人于牙，老幼不能安枕臥。於是丕鄭父楮大通，說同前往，以立一代功。 方文氏子漫如沙塵，殷成聲，乘中夏，閧房州，同弛然而臥，暗合常山蛇勢，夕烽熒熒，碧煙一縷，盜觸其氣焰，折北不支，星散無噍類，江湖之人安於衽席，樂睡逮旦。 同蛻骨先人之儔，遯處高閣，其與民同患而退藏於密也。	文氏么喝交人，尤可憎疾；同出而膚受譖愬不行焉，民到於今受其賜。 同之功名顯達，殆凌煙閣第一功。
215	睡鄉居士傳	睡鄉居士房晏，字夢起。 居士所居曰「睡鄉」，平生不事事，惟好飽食甘寢。聞恕齋先生老懶，數求內交，先生未之許。 一日居士乘隙見先生，以「不早從遊，是以多病易老」鼓吹之，且攜至其鄉：所見皆可喜可玩之物，聖賢嘗居之廬室，且有黑甜果核可食，陳希夷所謂「仙鄉」者也。 然恕齋諸生誦「宰予晝寢」，比之朽木糞牆。希夷聞之，色沮而去。	烏有先生爲雲夢之遊，言：其村落落，其人熙熙，其俗逶迤，入是鄉者，皆解衣免冠，百念俱息。（寧老且病，不爲睡鄉中人無所作爲！）
216	十二姬傳	天游道人偕十二寵姬，處一室之中。 諸姬同工異曲，心孚意契，各事洒事，而道人頤指氣使，無不得志焉者，處之終身不厭。	不比、不迷、不溺、不亂，遊於文房，樂於藝苑。
217	德山木上座傳	師出於木氏。 師之父爲豫章公，天下奇才也，登於廟堂，任重不阿，上喜之，進鬱郡公。 師少而喬楚，平直堅正，不與凡品爭高，雅有四方之志。 師稟玉斧其發，往見德山，德山爲說最上乘，師悟得向上一句，隱密全該，了無窒礙。 雪峰歎曰：「此子不遇德山，不能荷擔大事；德山不得此子，不能煅煉學子，是子與德山共一體乎？」	出家乃大丈夫事。 豫章公之子裂去巾冠，躍出牢俗，致身青雲之上，荷擔烈祖之道，萬世仰其風采，可不謂之大丈夫者乎？

		其後雲門闡化於韶陽而躄其足，倚師尤恭。及雲門去世，師知天下學者，不能盡其大用，遂潛光匿耀，與世推移。 流及末代，學者以聲利爲懷，敝於浮競，至有陷於非道，主者必命師以辱之。 先是師在德山時，與臨濟金剛王齊名，厥後有拈拂子、豎拳頭、舉竹篦等師之異名，然其大機之用，霹靂喧轟，爲人徹骨徹髓，皆莫如師之初云。	
218	臨濟金剛王傳	王諱喝，生聲氏。世居性海之濱。 幼而孤，長有氣岸威人。嘗見用於項羽，羽欲以夏口處王，王無所取，拂衣去。 李唐時，王出訪釋氏禪門，遇江西大師馬祖，授以向上綱宗立地成佛之旨。 馬祖遽以王用事，百丈震慴三日，乃大悟。王名聲由此益振於世。 黃蘗運公初見百丈舉前挂拂話，次偶及王，黃蘗不覺吐舌，未幾，臨濟於大愚言下發明，黃蘗大機之用遂忽見。 其後學者乃一意宗王；洎臨濟示寂，王遂不知所終。泛泛者竊王聲勢用事，其邪正真僞，竟莫之辨！	王親見馬祖、陶鑄百丈、夾輔黃蘗，而建立臨濟之宗，全機大用，超冠古今，光明碩大如此，而不見錄於傳，豈寧輩蔽於俗學，違無盡藏，不見異書，不得王之本末而遺之耶？
219	干君傳	干君，名節，字虛中。 干君性孤介，外直而中虛，雖俯仰於世，凡琴書尊酒之處，尤所樂居。威儀亭亭極秀整，霜雪不能侵其體膚，清風時至，輒掀髯朗吟，響遏行雲，脩脩然旁若無人。 晉七賢六逸從其孫游；宋文同、蘇軾、楊無咎，寫其像玩焉。干氏支裔所在，清人節士騷客才子，莫不親而愛之，聞有干氏子弟競挽留之。 彭君諱某，字尚父，喬木故家，取猗猗之義以切磋，有斐其文者。故干氏子孫求庇焉。	余考干君世次尚矣！自有書契簡策以來，未有子孫若是之蕃且盛者，嗚呼！休哉！（宋朝文風盛，此後漸衰，唯彭君尚父仍推崇文學也）
220	木伯傳	木伯，字巨材。 巨材得太和正氣，生而雄奇，磊落見節幹，善吟嘯，鸞鶴麟鳳時與之狎；性寬簡重厚，燕雀喧之，處之泊然也。 漢天子封其大梁侯，出納明命於邦有光，不處君於邪側，臨大事輒引周公之法正之。帝崇尚其功。 後大梁懼群邪臣蠹，去位不以其禮，而漢中微。	木伯有德、智、孝、貞、義、功、忠之德，其德與士師平，雖老而不知退，不累於全德也。（惜其去位而漢即衰，殆邪臣蠹忠臣也。）

221	石溫傳	石溫，中山人也。 溫方正嚴重，幼有異質，因司馬相如見漢武。帝好文學，召石溫並其友陳澤、管脩留侍中。 漢武帝元封初帝封太山禪，以求長生，既峻事，上歸功石溫第一。 上製秋風辭，見溫方壓塵垢，命左右拂拭之。溫悔自新之功少，懼羞辱，自是將赴召，必洗沐齋以往。上晚年絕意藝文，大將軍霍光疾之，溫不屑意。 宣帝即位，復召溫進用，溫儼立有常度，上重之。 年老就國，得長生術，後隱山中，不知所終。 族子嗣爲玄都侯，後定陶氏厚重歎於溫焉。	溫仕隱無常，磨而不磷，始終一致，德性溫粹且名實相孚，最爲可貴。
222	革櫝傳	革櫝者，南皮人也。 上見其體貌方正，虛心待物，緘口爲謹，不以瑣屑介意，悅之，授以承旨百職，出納王命，兼掌號令典雅。 櫝爲人沉默有容，未嘗輕泄一言，取舍惟人意，非召不至，非挾不行，眾人皆賴之。 周旋有年，未嘗有過，久而劻力衰老，啓齒微笑，伺間隙者從而譖之。上責之，召新進代其事。櫝退老于家，以終身云。	詩云：「豈弟君子，無信讒言」。嗚呼！「端方正直者黜之，巧言孔壬者信用之」，此實聽言者之罪也！
223	平涼夫人傳	平涼夫人，諱脩，字嬋娟。 翰林公以其清風高節而全順內之。夫人侍翰林，常半歲不離次，至天霄霜乃退就閑館。及翰林守多官之日，夫人絕不見召。夫人雖見引抑，絕無喜慍，後雖淪落塵埃，亦默不言，時人以爲難。 翰林誤墮夫人致傷，故召將作生別選清秀者。夫人見絕也，翰林戒家人謹置之，後以無子而火化焉。	平涼靜正豐閑，作配文家，虛而不詘，親而不狎，榮名始終，嘉慶無極，享守道之福也。
224	羅員傳	羅員，越人也。 夏有貴人祝融氏勢焰，薰灼如火，酷毒生民。員得清靜之道，奉揚仁風，驅除掃拂，使其勢不大逞，人於是交口譽薦員。 侍未央宮，風論開爽，帝喜之。上林蔽日，長楊遮雨，皆以身障帝，帝親任之。車生與之爭功，帝寵幸員如初。 後知幾自藏，辭歸，益自珍護不朽，挺直有立，風論至老不衰。	越羅氏衣被之，則溫然陽春；員泠泠有清風，俱顯用於世。用雖不同，才有巨細，亦各當其時而已。

225	紈素先生傳	紈素先生，夏時人也，史逸其名氏。 夏啓聞其賢，使聘之；辭而復聘，遂見柄用，恩寵日隆。王欲封之，先生辭，故終留不遣。上顧先生素行潔白，賜號「紈素」。鼇人塵被詆先生，先生不較，自是王益親之，而先生小心動止，惟所使不少懈。 太康失德，稍見廢棄，先生遯世去。少康中興，復用先生子孫，然其治行累多污染流俗，務爲淫巧以悅婦人。 家於齊者，能傳其素風。	夫先生者，視窮通如寒暑之序，而致用舍於度外，哀樂奚自而入之哉？
226	歐兜公子傳	歐兜公子出於孤竹之裔。 當炎帝祝融之世，其道大行，能奉揚仁風，解吾民之慍。 善斥讒口，驅利喙之徒，去酷吏，來故人。 抱清白之操，表裡明潔，不與物競，人自愛之。 慮有破敗之辱，故用之則行，舍之則藏。	以歐兜公子的德行自勵
227	黃連傳	黃連，字續斷。 生而厚朴，性果決明達。不遠千里見史君子，嘉其有遠志，授以百部書，連詳細辛勤讀之，三年淹貫眾學，開益智慮。 其父常山太守蚤休於家，發疽於背，卒，葬之絡石山。連結廬守墓三年，有異象生，人以爲孝感所致。 服除奉母隱亭歷村，貧困食或不繼，連處之泰如，然其於事母備盡五味，有旨甘遂養志之樂，故人稱連爲「人參」，閔之孝不是過也。 時劉寄奴篡晉，求禪位詔，遣使來聘連。連鄙篡臣堅拒，使者復言，連妻澤蘭嚴詞拒之，使者復命，寄奴怒欲殺之。 後貶竄蒺藜之地，途遇敗將聚眾劫掠，胡諭連降之，連無卑解之詞，胡怒殺連及母。胡見澤蘭貌美，求與合昏，蘭甚怒罵賊，賊割其舌，蘭嚌血竭而死。 連歿後，其徒敘其名「蘭室」、「千金」等書傳世。	學而能行，履道終身，豈易得哉？況拒逆使、罵虜人，凜然正氣如嚴霜烈日之不可犯，尤所難也。
228	盧生傳	盧膾，字伯魚。 秉性鯁介，以文章舉進士不第，遂棄科舉業，學擁劍，讀太公范蠡兵法；厄於貧，水母憐之，每飯生。	作者投筆從戎，志於建功立業，且亟待知己推薦之。

		值歲飢，海若盜起，有劉黑獺與烏賊聚眾，爲禍鮫室之民。朝廷遣江姚往捕之，久不下，盧生因車螯見姚，姚以盧生計誘賊，擒賊魁烏郎，斃黑獺，大勝。 朝廷嘉其功，封江姚鮭陽侯。螯與盧生深管鮑交，推功於膾，膾特賜出身文字通印子一顆，借鯡魚袋，遂貴蜆焉。	
229	烏氏傳	烏氏者，莫知其名氏，少任俠使氣，出沒海中。宗族雖多，未嘗爲盜，人皆以賊稱之，名非其實也。 其先烏算事越王句踐，越既入吳，奄有夫差之地，算見范蠡遠遯，文種將滅身，遂赴海而死。 烏氏狀貌皆浸短小而好游，眉目無足觀者，人多賤之，然腹藏之墨，稍蔚然有稱，往往目爲智囊，豪家右族延生尊俎間，風味清美，自是聲譽藉甚。最與希公友善，烏氏在士夫間膾炙人口，希公之助多矣！ 烏氏初好老莊書，故持身潔白，人多主之以進；然亦能中傷人，士大夫由是忌之，且時弄文墨，人尤切齒，思食其肉。 烏氏支派極盛。	烏氏平素固無顯然爲賊之迹，終不免爼豆鼎鑊之誅，豈非柳子厚所謂「知所避以求全，不知滅迹以杜疑，爲窺者之所窺」而致然耶？嗚呼！凡今之弄文墨，自謂小有才而蒙不善之名者，亦可鑒矣！ 烏氏有爲政於齊，得罪奔宋，以其族行。宋司城執而數其罪，烏氏無以應，宋人醢之。子貢曰：「君子惡居下流，天下之惡皆歸焉。」此之謂也。
230	焦尾生傳	桐焦尾，字子操。 其先清韻相傳，桐氏家聲，自羲皇以迄成周，曾未墜也。 吳人有以火桐氏者，有異相過，聞桐之聲，亟援而出，因以「焦尾」名生。 性好絲竹，吟風弄月，與妻司馬綠綺聲價並高天下。生時爲漢中郎家臣，中郎固甚愛生，然生求大就，會有故友薦于漢帝，帝拜太常，命掌樂府。 同事平原守韓增、上林令嗇夫深嫉之，陰詆于上。帝以問生，生以「不坐、不衣冠、對俗子、廛市、疾風暴雨」皆不談其心曲作答，帝解其「曲高和寡」堅持，故生爲帝歌《麥莠》，帝感悟慷慨，日寵御不離於身，二人亦愧服。 上晏駕，生爲挽歌，嗣帝聞之揮淚起舞，生怒以首撞帝，帝命殺之，生曰：「臣撞桀紂之君，不撞堯舜之主」，帝乃捨之。懸其象于壁以爲戒。	士之立身，莫要守正，持守既正，則雖曲藝之微，亦足以自見。 禮曰：「絲聲哀，哀以立廉，廉以立志」，君子聽焦尾生其聲，則思忠義之臣。

		生疏于帝，遂上疏乞骸骨歸，歸臥高閣，以齒終焉。	
231	黎司直傳	黎界，字子方。 界樸而有文，性平靜不炫所長，人以夏楚之具目之，莫有能識之者也。 因張華見帝，帝見其耿介不撓，拜司直大夫，界辭曰：「臣性褊疾邪，恐不容于朝。」帝遂置之弘文館。界爲人端方雅飭，絕不枉道，在朝廷繩愆糾謬，多所裨益，晚年亦漸少稜角，佯爲滑稽，不見柄用，乃上疏乞骸骨歸，詔許之，遂歸臥高閣，不復視事。 其後子孫以其術行于天下，並冒司直之名。	黎氏有大功于天下，子孫宜有興者！ 子方以良材，天子器之，可謂不墜厥宗矣。 老懼禍及，歛英氣以求退，舉朝莫有留之者，直道之難容也，如是哉！
232	青藜丈人傳	丈人者，村居野老也。 丈人貌古奇，爲人正直多堅節，然爲人扶弱持顛，雖甚勞無倦怠，久則精神益光彩，爲鄉里所敬仰。日所與往還者，皆老成持重之輩。漢末富人糜竺得青藜丈人助，室免火厄；謝尚延丈人，闇室得免西南殺人黑氣；阮孚與丈人入酒肆，眾醉獨醒，有仙人風。 丈人不獨能延年益老，尚有異術，殆非塵囂中人也。	丈人重擢用，且有命召，必與棐几同事，所以褒元老，彰淑德也。至以異術之濟人，生平偶一見，要必有所托而然者，此固非丈人之常，而亦非古人用丈人之意。 居高者自處，不可以不安；履危者任杖，不可以不固。
233	竹夫人傳	竹夫人，名弄丸，有商孤竹君之裔也。 孤竹君清風介節爲賢諸侯，二子夷齊器國隱首陽，厥後子孫枝衍林居，各從其氏，獨無貴顯于朝者。 夫人生而弱骨輕肌，畢露知竅，雅好靜閑。武帝進封一品夫人，寵冠後宮，其後帝因董偃疏之。秋風起，夫人悽惋，竟攜二子避席去，帝大怒，不復召侍。	孤竹君二子，明萬世君臣之節，可謂賢人，乃後子孫微弱。「天必昌善人後」之說可信耶？
234	石膏傳	石膏者，世居於常山。 生而父母愛之，成童而益智，才能貫眾。未幾，其父感疾，竟弗愈，藁葬於麥門，自是母居常怏怏，命其當立遠志。 後賊亂四方，常山爲之不寧，膏日夜習射，欲爲一方保障，遂直搗賊營，殲滅殆盡。賊阿魏大黃怒，糾領四大元帥，率百部並進。膏乃背母而逃，去常山，居沒石，母子相安。後起回鄉之念，遂克服萬難，抵常山，日夕優游。然宣黃連遣使召之，知其有孝，喜而強之，母亦勸其移孝爲忠，膏遂見宣黃，黃封爲「神曲將軍」。	作者有忠孝兩全，建功立業之志。

		膏於是飛渡賊境，先擒賊首，獻功於王。王加封祿，膏固卻不受，辭歸常山，侍奉老母，如藕節則致祭其父以伸附子之情。母子相與優游，以終其天年。	
235	俞九苞傳	俞九苞，字汝瑞，一字從鳥。 生而神靈，嗜隱逸，負禮蹈信，戴仁纓義，覽九州，觀八極，究萬物，通天地，蓋潛德士也。 有青鸞相勉以鳴國家之盛，苞遂銜圖以見黃帝，帝極其寵異。苞當飲食，必自歌舞，蓋亦以盛世為樂也。 堯、周文王、成王等朝，苞仕焉，周室中葉澆漓，苞飄然復遁。漢元始以來，踪跡靡定，後亦莫知其終焉。 東方朔自瑤池返，乃知其果異人，帝王得之，卒易治者此故哉！	九苞非聖明之世不出，而又數見於炎漢者何？此正九苞之不得已也！春秋出而甘德衰之幾，則漢之出也，其即春秋之時之意歟？（作者出仕亂世，亦不得已也。）
236	丁令威傳	丁令威者，遼東人也。 令威軀體如玉，甫長，乃好閱金書，有凌霄之姿，不肯為人作耳目近玩也。 生子後飄然有羽化丹秋之想，幽棲于射的山陽；復七年，遇異人，盡得飛升出神之術；復七年，晝夜十二時聲中律；復百六十年，塵污之事，莫能累；復百六十年，夫婦相見，可以目睛不轉而孕矣。歷千六百年，九轉還丹，辟穀不食，真蓬島客也。 後荀叔瑋與晉陶侃俱嘗見其騰空沖天而去，知非常人也。	丁氏之族，皆屢屢多壽，亦以大喉吐故，脩頸納新，無死氣于中，所以壽耳。至于千六百年之說，固未必無，而神仙之論，則太荒唐，且不見經傳，後之求引年者，可訪其修養之術。幸無以仙自惑哉！
237	朱翰傳	朱翰，字燭夜。 翰自髫卯時，已絕有力，奮不能讓人下氣。 嘗敗羊溝少年，眾皆稱服。 燕太子丹賴翰之力脫秦，以是薦翰于燕王。王拜為「漏博士」，然王甚愛交趾人長鳴，超拜司晨，位居翰右。翰不平，即致仕告歸。 兗州刺史宋處宗相與談論，處宗言功大進。 後從雒陽人祝翁，及翁昇仙，翰亦竟不知所終。	其族類雖蕃，多遭刑戮；而翰獨隱棲林壑，不死人手，其誠達者歟？其誠智者云？履危者，可以式矣！
238	飛將軍傳	將軍黃蒼，號飛霆，鍾山人也。 雄姿逸氣，超然絕伴，雅好田獵，竊有擊屬中原之思。其友隼薦聞于漢高皇帝，召拜上林，令知其與韓宋同事，亦並擢用。 後匈奴攻雲中，其首將魁梧奇偉，漢諸將聞	甚矣！士之貴知遇也。蒼事漢高，猶猛戾之臣事猜忌之主，卒能善始令終，保全首領于牖下，不可謂非幸也。

		之皆膽慄氣懾，蒼獨慶可揚威立功。蒼如壯士遮計，遂生擒匈奴首將。捷聞，帝喜，詔命進爵，敕爲雲中守。匈奴號曰「漢之飛將軍」，避之數歲不敢近。 蒼之操持諳練，無一息寧處者，卒不免於疾焉。遂謝軍務，上章乞骸骨歸，詔許之，放歸林下。相傳蒼化爲鳩云。	
239	龍驤將軍傳	黃驄，字子良，大宛人也。 驄頭角迥異，稍長，超然有絕塵之想。 當晉之末造，杖策從秦王堅，王得之喜，日見親寵，不聽讒言。 嘗救王於澗，王敕命爲「龍驤將軍」。 大宛貢馬，秦王返之。自是驄晚年不堪重任，以老致仕。 其子駒有父風，聞鼙鼓之聲，輒先驅陷陣。	驄事苻堅，不特揚武稱德，而且濟堅于危急存亡之秋，則較諸垂空名者，更不侔也。 驄誠桀驁也哉！奈何世主庸君，以此得天下，而即以此治天下，可鄙也夫！
240	大蘭王傳	史蠡，字剛甫。 其族類蕃衍，散處華夷間，然皆藃居茹草食穢，甘守貧難。 蠡絜顏巨腹、露齒垂耳，魁然大物，初宅于穀圈，亦甚寠，寢以槽蓐，嗜以酒滓，特不至如遠方之族耳。每擊蘭以自誓，有四方之志矣。 會北燕朝鮮大舉寇宋，上敕吏召蠡，拜爲參軍。上用蠡策，遂生擒還以俘見，上命加之腐刑，爲鐵環穿其唇，且貫之死，以威示遠夷。進蠡爲魯津侯，後策封爲「大蘭王」。 王子甚多，稍長，即命封。	史蠡發跡之初，餓體之身艱難，靡所不至。可見天未嘗輕以大任與人而玉成之意，信不誣也！ 世有適遭其窮，而志即消沮不振者，視之史蠡不愧顏哉！
241	胡道洽傳	胡道洽，字媚甫，青丘人也。 道洽，事妖婦紫紫，得其妖媟變化之術，常自稱「阿紫」。人遇之，卒相禍。 與東門黃耳爲世仇，耳絕有力，胡生遙見輒奔走驚避。 性多疑，亦甚慧。嘗紿虎，虎以爲然。 長安老胡聽法亡去，時年九百餘矣。	自胡之先，無不以妖術行者！世有黃耳之剛勇，而其術始有時而窮。此亦足以見邪之不勝正矣！但正人君子，類多夭折，而邪者則世享遐壽。天豈必福善禍淫耶？
242	竹涼卿傳	竹涼卿，孤竹君之裔。 涼卿平易近民，人皆愛之。上拜爲司封郎，諸公競爲歌章。 中秋夜宴，涼卿以時而逝，東歸吳會之間。 明年夏復徵涼卿，卿老而龍鍾，仍願備斯文之用。上不用、亦不棄。	用之則行，舍之則藏；以咫尺之軀，奮揚於天子之庭，非夏其誰庸之？故清白之士，非遇館閣之臣，焉能顯耶？